PARLAMI D'AMORE

Silvio Muccino (Rome, 1982) studeerde kunstgeschiedenis aan de Universiteit van Rome; hij speelde sinds 1999 belangrijke rollen in diverse Italiaanse films. Samen met Carla Vangelista (Rome, 1954) schreef hij *Parlami d'amore*. Deze roman, die in 2006 verscheen en in vele talen is vertaald, werd een groot succes in Italië. Het boek werd in 2008 verfilmd naar het script dat ze samen schreven; voor Muccino was het tevens zijn debuut als filmregisseur.

Silvio Muccino
&
Carla Vangelista

Parlami d'amore

WERELDBIBLIOTHEEK · AMSTERDAM

Uit het Italiaans vertaald door Miriam Bunnik en Mara Schepers

Omslagontwerp Karin van der Meer
Omslagillustratie © Hollandse Hoogte

Oorspronkelijke titel *Parlami d'amore*
© 2006 RCS Libri S.p.A., Milaan
© 2009 Nederlandse vertaling Miriam Bunnik, Mara Schepers en
Uitgeverij Wereldbibliotheek bv
Spuistraat 283 · 1012 VR Amsterdam

www.wereldbibliotheek.nl

ISBN 978 90 284 2292 6

Voor mijn vader, de man die ik zou willen worden, en voor mijn moeder, die altijd is blijven spelen

Voor de twee Luca's in mijn leven

Life is what happens to you, while you're busy making other plans.
— JOHN LENNON

De mens is geboren om te leven en niet om zich voor te bereiden op het leven.
— BORIS PASTERNAK

Het is warm en aangenaam in de kamer. Zoals ik het me herinnerde. De kandelaar op het bureau, de zware gordijnen gesloten – daarbuiten vertoont zich het Provençaalse platteland –, de twee fauteuils met donkere bloemen tegenover elkaar. Op één ervan zit hij, groot, blank, geruststellend als het portret van Freud dat tussen een aquarel en een kruisbeeld aan de muur hangt. Hij glimlacht rustig en zijn handen liggen in zijn schoot, afwachtend. Ik ga zitten en kijk hem in zijn ogen. Ik weet dat hij niets zal zeggen. Ik weet dat hij op mij zal wachten, dat het uur dat we tot onze beschikking hebben misschien in stilte voorbij zal gaan als ik niet begin te praten. Maar als de zaken er zo voor staan…

'Het is lang geleden dat we elkaar hebben gezien.' Mijn stem is onzeker. 'Ik ben…' Een hees, verstikt geluid ontsnapt me. Ik begin te hoesten. Het analysekuchje, zo noemt hij het. Hij blijft naar me kijken, glimlachend. Het stoort hem niet, maar hij geeft me ook geen glas water. Ook dat kuchje kun je analyseren.

'Ik ga bij mijn man weg. Denk ik. Er zijn nog veel dingen die ik niet begrijp. Maar misschien heb ik wel geen zin meer om te begrijpen.'

Ik haal diep adem. Hij wacht op me.

'Tien jaar geleden ben ik gestopt met leven. En toen ben ik met hem getrouwd. Ik ben gestopt met leven zoals ik ben gestopt met dit beroep. Herinnert u zich nog dat…'

Hij knikt langzaam, hij bespaart me de moeite om verder te gaan.

'Ik begon met lesgeven op een taleninstituut. Ik ben met Lorenzo getrouwd. Ik hield op met slapen. Ik begon te roken. Lorenzo is sterk, onkreukbaar, stabiel, voorspelbaar. Hij gaf me een veilig gevoel. Tien jaar lang dacht ik dat mijn leven op rolletjes liep. Ik voelde me sterk en veilig. Dat had ik

7

al gezegd, toch?' lach ik bitter. 'Voor mij is veiligheid belangrijk. Iemand hebben die je stevig vasthoudt en je niet laat vallen. Naar beneden kijken en zien dat er een vangnet is.'

Ik zou het fijn vinden als hij iets zou zeggen, als hij zou knikken, als hij me zou omhelzen.

'Tien jaar lang keek ik om me heen en zei steeds maar tegen mezelf dat mijn leven eindelijk was zoals ik het wilde. De etentjes met vrienden, de arm van Lorenzo om me heen, de dagen volgens het ritme van de lesroosters, al die antieke en rustgevende meubels waar het huis vol mee stond...'

Ik doe mijn ogen een beetje dicht en haal diep adem. En dan zie ik hem aan de binnenkant van mijn oogleden, en ik voel die lichte duizeling, en mijn maag trekt zich samen zoals bij een heftige emotie.

'En toen kwam ik Sasha tegen.'

De sigaret brandt hevig.

Op de achtergrond hoor ik het gekreun van een pornofilm waar niemand naar kijkt.

De inzet is hoog, het woord is aan de koning. Vijftig om mee te gaan.

Giovanni deelt de derde kaart.

Aan de pokertafel is het zaak de anderen weg te spelen. Ze er zo snel mogelijk uit te gooien. Giovanni, met een hartenvrouw en een dichte kaart, is de enige die kan bluffen en hij verhoogt met vijftig. Maar hij heeft nog niets geleerd. Zeven, boer, acht en koning. Er liggen geen pairs op tafel. Maar nu is de hoogste kaart van mij.

Godver. Ja, ja, nog een keer. Flikker het er maar in…

Ignazio is zo geconcentreerd dat ik voor hem niet bang hoef te zijn. Luca kijkt naar de pornofilm, maar heeft hoogstens een armzalig lage pair.

Aan deze tafel gaat het echter niet om wat je hebt, het gaat om wat je zou kunnen hebben.

Dat wat je de anderen laat geloven.

Als je houdt van wat je niet bent, ben je een winnaar.

Ik heb altijd iets anders willen zijn in mijn leven.

Waar kom je vandaan?

Over de plek waar ik vandaan kom, zou je wel duizend dingen kunnen zeggen. En je kunt anderen nog veel meer laten geloven.

Ik ben een koning, zei ik tegen mezelf. Waar ik vandaan kom, heb je geen rijbewijs nodig om auto te rijden. Als ik wil paardrijden, kan ik kiezen uit vijftig verschillende paarden.

Ik bezit hectaren en hectaren grond.

En een begraafplaats in mijn huis.

Dus ben ik een koning of niet?

Maar op dat moment krimpt mijn maag ineen.

Ik heb honger, mama…

We eten verse vis bij de lunch.

Daar heb ik geen zin in.

Eten! Ik wil niet dat Riccardo je hoort. Vooruit, eten.

Maar mama, ben ik een koning of niet?

Ja, Sasha, dat ben je. Dat ben je. Dat ben je.

Mijn moeder herhaalde het voortdurend. En wanneer ik haar hoorde schreeuwen, zei ik tegen mezelf dat ik degene was die haar strafte. Wanneer ik haar hoorde huilen was dat omdat ik boos was op haar. Wanneer ze haar sloegen was dat omdat ze mij pijn wilde doen. Wanneer ik haar niet zag, zei ik tegen mezelf dat ik haar niet miste.

Jij bent de koning, zei Riccardo steeds tegen mij.

Je zult zien dat het beter zal gaan met je moeder.

Mijn longen beginnen te piepen. Verdomme. Ik moet ervandoor. Ik heb geen Ventolin bij me. En ik moet snel een apotheek zien te vinden.

Alles op mijn koning.

Luca wil meegaan om mijn kaarten te zien.

Nee, jij gaat niet mee, Luca. Zie je niet dat je al verloren hebt?

Ook Ignazio past. Giovanni zou wel mee willen gaan. Geld betekent niets voor hem, verliezen wel. Hij gaat niet mee.

De pot is voor mij. Ik geef ze de fiches terug, ik neem van ieder vijftig euro en leg uit dat ik ze heb weggespeeld met niets in mijn hand. Met alleen een schoppenkoning. Maar dit is poker.

En ik ben een koning.

Ik stap in de auto. Ik adem in. Ik ga achter het stuur zitten. Ik adem uit. Ik tel het geld dat ik vanavond heb geïncasseerd, ik adem in. Honderdvijftig euro, ik adem uit. Honderdvijftig euro verdiend, niet gewonnen. Dat is iets anders. Is pokeren een baan? En sinds wanneer? Zoals drinken dat zou kunnen zijn voor een alcoholist.

Feit is dat ik geen poker speel, ik geef er les in. Zo kan ik met de kaarten praten zonder het risico te lopen dat ze me in het bloed gaan zitten. Geen adrenaline van het winnen of verliezen, ik heb een vast tarief: vijftig euro per potje om het van mij te leren.

Nu moet je alleen maar denken aan ademhalen en aan waar je vanavond gaat slapen. De hostelgeur is in al mijn kleren getrokken. Hij is in mijn huid getrokken. Het is een zure geur, die ruikt naar vuil en desinfecterende alcohol.

Het is de geur van uitgeleefde muren en lakens die niet schoon maar hygiënisch zijn, van plastic zakjes en gebruikt maandverband, van treinen en stations. Van airconditioning, koud en muf. Van ingeblikte lucht en vieze adem.

Ik steek snel de sleutel in het contact, start de auto en verlaat die plek, die stoep, die gedachten en die geuren.

Mijn auto rijdt door de stille straten van een nachtelijk Rome. Ik moet een andere slaapplek vinden. Ik heb geld nodig, en werk.

Waarom bel je niet?

Maar het subtiele en pijnlijke gefluit van mijn astma komt precies op tijd om me af te leiden van mezelf en mijn problemen.

Al vierentwintig jaar stokt om de dag mijn ademhaling en ga ik hyperventileren. Mijn luchtpijp zwelt, maar eerst houden mijn bronchiën ermee op. Ze drukken niet samen en zetten niet uit. Ze vullen zich met rotzooi, rotzooi die geen lucht doorlaat, die geen zuurstof laat circuleren, waardoor mijn longen in nood raken en mijn hersenen op tilt slaan.

De eerste keer dat ik het gefluit uit mijn borstkas hoorde komen, was ik zes. De dokter legde me uit dat dat gefluit geen monster was dat binnen in mij verstopt zat – nee, het waren mijn bronchiën die zich vulden met slijm. Mijn hersenen ontvangen die impuls en vertalen hem in benauwdheid. Mijn longen zwellen op om zo veel mogelijk lucht binnen te krijgen, en ik adem in, gulzig naar elk zuurstofdeeltje. Maar mijn longen zijn zo verzadigd als banden die op het punt staan te ontploffen. Het lijkt wel of ik gek word, want ik kan mezelf niet stoppen. Ik blijf inademen, zonder ook maar één atoom koolstofdioxide uit te ademen. Wie astma heeft, denkt dat hij geen lucht opneemt, maar in werkelijkheid kan hij die er niet uit gooien. Dat zei mijn dokter. Daarom maakt astma je gulzig. Het leert je dat gefluit binnen in je te onderdrukken, maar je haalt het er nooit uit, je raakt het nooit helemaal kwijt.

Dus haal ik mijn blauwe buisje tevoorschijn en pak het flesje zuurstof en cortison, mijn spray, en met drie snelle shots schiet ik die in mijn keel. Dat zou genoeg moeten zijn om weer op adem te komen en misschien het monster van mijn bronchiën in slaap te brengen.

Waarom bel je niet?

Het leven bestaat uit komieken waar je niet om kunt lachen, uitgebluste acteurs onder stralende maskers, helden die ziekten verbergen en deuren die je beter niet open kunt maken.

Onder mij krijst en knarst de motor van een oude Saab, terwijl ik met mijn voet het gaspedaal helemaal indruk. Ik kom op snelheid in deze stad waar op dit nachtelijk tijdstip alles stilstaat. Alles behalve ik.

Bepaalde deuren kun je beter niet openmaken, toch, Sasha?

Je was vijf en zat alleen aan een tafeltje in een tankstation. Het was erg laat voor jou. Je had allang moeten slapen. Maar die avond had Amanda, jouw mama, je een avontuur beloofd, een reis naar verre oorden. Je at je broodje en wachtte op mama. Je dacht aan wanneer je Shere Khan zou ontmoeten, wanneer je walvissen zou zien en wanneer je samen met haar zou paardrijden op een draak. En je vond het jammer dat je voor dat avontuur je pet was vergeten.

Maar er was geen tijd voor. Midden in de nacht zijn jullie gevlucht door die stille gangen, als twee moedige musketiers, en zijn jullie als twee ninja's over de hekken van Borgo Fiorito geklommen. Er stond een grappige kerel op jullie te wachten, hij deed je aan Lupin denken, die jullie in een oude Cinquecento naar het eerste wegrestaurant zou brengen. Van daaruit zouden jullie alleen verdergaan. Jij en je mama.

Je wilde slapen. Je was moe en bang. Je stond op en vroeg de schoonmaker die de vloer boende waar het toilet was.

'Maar jij mag niet naar het damestoilet,' antwoordde die kerel met de bezem vriendelijk.

Je luisterde niet naar hem. Je begon bijna te huilen. Je begon te denken dat je mama je daar was vergeten. Kon dat?

Het neonlicht deed de vieze witte muren van het damestoilet oplichten.

Je ging het toilet binnen en riep haar. Maar je kreeg geen antwoord. Er kwam geen antwoord. Er was alleen een gesloten deur.

Niet opendoen, Sasha… fluisterde je beschermengel je in. Niet opendoen…

Maar met je tengere gestalte duwde je er toch tegen. Niet opendoen…

Je hebt Shere Khan niet gezien, en ook geen walvissen.

Je zag alleen Amanda, op haar rug op de grond.

Een gele band om haar arm. Haar ogen half dicht en haar handen open en leeg.

Toen ze haar ogen weer had geopend op de Eerste Hulp, had ze me aangekeken en alleen 'Sorry' gezegd.

Ik ga sneller. Ik wil niet nadenken, ik wil niet stoppen en ik wil niet bellen.

Ik voel me weer alsof ik voor die deur sta. Sinds ik aan de andere kant van de telefoon de stem heb gehoord van Benedetta's vader, die me belde en me een baan aanbood, voel ik me alsof ik weer voor die deur sta. 'Riccardo heeft me je nummer gegeven… Kunnen we elkaar zien en erover praten?'

Die onbekende stem was de stem die al die jaren tegen Benedetta had gepraat, en op dat moment praatte hij uitgerekend tegen mij. Maar het was niet de stem die ik me had voorgesteld. Het was een teleurstellende stem, niet die van een held. Maar hij gaf me de mogelijkheid om haar weer te zien. Zij. Benedetta. Het meisje dat bij mij kwam in Borgo Fiorito. Mijn vriendin, mijn maatje, mijn sprookje, mijn grote liefde.

Maar die teleurstellende stem beangstigde me. En wat als ik ook teleurstellend was? Als zij me niet zou herkennen als ze me zag?

Benedetta is en zal altijd het meisje blijven dat ik heb leren kennen. Ze zal altijd de vrouw blijven die ik me heb voorgesteld, en onze liefde zal altijd zijn zoals in mijn dromen.

Wil je haar dan niet terugzien, Sasha? Wil je niet zien wat er achter die deur zit?

'Helaas bestaat er bij poker geen bluf tot het moment waarop je het te zien krijgt.' De woorden van Riccardo weerklinken in mijn hoofd. Hij, zijn lef, zijn manier van spelen en zijn moedige ogen.

Moet ik gaan kijken?

Ik ben niet klaar voor dit alles. Dat had ik ook toegegeven aan Riccardo op de dag dat hij ervandoor ging.

'Ik ben moe, Sasha,' had Riccardo tegen mij gezegd. 'Moe van de strijd en de kwellingen. Ik heb recht op een deel van het leven. Ga er ook vandoor. Ga kijken wat er nog meer is.'

Ik geloofde hem.

En ik ben gaan kijken.

Je verzekerde me dat ik het zou kunnen, dat ik het leuk zou vinden om in een grote stad te leven. Nou, zal ik je wat vertellen: ik walg ervan.

Maar ik geloofde je. Ik heb je altijd geloofd. Flikker toch op, jij met je tegeltjeswijsheid.

'Kan het je niet schelen wat er achter dat hek zit, Sasha?'

Nee. Maar ik geloofde je.

'Wat is er? Ben je bang?'

Flikker op, Riccardo, ik ben niet bang.

Flikker op, jij met je klotepreken.

Ik ben niet bang, Riccardo.

Ik ben gewoon moe van het openmaken van deuren, moe van het verzamelen van teleurstellingen, moe van jouw gebluf.

Wat heeft dit allemaal voor zin? Ik weet dat zelfs jij me dat antwoord niet kunt geven, Riccardo.

Ik weet dat dit allemaal geen zin heeft. Er bestaat alleen

maar stom en nutteloos verdriet. Maar je moet lef hebben in het leven, toch? Je hebt het me steeds gezegd. Je hebt lef nodig en brede schouders, ook al walg je van het leven. Laten we dus ook deur nummer 1 openmaken en ontdekken wat er achter Benedetta zit.

Goed zo, Sasha, je hebt gewonnen, het was weer bluf.

Ik druk het gaspedaal in.

Ben je nu tevreden, hoerenjong?

Maar ik kan beter. Wil je weten wat er achter deur nummer 2 zit? Wil je weten wat er achter mijn astma schuilt? En wat als we een flink kankergezwel ontdekken? Nou, je moet lef hebben in het leven, en dat heb ik, en daarom gaan we kijken wat er zit.

Nog sneller. Ik houd het gaspedaal diep ingedrukt.

Flikker op, Riccardo. Ik ben niet bang.

Nu zal ik jou eens een vraag stellen. Wat zit er achter deur nummer 3? Wat is er na de dood? Kun jij het me zeggen?

Nou, misschien is dit het moment om te gaan kijken, want je moet lef hebben in het leven. Dus laten we het gaan ontdekken.

Mijn auto blijft hard rijden. Ik trap op het gaspedaal.

En ik haal mijn handen van het stuur.

Laten we gaan kijken wat er achter deur nummer 3 zit.

In die bocht zal ik niet aan het stuur draaien. In die bocht zal ik tegen die boom knallen en ontdekken wat er is na de dood.

Ben je nou tevreden, Riccardo?

Ik ben dichtbij.

Ik ben er bijna.

Attentie, dames en heren. Het moment van de waarheid is daar.

En achter deur nummer 3 schuilt...

Je moet lef hebben, Sasha.

Wil je niet gaan kijken?

Ik ben er, ik sta op het punt te crashen.

Ben je bang?

Nu zou ik aan mijn stuur moeten draaien, maar ik doe het niet.

Ben je bang?

Flikker op, Riccardo.

Ooit ben jij er ook vandoor gegaan en heb je iedereen in Borgo Fiorito die in je geloofde in de stront laten zakken. Je hebt mij in de stront laten zakken.

Ben je bang?

Ik ben bang.

Ik sluit mijn ogen en ga plotseling op de rem staan in de hoop dat het niet te laat is. Ik hoor het gepiep van de banden op het asfalt. Het schelle geluid van dat gepiep.

En dan de stilte van de motor en de geur van geschroeid rubber.

Ja, verdomme, ik ben bang.

Ik ben bang.

Ik haal adem. Mijn handen trillen nog. Flikker op, maak jij jezelf maar van kant en kom het me dan maar vertellen, klootzak.

Nu alleen maar stilte om me heen. Ik start de auto weer. Ik zet hem in z'n achteruit. Ik rijd een paar meter en dan word ik plotseling verblind door het licht van twee koplampen. Heel even maar. Verblindend licht in het donker van de nacht en het doffe en het verwoestende geluid van staal dat wordt verwrongen. Ik realiseer het me niet. Mijn auto wordt tegen een muurtje gesmakt en ik knal tegen het portier.

Scherven van het raampje fonkelen op de mat op de vloer van mijn auto.

Verdomme, ik ben aangereden. Ik realiseer het me.

Iemand in die verfrommelde auto achter me heeft me aangereden.

Alle geluiden en al mijn gedachten zijn nu heel ver weg. Alleen de stilte wordt versterkt.

Ik hoor het gejank van een hond.

Er komen geen geluiden uit de auto achter me.

Ik stap uit om te kijken wat er is gebeurd.

Op zijn rug op de grond, tussen de twee auto's gedrukt, zie ik een hond die moeizaam ademt en een vrouw die door de rook van de motor naar voren zwalkt.

Ik ben in de war.

Wat doet deze hond tussen onze auto's?

Wie is deze vrouw?

Wie verschuilt zich achter deur nummer 4?

De eerste keer dat ik Sasha ontmoette was midden in de nacht. Het was koud en onze auto's waren in elkaar gewrongen. Na de klap klonk alleen het subtiele en onnatuurlijke geruis van de muziek die nog uit zijn auto kwam. Net voor de botsing hadden mijn ogen iets kleins en angstigs voor mijn koplampen waargenomen. Nu lag het daar, langs de kant van de weg. Een bebloede haarbal, die zachtjes jankte. En naast hem – of haar – zat een blonde jongen op zijn knieën hem zachtjes te aaien.

'Kun je niet rijden verdomme?' waren zijn eerste woorden geweest. En toen: 'We hebben hem vermoord.' Ik had hem wel een schop willen geven. Omdat hij niet eens had gevraagd of ik gewond was. Omdat hij me de rug toekeerde, me negeerde. Maar vooral vanwege dat 'we hebben hem vermoord', waardoor meteen een lugubere medeplichtigheid ontstond die me beangstigend in de oren klonk.

'Hij is niet dood.' En mijn stem had me meegezogen in een verre nachtmerrie.

Het geluid van een ambulance, de kou, ik ren naar de grauwe groene ingang van de Eerste Hulp, midden in de nacht, met een trui over mijn pyjama, en de dood in mijn hart, die dood die ik niet wil accepteren. 'Hij is niet dood, hij is niet dood,' herhaal ik als een mantra terwijl ik naar de pantoffels aan mijn voeten kijk en bedenk dat mijn ouders gezegd zouden hebben dat een keurig meisje ook op de meest dramatische momenten nooit haar waardigheid zou verliezen. 'Hij is niet dood.'

'Nee, maar wel bijna... Geef me een deken.' De jongen draaide zich om en keek me aan. Beschuldigende ogen. Omdat ik achter het stuur in slaap was gevallen, of omdat hij wist dat ik geen deken had? Maar waarom zou ik om één uur 's nachts in een zwart mantelpakje rondrijden met een deken in de auto? Hij had een snee in zijn voorhoofd waaruit een straaltje bloed sijpelde. Ik stond inmiddels te trillen op mijn benen.

'Ik moet mijn man waarschuwen.' Misschien kon het vermelden van mijn burgerlijke staat me nog helpen me minder onbeduidend te voelen. *Ik ben geen arme sloeber, jongeman. Je hoeft niet zo neerbuigend te doen. Ik heb misschien geen deken, maar wel een man, een warm huis, een zwart mantelpakje.*

Hij slaakte een diepe zucht. Hij trok zijn trui uit, wikkelde de hond erin en legde hem in mijn armen. 'Kom, we gaan,' zei hij en hij wees naar zijn auto.

Ik keek hem verward aan, zonder me te bewegen.

'We moeten hem toch ergens heen brengen?' Hij klonk scherp, gehaast, geïrriteerd door mijn verdoofde toestand. 'Ik rijd en jij houdt hem vast. Kom op, stap in.'

Wonderbaarlijk genoeg had hij zijn auto weer aan de praat gekregen. Onze bumpers kwamen knarsend en piepend van elkaar los en toen we wegreden draaide ik me om en zag het platgedrukte profiel van de motorkap van mijn auto die in het donker achterbleef.

'Waar is de dierenarts? Ik ben hier voor het eerst, ik weet hier de weg niet.'

Ik schudde mijn hoofd. Waarom stelde die jongen nou alleen maar moeilijke vragen? Hij reed hard. De hond keek me bang en lijdzaam aan. Hij had een grijze vacht, een witte vlek op zijn snuit, hij ademde moeizaam. Toen de jongen bij een bar stopte om de weg te vragen, aaide ik hem zachtjes en fluisterde troostende woorden die ik diep uit mijn geheugen viste.

'We hebben geluk, er is er een in de buurt,' zei hij toen hij weer instapte. 'Hoe heb je het verdomme voor elkaar gekregen om zo boven op mij te knallen? Ben je dronken?' vroeg hij toen hij de auto weer startte.

'Een vlaag van vermoeidheid,' zei ik terwijl ik naar de ogen van de hond bleef kijken.

'Je kunt hiervoor in de gevangenis belanden, weet je dat?' Zijn stem klonk streng. Op dat moment merkte hij misschien dat ik nog steeds trilde. Of dat ik de hond zat te aaien. Zijn toon werd milder: 'Je was zeker bang?', en toen meteen: 'Ik heet Sasha.' Alsof dat mijn shocktoestand zou verhelpen. En toen zachtjes: 'Die hond heb ik trouwens aangereden.' Alsof dat alles goed maakte.

Sasha en ik, op het oncomfortabele bankje bij de dierenarts. De hond wordt geopereerd. Ze hebben gezegd dat het lang zou duren en dat het resultaat onzeker is. Alleen ik, hij en het gezoem van de neonlampen. Ik kijk hardnekkig naar de neus van mijn zwarte schoenen, terwijl ik probeer te vergeten waar ik ben, de geur van desinfecterende middelen niet te ruiken, het geluid van de klompen op de stenen vloer niet te horen, niet naar de groene schorten te kijken, niet achterover te vallen.

'Ze zijn inderdaad mooi.'

Ik kijk op en zie hem naar mijn schoenen wijzen. Ik zoek naar een ironische glimlach, maar hij is serieus en meelevend als een verkoper die een klant wil overhalen iets te kopen.

'Waar kom je vandaan?' vraag ik hem.

'Van een potje poker,' antwoordt hij terwijl hij een pak kaarten uit zijn jaszak haalt.

'Je zei dat je hier voor het eerst bent. Waar kom je vandaan?'

'Uit een afkickcentrum voor drugsverslaafden. Wil je koffie?' Hij staat op en loopt naar de automaat zonder op mijn antwoord te wachten. Hij heeft lang blond haar dat alle kanten op springt, een legergroene jas die nonchalant op zijn vormeloze spijkerbroek valt. Ik heb niet gezien welke kleur ogen hij heeft, ik had het te druk met de neus van mijn schoenen. Hij komt terug met twee bekertjes koffie en geeft me er een aan. Hij heeft blauwe ogen. Blauw en amandelvormig, met hoeken die naar beneden staan en hem een ernstige en schijnheilige uitstraling geven.

'Er is al een uur voorbij,' zegt hij, en plotseling kijkt hij als een bezorgd kind.

'Ze hebben gezegd dat het lang zou duren.'

Hij zucht ongeduldig, trekt zijn jas uit en stroopt de mouwen van zijn trui op. Zonder het te beseffen zoek ik op zijn armen naar een bewijs van zijn verleden. Maar zijn huid is blank en glad, doorkliefd met dunne, blauwe aderen, die ongeschonden zijn.

'Het is niet jouw hond,' zeg ik hem op besliste toon.

'Maar ik heb hem vermoord.'

'Hij is niet dood. Hij wordt wel weer beter.'

'Heb jij ooit een hond vermoord?'

Wat stelt deze jongen stomme vragen.

'Nee. Maar ik heb er een dood zien gaan.'

Hij staart me even aan. Dan steekt hij een sigaret op.

Stomme vragen. En lastige.

Deze vrouw is niet meer zo sterk en zelfverzekerd als ze leek. Maar ze verliest geen bloed, ze is niet duizelig, ze hoeft niet over te geven en ze blijft staan. Volgens mij gaat het goed met haar. Maar bang, ja, dat is ze wel. Haar kleine handen proberen niet te trillen, maar haar hart klopt te snel. Haar ogen bewegen nerveus, zijn hysterisch als die van een kat die zojuist een schop heeft gekregen. Nu probeert ze ze stil te houden, ze wil dat kleine beetje evenwicht vinden dat hen stabiel houdt. En zwart.

Nicole zegt weinig. Maar haar stem is kalm en bedachtzaam, duidelijk gewend om het tegenovergestelde uit te stralen van wat ze voelt. Als ze praat, kijkt ze je aan, en ik bedenk dat ze kijkt zoals kinderen dat doen. Ze staart. Ik voel me niet op mijn gemak. Waarom kijkt u zo naar me, mevrouw? Ik weet niet wat ik moet zeggen.

Zij probeert zich een houding te geven, maar haar zwarte mantelpakje is vies, bedolven onder de witte hondenharen, haar haar zit in de war en nu zit ze om drie uur 's nachts naast me in een godvergeten dierenkliniek. En het is echt een mooie vrouw.

'Mijn man komt me zo halen,' zegt ze, alsof ze zich ervoor schaamt me daar zo achter te laten.

Ik heb me in de auto als een klootzak gedragen. 'Die hond heb ik trouwens aangereden. Toen ik achteruitreed,' geef ik toe.

Nicole glimlacht flauwtjes. Verder reageert ze niet. Ze antwoordt niet. Ze drinkt haar koffie, kijkt naar de neus van haar schoenen en stelt me beleefdheidsvragen. Maar ik zie aan haar ogen dat ze wel oprecht geïnteresseerd is in mijn antwoorden.

Ik heb het warm, ik trek mijn jas uit, ik weet dat die naar natte hond en hostel stinkt, maar ik leg hem toch op de lege stoel tussen ons in. Nicole heeft een heerlijke geur, ik kan hem hier helemaal ruiken. Een geur die alle andere geuren doet verdwijnen. De geur van een vrouw, iets schoons, bladeren, thuis en warmte. Mijn jas ligt in de weg, hij raakt net haar arm. Misschien blijft er wel een beetje van die geur van schone bladeren aan hangen.

Ik zou iets intelligents tegen haar willen zeggen, maar ik maak me te veel zorgen om die hond.

Het lijkt wel of ze mijn angst aanvoelt. Ze stelt me gerust. Ook wanneer ze serieus is, heeft ze een erg mooie mond. Ze is godvergeten mooi.

Op dat moment komt haar man eraan. Godzijdank. Nu is de ongemakkelijke situatie voorbij. Ik kijk hem aan en mag hem niet. Een doorsneekakker die zelfs slaapt met zijn stropdas om. Maar hij zal wel degene zijn die de schade aan mijn auto vergoedt, denk ik.

'Nou, dan bel ik je nog wel om te horen hoe het met de hond gaat...'

'Tuurlijk, slaap lekker.'

Slaap lekker, Nicole, ook al ga je weg, ook al laat je me hier achter, en plotseling voel ik me alleen. Slaap lekker, ook al zal dat er bij mij niet van komen.

Nicole gaat weg en neemt haar geur met zich mee, die me op de een of andere manier afleidde van deze nattehondenlucht.

Zal ze zich rot voelen als ze thuiskomt?

Zijn vrouwen van veertig kwetsbaarder of juist sterker dan op hun twintigste? Zal ze voor altijd geschokt blijven? Zul je haar nog terugzien, Sasha?

Wie weet of ze het nog doet met haar man.

Het lijkt hier wel een gaskamer, die hondenlucht is zo sterk dat mijn haar er bijna van uitvalt.

Misschien is dit wel de stank van een dode, en niet die van een natte hond.

Ik heb het wel eens geroken, de stank van een lijk, toen ik klein was, in de kamer naast de mijne, en dat ruikt heel anders. Als ik me concentreer, ruik ik het nog. Maar ik concentreer me niet, beter van niet.

Ik laat mijn hoofd op mijn handen steunen. Nu die vrouw weg is, weet ik niet meer hoe ik die lege stoel moet vullen, en langzaam glijd ik weg in een spiraal van gewelddadige gedachten. De dood van een hond, een scheermesje op mijn pols, mijn dood.

Het is ongelooflijk hoe je op dit soort momenten iemand die je niet kent al kunt missen.

Ik begin het koud te krijgen, ik doe mijn jas weer aan en trek hem stevig om me heen. Ik kruip er helemaal in en bedek ook mijn hoofd. Ik leg mijn kin op mijn borst. Ik blijf tegen mezelf zeggen dat ik een hond heb vermoord, dat ik een dode hond inadem, maar dat die geur nu niet meer zo sterk is, hij verdwijnt juist langzaam.

Mijn jas beschermt me. De vieze vouwen zijn doordrenkt met de geur van jouw arm. Dank je wel, onbekende vrouw.

Ik adem haar geur in en bedenk dat het al halfvier is en dat alles goed gaat.

Ik adem in.

Het is halfvier en alles gaat goed.

En straks ga jij ook slapen.

Slaap lekker, Nicole.

Mijn dromen zijn kort, snel, betekenisloos. Typisch de dromen van een slechte slaper. Ik slaap 's nachts niet aan één stuk door. Ik heb van alles geprobeerd: homeopathie, acupunctuur, slaapmiddelen, autogene training, boeken lezen die zo saai zijn dat je er zelfs een olifant mee kunt vloeren, muziek, televisie zachtjes aan, politieke debatten. Toen heb ik me erbij neergelegd en iets anders bedacht. En nu droom ik niet meer, of bijna niet meer.

In de nacht dat ik Sasha ben tegengekomen hebben mijn hersenen voor het eerst in vele jaren een volledige droom geregistreerd. Ik was een actrice. Ik speelde voor een zaal vol kale mannen. Ik was gekleed als een heldin uit een Griekse tragedie, maar ik had een hoge hoed op mijn hoofd. Aan het einde van de voorstelling applaudisseerden de kale mannen met serieuze gezichten. Maar ik hoorde het geluid dat zij met hun handen maakten niet, ik zag alleen de beweging ervan. Toen ik een buiging maakte om te bedanken, viel mijn hoed in het souffleurshokje en zakte ik in elkaar als een marionet waarvan de touwtjes zijn doorgesneden. Ik ging dood. Ter bevestiging van mijn gevoel dat ik mijn gewicht en mijn bewustzijn aan het verliezen was, fluisterden de toeschouwers: 'Ze gaat dood.' En in koor voegden ze eraan toe: 'Wat een mooi einde voor een actrice.'

'Als ik mocht kiezen op welk moment ik zou sterven, dan zou ik niet weten waar ik echt blij van zou worden,' zei ik de volgende ochtend tegen Lorenzo toen hij de keuken binnenkwam om te ontbijten. Ik stond naast de gootsteen en roerde in mijn kopje koffie. Hij maakte de koelkast open, haalde er een fles melk uit en schonk een glas vol.

'We zijn met het goede been uit bed gestapt vanochtend,' zei hij terwijl hij me in mijn nek kuste.

Ik keek hem vijandig aan. Omdat hij perfect geschoren en

gekleed was, terwijl ik er ellendig bij liep met mijn blauwe ochtendjas en mijn haren alle kanten op. Omdat hij 's ochtends vroeg ijskoude melk kon drinken. Omdat hij geen lage bloeddruk had en altijd acht uur per nacht sliep.

'Ik bedoel dat een actrice zou willen sterven tijdens een voorstelling, een orkestmeester tijdens een uitvoering, een geleerde zou op zijn boeken willen neervallen... en ik? Hoe zou ik kunnen sterven?'

Lorenzo keek me nadenkend aan. 'Terwijl je naar Chet Baker luistert?' opperde hij.

'Dank je wel dat je niet hebt gezegd "terwijl je de onregelmatige werkwoorden aan je leerlingen uitlegt".' Toen schudde ik mijn hoofd. 'Feit blijft dat ik nergens echt van houd.' Ik keek hem verward aan. 'Vind je dat niet verschrikkelijk?'

'Je bent nog van slag door het ongeluk van vannacht.' Hij dronk snel een tweede glas melk – het tweede glas ijskoude melk om acht uur 's ochtends –, hij kuste me nog een keer in mijn nek en ging weg. 'Ik ga wel naar de garage voor de auto,' riep hij vanuit de deuropening.

Het zwakke geluid van de deur die dichtviel. Het gezoem van de lift die onze verdieping bereikte. Ik sloeg mijn badjas om me heen.

Ik ga wel naar de garage voor de auto.

De lippen van Lorenzo in mijn nek. Zijn subtiele geur van cederhout en aftershave om mij heen. De volle koelkast, de houten meubels in de keuken.

Ik glimlachte gerustgesteld... Misschien zou dat een mooi moment zijn geweest om te sterven.

In veiligheid.

De kamer waar ik vannacht heb geslapen is klein maar comfortabel en ruikt naar het verleden, naar vele generaties met een voor- en achternaam. De verwarming werkt slecht. Het is de eenpersoonskamer van een familiepension dat wordt gerund door een oude dame. Maar er is alleen vannacht plek.

Voor het eerst in mijn leven ben ik een zwerver. Ik vind het leuk om zonder vaste woon- of verblijfplaats door deze stad te zwerven, maar tegelijkertijd brengt het me uit evenwicht. Gelukkig kan ik dankzij de pokerlessen het hostel verlaten en in een schoon en niet alleen hygiënisch bed slapen, ook al is het maar voor één nacht.

'Denk je dat hij het zal redden?' vroeg ik die nacht aan Nicole.

'Ook als hij het niet redt, heeft hij een mooi leven gehad,' antwoordde ze met een ontluikende glimlach.

'Associeer jij een zwerfhond met een mooi leven?' vroeg ik haar geïrriteerd. Ze keek me aan met de onschuld van een kind en daardoor voelde ik me heel klein.

'Hij is vrij geweest, heeft risico's genomen. Dat is volgens mij genoeg.'

Die vrouw kon, hoe bang ze ook was, praten met een benijdenswaardige kalmte en de rust van iemand die weet waar hij het over heeft.

Hij is vrij geweest, heeft risico's genomen. Dat is volgens mij genoeg. Sinds die nacht zijn er twee dagen voorbijgegaan, het gaat nu beter met de hond, en de woorden van Nicole verwarmen me tijdens de zwakke ochtenduren als ik niet kan slapen.

Haar woorden en haar stem hadden een ontzettend droevige en romantische toon, als een lied van Tom Waits, en maakten mijn nomadenbestaan aantrekkelijker dan ik me had kunnen voorstellen. Op de klanken van dat vreemde lied keek ik van buitenaf naar mezelf en deed me voor als een straatartiest, een trieste en eenzame messenwerper die heeft besloten zijn leven zonder enige zekerheid te leven. Ik zou mijn messen meenemen op wereldreis, op zoek naar de vrouw die het risico wil nemen zich door mij in plakken te laten snijden, en misschien zou ik op een dag verliefd worden op een jong slangenmens uit Parijs dat haar dagen op de Champs-Elysées slijt en alleen nog maar wacht op een goede reden om te sterven. Samen zouden we een camper zoeken om ons te verplaatsen, en zo een dak boven ons hoofd hebben op elke plek die we als ons thuis zouden kiezen.

Maar ook in mijn dromen zou het moment komen waarop ik vermoeid mijn messen in de hoes zou stoppen en me zou afvragen: 'Waarom heb je die dag dat risico niet genomen?'

Benedetta zou het meest melancholische gedeelte zijn van het lied dat in mijn hoofd zal blijven spelen, het leven dat ik nooit had geleefd, mijn berouw.

Daarom pak ik de telefoon en toets een nummer in.

Een nummer dat ik zo vaak ingetoetst heb dat ik het tot het voorlaatste cijfer uit mijn hoofd ken. Ik controleer het nog even. 5. Het laatste cijfer is een 5.

'Hallo, met Sasha, herinnert u zich mij nog? U had me nodig voor de parketvloer...'

'Ja, natuurlijk, ik verwachtte uw telefoontje al...'

Vandaag klinkt de stem van die man die toch geen held is warm en hartelijk.

'Mijn excuses, maar ik heb het erg druk gehad met een hond...'

'Sorry, wat zegt u?'

'Nee, dat is een lang verhaal.'

'Zeg, kunnen we morgen om twaalf uur in de villa afspreken?'

'Ja, natuurlijk.'

Kijk, geregeld, Sasha.

Hij leidde een mooi leven, hij was vrij en nam risico's.

Onthoud het adres goed, Sasha.

Dan eindelijk het afscheid.

Vol ongeloof leg ik langzaam de hoorn neer, terwijl ik dwangmatig het adres van die afspraak blijf herhalen.

Alleen al het idee de naam van de straat te ontdekken die Benedetta heeft geleerd toen ze klein was en waar zij is opgegroeid, alsof ik in haar dagboek heb gelezen, geeft me het gevoel dat ik deel uitmaak van haar leven.

Dat adres bestaat uit letters die Benedetta uit haar hoofd kent en die nu deel worden van het lied dat Nicole voor mij geschreven heeft.

Hij leidde een mooi leven, hij was vrij en nam risico's.

Het bijzondere aan Camilla is – naast het feit dat ze in haar vijfenvijftig jaar een schokkende verzameling facelifts heeft opgebouwd – haar chique en schandalig saaie voorkomen. Zoals, het spijt me dat ik het zeg, het grootste deel van Lorenzo's vrienden. We zitten met z'n zevenen aan tafel. De enige zonder partner is een bruinharige twintiger die er breekbaar en getergd uitziet, de zoon van Camilla en Vittorio. De andere twee ken ik niet, maar ze zijn een perfecte kopie van de gastheren en alle andere personen die ik hier heb leren kennen. Ik denk dat ze hun vrienden uitzoeken op basis van hoeveel ze op hen lijken. Ik ben nooit uitgekozen op grond van dit criterium, maar slechts geaccepteerd als Lorenzo's aanhangsel.

'Op wie van al jouw vrienden lijk ik?' had ik jaren geleden eens aan mijn man gevraagd.

'Jij lijkt op niemand, jij bent Nicole,' zei hij terwijl hij me in zijn armen nam. Enkele dagen later vroeg hij me echter discreet om iets formelers aan te doen voor het volgende diner. En ik paste gedwee mijn garderobe aan.

Ik steek mijn vork langzaam in mijn gebakje terwijl het gesprek zich concentreert op de sentimentele problemen van de jonge Fabio. Zijn moeder vertelt meedogenloos over zijn laatste ongelukkige verliefdheid voor een meisje dat hem niet lijkt op te merken. Fabio's gezicht zit onder de rode vlekken en het is gênant te zien hoe ongemakkelijk hij zich voelt, terwijl alle tafelgenoten slimme tactieken uitwerken om hem advies te geven over het veroveren van het onwillige slachtoffer. Fabio draagt een grijs jasje en een wit shirt. Het enige detail dat bij zijn leeftijd past is de perfect gestreken spijkerbroek. Arme jongen, gedwongen zich als een veertiger te kleden en te accepteren dat zijn privéleven in het middelpunt van de belangstelling staat.

Ik stop met eten. Ik ben een beetje misselijk en krijg dat hoogstandje van suiker en room niet weg. De laatste twee weken heb ik er wel vaker last van, wat gepaard gaat met een zwaar gevoel van ongemak, zoals het meeslepende en pijnlijke gevoel dat ik Jezus bedroog wanneer ik als klein meisje in slaap viel zonder mijn gebedjes te hebben gezegd.

Ik heb Sasha niet meer gebeld, zoals ik die nacht had beloofd toen Lorenzo me kwam ophalen bij de dierenarts. We hadden briefjes uitgewisseld met onze telefoonnummers en nuttige adressen voor de verzekering, en omdat ik me veel te opgelucht en schuldig voelde, had ik hem haastig gezegd dat ik de dag erna zou bellen om te vragen hoe het met de hond ging. Ik greep Lorenzo's hand en keerde de geur van desinfecterende middelen, de neonlampen en die geduldige jongen op dat bankje de rug toe.

'Wat vind jij ervan, Nicole?' Vittorio kijkt me aan met zijn afwezige glimlach en wacht op mijn antwoord.

Meteen nadat we bij de dierenarts waren weggegaan, had ik het briefje aan Lorenzo gegeven. Ik wist dat hij voor alles zou zorgen. En de rest wilde ik vergeten.

Ik kijk op van mijn ontlede gebakje.

'Ik heb een hond aangereden, twee weken geleden. Ik weet niet eens of hij nog leeft.' Plotseling voel ik me verloren. Door wat ik in die twee weken heb nagelaten te doen en vanwege mijn misplaatste opmerking.

Vittorio schraapt zachtjes zijn keel. De tafelgenoten glimlachen ongemakkelijk maar beleefd.

Camilla kijkt teder en begripvol naar me, zoals naar een lastig en achterlijk familielid. 'Lieve Nicole, wij wilden eigenlijk weten wat Fabio volgens jou moet doen om het hart van dat meisje te veroveren.'

Ik kijk naar de rode vlekken op het gezicht van Fabio. De twee puisten op zijn voorhoofd, zijn magere polsen die uit de mouwen van het onberispelijke grijze jasje steken. Ik glimlach naar hem.

'Heb je al geprobeerd haar tegen de muur te duwen en haar te zoenen?'

Toen we thuiskwamen hebben Lorenzo en ik gevreeën. Dat was al heel lang niet meer voorgekomen. Na tien jaar samenleven heeft vrijen meer te maken met het vernieuwen van een warme verbintenis dan met het uitdrukken van je passie.

Voor ons is dat in ieder geval wel zo.

Toen ik in de badkamer mijn tanden stond te poetsen, omhelsde hij me een beetje onhandig. Die onhandigheid overwon mijn vermoeidheid, mijn lichte misselijkheid, mijn somberheid van die avond. Twee handen die iedere plooi of holte van jouw lichaam kennen en die je aanraken met de onzekere stoutmoedigheid van een jonge man, kunnen je verwonderen en vertederen. In de schemering van onze kamer hervond ik zijn stevige en sterke lichaam, de vertrouwelijke geur van zijn huid, zijn stem die tijdens het vrijen ongelooflijk diep wordt, en ik voelde me thuis. En dankbaar.

'Vergeet je me morgen niet het nummer van die jongen te geven?' fluisterde ik daarna, terwijl hij in slaap viel en ik me voorbereidde op mijn gebruikelijke nachtelijke strijd tegen de slapeloosheid.

'Als je wilt, bel ik hem wel om te vragen wat je wilt weten.'

'Nee, ik doe het wel.' Mijn stem klonk veel zelfverzekerder dan hij in werkelijkheid was. Ik stak mijn hand uit om hem over zijn haar te aaien. Het was dun en zacht, en begon op zijn voorhoofd al een beetje te verdwijnen.

Lorenzo is vijftien jaar ouder dan ik.

En ik heb nooit van hem gehouden.

Ik neem mijn tekst en mijn pasjes nog een keer door en schraap mijn keel.

Ik sta op het punt op te komen.

Je bent er klaar voor, Sasha.

Ik controleer mijn masker. Mijn gezicht is goed verstopt achter de schmink. Ik doe oogpotlood op en adem diep in.

Dit is slechts plankenkoorts.

Je publiek wacht op je.

'Wie moet er op?' schreeuwt een stem binnen in mij.

O god. Plotseling realiseer ik me waar ik ben.

Nee. Ik ben er nog niet klaar voor.

Tien seconden.

Stop, stop. Ik heb nog wat tijd nodig.

Vijf seconden.

Ik loop de trap op.

4 − 3 − 2 − 1.

Dan bel ik eindelijk aan.

Stilte.

Laat het doek maar opgaan.

Een vrouw van rond de zestig doet de deur voor me open. Haar haar zit opgestoken en ze heeft veel moedervlekken in haar gezicht.

Ze is lelijk. Mijn god, wat is ze lelijk. Dit had ik niet voorzien. Wordt hun gevoel voor schoonheid zo niet aangetast?

'Hallo, ik heb een afspraak met de advocaat.'

'Alstublieft, komt u verder. Hij komt er zo aan.'

Het huis is weelderig en stoffig. Volslagen verouderd. Het hout is dood, slachtoffer van te veel houtworm. En ik ben alleen. De lelijke vrouw gaat weg en laat mij alleen op het podium.

Een podium van ongeveer honderdvijftig vierkante meter. Een enorme woonkamer met ramen op de binnentuin en een grote trap die naar de bovenverdiepingen leidt. Alles van hout. Er is alleen wat pleisterkalk blijven zitten en wat stucwerk dat in stukken breekt, hier en daar wat gescheurd behang. Het zijn net kleine bloempjes, die in de loop der tijd zijn verbleekt.

De parketvloer kraakt onder mijn gewicht. Om mij heen alleen maar meubels, tapijten en sofa's uit het begin van de negentiende eeuw, die een heel warme en gezellige sfeer aan het huis geven. Ik buk en steek mijn hand onder het tapijt, ik kras erover met mijn nagels om het weefsel te voelen. Het moet heel waardevol zijn. Toen ik in Borgo Fiorito was, hebben ze me geleerd om op de tast een handgemaakt tapijt van een fabriekstapijt te onderscheiden. Er is niets in dit huis wat geen waarde heeft. Waarom juist ik?

Uit de gang rechts van me komen vastberaden stappen, dus spring ik op.

Daar komt de Vader op het toneel.

Een mooie man van rond de vijftig. Gedistingeerd en elegant in zijn grijze pak.

'Hallo, jij moet Sasha zijn,' zegt hij terwijl hij dichterbij komt.

Die stem onthult elk mysterie en achter de grijze haren op zijn slapen en de rimpels om zijn ogen herken ik de grote tegenspeler uit mijn avonturen. Hij is alleen niet zo groot en stevig als in mijn herinnering. Hij draagt geen ooglap en heeft allebei zijn handen nog. Sterker nog: eentje steekt hij welwillend naar mij uit. Hij is glad en zacht. Invloedrijk en aristocratisch.

Tijdens de Franse Revolutie zouden ze voor zo'n hand zijn hoofd hebben afgehakt.

'Hallo, aangenaam,' mompel ik verlegen.

'Kom verder, laten we in de studeerkamer gaan praten, daar staat een kleine elektrische haard en daar zou het aangenamer moeten zijn,' zegt hij terwijl hij me door de gang leidt.

Zijn gestalte tekent zich voor mij af. Ik zucht en bedenk

dat hij in het halfduister van die gang niet kan zien hoe mijn ogen krampachtig en nieuwsgierig over zijn lichaam bewegen en hem bestuderen.

Hij ruikt naar de aftershave van een keurige man en alles aan hem helpt me om hoofdstukken uit haar leven te onthullen.

Hoe vaak zul je die eau de cologne in zijn nek hebben ingeademd?

'Ga zitten, alsjeblieft,' herhaalt hij. In de studeerkamer met de leren fauteuils en het grote bureau van notenhout is de temperatuur zeker iets aangenamer.

Nu moet je je beheersen, Sasha.

'Ik ben een oude vriend van Riccardo, dat zal hij je wel hebben verteld. Hij heeft heel goede dingen over je verteld.'

'Ik heb hem al een tijdje niet meer gezien,' antwoord ik voorzichtig, terwijl ik probeer mijn wrok niet te laten blijken.

'Hij vertelde me ook dat jij al het restauratiewerk in Borgo Fiorito hebt gedaan.'

'Ja, ik vind het leuk om met mijn handen te werken,' zeg ik terwijl ik een zelfverzekerde glimlach voorwend.

Hoe vaak zullen die handen je gestreeld hebben? Dat is misschien het jasje waarop jij je hoofd legde als je 's avonds moe thuiskwam.

Toch?

Kom op, Sasha. Concentreer je.

'De ruimte die ik heb opgeknapt was ongeveer even groot als deze, maar was er veel slechter aan toe.'

'En hoe lang hebben jullie erover gedaan?'

'Ongeveer vier maanden. Ik werk alleen.'

'Is er niemand die je helpt?'

'Nee. Ik vind mijn werk leuk en ik vind het fijn om het goed te doen. Ik hoop alleen dat tijd geen probleem is voor u.'

Er verschijnt een glimlach om zijn mond.

'Nee, ik heb geen haast,' zegt hij.

Het lijkt wel of hij trots op mij is door mijn antwoord en

dat koester ik als de waardering van een vader.

'Wanneer zou je kunnen beginnen?'

'Zodra u me groen licht geeft.'

'Dit is voor mij een soort opslagplaats waar ik de dingen bewaar die ik niet nodig heb. Ik heb van onze afspraak geprofiteerd om een paar herinneringen uit het verleden op te halen. Zo maak ik de weg een beetje voor je vrij. Maar jij moet voor de meubels zorgen.'

'Natuurlijk. Geen probleem.'

Ik zal u niet teleurstellen, meneer.

Hij bekijkt me aandachtig en welwillend, als een keurige man, en glimlacht naar me met samengeknepen ogen.

Door die gulle glimlach voel ik me als een kind met nieuw speelgoed.

Ik zal u niet teleurstellen, meneer.

Maar dan gaat er een deur open… En nog voordat ik kan zien wie het is, slaat mijn hart een slag over, en aan de geur die me tegemoet komt herken ik haar al.

Zij is het.

De lucht die ze verplaatst is als een wind die onder je huid kruipt en je raakt tot op het bot.

En alleen al door haar stem besef ik dat ik slechts een planeet ben die om een grotere zon draait. Zij.

'Papa, kijk eens wat ik in oma's kamer heb gevonden,' roept ze opgetogen met een oude zwart-witfoto in haar hand.

Mijn hart staat stil, net als mijn ogen, die niet de moed kunnen vinden haar kant op te kijken. Het zijn net lichamen die de zwaartekracht tarten en uit angst weg zouden willen vliegen, maar die door hun gewicht en de aantrekkingskracht aan de grond worden gehouden. En mijn voorstelling van haar achter mij overlapt met die van een blond meisje dat ongeveer tot haar middel komt.

Hij, de aristocraat met die guillotinehanden, bestaat nu niet meer voor mij. Ik merk dat de fascinatie die ik voelde slechts de weerspiegeling was van zijn dochter. Van haar. Van Benedetta.

En Benedetta merkt me op.

Even blijft ze in de deuropening staan.

'Sorry, stoor ik jullie?'

'Nee, liefje, natuurlijk niet. Kom, dan stel ik je voor aan Sasha. Hij is de jongen die ons huis gaat opknappen.'

Nu komt ze langzaam uit het halfduister van de deur en laat haar blik op mij vallen.

Mijn god, ze is het echt.

Haar blauwe ogen zijn hetzelfde, alleen verbergen ze zich achter langere wimpers en een subtielere vorm.

Ze is het helemaal.

Ze doet een stap in mijn richting en buigt voorover. Nog een stap vooruit zou haar te dichtbij brengen. Te dichtbij voor mij. Er verschijnt een glimlach om haar rode mond.

Haar bovenlip heeft de zachtheid van toen ze klein was niet verloren, maar ze heeft geen kuiltjes meer in haar wangen. Ze heeft nog wel de blos die haar zo levendig maakte.

'Hallo,' zegt ze terwijl ze me een hand geeft.

'Benedetta.'

Ik zocht ze in het weiland en nu heb ik ze gevonden. Hier zijn ze, jouw blonde haren.

'Hallo. Sasha,' zeg ik tegen haar terwijl ik bezitterig haar hand met de mijne bescherm. Ik heb het nog niet gezien, maar ik voel al dat de tijd ook de kuiltjes heeft weggenomen die je op je vingers had.

Maar jij bent het.

Ongelooflijk. Jij.

'Als jullie willen, kom ik later wel terug,' zegt ze vriendelijk tegen haar vader.

'Nee, ga zitten, liefje, we zijn bijna klaar.'

Het publiek zit aan zijn stoel gekluisterd. Net als ik.

Maar nu ben ik mijn tekst kwijt. Plotseling is het leeg in mijn hoofd en kan ik op het podium mijn talisman niet meer vinden.

Ze gaat rechts van mij zitten en kijkt me glimlachend aan. Het lijkt alsof ze me op mijn gemak wil stellen.

Het lijkt alsof ze me mijn tekst wil influisteren.

Maar de Vader komt me te hulp.

'We willen het opknappen, zodat Benedetta hier kan gaan wonen als ze gaat trouwen, in het oude huis waar ze is opgegroeid.'

Zijn woorden vormen precies de tekst die ik me had voorgesteld, en plotseling zit ik weer in mijn rol.

Dus kijk ik naar haar terwijl ik in mezelf glimlach, en ik draag voor: 'Dan zal ik het als een jurk om haar heen bouwen.'

Ik voel haar ogen op mij gericht, dus ik kijk weer naar beneden en zorg ervoor dat mijn haar mijn voorhoofd bedekt.

Benedetta glimlacht geruststellend.

'Als een mooie avondjurk...' vult ze geamuseerd aan.

Op de tribune in de verte komt een zacht applaus op gang, dat me moed geeft.

De Vader staat op uit zijn fauteuil en zegt me gedag.

'Dan zijn we het eens.' Hij buigt voorover en geeft me een kopie van de huissleutel.

Ik houd de sleutel stevig vast, en nu weet ik het zeker. Ik voel dat ik het heb gehaald.

'Morgen kun je beginnen.'

'Prima.'

Naast mij staat ook Benedetta op. En ik voel me als tijdens een film die je heel lang, te lang geleden, al gezien hebt...

'Mocht je nog iets nodig hebben, dan kun je ons altijd bellen.'

... en wanneer je hem weer ziet, vraag je je niet af waarom je hem de eerste keer zo mooi vond. Je zit er meteen weer in.

'Nou, werk ze dan maar,' zegt Benedetta. 'Leuk je te hebben ontmoet.'

Ik kijk even naar haar, maar lang genoeg om eerlijkheid en ondubbelzinnigheid uit te stralen.

'Van hetzelfde,' zeg ik terwijl ik me overgeef.

Ik voel dat de schmink van mijn gezicht glijdt en mijn ogen achter het masker zichtbaar worden.

Daarna passeer ik haar en loop naar de deur. Voordat ik de kamer uit loop, draai ik me voor de laatste keer om en daar in de deuropening zeg ik mijn laatste tekst.

'Dag.'

Het publiek barst uit in een daverend applaus. Vanaf de tribune vallen rozen op het podium en ik ga af.

Als laatste de buiging, dan valt het doek.

Ik loop in extase door de woonkamer. Met iedere stap voel ik mijn angsten verdwijnen.

Zij zal geen teleurstelling zijn.

Het leven is prachtig.

De lelijke vrouw staat dreigend klaar om de voordeur voor mij open te doen. Ze kan niet wachten om me gedag te zeggen. Mijn god wat is ze lelijk! Ze heeft zelfs een snor.

'Tot ziens.'

Ik kijk haar aan en terwijl ik haar mijn mooiste glimlach schenk, zeg ik: 'Wist u dat u echt mooie ogen hebt?'

'Hallo, wij zijn van dierenkliniek Sant'Agostino, we wilden u laten weten dat het veel beter gaat met uw hond en dat u hem kunt komen ophalen als u wilt. Dank u.' *Piep.* Een elektronische stem: 'U hebt geen nieuwe berichten.'

Godzijdank, zou ik eraan toe willen voegen. Dit bericht is meer dan genoeg, en het klinkt nog door in mijn hoofd terwijl ik door de gang van de dierenkliniek loop.

Zomaar ineens heb ik een hond.

Zonder erom te vragen ben ik de baas geworden van een hond.

Ik heb een hond, maar geen slaapplaats.

Ik ben dus eigenlijk een zwerver met een hond.

De mevrouw van het pension heeft me er vriendelijk uit geschopt en mijn plek aan een jong stel gegeven dat is gekomen om de benoeming van paus Ratzinger te vieren.

Ik realiseer me dat twee fanatieke katholieken geruststellender kunnen zijn dan een jonge hippie die rondreist met een legergroene plunjezak en een zwarte bastaardreu met witte vlekken.

'Alstublieft, het is een vrouwtje,' corrigeerde de verpleegster me terwijl ze me uitlegde hoe ik voor mijn teefje moest zorgen.

Zonder te antwoorden vul ik elk vakje van het ontslagformulier van de patiënt in.

Voornaam. Achternaam. Geboortedatum en -plaats. Woonplaats.

Leuk probleem.

Woonplaats?

De jonge verpleegster bekijkt me van top tot teen en ik wil haar niet de gelegenheid geven nog slechter over me te oordelen. Rot op, dametje, je denkt toch zeker niet dat iemand als ik onder een brug slaapt? Je ziet me misschien in deze kleren, maar ik ben een heer. Ik laat alleen mijn rijkdom niet zien, maar als je het echt wilt weten, zal ik je vertellen waar ik woon: ik, dametje, woon in de mooiste villa van Rome. Een villa met drie verdiepingen, een beetje rococo en een beetje Jugendstil. Sorry als dat niet genoeg is.

Dus zonder erover na te denken vul ik het adres van Benedetta's huis in, en terwijl ik de riem van mijn viervoeter vastpak loop ik met opgeheven hoofd weg.

Goed idee, Sasha. Wie zou erachter kunnen komen?

Terwijl ik in het geheim het hek van mijn nieuwe woning openmaak, bedenk ik dat het in zo'n groot huis met een elektrische haard niet moeilijk zal zijn een warm nestje te maken voor mij en mijn lieve behaarde wederhelft.

Zo laat ik het teefje kwispelend rondlopen door de woonkamer en zet de deuren van het paleis wijd open.

Dit is het begin van een nieuw leven, lief bastaardje.

Ik loop met snelle pas, aan de ene kant om de kou te overwinnen en aan de andere kant omdat het nu eenmaal mijn manier van lopen is. Het is in ieder geval mijn manier om bijna alles in het leven aan te pakken. Je concentreert je op dat wat je aan het doen bent en je doet het, zonder tijd te verliezen, zonder af te dwalen.

Vroeger wandelde ik, geloof ik. Ik verloor tijd en dwaalde af.

Dat was ook mijn werk: wandelen door de geest van andere mensen.

In mijn vorige leven.

Geloof ik.

Het is niet meer belangrijk.

In mijn zak heb ik het briefje met het adres en telefoonnummer van Sasha. Ik ga hem niet bellen. Mijn gemoedstoestand van de avond ervoor lijkt absurd en ver weg, de zon heeft mijn misselijkheid weggenomen en de armen van Lorenzo hebben vannacht mijn zekerheden hersteld. Ik ben op weg om kaartjes te kopen voor het concert van Sjostakovitsj. Ik kan hem niet uitstaan en Lorenzo nog minder dan ik, maar het is voor liefdadigheid en goed voor ons geweten.

Terwijl ik langs de Engelenburcht loop, vraagt een dikke en stevig ingepakte toeriste mij om een foto te maken van haar en haar zoon voor het monument. Het jongetje is net als zijn moeder zwaarlijvig en heeft net als zij een efficiënte en praktische houding wanneer hij me het fototoestel aangeeft en in het Amerikaans met een onbegrijpelijk accent uitlegt hoe het werkt.

Dank je, jongetje, ik weet hoe je een foto maakt.

Ooit heeft iemand Parijs bedolven onder de foto's van mij waarop stond *Je t'aime, Nicole,* en mij, de enige stomverbaasde deelnemer aan die speurtocht, lachend gedwongen ze allemaal te verzamelen. Daarna nam hij me stevig in zijn armen en kuste me urenlang, terwijl de mensen glimlachend naar ons keken, maar ik schaamde me niet.

Ik trek mijn handschoenen uit en druk op het knopje. Hun gelukkige uitdrukkingen bevriezen in een compositie met de Engelenburcht. Van daar boven heeft Tosca zich naar beneden geworpen, omdat ze het idee niet kon verdragen dat haar man dood was. Toen ik klein was, reden mijn moeder en ik hier vaak voorbij in haar witte Cinquecento en iedere keer vroeg ik haar om me dat verhaal te vertellen. De dood en de liefde omarmden elkaar in mijn hoofd en ik droomde voor mezelf een net zo romantisch lot.

Let op wat je droomt, Nicole. Want het zou wel eens uit kunnen komen.

Klik klik klik. Moeder en zoon maken zich gelukkig en dankbaar los uit de omarming. Ze vertellen me hun namen alsof het een prijs is. Ze komen uit Wyoming, en mocht ik ooit in de buurt zijn, dan moet ik ze komen opzoeken. Ik kijk naar ze terwijl ze weglopen: twee worstjes in een blauw en een rood windjack van verschillende grootte, maar verbonden door een navelstreng die nooit zal worden doorgesneden.

Misschien heb ik daarom wel nooit een kind gewild. Het idee mezelf voor negen maanden te verdubbelen om me vervolgens in tweeën te delen en nooit meer één geheel te worden heeft me altijd een beetje beangstigd. En bovendien is het moederinstinct niet aanwezig in mijn genen. Ik glimlach naar kinderen, ik ruik graag aan hun talkharen en speel graag hun spelletjes, maar daarna wil ik terug naar mijn eigen huis.

In één geheel.

Ik ga op een bankje zitten. Alsof die onverwachte fotosessie mijn zin om naar Sjostakovitsj luisteren nog meer heeft verzwakt. Ik kijk naar de andere kant van de rivier, ik begin te lachen. Ik vis het verfrommelde briefje uit de zak van mijn jas en controleer het. Als ik deze brug oversteek, struikel ik bijna over het adres van Sasha.

Misschien zou ik hem moeten bellen. Ik heb me asociaal gedragen.

Ik kijk opnieuw naar de brug.

Dan, bijna zonder het te merken, begin ik te lopen

'Les enfants se promènent sur le pont de la ville.'

De uitspraak van Angela irriteert me net zoveel als de persoon zelf. Ik klem mijn lippen op elkaar om sarcastische opmerkingen te vermijden en schraap geforceerd mijn keel. Zij stopt even en kijkt op van haar boek. Ze kijkt me strijdlustig aan en begint dan weer te lezen met hardere stem, alsof ze mij en mijn taal bang wil maken. Zij vindt mij niet aardig en ik haar niet. Maar ik ben een goede lerares en zij wil binnen vier maanden vloeiend Frans spreken, oftewel voordat haar kind geboren wordt. Angela is schilderes, ze is zwanger (over de vader alleen verdenkingen, geen zekerheden) en met hulp van een tante die na haar dood een aanzienlijk geldbedrag heeft nagelaten, heeft ze besloten naar Parijs te verhuizen om door te breken in de kunst ('De enige stad waar men creativiteit inademt en geen rotzooi,' zei ze de eerste les tegen mij, terwijl ze een sigaret uitdrukte met de stukgelopen hak van haar cowboylaarzen).

'Les enfants sont glacés parce-que l'air est très froide.'

Ook vanochtend, toen ik bij Sasha aanbelde, was de lucht heel erg koud.

Een grijze en vervallen villa in het hart van Rome. Een tuin vol onkruid, maar er staan ook rozenstruiken. Een massief eikenhouten deur, de echo van mijn voetstappen op het marmer van de trap, mijn vinger op de bel.

Ik verbaasde me niet over de weelderige sfeer van die plek. Ik maakte geen associaties met de versleten jas van Sasha of met zijn Saab die voor het ongeluk al rijp was voor de sloop. Mijn brein was bevroren net als mijn handen, net als de bomen, net als die stoffige traptreden.

Mijn gejaagde adem, het lange gerinkel, beslist, zelfverzekerd, net als ik, een zelfverzekerde vrouw, een stabiele vrouw, een evenwichtige vrouw. Dat ben ik.

Sasha droeg een spijkerbroek en een trui. Een warmteabsorberend marsmannetje. Met zijn haar voor zijn ogen en een sigaret bungelend tussen zijn lippen, zei hij op rustige toon 'hallo', alsof we een afspraak hadden.

'Ik wilde je bellen, maar... ik was hier in de buurt en... ik wilde me verontschuldigen voor het feit dat ik was verdwenen, sorry, ik had heel veel te doen en daarna...' Het gevoel van lichte misselijkheid dat me de afgelopen dagen had achtervolgd begon te overheersen, mijn hersenen waren ontdooid en nu kwamen er kleine stroompjes gesmolten ijs uit mijn ogen...

Mijn god, ik stond te huilen – nee, sterker nog: ik stond te snikken als een klein kind.

'Ik was bang dat hij... dood was.' Dat woord kwam als een bom vrij, samen met mijn verstikte stem, en maakte nog meer tranen los. Machteloos en verbaasd was ik getuige van het spektakel van die onherkenbare vrouw. 'Ik was bang dat je me zou zeggen dat hij dood was en dus deed ik of er niets aan de hand was. Ik was bang dat hij dood was en ik kan het idee dat dit tegen me gezegd wordt niet verdragen, sorry, ik...'

'Het is een vrouwtje,' onderbrak Sasha me rustig. 'Ze heet Oliva en het gaat heel goed met haar.' Hij floot hard, zonder zijn vingers te gebruiken, en door een deur kwam het slachtoffer van ons ongeluk al kwispelend aangelopen. Ze was kleiner dan ik me herinnerde en er zat verband om haar buik, maar ze verkeerde zeker in goede gezondheid. 'Oliva, dit is de mevrouw die samen met mij jou bijna om zeep heeft geholpen,' zei hij terwijl hij haar aaide.

Ik knielde en haalde mijn neus op, ik voelde me zo belachelijk dat ik wel zelfmoord wilde plegen. Ik stak mijn hand uit en krauwde haar op haar kop.

'Ik heb altijd zo willen kunnen fluiten,' zei ik tegen Sasha, terwijl ik opstond. Het was de enige fatsoenlijke zin die in me opkwam.

Hij keek naar me met samengeknepen ogen, alsof hij mij scherper wilde zien. Hij glimlachte gul naar me. 'Het is een erfelijke gave,' zei hij. 'Het is tijd voor Oliva's wandeling. Wacht even, dan pak ik een trui en gaan we naar buiten.'

Les enfants se promènent très heureux dans la ville.

'Drive My Car', 'Norwegian Wood', 'You Won't See Me', 'The Word'… nee wacht, eerst kwam 'Nowhere Man', of was dat op de andere kant? Toen de platen nog kanten hadden, toen lp's nog zwart, glanzend en groot waren en de nummers die je het meest luisterde kraakten en er op een feestje altijd wel iemand was die de platenspeler een stoot gaf en een kras maakte over alle nummers.

Volgens de digitale wekker op mijn nachtkastje is het 3:35 uur, ik ben na een halfuur slaap met een schok wakker geworden en ik kan niet meer slapen. Soms helpt het de albums van de Beatles op te sommen. De truc is om onbeweeglijk in bed te blijven liggen en in je hoofd de volgorde van de liedjes op te dreunen zoals die op de plaat staan, als een soort van ongewijde rozenkrans. Vannacht ben ik begonnen bij 'A Hard Day's Night' – ver weg in mijn geheugen en dus in theorie slaapverwekkend – maar het helpt niet.

'Come Together', 'Something', 'Maxwell's Silver Hammer', 'Oh Darling'.

Gisteren heb ik staan huilen tegenover een vreemde jongen die parket legt en verliefd is op een prinses.

'Octopus Garden', 'I Want You', 'Here Comes The Sun'.

'Abbey Road' is te makkelijk.

De vreemde jongen en ik – vannacht kost het me moeite hem Sasha te noemen – hebben langs de Tiber gewandeld met een hond die door een wonder is gered.

'Ik breng houten vloeren weer tot leven,' zei hij toen ik hem vroeg wat voor werk hij deed.

'Aha, je bent parketteur,' vatte ik pragmatisch samen.

Hij keek me oprecht verbaasd aan. 'Nee, ik breng het hout weer tot leven.'

'Politiek correcte omschrijvingen vervelen mij altijd een beetje,' zei ik terwijl ik een man en een vrouw observeerde die aan boord van een boot aan het ruziën waren. Vanwaar ik stond kon ik niet verstaan wat ze zeiden, maar hun lichaamstaal was veelzeggend.

De vreemde jongen keek me geïnteresseerd aan. 'Moet jij altijd alles tot de kern reduceren?'

'Ik ben een praktische vrouw.'

'Aha.' Toen volgde hij mijn blik die gefixeerd was op de twee ruziemakers. 'Zij vertelt hem nu dat ze niet langer op die boot kan leven. Dat hij haar een ander leven had beloofd,' zei hij.

'Hij is wanhopig verliefd, maar kan niet meer tegen haar geklaag. Zij had hem gezworen dat bij hem zijn genoeg was om gelukkig te worden,' improviseerde ik geamuseerd.

'Maar je neemt me nooit mee naar de bioscoop. En het is hier zo vochtig, mijn botten kraken ervan.'

'Ooit kraakten de veren van ons bed, nu wil je naar de bioscoop.'

'Ik wil een beter leven. En jij steekt iedere nacht een hand naar me uit omdat je denkt dat dat genoeg is om gelukkig te zijn.'

'Liefde ís genoeg om gelukkig te zijn.'

De jongen keek me aan. 'Je bent geen praktische vrouw.'

'Because', 'You Never Give Me Your Money'.

Vier uur. Ik kan niet meer slapen, dat weet ik.

Kant B: 'Sun King', 'Polythene'… nee, 'Mean Mr. Mustard', 'Polythene Pam'.

'En jij?' vroeg hij toen we op een trapje zaten, met onze gezichten naar de zon gericht.

'Ik wat?'

'Wat jij doet.'

'Ik ben geboren in Frankrijk, heb in Italië gewoond, ben teruggegaan naar Frankrijk om te studeren, heb gewerkt, ben teruggegaan naar Italië, ben getrouwd.' Zolang ik bij kleine geografische verwijzingen blijf, ben ik veilig.

'En wat voor werk deed je?'

Dat is een makkelijke vraag. 'Ik geef Frans,' is het antwoord dat ik aan iedereen geef. Maar die verleden tijd brengt me van mijn stuk. Hij vroeg niet: 'Wat doe je?', maar: 'Wat deed je?' Alsof hij wist dat daarna alles is veranderd. Dat ik geen kind heb gekregen, maar dat ik in ieder geval niet meer één geheel ben.

'Ik was psychotherapeut.' Ik had het al jaren niet meer gezegd. En ik weet niet waarom ik het heb toevertrouwd aan deze jongen van wie ik heb besloten zijn naam te vergeten op het moment dat hij te dichtbij kwam. Ik bleef onbeweeglijk zitten met mijn gezicht naar de zon. Mijn hart klopte snel, net zo verbaasd als ik.

'Oftewel je bracht in slaap gevallen hersenen tot leven.'

Ik hield mijn ogen dicht, maar hoorde aan zijn stem dat hij glimlachte. Het geluid van een afgestoken lucifer, een diepe inademing terwijl hij genoot van het eerste trekje. Ik kneep mijn ogen verder dicht.

Laat hem ophouden. Laat hem ophouden. Waarom brengt hij alles in verband met leven en dood?

'Ik heb nooit iets tot leven gebracht,' antwoordde ik hem, terwijl ik mijn ogen opendeed en hem aankeek.

'Dan heb je er goed aan gedaan ermee te stoppen.'

'Wie zegt dat ik gestopt ben?' Mijn stem klonk geïrriteerd.

Ik heb genoeg van deze woordenstrijd. Ik heb genoeg van het lopen. Ik heb genoeg van deze hond die heen en weer rent. Ik heb genoeg van deze twee onbekenden. Ik wil de vrienden van Lorenzo, hun neutrale vragen, hun desinteresse, hun verveelde gesprekken.

'Ik moet gaan,' zei ik tegen hem en ik stond op.

'Wat voor werk doe je nu?' vroeg hij onverstoorbaar, terwijl hij een stok naar de hond gooide.

Ik keek hem vijandig aan en antwoordde niet.

Hij trok een overdreven achterdochtig gezicht.

'Huurmoordenaar?'

Wat irritant. Ik begon te lachen. 'Ik ben lerares Frans.'

Hij knikte plechtig. En toen zei hij het.

'Ik ben verliefd op een prinses. Die ik nooit zal veroveren.'

Toen wisten we nog niet dat die zin onze levens zou veranderen.

Ik keek hem glimlachend aan. Superieur. Opgelucht dat de bal niet meer op mijn ongemakkelijke, pijnlijke helft lag. En toen zei ik het.

'Er bestaat geen vrouw die niet te veroveren is.'

Toen wisten we nog niet dat die zin mij tot zijn handlanger zou maken.

Do, re, mi, fa, sol, la, si, do.

En toch zou hij niet zo moeten klinken.

Do, re, mi, fa, sol, sol, sol... De sol is vals.

Hij zou niet zo moeten klinken, verdomme. Ook al speel ik geen piano, ik weet uit mezelf dat deze sol na de fa klote klinkt.

Ik speel geen piano, ik heb het nooit gespeeld, ik weet niet waar ik moet beginnen, maar sinds ik heb ontdekt dat er in dit huis een vleugel uit de jaren vijftig staat, dacht ik dat dit het goede moment was om ermee te beginnen.

Is het de sol die vals is?

Sol, fa, mi, re, do. Dit klinkt wel goed. Dit kan ermee door.

Misschien is niet de sol vals, maar klinkt de rest niet goed.

En misschien ben ik nu een melodie aan het spelen die alleen ik en deze piano kennen, misschien speel ik wel noten die niet bestaan. Ik ben muziek aan het creëren die niet bestaat.

Misschien wel. Daar ben ik goed in. Dat heb ik altijd gedaan.

Sol, sol, sol.

Als ik me alleen voel en ik de tafel dek voor mensen die niet met mij mee-eten, maak ik muziek die niet bestaat. Als ik afruim en de afwasmachine vul met schone vaat, als ik bang ben en een spelletje poker opzet waarvan ik de enige speler ben, als ik in de spiegel kijk en mezelf zie... ook dan maak ik muziek die niet bestaat. Want ik weet dat het een wonder is dat ik leef. 'Sasha het wonder' noemden de doktoren me. 'Uw zoon, mevrouw, was dood. Het is ongelooflijk dat hij de bevalling heeft overleefd.' Dat zei mijn moeder altijd tegen me. Vanaf dat moment maak ik muziek die er niet is, omdat ik ademhaal. En ik speel ook als ik mezelf bang wil maken door met mijn Zwitserse zakmes langs mijn polsen te strijken. Ik speel, omdat ik weet dat ik hem niet in mijn vlees zal laten zakken. Zoals ik ook weet dat ik niet nog een keer naar Borgo Fiorito zal terugkeren.

Niet nog een keer.

Sol, la, si, do.

Ik kan altijd de juiste melodie vinden. Mijn toetsen spelen de muziek die ze willen horen.

Vandaag heb ik Benedetta weer gezien.

Daarna heb ik de vloer geschuurd totdat ik uitgeput was. Ik ken de zwarte toetsen niet, daarom bespeel ik ze niet.

Ik stond op, liep naar de keuken en pakte tien glazen. *Sol.*

Tien diepe borden. *Fa.*

Tien messen. *Mi.*

Tien vorken. *Re.*

En ik heb alleen gegeten. *Do.*

Maar zij is mijn lievelingsmuziek. Voor haar zijn deze noten niet genoeg. Voor haar bespeel ik de toetsen die ik niet ken.

Ik maak die muziek al sinds mijn achtste.

Sinds er een blond meisje in mijn leven is gekomen met een doormidden gescheurde pop.

Op een dag vroeg ik haar: 'Waarom wil je altijd alles kapotmaken?'

'Ik wil weten wat erin zit.'

Benedetta.

Borgo Fiorito was vol met mensen die er de andere dagen van het jaar niet woonden. 'De bezoekers' noemde Riccardo ze. En hij zei dat ze uit solidariteit kwamen. Mijn moeder, daarentegen, noemde ze 'vreemdelingen' en zei dat ze kwamen om 'ons te bekijken zoals in de dierentuin'.

Borgo Fiorito schitterde die ochtend van de gezonde mensen, de normale mensen, van volwassen mannen en hun blonde dochters.

Van mensen die kochten wat wij die winter hadden gemaakt. Naast tafels, stoelen, bedden en planten waren er ook poppen.

Benedetta wilde zien wat er in die pop zat en daarom heeft ze hem in stukken gesneden.

Ze was niet verdrietig. Ze vroeg me haar te helpen. En dat deed ik.

Ik vroeg haar waarom ze niet verdrietig was.

Ze antwoordde dat ze een meisje met het downsyndroom was en dat kinderen met het downsyndroom stom zijn en nooit verdrietig.

We werden vrienden. Ik nam haar mee naar de Magische Rots, waar ik altijd heen ging en waar ik sinds die dag met haar ben blijven wonen.

Benedetta was niet zoals de andere meisjes die ik kende. Zij was daar alleen die dag, maar ze was nieuwsgierig en wilde weten wat er achter mijn Rots zat, ze wilde weten wat er in die lappenpop zat en in mijn leven dat haar zo vreemd en ver weg leek.

Ze vond het leuk wat ik haar vertelde. Ze vond mijn wereld leuk. Ze vond mijn rode veter leuk, dus ze pakte hem en stopte hem in haar onderbroek, daar zou ze hem bewaken. Daar zou ze hem niet verliezen.

Benedetta en ik speelden de hele dag. Zij schreeuwde, lachte, streelde me. Ze zei dat kinderen met het downsyndroom niet weten wat ze doen.

Toen vroeg ze me om naast haar te gaan liggen. En om net te doen alsof we dood waren.

Ze zei dat ik alleen maar mijn ogen dicht hoefde te doen.

Als je dood bent, merk je niets. Helemaal niets.

Benedetta hield mijn hand vast en ik de hare. We lagen in dat weiland, zogenaamd dood te zijn. Samen.

'Zie je? Het is simpel,' zei ze, 'het is alsof je slaapt en niet meer wakker wordt.'

Het was de eerste keer sinds lange tijd dat ik weer naast iemand sliep.

Benedetta wilde dat ik haar een kus gaf. Benedetta wilde dat ik haar een kus gaf, omdat ze dood was en het toch niet zou merken.

Terwijl ik net deed of ik sliep, boog ik naar haar toe en kuste haar.

Benedetta werd wakker.

Die avond nam haar vader haar mee en voordat ze wegging had ze die veter tussen haar benen uit gehaald en aan mij teruggegeven.

Ik weet nog dat ik die nacht niet kon slapen, maar ik deed net of ik dood was, zoals Benedetta me had geleerd.

Vanaf die dag rende ik, iedere keer als ik bij haar wilde zijn, naar de top van mijn Rots, ging liggen en deed net of ik dood was. Ik sliep en zei tegen mezelf dat ze bij me was, ook al merkte ik het niet. Ik kon het niet merken want ik sliep, maar Benedetta was vlak bij me.

Als ik niet wilde horen, zien of lijden deed ik net alsof ik dood was.

En zo groeide ik op, wachtend op het moment dat ik Benedetta weer zou zien.

Zij kwam nog drie jaar achter elkaar, altijd op dezelfde dag. Daarna nooit meer.

Maar ik weet dat ik die dag heb geleerd om muziek te maken die niet bestaat.

Sol, fa, mi, re, do.

Als we geen ruzie hadden gehad, was het verleidingsspel om Sasha te helpen waarschijnlijk nooit begonnen.

Maar die nacht had ik nog minder geslapen dan normaal. En tijdens de weinige uren op de grens tussen slapen en wakker zijn droomde ik over Thierry, de gangen van het ziekenhuis en zijn moeder die zich in tranen aan me vastklampte en zei: 'Leg jij me dan uit waarom dit is gebeurd,' terwijl ik het alleen maar koud had en niet kon huilen. Toen ik opstond, ontdekte ik in de spiegel twee nieuwe subtiele rimpels die zich bij de minuscule inkepingen rondom mijn ogen voegden. Ik keek ernaar met de gebruikelijke lijdzame verbazing. Al met al is het alternatief voor verouderen jong sterven, zoals een vriendin van mij zei.

Jij zou een geweldige oude man zijn geweest. Je had moeten wachten.

Ik liet water in de badkuip lopen en deed mijn badjas uit. Staand voor de spiegel, als een moedige soldaat, keek ik naar mijn naakte lichaam. Het was nog steeds slank en sterk. Maar tegelijkertijd ook anders dan ik gewend was. Daar waar eerst slechts een aangename verzakking had gezeten, zat nu een zachte verdikking, van mijn navel tot mijn schaamhaar. Ik legde mijn hand erop en duwde zachtjes, alsof ik wilde begrijpen welk vreemde lichaam zich daar binnen had genesteld en dat onbekende ronde uitsteeksel vormde. Toen ging mijn hand, in de wetenschap dat hij geen antwoord zou vinden, naar boven richting de ronding van mijn borst, meteen gevolgd door de andere te hulp geroepen hand. Ik keek naar mijn handen die het gewicht probeerden vast te stellen van de twee kleine halve bollen die zich over begonnen te geven aan de zwaartekracht. Er zat geen zelfvertrouwen meer in mijn borsten. Ze leken een beetje vermoeid en weerloos, terwijl de tepels in een trotse beweging omhoogkwamen tussen de vingers die ze kritisch aan het onderzoeken waren. Door de warmte van de waterstralen besloeg de spiegel en mijn mistige spiegelbeeld draaide zijwaarts, terwijl de nu wat wazige handen mijn billen stevig vastgrepen om hun stevigheid te bepalen. Ook die maakten deel uit van een leger dat zich aan het overgeven was. Mijn ogen vulden zich met tranen in een plotselinge vlaag van vertedering voor die onbekende vrouw. En van dankbaarheid voor de tijd die voorbijging. Ik gleed langzaam op mijn knieën voor de spiegel die beslagen was door de stoom en mijn tranen, terwijl mijn handen zachtjes naar beneden gingen om troost en rust te vinden op een mysterieuze en vertrouwde plek, een warme en donkere plek waar je niets hoefde te zien om het te begrijpen. Ik sloot mijn ogen en koesterde met zachtaardige en ervaren vingers het lichaam dat me herinnerde aan het feit dat ik een verleden heb. En toen dat lichaam warmer was geworden dan de warme stoom die de kamer verstikte, verliet één hand die veilige plek om zich aan de rand van de badkuip vast te klampen, alsof hij steun zocht om niet te vallen, terwijl mijn knieën hevig trilden op de houten vloer en mijn lichaam dimensie en zwaartekracht vergat om vervolgens weer simpelweg mijn middelpunt te zijn.

Een gebroken zucht. En daarna een lange zucht.

Het geluid van het water dat bleef stromen.

Mijn dag was begonnen.

Als Angela en ik geen ruzie hadden gehad, hadden Sasha en ik elkaar misschien nooit meer gezien.

Maar die nacht had ik over Thierry gedroomd. En 's ochtends liep ik naar school met trillende benen met daartussen een klein hart dat nog steeds klopte. Ik was vergeten dat Angela die dag mijn leerlinge zou zijn. De bijtende en dikke rook die ondanks het rookverbod uit het lokaal kwam, hielp me eraan herinneren.

Ongewassen lange krullen, een verschoten spijkerbroek, een vormeloze trui, stukgelopen laarzen, een oversized mannenjasje en voortdurend een uitdagende uitdrukking op haar gezicht. Angela begon de tekst te lezen van een liedje van Ferré met haar rauwe Gauloises-stem en haar onmogelijke accent, terwijl ik een geschreven tekst van haar corrigeerde die van het Frans niet meer weg had dan een paar tweeklanken met verkeerd accent.

L'autre qu'on adorait, qu'on cherchait sous la pluie
L'autre qu'on devinait au détour d'un regard

'Angela,' onderbrak ik haar na een paar minuten, terwijl ik mijn pen en haar vel papier op de grote tafel legde die tussen ons in stond.

Entre les mots entre les lignes et sous le fard

'Angela,' herhaalde ik geduldig, terwijl ik me meteen wilde overgeven aan die nutteloze en onbegrijpelijke touwtrekkerij.

Avec le temps…
Avec le temps, va, tout s'en va

Ze keek op, keek me aan met haar overdreven opgemaakte zwarte ogen en leunde achterover met een spottend glimlachje, terwijl ze de gezwollen ronding aaide die haar inmiddels belette haar spijkerbroek dicht te doen.

'Het is zonde van je tijd en geld,' zei ik tegen haar met een vriendelijke stem.

'Waarom vind je mij niet aardig?' vroeg ze me nieuwsgierig.

'Het werkt niet,' praatte ik eroverheen. 'Jij en het Frans. Je zet je niet genoeg in. Of misschien heb je gewoon geen aanleg voor talen. Dat kan. In Parijs red je je makkelijk met dat wat je tot nu toe hebt geleerd. Maar het heeft geen zin om door te gaan.'

Even keek ze me hatelijk aan. Toen stond ze abrupt op. Ze verzamelde de boeken die over de tafel verspreid lagen, greep haar jasje en liep zonder een woord te zeggen de kamer uit.

Zie je? Dat was gemakkelijk.

Ik bleef zitten voor haar huiswerk vol fouten met een gemengd gevoel van opluchting en frustratie. Het ging veel te snel. Mijn bedoeling was niet alleen afscheid van haar te nemen. Ik wilde haar laten begrijpen dat haar leven net zo verkeerd was als haar Frans. Het moest alleen een inleiding zijn op een zinnig betoog dat me zou opluchten. Hardop de redenen opnoemen zou in mijn ogen mijn afkeer van haar rechtvaardigen. Maar nu zaten al die woorden binnen in me.

'Ik leer heus wel Frans, heb je dat begrepen?' Angela was snel op haar schreden teruggekeerd en stond nu in de deuropening. Ze richtte dreigend haar zwangere buik en een met verf bevlekte vinger in mijn richting. 'Ik zal Frans leren, naar Parijs gaan, succes hebben met mijn schilderijen en een kind op de wereld zetten dat gelukkig wordt…' Haar stem trilde een beetje. 'Dat een hypocriet als jij dat niet ziet zitten kan me geen reet schelen.' Ze draaide zich op haar hakken om en ging ervandoor. Deze keer echt.

Hypocriet, dacht ik beledigd. *Ik een hypocriet?*

In een oogwenk waren mijn hersens het spoor bijster.

Nicole die op de universiteit naar bijeenkomsten ging, Nicole die een joint opstak onder de Arc de Triomphe, Nicole die zonder overtuiging flirtte en zonder berouw wegging, Nicole in een doorgezakt bed, Nicole die in een cabriolet uit volle borst zong. Nicole die naakt door het huis liep terwijl Thierry glimlachend naar haar keek.

Stop. Laat je niet door een naïeve schilderes van je stuk brengen.

Nicole die een snikkende Thierry troostte, Nicole die thuiskwam in een kamer die overspoeld was met camelia's en liefdesbriefjes…

Stop. Bijt op je lip, steek een sigaret op, ook al is het hier verboden, tel terug.

Zijn witte baard en zijn ogen die me strak aankeken, streng en begripvol.

'Denk goed na, Nicole. Het is gevaarlijk voor jou en voor hem. Je weet heel goed wat "bipolair" betekent.'

'Ik hou van hem.'

'Dat is niet genoeg. Het is veel te vroeg voor hem.'

Stop. Alfa, bèta, gamma, epsilon. Te makkelijk.

Nicole stevig in de armen van Thierry's moeder. Nicole verlamd, zonder antwoorden.

Stop. Orao, opsomai, eidon, eleluza…

Nicole die door de gangen van het ziekenhuis rent met haar pantoffels nog aan. Nicole die de dood op afstand houdt met een nutteloze mantra. Het witte gezicht van Thierry, zijn gesloten ogen.

O god, o god, o god.

Toen mijn telefoon begon te rinkelen, greep ik me vast aan dat geluid zoals iemand die op het punt staat te verdrinken zich vastgrijpt aan zijn redder. Ik haalde met trillende handen mijn tas overhoop, waarbij ik de helft van de inhoud eruit gooide – waarom heb ik altijd zoveel spullen bij me – en smeekte: 'Wacht, niet ophangen', alsof degene aan de andere kant me kon horen. Eindelijk vond ik hem.

'Hallo.'

Moge jij geprezen zijn, wie je ook bent.

'Ik heb nog niet begrepen of je me in de maling hebt genomen of dat je behalve Frans ook echt aan een kikker kunt leren hoe hij zijn prinses verovert.'

Twee minuten later zat ik in een taxi en was ik op weg naar hem.

En aan mezelf aan het ontsnappen.

'Hoe zit het met je ervaring met het vrouwelijk universum?'

Mijn stem klonk meer als die van een schooljuf dan ik dacht. Ik moet lachen als ik zijn achterdochtige en geamuseerde gezicht zie.

'Oftewel: hoe vaak heb ik geneukt?'

'Ook, maar dat niet alleen. Ik heb het over kennis en bewustzijn.'

'Dan nul. Nooit met bewustzijn geneukt.' Hij kijkt om zich heen. 'Heeft jouw man deze meubels uitgezocht of jij?'

'Mijn man.'

'Dat dacht ik al. Er is niets van jou bij. Heb je geen kamer die meer van jou is?'

'Mijn studeerkamer,' zeg ik aarzelend.

Mijn tempel. Mijn schuilplaats. Ik weet niet of ik wel zin heb jou daar binnen te laten.

Maar hij is al opgestaan. Hij pakt mijn sigaretten, mijn kopje thee, de armband waarmee ik zat te spelen.

'Ga maar voor,' zegt hij met een glimlach en een hoofd-knik.

Ik maak de rode deur open die op de gang uitkomt. Rood. Een aardige concessie van Lorenzo.

'Heel gaaf,' zegt hij zachtjes terwijl hij om zich heen kijkt. Hij keurt met zijn blik mijn prenten goed, de foto van Serge Gainsbourg, de rondslingerende cd's, de brede en een beetje kapotte Indiase bank, waar hij zich op laat vallen nadat hij mijn bezittingen – thee, sigaretten en armband – op het lage lichthouten tafeltje heeft neergelegd. Hij trekt zijn schoenen uit. Hij legt zijn voeten erop.

'Dit ben jij,' keurt hij glimlachend goed terwijl hij met zijn blik de kamer omarmt. 'En nu gaan we het over Benedetta hebben.'

'Nee, Benedetta is de K2,' zeg ik, terwijl ik aan het andere einde van de bank ga zitten. 'We beginnen met de Terminillo. Is er een meisje dat jij leuk vindt?'

'Benedetta.'

'De Terminillo.'

Hij lacht. Hij steekt een van mijn sigaretten op, neemt mijn armband in bezit en speelt ermee tussen zijn vingers.

Dan wordt zijn gezicht weer serieus.

'Nicole,' zegt hij met vaste stem, om het concept dat hij uiteen wil gaan zetten goed in mijn gedachten te prenten. 'Naast Benedetta bestaat er voor mij geen andere vrouw. Ik ben verliefd op haar. Ik wil haar. Alleen haar.'

'Dan ben je nog maagd,' stel ik onverschillig vast terwijl ik mijn hand uitsteek naar mijn kopje thee. Hij kijkt me aan.

'Ook als de liefde ver weg is, roept het lichaam nog wel eens,' geeft hij glimlachend toe.

'Heel goed. Doe dan niet zo schijnheilig als ik het over de Terminillo heb. Is er een meisje dat je leuk vindt?'

'Er werkt een leuk meisje in de kroeg waar ik 's avonds vaak naartoe ga.'

'Naam?'

'Nadia.'

'Goed, laten we beginnen met Nadia. Je hebt drie dagen om haar interesse te wekken, haar te verleiden, haar te veroveren.'

'Maar dat interesseert me geen reet,' protesteert hij.

'Ja, ik heb het concept begrepen. Maar op dit moment is dat niet belangrijk.' Ik praat als een zakenman die een handtekening onder het contract zeker moet stellen.

Ik amuseer me.

'Ik weet niet hoe ik een vrouw moet veroveren in drie dagen,' draait hij eromheen, en de armband glipt uit zijn vingers.

'Dat bedoel ik. Leer het.'

'En Benedetta?'

Deze jongen is eigenwijs.

'Later.' Mijn toon is net zo definitief als het gebaar waarmee ik de armband waar hij weer mee aan het spelen is uit zijn handen trek.

Hij kijkt me glimlachend aan, de uitdaging afwegend. 'Een beetje hulp?'

'Dat kun je me vragen als je bezig bent,' zeg ik terwijl ik opsta en richting een stapel cd's loop. 'Wat voor muziek vind je leuk?'

'Alles,' antwoordt hij, terwijl hij zich op de bank ontspant. Weer die schijnheilige glimlach om zijn mond.

'Verleiding begint met muziek.' Ik kies een paar cd's en geef ze aan hem. 'We zien elkaar over drie dagen.'

'… en toen hij zag dat ik naar die vent glimlachte… in Griekenland, begrijp je?'

In Griekenland, natuurlijk, je praat al een halfuur over Griekenland, Nadia. Als mijn beklimming naar de K2 zo begint, gooi ik liever meteen de handdoek in de ring. Je zegt alleen maar saaie dingen, Nadia. Ik zou geïnteresseerd moeten lijken, toch? Zie ik er geïnteresseerd uit volgens jou?

'… dus ik glimlachte naar hem zoals ik naar iedereen zou glimlachen.'

Ze blijft maar praten. Ja, ze zal wel denken dat ik geïnteresseerd ben.

'… dat is een teken van vriendelijkheid.'

Nee, dit is net een bulldozer. Het kan haar niet schelen of ik geïnteresseerd ben. Ze wil alleen maar praten.

'Je hebt het of je hebt het niet. Vriendelijkheid, bedoel ik, begrijp je?'

Ja, ik begrijp het. Dit meisje moet wel denken dat ik achterlijk ben, ze vraagt telkens maar of ik het begrijp.

'Maar hij dacht dat ik op zoek was naar een avontuurtje… Begr…'

'Ik begrijp het,' zeg ik voordat zij het kan zeggen.

Ze kijkt me verbaasd aan. Ik heb haar tekst gejat. Het is de eerste stilte sinds we aan dit tafeltje in deze kutbar zijn gaan zitten. Ze kan dus wel haar mond houden, ongelooflijk.

'En hij…'

Nee, ze is alweer begonnen.

'… ik bedoel mijn vriend… inmiddels ex-vriend, dus… begr…'

'Ik begrijp het.' Nog een keer gejat.

Opnieuw enkele seconden stilte. Ze wendt haar blik af. Ze ziet er leuk uit. Ja, erg leuk. Maar in de kroeg is ze leuker, moet ik zeggen. Misschien door het gedempte licht, misschien omdat het dan nacht is. Misschien omdat het me geen reet kan schelen.

Ze doet haar mond open. Ze ademt in. Ze staat op het punt om weer te beginnen.

'Ik moet even mijn werk bellen,' zeg ik snel en ik sta op. 'Het duurt niet lang.' Ik kijk haar aan. Als ik haar echt zou willen irriteren, zou ik zeggen: 'Begrijp je?' Maar dan denkt ze misschien dat we geestverwanten zijn, dat we dezelfde taal spreken.

Ik loop weg, toets het nummer in.

'Hallo?'

Wat een mooie stem.

'Hallo? Nicole, met mij, Sasha.'

'Sasha…'

Wat een mooie manier om mijn naam uit te spreken.

'Ik overleef deze middag niet, Nicole. Weet je wel, dat meisje van de kroeg? Ik krijg blauwe ballen van haar. Ze doet niets anders dan over haar ex praten en als ze niet ophoudt, dan snijd ik haar keel door, ik zweer het. Wat moet ik doen?'

'Ga erheen en zeg dat je met haar naar bed wilt.'

'Zomaar…?' Ik schiet in de lach. Nicole maakt me aan het lachen.

'Vermoord haar praatzucht met een zinvolle daad. Snoer haar de mond met je passie.'

'Volgens mij kunnen we overgaan op de Gran Sasso,' zeg ik op besliste toon.

Sasha zit al meer dan een uur op mijn bank. We hebben gepraat over de muziek die ik hem had geleend en nu bestaan voor hem slechts Chet Baker en Ella Fitzgerald. Hij bestudeerde mijn boeken, maakte zich meester van García Marquez en vroeg me van alles over mijn leven, over mijn huwelijk, over mijn school. Hij dronk cola, verorberde de helft van mijn voorraad lievelingssnoepjes – toffees –, die normaal gesproken maanden meegaan, en hij dwong me bijna om een rondje door het huis te lopen om te zien of er nog meer kamers waren die iets van mij weg hadden.

'Ik zie jou alleen in deze kamer terug,' oordeelde hij met ferme stem toen we terugkwamen in mijn studeerkamer. Daarna, een beetje ongerust: 'Nicole, ik wil jouw verleidingstechnieken niet bekritiseren, maar ik wil in actie komen met Benedetta. De rest interesseert me niet.'

'Heb je nog nooit gehoord van het fantastische woord *anticipatie*?' zeg ik hem glimlachend. 'Het meest opwindende moment van geslachtsgemeenschap is het moment waarop je naar boven loopt.'

Hij kijkt me verrast aan en begint te lachen. Oliva, die tot op dat moment opgerold op de grond lag te slapen, springt op, gaapt en begint te kwispelen.

'Nicole…' Lorenzo verschijnt in de deuropening en blijft verbijsterd staan wanneer hij Sasha ziet, die opstaat.

'Dit is Sasha, weet je nog? De jongen van de…'

'Natuurlijk, we hebben elkaar ook aan de telefoon gehad. Hoe gaat het, Sasha?' Lorenzo glimlacht beleefd – alleen maar beleefd – en steekt zijn hand uit.

'We hebben het allemaal overleefd, gelukkig,' zegt Sasha terwijl hij hem de hand schudt. Hij kijkt naar Oliva, die op zijn schoen kauwt. 'Dit is Oliva, het corpus delicti. In optima forma,' voegt hij er glimlachend aan toe.

Lorenzo knikt en kijkt afwezig naar haar. Dan richt hij zijn ogen op mij, vragend.

'We zijn een verleidingscursus aan het doen,' zeg ik snel, en zodra ik die zin uitspreek realiseer ik me hoe stom het klinkt.

'O,' zegt Lorenzo met een knikje. 'En wie verleidt wie?'

Sasha en ik giechelen zonder antwoord te geven.

Twee idioten.

Nu hij me het gevoel heeft gegeven dat ik een meisje op leeftijd ben dat het spel van de grote mensen wil spelen, buigt Lorenzo zich naar me toe en kust vluchtig mijn lippen. Niet mijn voorhoofd, zoals hij altijd doet ten teken van afscheid. Mijn lippen.

Deze vrouw is van mij.

Ik weet het… Ik speel alleen een spel, Lorenzo. Wil je even glimlachen? Voor mij?

'Ik ga ervandoor. We zien elkaar bij het avondeten.' Er verschijnt geen glimlach. Hij knikt naar Sasha bij wijze van begroeting. 'Ik ben blij dat het geen gevolgen heeft gehad,' voegt hij er onheilspellend beleefd aan toe.

'Tot gauw,' zegt Sasha.

'Natuurlijk.'

Ligt het aan mij of heeft dat 'natuurlijk' een spottende toon?

Voetstappen die zich verwijderen. Het geluid van de sleutels die hij in zijn zak stopt. De deur die opengaat. De deur die dichtgaat.

Sasha en ik kijken elkaar aan.

'Een erg autoritaire man.' Sasha doorbreekt als eerste dat vage gevoel van schaamte en laat zich op de bank vallen.

'Heel erg autoritair,' voeg ik er plechtig aan toe terwijl ik ga zitten. Hij kijkt me nieuwsgierig aan.

'Ben je daarom verliefd op hem geworden?'

Stomme vragen. En lastige.

'Onder andere.'

'En ben je nog steeds verliefd?'

'Natuurlijk,' antwoord ik zonder aarzeling, maar mijn 'natuurlijk' lijkt verontrustend veel op hoe Lorenzo het even daarvoor heeft gezegd.

'Wie is eigenlijk de Gran Sasso?' vraagt Sasha me na een korte stilte.

'Iemand die je niet kent en die je zo uit het niets moet versieren,' antwoord ik, en ik zit meteen weer in mijn rol.

'Ben je gek? Ik ben heel erg verlegen,' zegt hij geschrokken.

'En wil je dan blozend en onzeker bij de K2 aankomen? Kom op zeg. Wat ik bij jou gebruik heet de "techniek van de desensibilisatie". Je maakt je vrij van je verlegenheid door middel van doelwitten waar je je niet tot aangetrokken voelt en dan richt je je op de top.'

Hij kijkt me aan terwijl hij zijn hoofd schuin naar links houdt. Ik houd zijn blik vast.

'Heeft niemand je ooit verteld dat je een vreemde vrouw bent?' zegt hij grinnikend.

'Iedereen,' antwoord ik haastig. 'Voor de Gran Sasso heb je vijf dagen.' Ik kijk op mijn horloge. 'Je tijd gaat nu in.'

We zijn van de Terminillo via de Gran Sasso en de Etna op de Cervino overgegaan.

En wat nou als Benedetta, terwijl ik leer te klimmen, naar beneden skiet met een aantrekkelijke skileraar?

Het meisje naast mij is nog niet uit de auto gestapt. En dat is een goed teken. Ze rookt nonchalant een sigaret en speelt nog steeds geamuseerd mijn psycholoog.

'Sasha, laat ze praten en praat zo weinig mogelijk over jezelf.' Zo luidde ongeveer de opdracht van Nicole.

Ik ben de hele avond in de huid van de mysterieuze jongen gekropen en Carolina vindt dit spelletje erg vermakelijk. Ik de arme patiënt die moet worden verzorgd, zij de dokter van wie je afhankelijk bent. 'Dokter, helpt u mij mijn knopen los te maken,' zei ik haar ondeugend bij de tweede toost. Zij glimlachte en reageerde precies zoals Nicole had voorspeld. Oftewel: kon niet beter. Vanaf dat moment kijkt ze me met een lege blik bestuderend aan en probeert ze intelligent over te komen. Ze bestudeert ieder minuscuul gebaar of teken van mij en geeft er een of andere symbolische betekenis aan, en ik betrek elke vraag vriendelijk glimlachend op haar. Maar haar antwoorden zijn zo zinloos en saai dat het me niet lukt me niet te laten afleiden en te denken aan hoe het moet zijn om weg te zakken tussen die enorme tieten.

Maar het gevaarlijkste deel moet nog komen.

En ik voel dat het moment is aangebroken.

Ze moet me alleen de toonhoogte aangeven. Ze moet alleen de juiste tekst zeggen.

Dan kijkt het meisje me eindelijk aan en zegt glimlachend: 'Wat gaat er in jouw hoofd om?'

En ik voel dat we er zijn.

O mijn god, we zijn er.

Verdomme, Nicole, ik voel het, deze keer loopt het slecht af.

Ik hel over naar het meisje, dat me verbijsterd aankijkt, en langzaam steek ik mijn hand uit naar haar kruis, zoals ik van Nicole moest doen.

Je bent gek, Nicole.

Nu geeft ze me een klap in mijn gezicht...

Ik kom langzaam dichterbij. Zonder weg te kijken. En langzaam laat ik mijn hand op haar kut glijden. Ze kijkt me vol ongeloof aan. Haar ogen hebben nu niet meer die stompzinnige starende blik van eerst, maar ze trillen in een mengeling van verbazing en angst. Haar hele lichaam schiet naar achteren, maar mijn hand blijft haar kut vasthouden en maakt geen aanstalten los te laten.

Nu klaagt ze me aan...

Wat laat je me in godsnaam doen, Nicole?! Maar ik ben nu eenmaal zover gekomen. Ik kijk naar haar en...

Wanneer jullie op het punt staan elkaar gedag te zeggen leg je je hand precies daar, tussen haar benen, en zeg je dat dat jouw obsessie is.

'Dit is mijn obsessie,' zeg ik tegen haar.

Dan, wanneer ik mijn andere hand naar haar hart breng en mijn ogen geen moment van haar afwend, kom ik dichterbij en...

Zeg haar dat dat jouw verdoemenis is.

'Dit is mijn verdoemenis.'

En uiteindelijk, terwijl ik mijn hand van haar hart naar haar mond breng, haar lippen licht aanrakend, kijk ik haar aan en...

Zeg haar dat die mond jouw droom is.

'En dit, dit is mijn droom.'

Het meisje lijkt echter geen teken van leven te geven. En ik merk dat ze bijna helemaal in haar stoel weggekropen is.

Maar ik heb het gedaan, denk ik. En ik zou nu bijna uit de auto willen stappen om Nicole te bellen en het haar te vertellen.

Zonder plotselinge bewegingen maak ik me van haar los. Carolina reageert nog steeds niet.

Op geen enkele manier. Ze beweegt niet, ze praat niet, ze

schreeuwt niet en ik zie ook geen gewelddadige reacties.

Misschien is ze te geschrokken? Misschien blijft ze voor de rest van haar leven zwijgen? Wat heb je me laten doen, Nicole?

En dus laat ik haar langzaam los en haal mijn hand van dat warme kruis. Het meisje kijkt me nog steeds aan zonder te praten.

Ik begin me zorgen te maken.

Dus kijk ik haar vragend en geschrokken aan terwijl ik geruststelling zoek en vraag vriendelijk: 'Hoe gaat het?'

'Ik kon haar nog net vragen: "Hoe gaat het?" – dat was stom om te zeggen, ik weet het, maar ik wist niet wat ik moest doen – en zij sprong boven op me als een uitgehongerde beer. Die nacht was een nachtmerrie, ze wilde me niet meer laten gaan, ze zei steeds maar dat ik de eerste echte man was die ze ooit had leren kennen, en op een bepaald moment vroeg ze me om haar vast te binden aan het bed.' Sasha komt op adem. Hij kijkt me grimmig aan. 'En hou op met lachen!'

Ik probeer me te beheersen, maar het lukt me niet. Ik begin nog harder te lachen.

'Het is niet grappig, Nicole. Die vrouw is gek! Ze moet geholpen worden,' zegt hij beledigd, maar ik zie dat zijn mondhoeken onvermijdelijk omhoogkrullen, en het lichte schokken van zijn schouders vertelt me dat hij op het punt staat hetzelfde te doen als ik.

En dat maakt me nog meer aan het lachen. We blijven maar lachen, niet in staat om te praten of te stoppen, terwijl Oliva blaffend om mijn bank heen loopt en mijn buikspieren pijn beginnen te doen.

'Volgens mij kunnen we hier wel stoppen,' zegt Sasha meteen wanneer de lachaanval even lijkt te verslappen. Hij haalt diep adem om zichzelf weer in de hand te krijgen, veegt een traan weg en haalt een hand door zijn haar. 'Nu wil ik me bezig gaan houden met de K2.'

Ik geef hem een tissue, we snuiten allebei onze neus. Ook ik kan me weer beheersen. Ik knik.

'Ja, ik denk dat je er klaar voor bent.'

Dit is mijn dank, Sasha. Omdat je me zo aan het lachen hebt gemaakt.

'Ik begrijp nog niet helemaal waarom ik deze vernedering moest ondergaan.'

'Omdat je duidelijk meer zelfvertrouwen en gevoel voor eigenwaarde hebt gekregen.'

'Weet je het zeker?'

'Wat denk jij?' vraag ik hem met een glimlach.

Hij denkt er even over na. 'Waarschijnlijk wel,' geeft hij toe, 'maar met Benedetta is het anders. Ken je dat gevoel dat alleen maar aan een bepaalde persoon denken je al de adem beneemt? Dat je eerst een warm gevoel in je buik hebt en je het daarna over je hele lichaam koud krijgt, omdat zij er niet is?'

Zijn ogen stralen intens. Ze branden bijna. En ze stralen een volslagen onzekerheid uit. De liefde is als een prachtige waterpas, die ons allemaal absolute beginners maakt, als kinderen tegenover goocheltrucs, ontdekkers van emoties die we nooit eerder hebben ervaren, maar toch kennen dankzij ons instinct.

'Ja, dat ken ik,' zeg ik met zachte stem. We kijken elkaar aan, allebei verloren in de namen die we hebben opgeroepen. De mijne, niet uitgesproken, herinnert me aan pijn uit mijn verleden. De zijne, stralend van levenskracht, nodigt hem uit hem te volgen. 'Het is een beetje als thuiskomen,' zeg ik terwijl ik mijn gedachtegang volg.

Hij schrikt op. Hij knikt. 'Ik geloof je op je woord. Ik weet niet echt hoe het is om een thuis te hebben.'

Ik glimlach naar hem. 'Nou ja, waar je nu woont, lijkt me een geweldige plek!'

Hij glimlacht. Maar alleen met zijn mond. Zijn ogen zijn donker. 'En het doet me aan Benedetta denken.' Hij staat op en pakt zijn jas. Zijn vertrek is altijd net zo onverwacht als zijn komst. 'Maar het is niet mijn thuis.'

'Ik heet Valeria.'

'Hallo Valeria,' roept de groep in koor.

'Ik ben negenentwintig en ben al zes maanden en tien dagen clean.'

Mijn eerste gedachte is dat Valeria een prachtig gezicht heeft. Twee grote zwarte ogen, vochtig en amandelvormig.

Haar lichaam is tenger, bijna onsamenhangend, haar donkere broek lijkt om haar dunne heupen te zweven. Ze staat midden in de kamer, breekbaar, maar trots. Ze glimlacht. Iedereen applaudisseert. Ze buigt sierlijk, als een ballerina die net een heel moeilijke plié heeft gedaan. De kamer is vochtig en een beetje stoffig. In de hoek staat een grote gaskachel, er hangen kleurige posters en tegen de muur staat een opklaptafeltje met daarop kartonnen bekertjes en een elektrische kookplaat. De treurigheid is heer en meester. Maar tegelijkertijd zit er iets sterks en tastbaars in de lucht waardoor ik me ontspannen voel, ondanks deze opklapstoel die slopend is voor mijn rug. Een gedeeld gevoel van solidariteit en warmte. Het gevoel dat je je in deze koude en niet echt gezellige kamer kunt bevrijden van je kwelgeesten zonder veroordeeld te worden. Het gevoel dat je je uit kunt kleden zonder dat je naaktheid door de anderen zal worden gebruikt om je te beledigen.

'Heb je om drie uur wat te doen?' had Sasha me aan de telefoon gevraagd, nogal kortaf. Hij zegt nooit 'goedemorgen' of 'hoe gaat het?'. Hij komt meteen ter zake.

'Ik heb geen lessen. Maar later moet ik naar Lorenzo,' had ik voorzichtig geantwoord.

'Ik wil je mijn huis laten zien.'

'Ik ben al bij jou thuis geweest.'

'Vandaag breng ik je naar mijn echte huis,' had hij droog geantwoord. 'Dan kunnen we over Benedetta praten.'

Ik stond op hem te wachten voor een gebarsten deur. Hij kwam buiten adem aan zoals altijd, te laat zoals altijd, glimlachend zoals altijd.

Op de deur hing een bord waarop met stift geschreven stond: HIER ZIJN WE.

'Die dikke vrouw met die paarse tas is cocaïneverslaafd. Dat geloof je toch niet?' zegt Sasha met tegenzin.

Ik kijk naar de vrouw die hij met een hoofdknik aanwijst. Ze ziet er kalm en sereen uit als een oude tante. Uit de paarse tas steken twee breinaalden en een knot oranje wol. Ze houdt twee pakjes snoep vast en smult er met ritmische en regelmatige afwisseling van, haar ogen half dichtgeknepen. Ze doet me denken aan appeltaarten en spelende katjes, en zeker niet aan drugsdealers en wit poeder. Waarschijnlijk vertelt ze elke keer nieuwe verhaaltjes aan haar neefjes en nichtjes. Wanneer ze merkt dat ik naar haar sta te kijken glimlacht ze naar me. Ik wend snel mijn blik af, omdat haar glimlach tandloos is en dat zwarte gat me confronteert met wat ik eerst niet zag. Ik schaam me meteen voor mijn gêne en kijk weer op. Zij blijft maar naar me glimlachen en zwijgend maakt ze een gebaar om me een snoepje aan te bieden. Ik schud mijn hoofd terwijl ik een geluidloos 'dank je wel' uitspreek. Haar verhaaltjes en haar appeltaarten zijn verdwenen uit mijn verbeelding.

Valeria is bijna uitgepraat. Er volgt weer een applaus. Daarna vraagt de man met de felle gele trui die ons bij binnenkomst heeft ontvangen of iemand anders nog iets wil zeggen. Er is een moment van spanning waarin de stilte heer en meester is. Dan hoor ik zijn stem.

'Ik heet Sasha en ben vierentwintig.'

'Hallo Sasha.' Het liturgiekoor voltrekt zich weer.

Ik draai me langzaam naar hem om, maar kijk niet op. Sasha staat naast me en mijn ogen zien alleen zijn hand naast zijn been hangen. Blank, sterk en kalm.

'Ik kom hier al een paar weken, maar dit is de eerste keer dat ik wat zeg. Misschien hebben jullie me gezien…' Ik hoor aan zijn stem dat hij glimlacht. 'Ik ben degene die altijd een beetje achter de rest zit.'

Gelach.

'Welkom, Sasha.' Eenstemmig.

'Dank je wel. Ik heb nog nooit gebruikt.' Ik kijk op, stomverbaasd. Nu begrijp ik het niet meer. Hij draait zich even om en kijkt me aan. Hij glimlacht alsof hij me gerust wil stellen en dan richt hij zich weer tot de groep.

'Ik ben geboren in het afkickcentrum van Borgo Fiorito.'

Borgo Fiorito. Dat had hij gezegd. Maar ik dacht dat het een of ander gehucht was.

'Giorgio en Amanda, mijn ouders, gebruikten heroïne.'

Hij heeft een vaste stem. Ik laat mijn blik weer afglijden naar zijn hand. Een blauwige ader op zijn pols klopt snel.

'Giorgio is vrijwel meteen aan een overdosis gestorven. Amanda is verdwenen toen ik zes was. En ze heeft er nooit aan gedacht me op te komen halen.'

Mijn ogen staren naar die ader. Alsof er niets anders bestaat. Hij klopt nog sneller. Ik bijt op mijn lip. Ik zou zijn hand vast willen pakken, mijn duim op dat dunne paarse lijntje willen drukken om zijn lijden te verbergen. Ik zou iets willen doen. Hem omhelzen. Hem laten huilen. Of laten lachen. Maar ik kan het niet. Ik kan mijn ogen niet van zijn ader afhouden.

'Ik heb daar altijd gewoond. In het afkickcentrum. Riccardo... Riccardo Cohen, misschien kennen jullie hem...'

Het geruis dat ik hoor, geeft me het idee dat de anderen instemmend knikken.

'Riccardo was een soort vader voor mij...'

De oom die hem had opgevoed, dat had hij me verteld.

'... een modelvader. En de les die ik van hem heb geleerd is dat iedereen op deze wereld aan zichzelf denkt, en de rest kan naar de hel lopen.'

Een harde stem. Ik blijf naar zijn ader staren. Ik merk dat mijn hartslag zich heeft aangepast aan die rustgevende galop. Ik adem diep in.

Adem jij nog, Sasha?

'Daarom zou ik hier technisch gesproken niet moeten zijn. In die zin dat ik nooit iets heb gebruikt en dat jullie... het gevoel zouden kunnen hebben niet met mij op één lijn te zitten. Maar ik... ik weet hoe het is.' Zijn hand trekt samen. Hij verbergt hem in zijn zak, en nu heb ik niets meer om op te letten en word ik gedwongen naar hem op te kijken.

Pak zijn hand, Nicole.

'Ik bedoel te zeggen dat... Ik heb alles gezien.' Zijn stem verandert in een nerveus lachje. 'Alsof ik een eredoctoraat heb.' Hij valt even stil, alsof hij niet meer weet wat hij moet zeggen. 'Iedereen die ik liefheb, is daar. Of is daar geweest.'

Nog een stilte. Ik zou willen dat hij zijn hand uit zijn zak haalde. Ik zou willen dat zijn hand weer tegen mij begon te praten. 'En... soms mis ik Borgo Fiorito.' Hij draait zich om en kijkt me aan. Heel even maar.

Is dit jouw manier om over jezelf te praten, Sasha?

'En dus... ik hoop dat jullie het goedvinden dat ik hier af en toe kom,' sluit hij af met een verlegen glimlachje, en hij trekt zijn schouders op.

Ik kan je hand nu niet pakken, Sasha. Dat zou je me niet vergeven.

Het applaus is overtuigend, spontaan. De man met de gele trui staat op, omhelst hem en zegt dat hij natuurlijk kan komen wanneer hij wil. Valeria gaat naar hem toe, geeft hem een kus op zijn wang en vertelt hem dat haar zus al een maand in Borgo Fiorito zit. 'Ik geloof dat heroïne in ons DNA zit,' concludeert ze lachend. Ze beginnen te kletsen als twee mensen die elkaar terugzien na een verblijf aan de Middellandse Zee.

De anderen verzamelen zich om de campingtafel, waarop nu op magische wijze flessen sinas en mineraalwater zijn verschenen. De sfeer is als tijdens een speelkwartier. De dikke vrouw komt naar me toe, de paarse tas over haar schouder, zwaaiend met haar twee bijna lege pakjes snoep alsof het navigatiemiddelen zijn.

'Ik heet Elide, ik ben cocaïneverslaafd,' zegt ze en ze omhelst me alsof ze iets feestelijks heeft aangekondigd.

'Ik heet Nicole,' zeg ik haar wanneer ik weer opduik uit haar zachte en een beetje bezwete nek.

'Ik heb een neef die Nicola heet... maar hij is niet zo mooi als jij,' zegt ze grinnikend met haar mond vol leegte.

Ik weet niet goed wat ik moet zeggen. Wat zeg je in zo'n geval?

Heb je je tanden verloren door de cocaïne? Gebruik je al lang niet meer? Of neem je nog wel eens een lijntje?

Ik heb geen verslaving waarover ik haar kan vertellen. Denk ik.

Ze biedt me een snoepje aan. Ik neem er een, ook al heb

ik er geen zin in. In allebei de pakjes zit dezelfde smaak, citroen, en ik weet dat ik straks buikpijn krijg. Toen ik klein was, kreeg ik ze voor de spijsvertering, maar ik moest er juist meteen van overgeven.

Wat een vreemd kind, onze Nicole.

'Ik gebruik ze als vervangmiddel. Elke keer als ik een lijntje wil, eet ik een snoepje,' zegt ze grinnikend.

Elke keer? In een halfuur heeft ze misschien wel vijf keer naar die pakjes gegrepen.

Ze knikt lachend, alsof ze mijn gedachten had gelezen.

'Ik ging er serieus tegenaan. Ik heb drie hartaanvallen gehad. Ik had de bloeddruk van een luchtballon. Ik heb een keer een week in coma gelegen. Ik heb al het geld van mijn man erdoorheen gejaagd. Op een ochtend ging hij naar de bank omdat hij een vissersbootje wilde kopen. Hij kwam erachter dat de bankrekening leeg was, hij kwam terug, sloeg me, pakte zijn koffer in en ging ervandoor. Mijn kinderen praten al jaren niet meer met me. Wanneer ik at, moest ik opletten dat de spaghetti niet uit mijn neus kwam.' Ze zucht en stopt een snoepje in haar mond. Ongelooflijk, maar ik hoor een kauwend geluid. 'Ik moest wel stoppen. Ik ben al acht maanden clean.' Ze kijkt samenzweerderig om zich heen en dempt haar stem: 'Nou ja… eigenlijk heb ik drie maanden geleden een kleine terugval gehad, maar dat durf ik niet tegen de groep te zeggen. Het was maar een moment van… Weet je, de snoepjes zijn lekker maar dát spul is iets heel anders.' Haar ogen gaan even een beetje dicht, dan komt ze terug in de werkelijkheid. 'Maar dat spul heeft mijn leven verwoest.' Haar dikke en vriendelijke gezicht is doortrokken van iets dat verder gaat dan wanhoop en haar blik zegt veel meer dan haar tandeloze mond. 'Maar goed…' Ze begint weer te glimlachen. 'Ik ben er nu vanaf. Ik heb nu mijn kinderen.' Ze schudt met de twee pakjes. 'Ook al ben ik er wel achttien kilo van aangekomen… Je kunt niet alles hebben, toch? Vertel eens wat over jezelf.'

Ik verplaats voorzichtig het snoepje dat ik tot dan toe tegen mijn wang gedrukt hield om de smaak niet te proeven.

Het is enorm en het zure citroensap vult mijn mond.

Ik weet niet wat ik moet zeggen.

Ik gebruik nog steeds, Elide. Ik gebruik verveling, controle, ontzeggingen, zelfbeheersing. Mijn drugs hebben mijn passie, mijn liefde, mijn slaap, mijn enthousiasme, mijn energie vermoord. Alle dingen die Thierry vermoord hebben. Ik heb mijn tanden niet verloren en mijn banksaldo is altijd positief, maar mijn leven niet. Het is een speciale drug die je vanbinnen kapotmaakt en vanbuiten intact laat. Mijn dealer heet Lorenzo en ik heb hem gekozen omdat hij het beste spul heeft en omdat hij naar me glimlacht terwijl ik gebruik.

'Ik...' Ik moet van dit snoepje af, maar Elide staat voor me en kijkt me begripvol aan. 'Ik ben nog niet klaar om erover te praten,' zeg ik haar terwijl ik met mijn ogen Sasha zoek. 'O.' Haar dikke hand steunt op mijn schouder. Ik voel het pakje snoep dat ze geen moment loslaat. 'Je gebruikt nog steeds, hè?' vraagt ze terwijl ze de waarheid probeert te raden. 'Maak je geen zorgen. Deze groep is geweldig. Het zal je lukken. Het zal ook jou lukken, Nicole.' Nog een bezwete omhelzing. De paarse tas beukt tegen mijn heup.

Over haar schouder nemen mijn ogen Sasha waar. Hij staat achter in de kamer tegen de muur geleund met een glas sinas in zijn hand en hij kijkt naar me. Opgelucht zie ik dat hij zich losmaakt van de muur en naar mij toe komt.

'Het is tijd om te gaan, Nicole. Je hebt die afspraak,' zegt hij glimlachend.

Elide spreidt haar armen en laat me gaan.

'Dan zien we elkaar snel weer, hè?' Ze doet een stap naar achteren, ze neemt ons in haar op. 'Jullie zijn een leuk stel.' Ze buigt zich over naar Sasha alsof ze hem een geheim moet toevertrouwen. 'En jij bent een slimme jongen.' Ze drukt een kus op zijn wang. 'Blijf bij haar,' fluistert ze.

Ik kijk haar na terwijl ze naar het tafeltje met de hapjes en de drankjes waggelt met het roer stevig in handen. Ik haal diep adem.

'Je bent helemaal groen,' zegt Sasha en hij kijkt me aan.

'Dat komt door het citroensnoepje,' smak ik terwijl ik het weer tegen mijn wang probeer te drukken.

Sasha opent zijn hand en houdt hem onder mijn kin. 'Spuug maar uit.'

Ik kijk hem angstig aan.

Wat?

'Kom op, spuug uit, anders moet je zo dadelijk overgeven,' herhaalt hij geduldig alsof hij tegen een kind praat, en hij houdt zijn hand nog dichterbij.

Nicole geeft nooit over.

Ik heb niet eens een papiertje om het in te doen.

En Nicole spuugt niets uit.

Maar mijn tong duwt het plakkerige vreemde voorwerp al naar buiten. Ik schaam me, maar mijn tong is slimmer.

Plop.

In Sasha's handpalm ligt een gele brok, die glimt van het speeksel.

Gooi hem weg, alsjeblieft.

Sasha doet zijn hand dicht.

O mijn god.

'We gaan,' beveelt hij terwijl hij me naar buiten leidt. Hij gooit het snoepje in een vuilnisbak vol met gebruikte kartonnen bekers. Hij veegt zijn hand niet af, hij maakt hem niet schoon. Hij stopt hem weer in zijn zak terwijl hij de andere in mijn nek legt en me naar de frisse lucht loodst.

'Het gaat al beter,' zeg ik, terwijl ik diep ademhaal. 'Ik vind citroensnoepjes smerig.'

Sasha barst in lachen uit. 'Sorry hoor, maar waarom nam je er dan een?'

'Het leek me niet aardig om te weigeren.'

Hij kijkt naar me en schudt zijn hoofd terwijl hij blijft lachen.

'Goed, onthoud voor de volgende keer dat je altijd nog een wapen hebt: onmiddellijk uitspugen.' Hij brengt zijn hand onder zijn kin en maakt een uitspuuggebaar.

Ik knik.

Het was inderdaad niet zo moeilijk.

Ik begin te lachen. 'Kom, dan gaan we naar die bar.' Ik bedenk dat ik de tijd in de gaten moet houden, want Lorenzo zal het me niet vergeven als ik niet bij die afspraak ben. We komen langs een filmhuis. *Un homme et une femme* staat er in een beetje wazig neonlicht.

'Heb je die al gezien?' vraag ik aan Sasha. Maar hij hoort me niet, hij kijkt op zijn mobiele telefoon om te controleren of hij berichten of gemiste oproepen heeft. 'Zij kan jou niet bellen, Sasha. Jij moet beginnen,' zeg ik met een glimlach.

'En wanneer begin ik dan?' Hij kijkt me ongerust aan. 'Ze is vast al vergeten dat ik besta.'

Ik kijk weg van de poster.

Ik heb altijd gevonden dat Jean-Louis Trintignant eruitziet als een gebakken vis.

Ik kijk hem superieur aan. 'Weet je wat jullie altijd vergeten te doen met ons vrouwen?'

'Wat dan, Nicole?'

'Met ons te spelen.'

We gaan de bar binnen. Ik wijs een tafel aan.

'Bied me maar een kopje thee aan. In ruil daarvoor zal ik je leren hoe je een vrouw verovert door haar te laten glimlachen. En daarna neem ik je mee naar de bioscoop.'

Ik ben uit eten met Lorenzo. Door de ramen van het restaurant zie je de machtige duisternis van het Pantheon. De zaal is stampvol, de obers zijn langzaam.

Lorenzo eet zwijgend, zijn ogen op zijn bord gericht of somber starend naar een willekeurig punt in de zaal. Hij is me aan het straffen. Vandaag had ik om zes uur in het hotel moeten zijn, waar hij over de Italiaanse zeventiende eeuw zou praten tegenover de crème de la crème van de Italiaanse antiquairs. De crème de la crème waar hij deel van uitmaakt. Een winkel in Rome, een in Milaan, en een nieuwe opening op komst in Lausanne.

Lorenzo is een geslaagd zakenman.

Ik kwam om acht uur aan, een beetje buiten adem, met de jas van Sasha over mijn kasjmieren trui en zwarte rok.

Lorenzo stopte met praten en verwelkomde me met een koude glimlach en stilte. Hij bekeek de belachelijke oversized
groene jas die ik aanhad en vroeg me niets. Ik gaf hem uitleg, terwijl ik mezelf haatte vanwege de leugens die ik hem
vertelde. Een kopje koffie met Sasha, de onverwachte regen
– 'Arme jongen, ik heb zijn jas ingepikt omdat de mijne
doorweekt was' –, de taxi die ik maar niet kon vinden, het
drukke verkeer, dat ik verdwaalde in de steegjes en daarom
te laat op het juiste adres aankwam. Lorenzo keek me zwijgend aan, geïrriteerd door mijn schuldbewuste blik, doof
voor de leugens waarachter ik me probeerde te verschuilen.
Ik wilde hem aanraken, maar onze handen lagen als versteend op het tafelkleed, een paar centimeter uit elkaar, en
werden gescheiden door een onoverkomelijke kloof, een
zonde waarvan ik bleef volhouden dat hij vergeeflijk was,
maar die Lorenzo dodelijk vond: ik was het vergeten.

Ik was Lorenzo vergeten, zijn lezing over degelijkheid zonder krullen en frivole versieringen, zijn behoefte om mij als
tussenpersoon te hebben voor zijn contacten met de buitenwereld. In plaats van voor hem te applaudisseren zat ik met
Sasha in een bar en even later opgesloten in het filmhuis er-
tegenover om naar *Un homme et une femme* te kijken.

'Heb je hem echt nog nooit gezien?' had ik hem gevraagd
toen we langs de poster liepen.

Hij schudde zijn hoofd. 'Waar gaat hij over?'

'Over twee mensen die alle hoop hebben verloren en verliefd op elkaar worden. Kom, je vindt hem vast leuk.' Ik duwde hem de koude en stinkende zaal in, en voor meer dan een
uur vergat ik mijn huwelijkse plichten terwijl ik naar een
vrouw keek die de hare niet kon vergeten, ook al was haar
man overleden. Tegen het einde van de film was weer in me
opgekomen dat ik een afspraak met Lorenzo had.

'Ik moet gaan, het is laat,' fluisterde ik tegen Sasha terwijl
ik plotseling opstond.

'Als je het niet erg vindt, blijf ik,' zei hij zonder zijn ogen
van het scherm te halen.

Ik schoot weg en pas in de taxi merkte ik dat ik de jas nog

aanhad die Sasha me hoffelijk had aangeboden toen ik begon te trillen door de vochtigheid van de zaal.

'Wil je een dessert?' Lorenzo staart naar het menu met de concentratie van iemand die uit het cyrillisch vertaalt.

Ik schud mijn hoofd, maar hij kijkt me niet aan. 'Nee, bedankt,' zeg ik. Alles om deze marteling zo kort mogelijk te houden.

Het was logischer geweest om, toen we uit het hotel kwamen, naar huis te gaan en ons terug te trekken in onze eigen hoekjes. Maar ik wist dat ik er niet zo gemakkelijk vanaf zou komen. Lorenzo weet welk effect zijn stilte op mij heeft en daarom heeft hij me meegesleept naar een etentje voor twee waar hij het mes er nog dieper in kan steken.

Mijn mobiele telefoon maakt een zacht piepgeluid.

'Is het je gelukt om tijdens de tweede ronde binnen te komen?' zegt het bericht van Sasha. Ik moet glimlachen, ook al heb ik straf, en stop de telefoon terug in mijn tas.

Lorenzo betaalt de rekening. Hij zal wel vergeten zijn dat ik hier ook ben, omdat hij me niet aan wil kijken, want hij staat op en loopt naar de uitgang zonder op mij te wachten.

Ik zou hier kunnen blijven. Ik zou hier kunnen blijven en kunnen verdwalen en het adres kunnen vergeten van mijn huis en van de school waar ik lesgeef, en door de stad kunnen zwerven met een te grote groene jas terwijl ik sms'jes uitwissel met een jongen die verliefd is op een prinses.

De deur van het restaurant gaat open. Lorenzo blijft in de deuropening staan en kijkt me streng aan.

Het zwakke punt van de beul is dat hij niet zonder zijn slachtoffer kan.

Mijn voornemen om rond te zwerven sterft nog voordat het geboren is. Ik sta langzaam op en trek de jas aan. Er zit een donkere vlek op de mouw, wie weet of de ober het heeft gezien.

Het verbaast me niet dat ze zwerver is geworden. Toen ze hier kwam eten met haar man leek het zo'n keurige vrouw, maar die vieze jas maakte me meteen duidelijk wat haar lot zou zijn.

Ik ril terwijl ik de paar stappen doe die me weer bij Lorenzo brengen. Ik wil mijn adres niet vergeten. Ik wil naar huis en niet meer verdwalen in bioscopen, ik wil dat Lorenzo zijn stem terugvindt en ik wil me veilig voelen in mijn bed zonder slaap.

'Groen heeft je nooit gestaan,' zegt hij terwijl hij over mijn schouders kijkt. Hij doet met een zelfverzekerd gebaar de deur open en loopt de straat op.

Ik volg hem. Zwijgend.

'Hij is mooi. Maar hij is zwart. Je hebt toch al drieduizend zwarte truien?'

Nicole kijkt me twijfelend aan terwijl ze een wijde zwarte trui voor zich houdt die identiek is aan wat ik haar altijd zie dragen.

'Je moet leren winkelen met een vrouw, Sasha. Iets uitzoeken voor haar en met haar is sexy. Jullie mannen vinden alles wat de schijnwerpers van jullie naar ons verplaatst maar niks.'

'Is dat een feministisch concept?'

'Het is een concept dat ervoor zorgt dat je je vervolgens niet verveelt tussen de lakens.'

Het winkelmeisje beweegt zich ongemakkelijk en is bang dat ik haar klant demotiveer. 'Zwart is echt een klassieker. Het is geschikt voor iedere gelegenheid,' draagt ze gewichtig voor. Ze heeft het gezicht van iemand die al tien jaar niet glimlacht. 'En bovendien staat het goed bij elke huidskleur.'

Met een plotselinge hoofdbeweging gooit Nicole de haarlok naar achteren die voor haar ogen was gevallen. Mijn god, wat vind ik het mooi als ze die beweging maakt. Ze doet dat altijd net voordat iemand anders de neiging krijgt hem voor haar naar achter te strijken. En door haar anticipatie op mijn gebaar voel ik nog sterker hoe graag ik dat had willen doen.

'Wat vind jij?' vraagt ze terwijl ze zich met een serieuze blik naar me omdraait.

'Rood ook,' antwoord ik terwijl ik in mijn jas wegkruip. De manier waarop het winkelmeisje naar me kijkt bevalt me niet. Ze haat me, omdat ze al weet dat ik Nicole niet nog een zwarte trui laat kopen.

'Rood?' Nicole lijkt overrompeld. Dan glimlacht ze. 'Rood staat niet goed bij elke huidskleur.' Ze zegt het met dezelfde intonatie als de verkoopster; dan begint ze te lachen.

'Bij de jouwe wel,' stel ik resoluut vast.

'Hebt u iets roods?' vraagt ze aan het winkelmeisje, en ze laat het kasjmier hoopje definitief achter op de toonbank.

En glimlach eens, kutwijf, sis ik in mezelf tegen de vrouw die geërgerd wegloopt, heupwiegend met een beschamend grote kont. Ik breng mijn ogen weer naar Nicole om mijn gevoel voor schoonheid te kalmeren. Zij staat naar mij te kijken met een lieve, maar bedrieglijke houding.

'Wat is er?' vraag ik.

'Sasha, wat is er gebeurd met je haast om met Benedetta te communiceren? Waarom ben je verlamd?'

Ik krimp weer ineen, in de verdediging.

'Waren we hier niet gekomen om een trui te kopen?'

'Je bent bang,' zegt ze vriendelijk glimlachend.

'Helemaal niet. Ik kan niet wachten.'

'Waarom ben je bang om risico's te nemen, Sasha?'

'Waarom ben je bang om iets roods aan te doen, Nicole?'

Ze bijt op haar lip, kijkt me ernstig aan.

'Omdat ik het gevoel heb dat ik dan te veel opval.'

'Ik ook als ik Benedetta bel.'

We kijken elkaar aan. Ze knikt, haalt haar schouders op.

'Bovendien, als jij het leven niet opzoekt, dan zoekt het leven jou wel op.'

'We hebben alleen dit vest,' onderbreekt het winkelmeisje ons streng, terwijl ze haar vondst op de toonbank legt. 'Het is nog in de aanbieding ook. Rood is niet echt in de mode dit jaar,' voegt ze eraan toe terwijl ze een zure blik op mij werpt.

'Ik pas het even.' Nicole pakt het vest vastbesloten aan en loopt richting de paskamer.

Het winkelmeisje en ik kijken elkaar aan.

'Glimlacht u nooit?' vraag ik haar zoet.

Zij bloost en knijpt haar mond dicht; dan begint ze truien op te vouwen.

'Wat vind je ervan?' vraagt Nicole me als ze uit de paskamer tevoorschijn komt.

Ik vind dat rood goed bij haar huidskleur staat. Ik vind dat het bij haar ogen staat, bij haar haarkleur, bij haar fijne en zachte lichaam.

Ik vind dat alles haar goed staat.

'Ik vind vesten alleen zo saai,' zegt ze terwijl ze zichzelf kritisch in de spiegel bekijkt.

'Je bent heel mooi in het rood. En als je er genoeg van hebt kun je het achterstevoren dragen. Dan knoop je het aan de achterkant dicht,' antwoord ik haar begerig. Ik wil echt dat ze dat stomme vest koopt. En ik geloof dat ik het zo graag wil omdat ik het heb uitgekozen. 'En bovendien is het in de aanbieding.'

Ze bekijkt zichzelf nog even in de spiegel. De haarlok valt voor haar ogen, zij gooit hem weer naar achteren.

'Oké, ik neem het,' zegt ze glimlachend tegen het winkelmeisje.

'Houdt u het aan?' vraagt ze afkeurend.

'Nee.' Ze trekt zich terug in de paskamer en komt naar buiten met verwarde haren en haar oude zwarte trui. Terwijl het winkelmeisje naar de kassa loopt, komt Nicole naar me toe. 'Ik ben er nog niet klaar voor,' fluistert ze.

'Ik ook niet,' zeg ik zacht.

Ze kijkt me aan en houdt haar hoofd schuin. Haar glimlach verschijnt weer.

'Maakt niet uit. Ik ben ook niet van plan om die trui aan te trekken. Maar het leven zal ons uit onze schuilplaats verjagen.'

'Goed zo.'

Benedetta kan niet eens op haar knieën zitten. Ik houd haar voorhoofd in mijn handen en ik strijk haar haar uit haar gezicht.

Bovendien, als jij het leven niet opzoekt, dan zoekt het leven jou wel op.

Ben je een heks, Nicole? Waar bewaar je je kristallen bol?

'Goed zo,' herhaal ik terwijl zij alle alcohol uitspuugt die ze in haar lichaam heeft, onderbroken door het kokhalzen.

Ze is er niet eens in geslaagd de wc-pot te halen en haar braaksel verspreidt zich op de tegelvloer links van mijn voeten.

'Goed zo.'

Benedetta is zelfs mooi als ze overgeeft. Ze is zelfs mooi als ze bezopen is.

En ze is zelfs mooi als ze er niet is.

Ze kon met moeite haar ogen openhouden en haar pupillen staarden in de leegte als die van een geestloze pop. Ze zat in ongepaste houding op de leren stoel met haar hoofd op haar schouders. Het was een marionet zonder touwtjes. Het was een andere Benedetta. Niet degene die rechts van haar vader netjes naar mij glimlachte.

Oliva en ik waren midden in de nacht wakker geworden door vreemde geluiden in huis en Oliva, die op straat is opgegroeid, was absoluut niet van plan te gaan kijken wie het was. Ze verborg zich onder het bed en keek me geschrokken aan, terwijl ik naar de deur wankelde en probeerde bij kennis te komen. Maar degenen die op de eerste verdieping herrie maakten, waren geen dieven. Dieven luisteren geen drum-and-bass terwijl ze appartementen leegroven. We waren wakker geworden van de bas van uitzinnige muziek, door de valse kreten van een groep jongens die, aan hun dubbele tong en onsamenhangende uitlatingen te horen, dronken waren. Nadat ik zonder geluid te maken de trap af was gelopen, gluurde ik door de kier van de halfopen deur van de woonkamer zonder me te laten zien.

Benedetta en drie vrienden van haar waren dat huis annex bouwplaats binnengedrongen, in dat soort van vrijhaven. Ze zaten rond de kristallen tafel en bepoederden zich. En Benedetta zat daar, bijna buiten kennis. Op het tafeltje werden begerig lijntjes coke gesnoven door bankbiljetten van vijftig euro. De stereo stond keihard en op de grond lagen de scherven van een of ander kapotgevallen bierflesje. De langste jongen praatte snel en omhelsde zijn fles Absolut-wodka die inmiddels bijna leeg was, terwijl een pezig type rechts van hem zijn neus ophaalde en helemaal in zijn eigen trip leek te blijven hangen.

Die klootzak kraste met een bierdopje over de teakhouten tafel waarop ik me uit de naad had gewerkt.

Toen nog een lijntje. Hun bezwete gezichten. Hun fijne haren op hun voorhoofd geplakt. Afwezige ogen en aanstekers die sigaretten in brand staken. De dikke rook van hasjiesj die uit hun monden kwam. Hun uitbundige lachsalvo's. Hun nutteloze woorden. En hun langzame en tegelijkertijd snelle tempo, zoals de drugs die ze tot zich namen. Opium gemixt met amfetamine.

Ondertussen prepareerde een derde jongen, de meest heldere, een lijntje nadat hij het zakje coke had teruggestopt achter de batterij van zijn telefoon. Achter hem stond de meest bezwete van allemaal wankelend op van de bank en liep naar het raam. Hij liet de wodkafles vallen en krabde met beide handen aan zijn voorhoofd.

'Ik ben veel te ver heen,' grijnsde hij in zichzelf. Toen knoopte hij zijn broek los en begon op het parket te pissen. Op mijn parket.

Rot op, dat is mijn parket.

'Wat zijn jullie hier verdomme aan het doen?' barstte ik los terwijl ik de kamer in liep.

Benedetta's ogen draaiden zich langzaam mijn richting op. Alleen haar ogen.

'En wie mag jij dan wel zijn?' antwoordde het efficiënte type terwijl hij naar voren kwam.

'Ik werk hier, klootzak, en daarom wegwezen.'

'Wat?' antwoordde hij terwijl hij me uitdagend aankeek met zijn verwijde pupillen.

'Ik zei: wegwezen, jullie kunnen hier niet blijven!'

'Goed zo!' schreeuwde Benedetta met een onwelluidende stem vanaf de bank. Ze keek naar me met een onnozele glimlach.

'Luister, schooier,' begon de vriend van Benedetta terwijl hij nerveus in zijn handen wreef. 'Blijf heel, heel kalm en praat niet zo tegen mij, want wij rammen je zo helemaal in elkaar.'

'Goed zo!'

Benedetta zei 'goed zo' tegen iedereen. En dan lachte ze. Met moeite, maar ze lachte.

'Oké, wegwezen of ik bel de politie.'

'Goed zo! De politie!'

Dank je, Benedetta.

'Kom op, Michele, dit is een klootzak, lawwemagaan,' zei de pezige geschrokken.

Maar Michele bleef me strak aankijken.

'Dan heb je het niet begrepen,' zei ik hem op kalme en overtuigende toon. 'Wegwezen of ik bel meteen de politie!'

Michele keek me aan en begon te lachen.

'Rot toch op met je politie,' zei hij, ten prooi aan een delirium van almacht. De arrogantie van cocaïneverslaafden. De drugs van de fascisten, zei Riccardo altijd. Toen draaide hij zich ineens zonder een woord te zeggen om, pakte zijn telefoon en liep in de richting van de deur.

Benedetta bleef maar lachen en zeggen: 'Goed zo, wegwezen allemaal! Of ik bel de politie met hun sirenes!'

Het magere en pezige type probeerde haar vast te pakken, maar zij verzette zich.

'Nee, laat mij maar hier. Ik wil slapen.'

'Laat haar maar hier,' antwoordde de dronkaard terwijl hij zijn spijkerbroek dichtknoopte. 'Ze is zoals gewoonlijk weer erg ver heen.' En toen, terwijl ze haar op de bank achterlieten en mij een uitdagende glimlach schonken, gingen ze ervandoor.

Eindelijk flikkerden ze op en lieten overal de stank van alcohol en pis achter.

Nu zit Benedetta over te geven op de tegelvloer rechts van mijn voeten.

'Goed zo.'

De laatste hoestbuien. Dan voel ik ineens haar volle gewicht in mijn armen. Benedetta zakt langzaam ineen op de grond en kijkt me aan met een verloren blik en een onnozele glimlach. Ik zet haar voorzichtig tegen de muur, zodat ik haar niet vies maak, en veeg haar mond schoon met koud water. Het lijkt erop dat haar lippen hun rode kleur weer een beetje terugkrijgen.

Ik doe de verwarming aan en zet de kraan open. Het water begint langzaam te stromen en verwarmt de randen van de badkuip. Benedetta is een zwak lichaam in mijn handen en lijkt erg op een slaperig kind.

Helemaal nu, wanneer ik haar trui uittrek en zij almaar zegt dat ze zo moe is.

Ik doe haar trui omhoog zoals Riccardo me heeft geleerd. Zoals ik bij mijn moeder deed.

In het begin kostte het me veel moeite, maar mettertijd heb ik de truc geleerd.

Mama vond het erg leuk als ik haar uitkleedde en in bed legde. We lachten en we speelden. Ik was de baas en zij het robotje dat al mijn wensen moest vervullen, maar 's avonds voorzichtig onder de dekens moest worden gelegd. Ik moest ervoor zorgen, anders zou het de dag erna niet meer werken en ik vond het erg leuk om voor mijn mama te zorgen.

Ik trek haar beha uit, die haar zachte borsten omsluit. Haar tepels zijn klein en roze, als bloemblaadjes die op het kalme water van een meer zijn gevallen en het oppervlak een beetje doen krinkelen. Ik wil niet dat ze het koud heeft en dus wikkel ik een grote handdoek om haar heen en zet haar weer tegen de muur. Terwijl ik haar broek losknoop, reconstrueer ik een kaart van haar moedervlekken en merk ik hoeveel dingen aan haar lichaam zijn veranderd. Maar ik voel me niet tot haar aangetrokken, niet nu. Benedetta ziet er nu uit als een ziek en koortsig kind, en ze kijkt me aan met dezelfde leegheid en toewijding die ik zag in de ogen van de mensen in Borgo Fiorito.

Ik trek haar broek uit. Een broek die benen bedekt die ik nog nooit eerder heb gezien. Slank en glad, zoals vrouwenbenen kunnen zijn, maar nu hebben ze de grappige positie aangenomen van een kind dat straf heeft. Ze komen samen bij de knieën om vervolgens bij de enkels weer uit elkaar te gaan. Onder haar katoenen sokjes raken de punten van haar voeten elkaar net aan. Met mijn hand voel ik de temperatuur van het water dat ondertussen de badkuip heeft gevuld. Het is warm.

Ik til haar langzaam op zoals zij haar zware oogleden optilt.

'Ben ik naakt?'

'Nee, Bene, je hebt je onderbroek nog aan,' antwoord ik.

Bene. Het geluid van dit woord is niet veranderd, het heeft een andere klankkleur, mannelijker, maar mijn stem herkent het en stuurt me terug naar de eerste keer dat ik het uitsprak. Naar de eerste keer dat ik Benedetta als iets van mij en iets vertrouwds zag. Naar de eerste keer dat zij zich omdraaide toen ze haar naam hoorde roepen.

Precies zoals nu. Nu kijkt ze me verbaasd en gelukkig aan.

Ze hielden altijd hun onderbroek aan als we ze in bad deden.

Haar benen glijden in het water en ik laat ze even aan de temperatuur wennen.

'Heet, heet,' zegt ze geschrokken. Benedetta lijkt bij kennis te zijn gekomen, dus ik buig voorover en houd steeds een hand achter haar rug, terwijl ik met de andere haar benen en buik een beetje natmaak.

'Nu is het niet meer zo heet, toch?'

Benedetta schudt haar hoofd en dompelt zich langzaam onder.

De kraan blijft druppelen en behalve onze ademhaling hoor ik geen andere geluiden in dit huis.

Mijn hand glijdt over het water en over jouw huid en vermengt de twee oppervlakken met elkaar in een enkele streling. Ik was je ogen, je voorhoofd, je haren en je schouders.

En eindelijk doe je je ogen dicht.

Haar haar is nog vochtig, maar de verwarming in de slaapkamer staat redelijk hoog en mijn trui zal haar verwarmen.

Ze zal vannacht wel last hebben van haar maag en een warme trui zal helpen.

Een slaaptrui, zei mijn moeder altijd.

Ik breng haar naar bed en leg haar onder de dekens.

Ook al heeft ze weer een natuurlijke kleur, ze praat nog steeds onduidelijk en moeizaam.

'Jij bent mijn beschermengel, ja, jij zult altijd over mij waken, toch? Jij moet altijd weten waar ik ben om mij te beschermen. Dus geef me een pen.'

Ik pak de zwarte stift die ik altijd bij mijn gereedschap op het nachtkastje bewaar en geef hem aan haar. Zij begint op mijn borst haar telefoonnummer te schrijven.

'Kijk eens. Nu kun je me beschermen en ben ik veilig.'

'Oké, Bene. Ga nu maar slapen. Je bent veilig en je hebt ook mijn enige goede shirt viesgemaakt.'

Benedetta glimlacht en haar glimlach brengt haar langzaam in slaap. Dus ga ik de kamer uit en doe de deur achter me dicht.

Oliva, die in de tussentijd onder het bed vandaan is geglipt, staart me voor de deur kwispelend aan, zoals ze altijd doet wanneer ze naar buiten wil om te plassen.

'Het spijt me, geen sprake van.'

Ik ga op de bank liggen en probeer weer in slaap te komen.

'Als je wilt, kun je naar de huiskamer gaan, daar hebben ze toch al gepist. Slaap lekker, Oliva.'

Ik voel mijn ledematen lichter worden en zich overgeven aan de slaap, en als een late reactie verschijnt er een glimlach op mijn gezicht.

En ik besef dat ik degene ben die zich ineens onbezorgd en veilig voelt.

Benedetta's haar zit in de war en haar gezicht is gezwollen.

Ze heeft mijn trui aan. Ze ziet eruit als iemand die net wakker is en die de hele nacht heeft overgegeven. Ze vertoont alle symptomen van een kater, ze heeft hoofdpijn en wallen, en ze voelt zich lelijk.

En dat zou ze eigenlijk ook moeten zijn, maar ze is het niet.

Zij is altijd mooi en ik zit in de problemen.

Ik keek op van de antieke secretaire die ik aan het opknappen was en zag haar in de deuropening verschijnen en me goedemorgen wensen.

Ja, ik zit in de problemen dacht ik, en ik bedacht dat ik haar wel elke avond zou willen drogeren om haar elke nacht te kunnen verzorgen en haar elke ochtend zo te zien glimlachen.

Ja, ik zit echt in de problemen.

De ochtendzon laat haar ogen glinsteren, die er langzaam minder gezwollen uit gaan zien en opengaan om licht te ontvangen en terug te kaatsen.

Ik word overspoeld door dat gereflecteerde licht als we ontbijten en ik haar zie glimlachen. Ze lijkt klein in mijn trui die als een deken over haar schouders valt.

'Hij heeft me warm gehouden vannacht. Dank je,' zegt ze terwijl ze probeert een hap brood met boter en marmelade door te slikken.

Benedetta lacht nu smakelijk, ze voelt zich weer op haar gemak en heeft zo'n honger dat ze Oliva op zou eten als het mijn hond niet was.

Haar ogen kijken betoverd naar mij, haar lippen glimlachen en verslinden broodjes en haar oren luisteren verbaasd en geamuseerd naar mij wanneer ik haar vertel over onze nacht samen.

We lachen als twee kinderen. We lachen zoals Sasha en Benedetta lachten. 'Nog meer,' roept ze uit. Ze lijkt wel een kleine keizerin.

'Nog meer?' durf ik te vragen, maar uit haar geërgerde toon maak ik op dat je een keizerin nooit moet tegenspreken.

'Ik heb honger,' oordeelt ze.

Ik vind het leuk om naar haar te kijken als ze eet, maar nog meer als ze lastig doet.

'Je bent echt walgelijk, weet je dat? Schaam je je niet?'

'Meestal wel, maar aangezien ik vannacht over je heen heb gekotst, je uit je bed heb gegooid en je me naakt hebt gezien, denk ik niet dat ik me nog ergens voor hoef te schamen,' zegt ze terwijl ze haar tanden in het laatste sneetje brood zet. 'Laten we een pact sluiten. Ik zal niet zeggen dat jij hier slaapt en jij zegt tegen niemand dat je mij in die toestand hebt gezien. Dus je hoeft alleen maar te blijven doen alsof je niets ziet en mij het brood aan te geven.'

Ik pak het mes en begin te snijden, maar een scherpe pijn doet me opspringen.

'Godver!'

Ik druk mijn vinger tussen mijn handen om het bloed te stoppen dat zich langzaam over het hele vingerkootje verspreidt.

Ook zij springt op en komt naar me toe, tot ze zich op een paar centimeter van mijn gezicht bevindt. 'Laat eens zien,' zegt ze, en ze pakt voorzichtig mijn hand om mijn tranende wond te bekijken. Ze kijkt bezorgd. Haar ogen zijn rood aangelopen en nieuwsgierig, en ze kijken te veel, zoeken te veel of misschien zijn ze iets te lang blijven hangen.

'Is het erg?' fluister ik zonder mijn ogen van haar af te houden.

'Het zal vanzelf wel overgaan, het stelt niets voor,' zegt ze onverschillig wanneer ze merkt dat ik haar aanstaar, en dan loopt ze weg terwijl ze mijn trui uittrekt en hem op de bank laat vallen.

'Bedankt, voor vannacht. Mocht je een dodelijke bloeding hebben, bel me dan. Je hebt nog wat van me tegoed,' zegt ze als ze naar de deur loopt.

'Ik voel me nu al heel zwak.'

Benedetta kijkt me aan en glimlacht.

'Ik hou van faalbare mannen.'

Dan gaat de deur dicht en is ze er niet meer.

Terwijl ik geniet van mijn wond, voel ik haar woorden nog in de lucht hangen.

En dan een gedachte: wat doe ik nu?

'Hallo.' Mijn stem is slaperig en een beetje schor. Ik hang tussen twee werelden in. Ondanks de dampende koffie in mijn kopje ben ik nog niet klaar om het leven het hoofd te bieden.

'Adriana…' De man aan de andere kant van de lijn heeft een aarzelende stem, laag en melodieus.

'Het spijt me, u hebt het verkeerde nummer gedraaid.'

'Neem me niet kwalijk.' De vreemdeling hangt meteen op.

Ik leg de telefoon neer, ga op de bank zitten terwijl ik mijn kopje stevig vasthoud. Het is half acht. Ik denk meteen aan een verboden liefde. Ik weet niet waarom. Misschien omdat stemmen die een verkeerd nummer hebben gedraaid altijd onbeschoft klinken, gehaast. Omdat je op de achtergrond geroezemoes hoort van bars, verkeer, kantoren, televisies. De stem van deze man was echter langzaam, beheerst, diep. En hij kwam voort uit een totale stilte. De stilte die we creëren als we ons opsluiten in een kamer en ons afsluiten van de rest van de wereld. De stilte die we nodig hebben als we over de liefde willen praten.

Ik ben een romantische vrouw. En nu ga ik douchen.

Gerinkel. Alweer.

'Hallo.'

Aan de andere kant een verlegen aarzeling.

'Adriana?' Maar hij weet het antwoord al.

'Ik denk dat er een storing is. Ik heb u eerder ook al gesproken,' zeg ik hem vriendelijk.

'Het spijt me. Neemt u mij niet kwalijk.' Maar hij hangt niet op.

'Ik haal nu de stekker eruit. Probeert u het dan nog eens.'

'Dank u.'

Ik doe het.

Adriana is getrouwd en hij belt haar om af te spreken waar ze elkaar vandaag zullen zien.

Hij is getrouwd en gisteravond hebben ze ruzie gehad, omdat zij niet meer zo wil leven.

Hij heeft Adriana verlaten, omdat hij het beeld van haar en haar man niet meer kan verdragen.

Hij en Adriana zien elkaar al drie maanden niet meer, maar nu houdt hij het niet meer vol.

Het is halfacht 's ochtends. Waarom zou een man op dit uur een vrouw bellen?

Een arts die een afspraak moet verzetten. Een collega van kantoor. Een leidinggevende. Een broer. Een echtgenoot…

Nee. Een minnaar.

Waarom zou Adriana een minnaar hebben? Waarom moet Adriana juist een beheerst leven hebben, saai, treurig, een leven om te ontvluchten?

Een leven zoals dat van Nicole?

Adriana is zeventig en de vreemdeling is een leeftijdgenoot van haar.

Nee. Een minnaar.

Minnaar in de zin van zonde, overtreding, risico, clandestiniteit, gevaar, hotelkamers, garçonnières, naakte handen, leugens?

Minnaar in de zin van iemand die samen met jou liefheeft.

Ik roer nerveus in mijn koffie, die inmiddels koud is. Ik installeer de lijn weer.

Ik spring op, terwijl ik dreigend naar de telefoon kijk alsof ik hem wil zeggen dat hij niet meer moet rinkelen.

'Lorenzo!' roep ik hardop terwijl ik de woonkamer uit loop. Hij antwoordt niet. Misschien is er geen Lorenzo. Misschien ben ik jaren geleden in coma geraakt en heb ik Lorenzo alleen maar gedroomd terwijl ik worstelde tussen terugkomen en weggaan. Nu hebben ze me wakker gemaakt en is er niets meer, Lorenzo is er niet, zijn onberispelijke overhemden zijn er niet, zijn warme handen zijn er niet, zijn veilige aanwezigheid is er niet en zijn lichaam dat naast me ligt te slapen is er niet. Ik loop snel door het huis, ten prooi aan een gevoel van verstikking, dat wat ik voel als er geen vangnet meer onder mij is…

Goedemorgen Nicole, u hebt tien jaar geslapen. Maakt u zich geen zorgen over deze slangetjes, die halen we zo weg. Het gaat nu goed met u. En u bent vrij.

De slangetjes zijn mijn vangnet. Haal ze niet weg. Ik krijg geen lucht.

Het geluid van de douche achter de gesloten deur. De radio die het nieuws uitzendt. Ik klop krachtig.

'Lorenzo!' Ik ben buiten adem.

Ik doe de deur open en word bevangen door de warme damp en door de geur van vetiverolie. Lorenzo opent met druipende haren de schuifdeur van de douche en kijkt verbaasd.

'Wat is er gebeurd?' vraagt hij kalm.

Dank u, Heer.

'Ik ga met jou ontbijten.'

Het is stil op de bouwplaats. Mijn bed is warm, maar provisorisch, zoals alles hier binnen. Oliva ligt te slapen aan het voeteneind van het matras dat ik heb geregeld en waar ik inmiddels al dagen op slaap. In mijn slaap beweeg ik onrustig.

Ik rol heen en weer onder de dekens, op zoek naar rust. Ik druk mijn gezicht in het kussen. De kachel straalt warmte uit en maakt me slaperig. Ik word vannacht als een schommel heen en weer geslingerd tussen dromen en waken. Mijn lichaam is bezweet.

Ik doe mijn shirt uit. Maar de warmte die ik voel is mijn onrust. Mijn borst hijgt tegen de lakens en mijn hand glijdt onder het kussen op zoek naar een beetje koelte.

Ik zak weg in het donker van mijn onderbewustzijn, mijn tanden verdwijnen in mijn onderlip en ik stel me de smaak van haar lichaam voor.

Haar natte haren hangen in slierten langs haar fijne nek. Ik leg mijn handen op haar rug. Ik duw mijn nagels tussen haar moedervlekken, ik voel haar buik tegen de mijne drukken. Zij buigt naar me toe, klampt zich vast, mijn armen grijpen zich vast aan haar schouders en trekken haar naar mij toe. Ik glijd over haar bezwete lichaam terwijl ik me tussen haar benen laat zakken.

Ik doe mijn ogen open. Het licht van de zonsopgang vertelt me dat ik niet meer kan slapen.

Haar lippen hebben niet de zachtheid verloren van toen ze een klein meisje was.

Alsof ik buiten zinnen ben, verberg ik mijn gezicht achter mijn inmiddels vochtige haar. Ik kan niet meer slapen, dat weet ik, dus staar ik naar het plafond. Als ik me goed concentreer kan ik haar stem nog horen.

'Er bestaat geen vrouw die niet te veroveren is, Sasha, geen enkele.'

Nicole draait zich om en glimlacht naar me.

Haar geur, die in de lucht blijft hangen wanneer ze allang weer weg is.

De kalmte van haar stem, die mijn gevoelens versterkt.

Mijn hartslag, die niet constant is.

Haar amandelvormige ogen die in mij doordringen.

Nicole heeft mijn auto aangereden in een vlaag van vermoeidheid, huilt als een klein kind om een hond die ze niet kent, streelt mijn voorhoofd vanwege een glimlach die ik haar heb ontlokt en doet een belofte vanwege de bekentenis van een onbekende jongen. Nicole is pure magie.

Wie ben jij verdomme, Nicole? Wie geeft jou het recht om dit met mij te doen? Ik geloof niet meer in magische hypocrieten. En ook niet in feeën.

Ik stap uit bed. Nee, ik kan niet meer slapen.

'We gaan even wandelen, Oliva.'

Oliva kwispelt, maar is slaperiger dan ik. Wie weet draagt zij ook alle gedachten die zweven tussen slapen en waken met zich mee. We lopen langzaam en ik zie niet wat er om mij heen gebeurt. Ik ben nog verloren in mijn droombeelden.

Haar kasjmieren trui die haar huid streelt.

Haar lichte en fijne haren die mijn lippen even aanraken als we elkaar met een omhelzing begroeten. Begroet jij al je vrienden zo, Nicole?

Haar ogen die langzaam open- en dichtgaan.

Haar aandacht voor ieder minuscuul gebaar van mij.

Jouw woorden brengen me in moeilijkheden. Maar waarom?

Omdat jouw woorden net stenen zijn die naar me worden gegooid en steeds sterker weerklinken wanneer ze mijn kwetsbare oppervlak raken. Omdat jouw stem zo vertrouwd is, daarom. Omdat je me misschien aan iemand doet denken… omdat je me misschien aan mijzelf doet denken. Omdat wanneer jij er niet bent onze acteurs op de kade hun voordracht staken en ik er niet meer in geloof.

Even deed je me erin geloven, weet je dat Nicole? Maar met alle respect: wat weet een burgervrouw van veertig nou van het veroveren van een meisje? Alleen omdat je aantrekkelijk en sensueel bent en mannen waanzinnige dingen moeten hebben gedaan om jou te krijgen, denk je het te weten... Hoeveel mannen, hoeveel avontuurtjes, hoeveel orgasmen, hoeveel huilbuien, hoeveel bloed, hoeveel pijn, hoeveel warmte is er door jouw lichaam gegaan?

Je lijkt sterk, Nicole. Je lijkt een diepe put die me zijn wijsheid aanbiedt.

Ik zat naar je te kijken toen je onze acteurs liet praten, er is weinig voor nodig om je te doen ontvlammen. Maar wat ik heb gezien, is slechts een zwak licht en jouw gezichtsspieren volgden dat instinct niet, ze waren bevroren. Vanwege de emotie? Vanwege de strijd tegen de tijd die voorbijgaat? Omdat je moe bent? Omdat je bent vergeten? Ik keek naar je en wilde dat je je op dat moment je verleden kon herinneren, zodat je het mij kon geven en me alles kon onthullen wat ik niet begrijp.

Ben ik degene die jou ontvlamt?

Toccata en fuga. Je blijft nooit langer dan nodig is en je gaat niet weg voordat je me iets hebt gegeven om over na te denken. Nu hebben jouw woorden in mij een vreemde nieuwsgierigheid doen ontvlammen, die me vertroetelt op deze ochtend die anders is dan normaal.

Ik ga terug naar huis met Oliva en ik kan het niet laten om me af te vragen of het echt is zoals jij zegt. Maar er is niemand in dit huis met wie ik kan praten. Er zijn geesten uit het verleden. Misschien. Of geesten van de toekomst. Schaduwen van mensen die hier hebben gewoond of die hier zullen komen wonen. In dit huis dat net zo magisch is als Nicole, waar alles zichtbaar en vervallen is, is slechts één deur gesloten. Een deur waar je niet doorheen moet gaan, boven, op de laatste verdieping.

'Daar liggen alleen wat oude familieherinneringen, daar hoef je niets te doen.' De stem van de Vader die geen held is.

Die aangewakkerde nieuwsgierigheid houdt me vandaag gezelschap. Misschien is dat de deur die ons mensen scheidt van de wonderbaarlijke wereld van de waanzin. Hoe zeg je 'waanzin' in het Frans? Hoe zeg je 'verlangen'? Hoe zeg je 'Benedetta, ik word gek van verlangen naar jou'?

Terwijl ik die trap op loop, denk ik weer aan jouw woorden, Nicole, en ik vraag me af of je gelijk hebt, of het niet tijd is om in beweging te komen. Trede voor trede ga ik omhoog en ik besef dat ik me voor het eerst sinds ik in dit huis ben aangekomen op onbekend terrein begeef. Tot op de dag van vandaag had ik er nooit aan gedacht dit te gaan onderzoeken. Ik ben in beweging, Nicole, is dit wat je bedoelt?

Het versleten hout kraakt onder mijn gewicht en maakt mijn tred onzekerder. Als jij bij me was zou je me zeggen waar ik mijn voeten neer moest zetten, toch? Door de angst en het verlangen om die deur open te maken begint mijn hart weer onregelmatig te kloppen.

Geluiden van leven achter die deur.

Geluiden van leven buiten Borgo Fiorito.

Geluiden van leven die van buiten komen, uit de wereld om mij heen. Die heeft bestaan of die nog steeds moet bestaan. De wereld van Benedetta toen ze kind was of de wereld die ik nu misschien met haar kan opbouwen. De wereld van Nicole die op me wacht.

Geluiden en niets anders. Dat is alles wat ik heb.

Nu voel ik het stof onder mijn voeten en op mijn handpalmen die op de koperen trapleuning steunen. Hij is koud en glad, en ik probeer hem niet te veel te belasten.

Ik leg mijn oor op het roodgevlekte hout om te luisteren. Ik hoor muziek achter die deur. Lachende stemmen. Dieren die hard rennen in de nacht. Ogen die elkaar zoeken. Gehuil. En nog meer muziek.

Mijn nieuwsgierigheid, Nicole.

De muziek is heel mooi en vertelt me over de liefde.

Mijn hand begint op dat koude koper te drukken en ik heb moeite met slikken – nee, ik heb moeite met ademhalen – nee, ik heb moeite met openmaken.

Gesloten deuren zijn niet bedoeld om open te worden gemaakt, anders zouden er in Borgo Fiorito niet zoveel sloten zijn.

De deurklink gaat door mijn handeling langzaam naar beneden.

Ik stop.

Ik wil die geluiden niet in de ogen kijken. Het zijn geluiden van leven. Verleden en toekomst. Maar ik ben hier, in het heden. Ik wil me die geluiden niet alleen inbeelden. Dat geschreeuw, dat gelach, die muziek. Ik kan ze beleven. Ik kan die geluiden worden. En ze verwarmen, ze boetseren, ze interpreteren. Samen met Benedetta.

'Ik moet met je praten. Zeg jij maar waar en wanneer. Sasha.'

Ik berg mijn telefoon op. Ik moet met Nicole praten.

Ik loop de trap af, maar ik ben tenminste in beweging.

Ik heb Nicole nodig. Zij kent die geluiden misschien.

Een muffe geur. De geur van blocnotes en lekkende pennen. De geur van vermoeide lichamen na een werkdag van acht uur. De geur van schnitzels op donderdag als de conciërge haar noordelijke wortels herdenkt. De school waar ik lesgeef bevindt zich in een appartement in een statig gebouw. Begane grond, rechterdeur. L'ÉCOLE staat er pompeus op het koperen naambordje. En daaronder: *Multimedia-laboratorium*, een nog pompeuzere definitie voor een kamer met twee computers en enkele videobanden over de dierenwereld of het verkeer in New York tijdens de spits. Maar de mensen zijn aardig, mijn drie collega's gezellig. Ginevra, de directrice, een magere vrouw van zeventig die naar jasmijn ruikt en zowel 's winters als 's zomers heel dure bewerkte kanten kousen draagt, heeft een zwak voor mij en geeft me flexibele uren. Ik heb de cheque die Ginevra me elke maand in een crèmekleurige envelop geeft niet echt nodig. Ik heb mijn appartement in Parijs verkocht en door de opbrengst ervan ben ik economisch onafhankelijk. Mijn ouders hebben het me nagelaten toen ze in de Provence gingen wonen. Twee aparte huizen, twintig kilometer bij elkaar vandaan. In de laatste fase van hun leven samen hebben ze eindelijk besloten uit elkaar te gaan. En zo pendel ik nu heen en weer als ik ze ga opzoeken – mama in Cap d'Antibes, papa in Juan-les-Pins – terwijl ik probeer de duur van het verblijf en de aandacht evenwichtig te verdelen om geen jaloezie op te wekken. Want ook al leven ze nu gescheiden, ze bellen elkaar twee keer per dag en zijn perfect op de hoogte van elkaars levens. Zo kunnen ze blijven ruziën, elkaar bekritiseren en elkaar gezelschap houden. En opgelucht de hoorn neerleggen en de ander met hernieuwde tevredenheid 'mijn ex-man, mijn ex-vrouw' noemen. En zich alleen vervelen en niet meer met z'n tweeën.

De geur van schriften, linoleum, stoffige verf, lekkende pennen. Een maandelijkse cheque in een crèmekleurige envelop die naar jasmijn ruikt zoals de magere hand met ringen die hem aan me geeft. Een verschijning van welgestelde burgerij ondergedompeld in de frituurlucht van schnitzels.

Het nieuwe leven van Nicole.

De geur van Gauloises. O mijn god, Angela heeft niet opgegeven. Niet dat ik dat had verwacht, maar ik hoopte het wel.

'Bonjour, Nicole,' wijst ze me, meteen wanneer ik de kamer in loop, met een engelachtige glimlach terecht.

'On ne peut pas fumer ici, Angela. Tu le sais,' zeg ik haar vriendelijk, zoals altijd.

Zoals altijd.

'On ne peut pas fumer', de geur van schriften en pennen, de talloze crèmekleurige enveloppen die ik heb vastgehouden, de vrienden van Lorenzo, mijn slapeloze nachten, de warme saaiheid van mijn huis, mijn automatische glimlach, mijn verlamde hersenen, mijn mobiele telefoon die al vier jaar dezelfde ringtone heeft.

Angela drukt haar sigaret uit onder de hak van haar rechtercowboylaars. Ze slaat haar boek open, glimlacht om me te laten zien dat mijn betoog van de vorige les haar absoluut niet heeft geraakt. Ze snuit haar neus, legt haar buik goed boven haar losgeknoopte spijkerbroek, pakt een pen en wacht af.

Mijn mobiele telefoon piept.

'Vandaag bekijken we de werkwoorden nog een keer,' zeg ik tegen Angela terwijl ik mijn telefoon uit mijn tas haal. Ik lees het bericht.

'Ik moet met je praten. Zeg jij maar waar en wanneer. Sasha.'

'Open je boek op de pagina van het werkwoord *tuer*, Angela,' zeg ik en ik tik gauw een antwoord, met een glimlach om mijn lippen: 'Leef, Sasha. Leef.'

Ik zet mijn telefoon uit.

Ik sla mijn boek open. *Tuer. Doden.*

Wat een goede keus. Mijn complimenten, Nicole.

Leef, Sasha. Leef.

Je tue, tu tues, il, elle tue.

Ik dood, jij doodt, hij, zij doodt.

Je mobiele telefoon heeft al vier jaar dezelfde ringtone en jij bent aan het verdrinken, Nicole.

Leef, Sasha. Leef.

Hetzelfde gevoel als toen ik bij Sasha voor de deur stond, de eerste keer. Een zware last. Misselijkheid. Een zware last die eruit wil.

Heb je echt niet meer overgegeven sinds je dertig was, Nicole?

Een zware last die eruit wil.

'Ik ben niet hypocriet.'

Angela slaat haar ogen op en kijkt me aan.

'Ik wil je niet veroordelen en jouw leven is niet mijn zaak, maar het is waar: ik vind je niet aardig. Ik vind dat je een grotere broek moet kopen en dat je moet ophouden je kind te vergiftigen, alleen maar omdat je wilt bewijzen dat je alternatief bent. Ik vind dat je in plaats van naar Parijs te gaan dat geld zou moeten gebruiken om een huis te kopen, om een leven op te bouwen, om je kind op te voeden. Ik denk dat je nooit Frans zult spreken en dat je jezelf voor de gek houdt om iets te bewijzen, maar ik weet niet wat. Ik vind dat je af en toe wat anders aan moet trekken en de hakken van je cowboylaarzen moet vervangen. Jouw vastbeslotenheid om je van niemand iets aan te trekken, die is nep.'

Mijn hart klopt als een bezetene. Om al die woorden uit te kunnen spreken, ben ik vergeten adem te halen. Angela kijkt me strak aan, zonder me de voldoening van haar verbazing te schenken. Ze blijft even stil. Ze bijt op haar nagel. Dan kijkt ze me uitdagend aan.

'En dat ik niet weet wie de vader van mijn kind is, wat vind je daarvan?'

Ik adem in. Ik laat mijn hartslag vaart minderen.

'We hebben allemaal het recht om een beetje verwarring te scheppen. Zo nu en dan.'

Ze vertrekt haar mond. Ik denk dat ze een glimlach probeert te onderdrukken. Ik begin te glimlachen, zij volgt me, haar rode mond wordt breder, ze grinnikt.

'Wil je mijn schilderijen zien?'

Ik schud mijn hoofd. 'Nee, niet echt.'

Nu kijkt ze me stomverbaasd aan. Dan barst ze in lachen uit. Een lange, hese keellach. Ik doe met haar mee. Onze twee stemmen vermengen zich en worden luider. We lachen zonder te kunnen stoppen, zonder te weten waarom, alsof ze ons de grappigste mop ter wereld hebben verteld, alsof we iemand op straat hebben zien vallen, alsof we op een verschrikkelijke, beledigende en heerlijke manier iets verkeerd hebben gedaan.

Ik heb al jaren niet meer zo gelachen.

Nee, dat is niet waar, het is je ook overkomen met Sasha.

'Je tue, tu tues, il, elle tue…' begint zij voor te dragen als onze hysterische aanval minder wordt. Dat is vreemd, zou ik niet als eerste mijn zelfbeheersing terug moeten vinden?

'Nous tuons, vous tuez…'

Ik begin weer te lachen, ongemanierd, ik lig dubbel met de tranen in mijn ogen, niet in staat ermee te stoppen. En zij kan zich er niet aan onttrekken. Ook zij lacht, harder dan eerst. Haar handen beschermen haar buik, ze opent haar mond om op adem te komen, de tranen rollen naar beneden, zwart van het oogpotlood.

Leef, Sasha. Leef.

Hoe verander je de ringtone van deze telefoon?

Maandag: Het programma 'Leef, Sasha. Leef' is begonnen. Fase van omsingeling van Benedetta. Nicole is heel erg zeker. Ik een beetje minder. Ik heb net het sms'je gestuurd dat Nicole mij heeft gedicteerd: 'Ik heb wat tijd voorbij laten gaan om te begrijpen of ik echt serieuze bedoelingen had. Nu weet ik het zeker: ik wil met je trouwen. Heb je woensdagavond wat te doen? We zouden uit eten kunnen gaan en de ceremonie kunnen bespreken.'

Mijn handen zweten, maar ik druk toch op 'verzenden'.

Dinsdag: Benedetta heeft niet gereageerd. En daar heb ik niets aan toe te voegen.

Woensdag: Nicole heeft me gevraagd een nieuw sms'je te sturen: 'Als ik te overhaast op je overkwam, denk dan aan wat de oude spreuk zegt: vandaag ben je twintig en wanneer je morgen wakker wordt, ben je veertig.'

Het lijkt mij meer een zin die voor de gelegenheid door Nicole is bedacht dan een oude spreuk. Ik heb het vanochtend om elf uur gestuurd. Nu is het drie uur 's middags en ze heeft nog niet gereageerd. In plaats daarvan heeft Nadia me vijftig keer gebeld. Iedere keer als mijn telefoon overgaat, sluit ik mijn ogen, tel ik tot vier en kijk naar de naam op het display.

Wees vervloekt, kut-Nadia.

Donderdag: Nicole zegt dat de koppige stilte van Benedetta een goed teken is. Volgens mij heb ik mijn lot in de handen van een gek gelegd. Misschien drinkt Nicole wel en heb ik het nooit gemerkt. Ze heeft me gezegd dat ik vol moet houden en een bos ballonnen naar het huis van Benedetta moet sturen. Geen bloemen, maar gekleurde ballonnen. Zonder kaartje. De kerel van de kraam waar ik ze heb gekocht keek me wantrouwig aan en voordat hij ze loshaalde, moest ik ze eerst betalen. Ik liep door Rome met vijfentwintig ballonnen aan mijn pols geknoopt en ik schaamde me dood. De portier weigerde ze te bezorgen, omdat ze niet in de lift pasten. Op één ervan, een gele, de grootste, schreef ik: 'Voor Benedetta', en toen heb ik ze aan de klink van de voordeur vastgemaakt.

Het meest bizarre is dat Nicole orders geeft en dat ik ze uitvoer. Dat is verontrustend.

Vrijdag: De ballonnen hebben geen enkel effect gehad. Benedetta is verdwenen. Dat wil zeggen, ze heeft niets van zich laten horen. Nicole glimlacht en zegt dat als ze niet onder de indruk was van al mijn harde werken, ze me gewoon had kunnen bellen en zeggen: 'Je bent erg vermakelijk, maar ik ben smoorverliefd op iemand anders.' Wie zwijgt, stemt toe, zegt ze. Mijn handen zijn continu bezweet en ik heb het gevoel op een dakrand te lopen. Vergezeld door een Franse hyperoptimistische dronkenlap.

In deze dagen heeft Nadia niet opgegeven en me aan één stuk door gebeld. Ik heb haar naar de hel gestuurd en gezegd dat ik haar ga slaan als ze er niet mee kapt.

Zaterdag: Benedetta zwijgt.

Zondag: Benedetta zwijgt, en ik voel me een idioot die heeft geprobeerd de K2 te beklimmen met een huishoudtrap.

Maandag: Benedetta zwijgt. Ik heb nog vijfentwintig ballonnen gekocht, ik heb ze mee naar huis genomen en ze allemaal laten knallen. Oliva doodsbang, ik nijdig. Op mezelf. Op Nicole. Ik tilde een latje van het parket op, schreef de naam van Benedetta op de vieze grijze betonlaag die tevoorschijn kwam, legde het latje er weer op en duwde er hard op met mijn voet.

Afgesloten.

Ik kijk naar Lorenzo terwijl hij slaapt. Het is bijna twee uur, de televisie zendt slechts B-programma's uit of documentaires die ik weiger te bekijken, omdat de commentator op een bepaald moment de profetische zin '... maar de overlevingsstrijd is sterker dan alles' uitspreekt, en dan word je overstelpt met de onmisbare beelden van de leeuw die de gazelle opvreet, het zeehondenjong dat de groep niet bij kan houden of de moedermarmot die afgeslacht wordt door het dienstdoende roofdier. Ik voel me dan rot en verander van zender.

'Nicole, dat is het leven. Dat is hun instinct,' zegt de wijze Lorenzo in zo'n geval, zelf een fervent kijker van National Geographic.

Ik weet het. Ik weet alles van instincten. Maar dat wil nog niet zeggen dat ik op de eerste rij moet gaan zitten om ernaar te kijken.

Of dat ik eraan mee moet doen.

Ik zet de nutteloze televisie uit. Ik sla het boek dicht waarop ik me niet kan concentreren. Goed zo. Ook vannacht zal ik over de slaap van Lorenzo waken. Ik leun op een elleboog en kijk naar zijn halfopen mond, zijn hand op het kussen, de rimpels die zijn verdwenen door de slaap. Ik voel tederheid. En afgunst. Ik ben altijd degene die anderen ziet slapen. De laatste die het licht uitdoet. De laatste die zich met tegenzin en woede overgeeft aan Morpheus.

Wat krijg je ervoor terug?

De stem van dokter Beek. Zijn strenge en vriendelijke gezicht, zijn witte baard, zijn doordringende ogen.

Ik schop de dekens weg, keer Lorenzo, die me nu op mijn zenuwen werkt, de rug toe, doe mijn ochtendjas aan en sta op.

Ik krijg er niets voor terug, lieve dokter. Ik zou in staat wil-

len zijn mijn ogen dicht te doen, in iemands armen te vallen
en voor één keer diegene te zijn over wie de hele nacht gewaakt
wordt. En bovendien bent u ver weg, ik ben niet meer uw leer-
ling. Ik ben dat niet meer, dat is mijn leven niet meer, dat is
mijn verhaal niet meer. Laat me met rust, ik moet nu de keu-
ken schoonmaken.

Dweil, schoonmaakmiddel, rubberen handschoenen. Het
meest extreme middel tegen mijn slapeloosheid. Tegels, wasbak, gasfornuis. Maak schoon, poets, reinig, laat het weer
glanzen.

Voel je je alleen?

Heel erg. Poets het marmer van de wasbak beter.

Dat heet een gootsteen, Nicole.

Gootsteen. Ik voel me alleen.

Zou het helpen als Lorenzo een keer wakker werd en bij je
zou blijven?

Nee.

Maar zou je willen dat het gebeurt?

Het is een keer gebeurd. Hij tilde zijn hoofd op, kneep zijn
ogen dicht die pijn deden van het licht, gaapte overdreven
en vroeg met een grafstem, terwijl zijn hoofd alweer terug-
viel op zijn kussen: 'Wil je dat ik je gezelschap houd?'

Een zombie. Nee, bedankt.

Je moet begripvol zijn, Nicole. Lorenzo werkt, hij is gezond,
hij heeft geen nachtmerries en lijdt niet aan slapeloosheid.

Ik ben begripvol. Ik heb zijn slaap nooit verstoord.

Maar je zou willen dat iemand je in de armen nam.

De vloer. Misschien kan ik de vloer even dweilen.

Hoe lang is het geleden dat je in iemands armen viel?

Nee, de vloer is echt mijn laatste hoop. Zo erg is het nog
niet.

Hoe lang, Nicole?

Jij kunt niet de stem zijn van dokter Beek. Je bent te gemeen.

Ik ben jouw stem, Nicole.

Toch ben je gemeen. Hou ermee op. Hou ermee op. Hou
ermee op.

Ik ga uitgeput zitten op de vloer die ik niet heb geboend. Ik zou met iemand willen praten. Ik luister verrast naar die behoefte die onverwacht bij me naar binnen is gekropen. Ik steek een sigaret op, gefascineerd en verafschuwd door dat idee. Met iemand praten. Wat een waanzin. 's Nachts is Nicole onafhankelijk. Ze leest, schrijft, luistert muziek, kijkt televisie, doet aankopen op internet, doolt door het huis, neemt een douche, drinkt warme chocolademelk. Nicole weet dat normale mensen op dat tijdstip slapen. Nicole waakt alleen. En praat over zichzelf in de derde persoon, wat zorgelijk kan zijn.

In de derde persoon praten betekent afstand nemen van iets waarover je niet durft te praten.

Ik jaag mijn plotselinge drang om de psycholoog uit te hangen weer weg. Ik sta op van de vloer, ik heb een ijskoude kont en mijn hart klopt snel door de voorpret. Want ik loop richting de zwarte draadloze telefoon in de woonkamer. Ik weet dat ik een nummer zal intoetsen en voor één keer niet alleen zal waken.

Drie nachten eerder. Eén uur 's nachts.

Het geluid van de intercom, dwingend, veeleisend en gewelddadig. Ik zette de dvd stop en het beeld van de K van het hek van Foster Kane verstarde op het scherm.

Politie? Een dief? Iemand die stervende is en hulp zoekt?

Nog een kreet van de intercom. Lang. Ongeduldig.

Zeker niet iemand die stervende is.

Ik drukte voorzichtig op de knop.

'Ja?'

'Nicole, ik moet met je praten.'

'Sasha?'

'Kun je even naar beneden komen?' Zijn stem trilde een beetje.

'Is er iets gebeurd? Gaat het goed met je?'

'Het gaat goed. Nee, het gaat slecht. Kom je naar beneden, alsjeblieft?'

'Weet je wel hoe laat het is?'

'Nicole, alsjeblieft. Ik ben niet gekomen om te vragen hoe laat het is.'

De situatie was zo absurd dat ik naar beneden ging. Het kwam niet eens in me op om hem naar boven te laten komen. Ik trok een dikke trui aan, een jas, ik pakte het dampende kopje dat me gezelschap hield en ging naar buiten. Het daaropvolgende halfuur bracht ik samen met mijn kruidenthee in Sasha's auto door, met de verwarming op de hoogste stand en de ramen beslagen. Hij ging tekeer tegen mij en de ideeën die ik hem had aangepraat.

'Het is niks voor mij. Zij en ik, dat slaat nergens op. Ik ben gekomen om je te zeggen dat het hier ophoudt, dat ik jouw adviezen en mooie praatjes niet meer hoef te horen, dat je alles fout hebt gedaan, dat ik hiervoor niet het juiste type ben.'

'Zij speelt hard to get, jij voelt je belachelijk. Je bent bang, dat is normaal,' zei ik zacht, terwijl ik naar zijn handen keek die in halve rode wanten gestoken waren en licht trilden.

'Ik ben niet bang!' schreeuwde hij geschrokken. Hij haatte me. 'En ik wil dit spel niet spelen!'

'Dit spel is het leven, Sasha. Je bent er misschien niet klaar voor, maar je kunt je er niet aan onttrekken.'

'Goed, ik speel het wel op mijn manier,' sloot hij af.

'Ga je het spelen terwijl je opgesloten zit in een spookhuis en een droom koestert die je niet onder ogen durft te komen? Benedetta heeft nog niet gereageerd, nou en? Dacht je dat dit genoeg was? Eén sms'je en op naar de trouwerij? Waar heb je al die arrogantie toch vandaan?' Ik deed het portier open en stapte uit zonder een antwoord af te wachten. Sasha bleef even roerloos zitten en volgde me toen. Hij hield een hand achter zijn rug. Ik deed de voordeur open.

'Waarom vind je mijn dromen toch zo interessant?' vroeg hij.

'Ik weet het niet.'

Omdat je ogen om het leven vragen. Omdat je banger bent dan ik en dat kan ik niet verdragen. Omdat het voor jou te vroeg is. Omdat ik ooit psycholoog ben geweest. Omdat je nooit

hebt gedanst met iemand van wie je houdt, terwijl Chet Baker
zingt.

Ik keerde hem de rug toe. Hij legde zijn hand op mijn arm om me tegen te houden. Een zachte hand, aarzelend. Ingepakt in een verschrikkelijke halve rode want.

'Hij is een beetje lelijk geworden door de verwarming,' zei hij terwijl hij me onhandig gaf wat hij achter zijn rug verborg. Het was een witte roos. Treurig voorovergebogen en met verschrompelde blaadjes. 'Sorry dat ik je op dit uur wakker heb gemaakt, maar ik wist niet waar ik anders naartoe moest.' Hij liet zijn hand van mijn arm glijden. 'Je bent een slimme vrouw, maar de dingen die je zegt zijn iets te vreemd voor mij. Welterusten.' Hij liep langzaam naar de auto.

'Het leven kan hartstochtelijk zijn, Sasha,' zei ik terwijl ik naar de witte roos keek. En ik glimlachte. Ik wist niet of hij me gehoord had. Dat maakte niet uit. Misschien zei ik het wel niet tegen hem.

Drie drie acht, vijf negen…

Er is iemand die ik kan bellen om twee uur 's nachts.

… zeven negen drie.

Althans, er is iemand die ik wil bellen.

'Hallo?' Een slaperige stem.

'Sasha, met mij, Nicole.'

'Nicole… Wat is er gebeurd? Gaat het goed?' Zijn stem klinkt al wakkerder. Ik glimlach en bedenk dat we hetzelfde script hebben.

'Ik lijd aan slapeloosheid,' zeg ik, terwijl ik op de bank kruip. Ik voel me belachelijk.

'Ik lijd aan astma.' Hij steekt een sigaret op.

'Dan zou je niet moeten roken.' Ik klink als een schooljuf.

Wat ben je aan het doen, Nicole?

Hij lacht. 'Ik weet het. Slaap je allang niet meer?'

'Bijna mijn hele leven. En jouw astma?'

'Mijn hele leven.' Ik hoor vage geluiden. Ik denk dat hij omhoogkomt op zijn kussen. 'Wacht even, ik moet het licht aandoen, anders kan ik de asbak niet vinden.' Nog meer geluiden. Er valt iets. 'Kreeg je daarom die slaapaanval toen je tegen me op knalde?'

'Ja. Toen jíj in z'n achteruit tegen míj op knalde.' Ik begin te lachen.

Wat ben je aan het doen, Nicole?

'We hebben een mooie klap gemaakt, ja.' Hij grinnikt.

'Sliep je?'

'Jij lijdt aan slapeloosheid, ik heb alleen maar astma, weet je nog?' Nu lacht hij echt.

'Sorry, je hebt gelijk, ik…' Ik voel me meteen ongemakkelijk, op heterdaad betrapt.

Wat ben je aan het doen, Nicole?

'Ik dacht aan Benedetta,' onderbreekt hij me op serieuze toon.

'Terwijl je sliep?'

'Wat doet dat ertoe?' Hij is geschokt door het idee dat ik denk dat de slaap zijn prinses bij hem weg kan houden.

'Over Benedetta gesproken, en jouw ommekeer van de vorige keer… kunnen we erover praten?'

'Nu?'

'Ja.' Ik sta op, ga naar de keuken en zet de waterkoker aan.

'Ik ben nu niet in staat om je het hoofd te bieden.'

'Dan is dit dus het meest geschikte moment.' Aan de andere kant hoor ik onbegrijpelijke geluiden: geritsel, stromend water. 'Wat ben je aan het doen?'

'Ik zet koffie. Ik voel dat ik die nodig zal hebben.'

'Ik ben kruidenthee aan het maken.' We verrichten dezelfde handelingen. Ik stel me hem voor in de grote groene keuken, in zijn pyjama, op blote voeten en met verwarde haren. 'Als je klaar bent, ga je aan tafel zitten en dan praten we erover,' zeg ik terwijl ik aan mijn keukentafel ga zitten. Heb je echt zo weinig nodig om je niet alleen te voelen om drie uur 's nachts?

Wat ben je aan het doen, Nicole?

Ik praat met iemand in plaats van een oude film nog een keer te kijken. Ik adem met volle teugen in plaats van de gootsteen schoon te maken. Ik houd mijn hand uit het raam in plaats van naar een door slaap verdoofde hand naast me te kijken. Ik luister naar een stem die voor mij wakker is geworden.

Je vraagt om hulp.

Ik ben moe van het niet-slapen.

Of van het te veel slapen.

'Ik ben er klaar voor.' Sasha's stem klinkt geamuseerd. 'Jij bent echt gek, Nicole.'

Daar ben ik het mee eens.

Zondagochtend worden de mensen in mijn wijk wakker om naar de mis te gaan. De heren stemmen hun meest comfortabele mocassins af op hun trainingsbroek, honden worden uitgelaten en spelen in het park, families lunchen buiten de deur. En velen gaan wandelen langs de oevers van de Tiber.

Ik word vreemd genoeg wakker met een goed humeur. De zon, die door het raam naar binnen komt, verwarmt mijn kussen en ik besluit me aan te passen aan de zondagsrituelen en Oliva mee te nemen naar de Villa Borghese.

Nicole heeft me afgelopen nacht aan de telefoon tot vijf uur stevig aan de tand gevoeld. Op het laatst was ik zo moe en was haar stem zo optimistisch en rustgevend dat ik ervan overtuigd was dat ik door kon gaan, door moest gaan. Dat ik mezelf nog een kans moest geven.

Ik stap onder de douche en ik laat me wassen door het warme water dat het laatste restje angsten en pessimisme dat Nicole niet helemaal heeft kunnen afkrabben van me af spoelt.

Vandaag neem ik lekker de tijd. En ik zie de zwarte gedachten door het afvoerputje wegglijden, terwijl ik mijn lichaam en mijn hersenen krachtig blijf inzepen.

Eigenlijk sta ik nog helemaal aan het begin.

Vreemd genoeg voel ik me zelfverzekerd en ik weet dat ik deze keer tot het einde zal gaan.

Heb je ooit de luxe gehad om te vallen, Sasha?

Nee.

Heb je ooit de luxe gehad om fouten te maken?

Nee.

Misschien is het nu tijd dat je iets doet wat je nog nooit hebt gedaan…

Je hebt gelijk, Nicole.

Ik begin zomaar te lachen, terwijl ik de kraan dichtdraai en omgeven door stoom uit de douche stap.

Mercuzio had een heel mooie lach. Ik had nog nooit iemand zo zien lachen. Zijn borst begon te trillen, zijn ogen – die meestal samengetrokken waren, verhard door het afkicken – werden een beetje vochtig, ze werden verzacht, niet door tranen, maar door water dat zielenrust brengt. Hij deed onbeschaamd zijn mond open en liet trots de gele tanden zien die daarin verborgen zaten. Het was de meest melancholieke glimlach die ik ooit had gezien. De meest volle glimlach die je je voor kon stellen. Het was de glimlach van iemand die naar de hel is afgereisd, erin is weggezakt en er vervolgens weer uit is gekomen.

Tot vanochtend heb ik hem nooit begrepen.

Hij lachte om zijn overwinning, maar hij lachte vooral om al zijn nederlagen, omdat hij twintig jaar van zijn leven had weggegooid. Hij lachte om al die keren dat hij zichzelf pijn had gedaan, om alle lulverhalen die hij had opgehangen, om alle liefdes die hij had verloren, om alle mensen die hij had teleurgesteld. Mercuzio lachte volop om dit alles.

En als Mercuzio lachte, raakte ik ontroerd.

Ik doe Oliva haar riem om, ga naar buiten en haal diep adem. De laatste keer dat ik hem heb gezien, was ik zeventien en zat hij al niet meer in Borgo Fiorito. Ik nam de bus en trof hem op de plek waar hij toen inmiddels al twee maanden leefde, op de afdeling Besmettelijke Ziektes van de San Giuliano-kliniek.

Toen hij me zag, glimlachte hij en ik omhelsde hem stevig zoals ik nog nooit had gedaan.

'Over een paar maanden ben ik hier weg,' zei hij. 'Die doktertjes zijn me straks spuugzat, dat zul je zien.'

De zwarte vlekken die hij ooit alleen op zijn rug had, hadden zich uitgebreid en andere delen van zijn lichaam veroverd. Zijn armen, zijn benen, en ook zijn kandijwitte nek waren besmet.

Hij was die dag in een goed humeur.

Een week later was hij dood.

Voordat ik wegging, hebben Mercuzio en ik elkaar gedag gezegd, we hebben onze beste glimlach voorgewend en we hebben gelogen. Allebei.

'Ik beloof dat ik je, wanneer ik hier weg mag, meeneem naar mijn atelier en je mijn laatste schilderijen laat zien.'

'Oké... en ik beloof je dat ik wegga uit Borgo Fiorito. Ik laat Riccardo in de stront zakken en ga ervandoor.'

Ik heb het niet gedaan. Ik heb gewacht tot Riccardo ons allemaal bedroog. Ik heb gewacht totdat ik me helemaal alleen in zijn lege kamers bevond, ik heb gewacht totdat hij me net als Giorgio en Amanda in de steek liet, ik heb gewacht totdat ik merkte dat mijn enige thuishaven er niet meer was. En toen ben ik er pas vandoor gegaan.

Door weg te gaan heb je me eruit gegooid, lul. Je liet me geen keus.

Ik heb gewacht.

Misschien is het tijd dat je iets doet wat je nog nooit hebt gedaan.

Er is maar één ding dat ik je had willen zeggen, Mercuzio. Het zal me worst wezen. Ooit zal het me worst wezen.

Ooit zal ik net zo zijn als Odysseus, dan zal ik mijn schip pakken en verdwalen.

'Hallo.'

De stem is onmiskenbaar die van de vrouw met de snor.

'Goedenavond, met Sasha, zou ik Benedetta kunnen spreken?'

Laten we hopen dat ze nog weet dat ik haar heb gezegd dat ze mooie ogen heeft.

'Een moment.'

Het geluid van voetstappen. Een piepende deur. Het geluid van een televisie. Het geluid van borden en bestek.

Nicole maakt het me moeilijk. Alsof het al niet moeilijk genoeg was de moed te vinden om Benedetta weer te bellen, heeft dat gekke wijf me verboden haar mobiele nummer te gebruiken. Ik moest haar thuis bellen. 'Waarom?' vroeg ik haar, van mijn stuk gebracht. 'Omdat niemand dat meer doet. En wij willen ons toch onderscheiden, Sasha?' antwoordde ze me met de glimlach van iemand die weet wat hij doet.

De bofkont.

Ik spits mijn oren. Ik hoor geen enkel geluid meer. Als de verbinding is verbroken en ik terugbel, is dat dan te opdringerig? En wat als Benedetta in stilte de microfoon heeft uitgezet en me nu zit uit te lachen aan haar mobiele telefoon, die mobiele telefoon waar ik me van wil onderscheiden? En wat als Benedetta...

'Hallo.'

Ze is gekomen. Ze heeft geantwoord. De opluchting die ik voel, pompt zo'n dosis adrenaline in mijn bloedbaan dat het me het gevoel geeft onverslaanbaar te zijn. Ik neem de gok.

'Ik heb zin om je te zien.'

Nu hangt ze op.

Nee, Benedetta lacht.

'Jij bent zeker iemand die nooit opgeeft?'

De adrenaline verdubbelt zich. Nu ben ik almachtig.

'Niet als ik iets zo graag wil.'

Nicole zou het goedkeuren.

'Morgenavond. Via dell'Orologio 23. Ga naar binnen en zoek me.' Haar stem wordt zachter en vult zich met duisternis. 'Maar het zal niet gemakkelijk zijn me te vinden.'

Is dat een flirtstem? Is Benedetta met me aan het flirten?

Ik heb geen bloed meer, alleen adrenaline.

'Ik zal je vinden.' Ik leen Nicoles laatdunkende zelfvertrouwen. Zij zal me later wel uitleggen hoe ik het moet aanpakken.

'Je vindt me toch nooit.' Haar stem glimlacht provocerend.

Je maakt zeker een geintje, meisje? Je bent met me aan het flirten, niemand houdt me meer tegen.

'Ik zal je vinden, Benedetta. Stel me maar op de proef.'

Een aarzeling. Dan alleen het geluid van de hoorn die erop gelegd wordt.

Kon alles nu maar stil blijven staan.

Hield mijn hart nu maar op zo snel te kloppen.

Hield ik nu maar op me zo ontoereikend te voelen.

Had ik nu maar eindelijk het gevoel er klaar voor te zijn.

Kon ik maar doorzichtig zijn.

Kon ik maar onzichtbaar zijn.

Kon ik maar alleen voor jou aanwezig zijn.

Kon ik maar gewoon ophouden me te schamen voor wat ik ben.

Misschien zou ik dan nu hier niet zijn. Opgesloten op dit toilet. Omgeven door spiegels.

Spiegels die me mijn eigen beeld terugsturen. Mijn ogen die naar me kijken. Mijn kritiek die zich vermenigvuldigt. Mijn tekortkomingen die zich verergeren. Mijn beste en mijn slechtste profielen die zichzelf naakt in de spiegel bekijken.

Opgesloten op de plee van een mega-penthouse in het centrum van Rome kijk ik naar mezelf en voel ik me naakt. Inmiddels ben ik niet meer in staat te liegen. Niet in staat me te verbergen en in de schaduw te blijven.

Veel te ver om nog terug te gaan en nog te onzeker om deze deur open te maken.

Kon ik nu deze deur maar openmaken...

Je zou merken dat ik me niet met de anderen kan mengen.

Je zou mijn verdwaalde ogen opmerken.

Je zou een zware ziel zien, verbrijzeld door te veel angsten.

Vleugels die niet kunnen vliegen.

Een melodie zonder ritme.

Een strompelende atleet.

Een naakt lichaam waarom wordt gelachen.

Je zou gedachten horen die elkaar tegenspreken.

En overtuigingen die weerlegd worden.

Je zou naar een valse stem luisteren.

De stem van een oude man die weer kind wil worden.

En van een kind dat zich oud voelt.

En als ik deze deur nu openmaakte, zou je dan zin hebben dit allemaal te zien?

De muziek die van buiten komt staat zo hard dat mijn gedachten worden verdoofd en aan de andere kant van de deur duwen de mensen om binnen te komen.

Je zult me nooit vinden.

Ik zal je vinden.

En aan de andere kant ben jij. Jij die ziet zonder gezien te worden.

Ik weet niet waar je bent, maar ik zou je aan het einde van de wereld komen zoeken als dat zou moeten.

Dat zei ik almaar tegen mezelf terwijl ik de trap op liep in een antieke gang tussen de voordeur en de binnenplaats. Trede voor trede kwam ik dichter bij de deur van een luxueus appartement. Ik verzamelde moed om door te gaan terwijl ik, in mijn eentje, in het donker van dat trappenhuis, begon te begrijpen dat ik je precies daar zou moeten komen halen waar ik niet op mijn plek ben. Midden in het leven.

Ik hoorde het leven, het geluid, het lawaai. De muziek. De mensen. Ik hoorde het nog voordat ik door die deur liep. Ik voelde hun gezichten, hun massa, hun gewicht, hun ogen nog voordat ik ze om me heen had. Maar in het donker van dat trappenhuis wist ik dat ik je zou vinden.

De deur stond op een kier. Hij was van zwaar hout. Deftig. Zelfs een deur was niet zomaar een deur. En hij kwam uit op een kleine gesloten entree waar alleen een man in livrei met een donker masker over zijn ogen zat, die mijn jas ophing. Onder dat masker glimlachte hij beleefd en hij wees me de gang waar de muziek vandaan kwam.

Je vindt me toch nooit.

Ik begon het te begrijpen.

In die duistere en donkere gang zag ik mensen en lichamen die verborgen waren achter barokke maskers en Venetiaanse kostuums.

Je vindt me toch nooit.

Ik hoorde hun stemmen, stemmen van dronken jongens en meisjes, reacties van geamuseerde gezichten, verborgen en onherkenbaar.

Naarmate ik dichter bij de zaal kwam, trokken er overal

satijnen rokken aan me voorbij, kant, ogen verborgen achter schmink, schmink verborgen achter pruiken, pruiken die maskers mooier maken, maskers die kostuums verfraaien, kostuums uit de achttiende eeuw die lichamen bekleden en lichamen die zich onder kostbare pakken van Venetiaanse edelen bewegen in het donker van de zaal die nog edeler en kostbaarder is en waar de muziek, die keihard uit de boxen kwam, mijn gevoelens nog meer verwarde.

En jij, verdwaald in dat huis.

Als een ongeluk, zoals de auto van Nicole die op de mijne botst, als het geweld van een schreeuw, als een golf wanneer je niet kunt zwemmen, zo werd ik overrompeld door de grootsheid ervan.

Mijn adem stokt.

Sasha en het leven.

Het leven, het echte, het normale, emoties, heel veel, allemaal tegelijk, te veel, de grote wereld, opdringerig – en de mijne, klein. De wereld buiten en de wereld binnen.

In de schemering zag ik formele zoenen en tongzoenen, tongen die zich in elkaar vlechten, tongen die in glazen worden gedoopt, die in andere monden worden gedoopt en handen die elkaar aanraken, die elkaar even licht aanraken, die elkaar verscheuren.

Ik hoorde de bastonen van de muziek en die van mijn hart, uitzinnig, onophoudelijk, maar anders, ver weg, net als ik.

En ik voelde dat ik buiten was en zij binnen. Ik buiten en zij binnen. Ergens. Ogen van Benedetta, achter welk masker verstoppen jullie je? Die maskers leken om me heen tot leven te komen en waren als onzichtbare ogen die naar me keken en onbekende gezichten die me bestudeerden.

Waar is jouw masker, Sasha?

Je hebt helemaal geen masker.

Ik was naakt.

En ik voelde me niet naakt, omdat ik niet dat masker had, of dat kostuum, maar omdat ik niet dezelfde glimlach had als zij, zo oppervlakkig en kostbaar. Die glimlach zou zeker meer kosten dan die van mij. Ik was naakt, omdat ik voelde dat ik op niemand van hen leek. Ik had niet hun glimlach en hun ogen, zo lichtzinnig dat ze je uitwissen.

Mijn ogen waren dof en niet zo stralend. Ik liep verder tussen de mensen terwijl ik me verstopte in de schemering van de zaal. Ik had dezelfde ogen als Oliva toen ze gewond op de grond lag en naar me gromde. En met dezelfde geschrokken en dreigende ogen hield ik de mensen op afstand. Ik zocht Benedetta. Ik keek om me heen, maar zij was er niet. Ze liet zich niet zien. Alleen ik was volkomen herkenbaar.

En ik voelde me naakt in dat huis vol engeltjes, demonen en hoeren. Graven en edelvrouwen.

Nu begrijp ik waarom je er zo zeker van was. Nu ik in de spiegel kijk, verstopt op dit toilet, en ik oog in oog sta met mijn monsters.

De ogen van normale mensen.

Ogen die je beoordelen en je uitkleden.

Ik haal diep adem en zorg dat de geluiden verdwijnen en ik Nicoles koesterende ogen weer voor me zie. Ik zie ze, een beetje naar beneden gebogen glimlachen ze naar me. De ogen van Nicole. Zij wist wat me stond te gebeuren.

Ik niet.

'Het is absurd, ik heb het gevoel dat ik het slagveld op ga.'

'Pas op dat je je niet door de angst laat ontwapenen.'

Nicole bekeek me en wist het.

Ik nog niet.

'Zullen we het plan nog een keer doornemen?' zei ik tegen haar terwijl ik opstond van haar bank, al ten prooi aan een hartritmestoornis.

'Geen plan. Ga, vind haar en als je haar hebt gevonden, zeg haar dan dat je haar geur hebt gevolgd.'

'En als ik haar niet vind?'

'Als je haar niet vindt, is het geen echte liefde.'

De ogen van Nicole verwarmen me en haar woorden kalmeren me. Ik beluister ze nog een keer in mijn hoofd, als een kapotte plaat.

Nog een keer en nog een keer.

En dan begeef ik me eindelijk naar de deur.

Ik zal je vinden.

Je vindt me toch nooit.

Stel me maar op de proef.

Kom op, Sasha, stel jezelf op de proef. En als…

Nog steeds mijn als…

… en als ik nu deze deur openmaak…

Als ik hem nu openmaak, zou jij iemand zien die van je houdt zoals niemand ooit van je heeft gehouden.

De deur gaat wijd open naar het feest en in een ogenblik voel ik me weer als op die dakrand, waar ik onbeweeglijk naar het leven onder me zit te kijken.

Een jongen en een meisje zoenen elkaar vurig voor de deur. Zonder ook maar naar me te kijken wijken ze voor me uit en gaan haastig het toilet binnen. Ze glijden tegen de deur terwijl ze elkaar blijven zoenen. Zij gaat voor hem op haar knieën, knoopt zijn broek open, doet haar masker af en laat het op de grond vallen. Dan gaat de deur dicht.

En ik zit nog steeds stil op die dakrand. Ik kniel en raap dat zwarte en anonieme masker op. Ik zet het op alsof het een paar vleugels is. Mijn gezicht verdwijnt en ineens merk ik, terwijl ik vanaf die dakrand naar beneden kijk, dat ik niet meer bang ben.

Nu heb ik vleugels en kan ik springen.

Een stap en dan de leegte.

Ik val niet. Ik vlieg en ik baan me een weg door de menigte.

Eindelijk zie ik zonder gezien te worden, en die monsters, die mensen om mij heen die reuzen leken, worden een vormeloze en onscherpe vlek. Kleuren die zich mengen, gebaren die zich verwarren en zielen die als water over mijn lichaam stromen.

Ik loop en zoek in dat abstracte schilderij naar een gebaar, een geur, een kenmerk, een lach. Iets wat mij over haar vertelt, over Benedetta.

Ik moet dichterbij komen om beter te kunnen zien, ik moet dat schilderij binnengaan en me mengen.

Rechts, links, vooruit, achteruit, en dan, tussen al die kleuren, eindelijk het detail dat ik zocht.

Een hand die zachtjes een lange en slanke nek streelt. De vingertoppen die over dat oppervlak glijden. Een gebaar dat streling en bescherming uitdrukt. Hetzelfde gebaar dat Benedetta maakte toen ze haar vaders kamer in kwam en me opmerkte, hetzelfde gebaar dat ze die ochtend maakte toen ze merkte dat ik te lang naar haar keek.

Boven dat gebaar haar zachte lippen. Haar ogen zijn verborgen achter een zwaar, wit masker zonder expressie.

Maar jij bent het.

Je vindt me toch nooit.

Ik heb je al gevonden.

En nu ik achter je sta, ruik en herken ik ook jouw geur.

Ik ruik het, Nicole.

Nu staat alles stil.

Nu klopt mijn hart niet meer zo snel.

Nu voel ik dat ik er klaar voor ben.

'Benedetta…'

Ze draait zich met een ruk om, maar als ze mijn stem herkent, krijgt ze zichzelf weer onder controle. Dat masker verhindert me niet haar emotie waar te nemen en door die twee gaten kan ik haar ogen zien. Verrast en betoverd, net als de mijne.

Dan laat ze met een langzaam gebaar van overgave het masker vallen dat ze met haar hand vasthield, en haar geëmotioneerde gezicht wordt een beetje ontbloot.

'Hoe heb je het voor elkaar gekregen?'

Haar stem trilt.

'Ik heb je geur gevolgd.'

Haar ogen stralen en glimlachen naar me en erkennen mijn overwinning.

'Morgen vertrek ik naar Londen. Kun je me ook tot daar helemaal ruiken?'

… kon je me nu maar zien. Maar ik doe mijn masker niet af. Niet nu.

'Stel me maar op de proef.'

Benedetta bekijkt me zwijgend. En haar ogen zijn het enige wat ik scherp zie. Alleen haar.

Dan maak ik een buiging en neem afscheid van haar.

En met de vleugels aan mijn hoofd verdwijn ik tussen de mensen en vlieg weg.

Ik kan hem niet vinden. Het is acht uur 's ochtends, ik moet over een uur op school zijn en kan mijn lievelingstrui niet meer vinden. De trui die ik aan wilde. Zonder die trui ga ik vandaag echt niet naar buiten. Ik word gek als ik dingen kwijt ben.

'Heb je toevallig mijn zwarte trui gezien? Die met die V-hals?' vraag ik aan Lorenzo als ik hem in de badkamer aantref, waar hij haastig een knoop in zijn stropdas legt.

Nutteloze vraag. Natuurlijk heeft hij hem niet gezien. En ook als hij hem wel had gezien, dan was hij het alweer vergeten. Welk normaal mens zou onthouden waar de trui van zijn vrouw ligt? Maar ik vraag het hem toch, omdat ik weet dat ik het op een gemene manier heerlijk vind dat ik van zijn antwoord nog chagrijniger zal worden. Dat ik weg zal lopen en iets onduidelijks zal mompelen. Dat we misschien ruzie krijgen. En dat is precies wat ik wil: een lekkere ruzie om alle woede die ik vanochtend in me heb af te reageren.

Goed, Lorenzo kan op twee manieren antwoorden. Met een afwezig 'nee', en dat zal me het alibi ontnemen voor een eventuele woede-uitbarsting. Of met een grapje: 'Die heb ik gebruikt om de auto schoon te maken en toen heb ik hem weggegooid', of: 'Ik geloof dat de conciërge die gisteren aanhad.' En dat is dan het startsein voor vijandelijkheden.

Maar deze ochtend wil Lorenzo me verbazen. Sinds een tijdje lijkt het wel of de hele wereld me wil verbazen. Hij maakt zijn knoop af en kijkt me glimlachend aan.

'Nee. Ik heb een beetje haast, maar als je wilt, help ik je zoeken.'

Ik weet dat hij het niet meent. Dat hij, als ik ja zou zeggen, weg zou glippen en zou zeggen dat hij zich niet had gerealiseerd dat het al zó laat was. Hij weet toch wel wat ik zal zeggen. En omdat ík tenminste niet de intentie heb om iemand te verbazen, zeg ik: 'Dank je wel, het maakt niet uit. Alleen ik kan weten waar ik hem heb gelaten.'

Zichtbare opluchting op zijn geschoren gezicht. Ik begrijp niet hoe het kan dat hij nooit stoppels heeft. Toen we net getrouwd waren, had ik hem gevraagd of hij 's nachts misschien stiekem opstond om zich te scheren. Daarna begreep ik dat zijn huid nu eenmaal zo is. Hij heeft een onzichtbare baard. Ook als hij net wakker is, ziet hij er al geschoren uit. Maar hij scheert zich toch. En dat irriteert me. En vandaag irriteert het me nog meer.

Ik doe voor de zoveelste keer de kast open en zoek daar waar ik al heb gezocht.

'Het is mijn lievelingstrui,' mompel ik als ik Lorenzo de kamer binnen hoor komen. Ik wil medelijden.

'Maar was die paarse niet je lievelingstrui?'

Ik draai me om. Hij pakt zijn portefeuille en zijn sleutels.

'Probeer je te zeggen dat ik onredelijk ben?' Mijn stem klinkt oorlogszuchtig.

Hij houdt zijn handen omhoog als teken van overgave en schudt zijn hoofd. 'Ik ga ervandoor. Tot vanavond.'

Ik duik weer in de kast. Ik tel vier zwarte truien, maar degene die ik wil zit er niet bij. Ik ga verslagen op de rand van het bed zitten. Ik houd mijn hoofd tussen mijn handen, aangeslagen door iets wat voor mij een absolute ramp is.

'Is er iets?' Lorenzo is teruggekomen en kijkt naar me vanuit de deuropening.

Ik kijk langzaam op.

'Het maakt niet uit. Alleen…'

'Nou?' Hij gaat naast me zitten. Hij kijkt op zijn horloge.

'Niets. Soms voel ik me gewoon oud.' Mijn stem klinkt zo dramatisch dat ik er zelf om moet lachen.

'En zwart helpt dan?'

'Zwart staat bij iedere huidskleur.' Het norse gezicht van een verkoopster die nooit glimlacht verschijnt in mijn gedachten, samen met dat van Sasha.

Ik voel me oud vandaag, Lorenzo. Zeg iets.

'Heb je vannacht een beetje geslapen?'

'Zoals altijd.' Ik sta op. De zwarte trui is niet meer belang-rijk.

'Je bent verre van oud,' zegt hij, terwijl hij ook opstaat en me in zijn armen neemt.

Wie weet of hij achter mijn rug kijkt hoe laat het is.

Ik heb meteen spijt van die gemene gedachte.

Vergeef mij, vader. Ik heb onreine gedachten.

Niet onrein, alleen maar gemeen.

Misschien kun je me op bed smijten en me neuken alsof het de eerste keer is. Je zou kunnen zeggen: 'Vandaag gaat er nie-mand werken', en me de hele dag kunnen verbieden me aan te kleden. Je zou al mijn truien in kleine stukjes kunnen knippen en me kunnen dwingen nieuwe te kopen, die jij uitkiest. Je zou me kunnen dwingen dit snoepje op jouw hand uit te spugen.

Ik maak me van hem los.

'Weet je, die jongen… Sasha,' zeg ik aarzelend. 'Het gaat goed met hem.' Ik glimlach. 'Dankzij mijn verleidingslessen.'

'Voel je je daarom oud vandaag? Omdat je een jongen en een meisje ziet die verliefd zijn?'

Nee. Omdat ik bang ben besmet te worden.

Lorenzo begrijpt mijn stilte verkeerd. Hij omhelst me weer.

'Alles heeft zijn tijd, Nicole.'

Dat is waar. Alleen was mijn tijd misschien te kort.

Ik zou hem willen zeggen dat ik opeens bang ben. En dat ik me opeens moedig voel. Misschien is het een het gevolg van het ander, probeer de volgorde maar eens te begrijpen. Maar ik kan niet alles tegen Lorenzo zeggen. Dat heb ik nooit gekund. Ik kijk naar zijn ernstige en vertrouwde gezicht. Het is grappig. We weten bijna alles van elkaar. We kunnen ta-boes als aambeien, scheten en zijn prostaat met elkaar de-len, maar we kunnen niet echt met elkaar praten. Al onze intimiteit houdt op bij simpele, primaire geheimen die we elkaar niet durven te vertellen. We zijn vrienden, maar geen handlangers. We zijn man en vrouw, maar geen geliefden. We zijn verbonden door een wilsbeschikking en door gene-genheid, maar passie is buiten dit contract gelaten.

Juist omdat ik niet naar hem verlang, voel ik de behoefte om met hem te vrijen. Ik houd hem stevig vast. Ik druk mijn lichaam tegen het zijne.

'Nu?' fluistert hij verbaasd.

Hij kust me. Zijn mond smaakt naar koffie en tandpasta. Ik open mijn ogen. Hij houdt ze dicht, zijn oogleden samengeknepen, alsof hij zich concentreert. Of pijn lijdt. Ik voel zijn handen die mijn beha losmaken. Van zo dichtbij gezien is zijn huid eigenlijk helemaal niet zo glad. Ik zou niet zo bewust moeten zijn. Ik zou me moeten verliezen. Mijn ogen sluiten. Me mee laten slepen. Nu raakt hij me aan. En ik heb zijn stropdas niet eens losgemaakt. Ik neem hem bij de hand en trek hem mee naar het bed. Ik duw hem neer.

'Wacht,' hijgt hij terwijl hij zijn jasje probeert uit te trekken.

'Nee.' Ik doe snel zijn broek open, neem de gehoorzame soldaat, die al klaar is voor de strijd, in mijn handen, klim erop en begeleid hem in me.

Lorenzo kreunt en sluit zijn ogen.

'Doe ze open,' beveel ik hem. Ik ben de generaal en heb de leiding over dit peloton. Hij gehoorzaamt. Ik begin me te bewegen. Ik kijk in zijn ogen, terwijl mijn dappere lichaam weer de oude handelingen uitvoert die me deze medailles hebben opgeleverd.

Ik heb de leiding. En dat bevalt me wel.

Nicole slaapt niet, Nicole doet haar ogen niet dicht, Nicole verliest zichzelf niet, Nicole voelt geen genot.

Dat is niet waar. Ik weet precies hoe ik voor mijn eigen genot moet zorgen. Dat ben ik nu aan het doen.

Laat hem het doen.

Lorenzo's handen grijpen mijn heupen vast alsof ze me tegen willen houden. Ik bevrijd me ervan met een abrupte beweging. Ik beweeg sneller. Lorenzo zucht berustend en instemmend, en doet zijn ogen dicht.

Waar ga je heen, Lorenzo? Kom bij me terug. Kijk me aan.

Er is iets verontrustends aan een geliefde die jou niet in de ogen kan kijken als hij je neukt. Die de nacht en zijn concentratie nodig heeft om je te geven waar je om vraagt.

Hij is niet je geliefde. Hij is je man.

Ik beweeg me sneller, terwijl mijn haren in mijn gezicht vallen en ik de halfopen mond van Lorenzo en zijn bezwete voorhoofd streel.

Ik neem je om je te leren kennen en van je te houden. Ik neem je als partner. Ik neem je zoals je bent, op voorwaarde dat jij me laat zijn wie ik ben.

Ik neem je, Lorenzo, in goede en in slechte tijden. Ik neem je, opdat je niet over mijn slaap zult waken, ik neem je, opdat jij me je stilte zult geven als ik woorden nodig heb, je vriendschap als ik passie wil, me los zult laten als ik geleid wil worden.

Sneller.

Ik neem je om me niet alleen te voelen in mijn zuurstofloze leven. Ik neem je om niet nog meer fouten te maken.

Sneller.

Ik neem je, omdat jij mijn temperatuur regelt. Ik neem je, omdat jij begrijpt dat ik niet terug wil keren. En niet vooruit wil gaan. Ik neem je om niet te leven. En om niet te doden. Ik neem je, omdat je ogen gesloten zijn.

Kijk me aan.

Sneller.

In goede en in kwade dagen.

Sneller.

In armoede en in rijkdom.

Sneller.

Kijk me aan.

'Nicole…' Lorenzo doet zijn ogen open en kijkt me geschrokken aan. Alsof hij me om hulp vraagt. Ik knik en kijk hem ernstig aan.

Het is de juiste weg. Je kunt jezelf verliezen.

Sneller.

Hij roept weer mijn naam. In een lange en hese zucht. Zijn lichaam trilt, verstijft, trekt zich samen en buigt voorover tegen het mijne. Even stopt hij met ademen.

In stilte en in vrede.

'Ik hou van je,' gooit hij eruit, en meteen daarna heeft hij geen kracht meer. Zijn zachte en vochtige lichaam blijft onder mij liggen. Hij pakt me bij mijn nek en trekt me naar zich toe.

In de afwezigheid van geschreeuw.

Ik leg mijn hoofd op zijn borst. Ik laat me vertroetelen door zijn hartslag en zijn handen die mijn haar strelen.

Om je te eren en te dienen.

Amen.

Maandag: Hoeveel klotekilometers scheiden Londen van Rome? Ik heb Benedetta nodig. Ik heb haar gebeld, maar ze nam niet op. Ik begin eraan te wennen dat ze me buitensluit. Misschien heb je gelijk, Nicole, ik maak haar bang. Ik bekijk mezelf in de spiegel: wie wil ik eigenlijk iets wijsmaken? Ik ben een oude ladekast aan het repareren met drie laden die niet opengaan. Als hij morgen klaar is, zal Benedetta me bellen.

Dinsdag: Benedetta heeft me vanochtend om acht uur gebeld. De lotsbepalende ladekast is af, ik kan mijn handen wel weggooien, maar wat maakt het uit? Haar stem was slaperig en warm. Ik ben gek op haar.

Woensdag: Ze heeft niets van zich laten horen. Nicole heeft me gezegd haar een trui van mij te sturen met een kaartje: 'In Londen is het koud. Doe maar net alsof ik daar ben om je te omhelzen.' Ik heb haar twee keer gebeld, maar ze nam niet op. Ik ben een kersenhouten kast met twee deurtjes onder handen aan het nemen. Als hij vannacht weer als nieuw is, belt Benedetta me morgen.

Donderdag: De kast is perfect. Benedetta laat niets van zich horen. De lotsbepaling heeft deze keer niet geholpen en ik heb vier splinters in mijn duim. Ik heb er ook een in mijn hart. De trui moet aangekomen zijn – expreskoerier – en ik sta op het punt om zelfmoord te plegen. Ik heb Nicole al vier keer gebeld en de laatste keer klonk haar stem een beetje geïrriteerd. Zij haat me ook al. Ik ben het touw aan het prepareren waaraan ik me ga ophangen.

Vrijdag: Halleluja. Benedetta heeft me een sms'je gestuurd

toen ik net mijn oog liet vallen op het zoveelste lotsbepalende offermeubel: 'Maar van welke planeet kom jij? Wie ben
je?' Ik heb het veertig keer gelezen en toen, terwijl ik mezelf
met een gelukzalige imbeciele uitstraling in de spiegel bekeek, belde ze me. Een ononderbroken gesprek van twaalf
minuten. Gelachen als idioten. Ik ben een gelukkig man.

Zaterdag: Ik weet niet hoeveel dagen het nog duurt voor die
klotecursus Engels van Benedetta is afgelopen, maar vannacht hebben we meer dan een uur aan de telefoon gezeten.
Ze vertelde me dat ze mijn trui aanhad. Nicole zegt dat het
lijkt of ik een brandende gloeilamp heb ingeslikt. Ik heb de
vloeren van twee kamers geboend en voor Oliva een pak
worstjes gekocht. De wereld is mooi.

Het hotel is chic, maar verouderd. Mijn voeten zakken weg in het tapijt dat de kleine lobby bedekt.

'Mevrouw Van Thiersen, alstublieft.' Ik spreek die naam voorzichtig uit, alsof hij me pijn zou kunnen doen. Ik ben het niet gewend om hem hardop uit te spreken. Maar hij is hier altijd geweest. Ik heb hem duizenden, miljoenen malen in mezelf gefluisterd, in de hoop dat hij vroeg of laat door de constante vervelende herhaling alle emotionele waarde zou verliezen, dat het een naam zou worden zoals alle andere.

Maar dat is niet gebeurd.

De receptionist wijst me een bordeauxrode bank aan en zegt dat ze naar beneden komt.

Ik voel me vreemd genoeg heel kalm. Ik doe er goed aan. Toen ze me belde en zei dat ze een paar dagen in Rome was, was mijn eerste impuls om op te hangen en ervandoor te gaan. Ik weet dat zij het zou begrijpen en niet terug zou bellen voordat ze weer op veilige afstand zou zijn. Haar stem is vertrouwd. De afgelopen jaren belde ze niet vaak, maar met regelmaat. Maar een stem is geen gezicht. Een stem is niet als armen die je omhelzen. Een stem is niet als ogen die je aankijken. Waarin je jezelf en iemand anders herkent.

De lift gaat open en ik voel mijn hart in mijn keel kloppen. Er komt alleen een dikke man uit met een map onder zijn arm. Hij ziet er druk uit. Hij werpt een goedkeurende blik op me wanneer hij voor me langs loopt en hij richt zich geërgerd tot de receptionist. Mijn hart keert met moeite terug naar zijn plek. Hoewel mijn Duits niet zo goed is, denk ik te begrijpen dat de man een worm in de wastafel heeft aangetroffen. 'Groot of klein?' vraagt de receptionist, alsof dat verschil zou uitmaken.

De lift gaat weer naar boven. Mijn mobiele telefoon rinkelt precies op het moment dat de deuren met een dof geluid tegen elkaar komen, alsof hij wil benadrukken hoe plechtig dat ogenblik is.

'Hallo?'

'Nicole, we moeten elkaar zien, ik weet niet of ik deze scheiding wel trek. Wat nou als Benedetta me vergeet?'

Ik probeer normaal te klinken, terwijl ik de lift in de gaten blijf houden.

'Hoe kan ze je vergeten als jullie elkaar elke dag spreken?'

Ik zit inmiddels op dezelfde golflengte als Sasha en doe niet eens meer een poging tot de gebruikelijke beleefdheden aan het begin van een telefoongesprek.

'Misschien vergeet ze me niet, maar gaat ze zich vervelen door de telefoongesprekken, of niet? Hoor eens, kunnen we elkaar over een halfuur zien?'

'Nee, Sasha, vandaag kan ik niet.'

'Vandaag? De hele dag niet, bedoel je? Maak je een grapje?'

De lift begint weer te bewegen.

'Nee.' De harde toon van die ene lettergreep verbaast me.

'Waar ben je?' vraagt hij me ernstig als hij mijn gemoedstoestand aanvoelt.

'Ik heb een afspraak.'

De lift staat weer stil op een verdieping.

'Een makkelijke of een moeilijke?'

Ik kijk niet meer naar de lift. Ik glimlach om het effect dat de vragen van Sasha op mij hebben. 'Een moeilijke.'

'Zoals een dokter die je de uitslag van een onderzoek moet geven?'

'Zoals een onderzoek dat je nooit hebt gedaan en waarvan je niet weet hoeveel pijn het je zal gaan doen.'

Stilte. Hij probeert het te begrijpen. 'Ben je bij een arts?' Nu is hij bezorgd.

Ik lach. 'Nee. Ik ben in de lobby van een hotel.'

Stilte. 'Nicole, je leidt toch geen dubbelleven?'

'Ik bel je later.'

'Wil je dat ik naar je toe kom?'

Ik voel een warme hand die mijn samengetrokken buik aanraakt.

Ja, Sasha. Ja. Ja.

'Nee.'

Het geluid van de koperen deuren die opengaan.

'Ik bel je later.' Ik onderbreek het gesprek, zet mijn telefoon uit en sta op. Ik kijk ongerust naar de lift.

'Nicole…'

De stem, zacht en laag, komt van achter mij, onverwacht. Ik was vergeten dat ze een hekel heeft aan kleine ruimtes. Ik draai me om. Ik weet dat mijn hart nu zijn normale snelheid niet meer terug zal krijgen.

Ze glimlacht naar me. De ogen van haar zoon. De mond van haar zoon. Ik zei altijd dat ze hem naar haar beeld en gelijkenis had geschapen. De vingers die nu de mijne vastpakken zijn dezelfde lange dunne pianovingers als die van Thierry…

'Amélie,' fluister ik zacht.

We kijken elkaar even aan, zonder te weten wat te doen. Dan laat ze mijn handen los, ongeduldig, alsof dat contact niet genoeg was, en ze omhelst me.

'Ik ben blij je te zien, Nicole.' De klank van haar stem en haar zachte warme Frans omhelzen me meer dan haar armen.

'Ik ook.' Ik maak me voorzichtig van haar los en kijk haar aan. 'Het is heel lang geleden.'

Hou je vast aan clichés totdat je begrijpt wat je voelt.

'En jij bent nog mooier geworden. Mijn Nicole.' Een schitterende glimlach en dan haar armen weer om mij heen, de zachte omhelzing die net iets te lang duurt.

Heer, zorg ervoor dat ze niet gaat huilen.

'Zullen we thee gaan drinken?' vraagt ze terwijl ze me loslaat. Ik merk opgelucht dat haar blauwe ogen geen spoor van tranen vertonen.

Terwijl we langs de receptie lopen, zie ik dat de dikke man samen met twee werknemers in livrei voorovergebogen staat te kijken naar iets in een plastic zeepdoos. De klant heeft blijkbaar het kruipende corpus delicti laten zien.

'Die meneer heeft een worm gevonden in de wastafel. Pas maar op!' zeg ik glimlachend tegen Amélie. Ik doe de deur voor haar open en we worden omgeven door de zon op die vroege decembermiddag.

'Je weet hoe ik ben. Als ik een worm in de wastafel zou vinden, zou ik hem waarschijnlijk naar de dierenbescherming brengen,' lacht ze en ze pakt me bij de arm.

Amélie was dierenarts. Ze is een paar jaar geleden gestopt met haar praktijk, maar het huis op het platteland, waar ze met haar man woont, zit vol zwerfdieren die ze opvangt met het doel een thuis voor ze te vinden, maar waarvan ze later geen afstand meer kan doen. Ze heeft me foto's gestuurd. Van hun huis en van de dieren. Ik heb ze allemaal weggegooid, maar niet uit gebrek aan liefde.

De Spaanse Trappen worden zoals gewoonlijk overstroomd door toeristen en kleuren. Ik neem haar mee naar mijn favoriete theehuis. Amélie gluurt naar binnen door de glazen deur.

'Het is zo donker daar binnen. Heb je zin om even in de zon te gaan zitten?'

De treden van de trap zijn koud en hard. Amélie lijkt het niet te merken. Ze kijkt nieuwsgierig naar een jongen en meisje die elkaar omhelzen. Ze zijn erg jong. Hij draagt een groene jas en lacht net als Sasha. Zij kijkt hem vol aanbidding aan en probeert hem te zoenen, maar hij schaamt zich. Ze stoeien.

'Ach. De liefde…' glimlacht Amélie terwijl ze een pak koekjes uit haar enorme bruine tas haalt en ze genietend begint op te eten.

Amélie en haar tassen vol levensmiddelen. Amélie en haar lage bloedsuikerspiegel, Amélie die een kaal katje in haar jas stopt, Amélie die Thierry in de maling neemt, omdat hij niet ophoudt naar mij te kijken, Amélie die een toost op ons uitbrengt. Amélie en haar eeuwige glimlach.

'Ik geef liefdeslessen aan een vierentwintigjarige jongen,' zeg ik haar plotseling, terwijl ik naar het jonge stel kijk.

Ze draait zich met opengesperde ogen om. Ik begin te lachen.

'Niet meteen het slechtste denken.'

'Slecht? Dat is geweldig, Nicole!'

'Hij… is een vreemde jongen, jij zou hem wel mogen. Onze auto's zijn een keer 's nachts tegen elkaar gebotst. We hebben een hond aangereden. Toen… Ik weet niet meer waarom we elkaar weer zagen. Hij is alleen en… tja, hij heeft een beetje een moeilijk leven gehad.' Ik weet niet waarom ik haar deze dingen vertel, maar ik voel opeens de behoefte haar te vertellen dat Sasha nu in mijn leven is. 'In ieder geval is hij verliefd op een meisje en hij denkt dat hij haar niet kan krijgen. Ik help hem om haar voor zich te winnen.' Nu voel ik me een beetje zenuwachtig. En stom. Ik neem een koekje, ook al heb ik geen zin om te eten.

'En hoe gaat het met de hond?' vraagt ze bezorgd.

'Heel goed. Die woont nu bij hem.' Ik verkruimel snel het koekje en heb er spijt van dat ik erover begonnen ben. 'Mijn man is een winkel aan het openen in Lausanne. We zijn gelukkig getrouwd.'

Ik heb het te snel gezegd.

Ze kijkt me aan met Thierry's ogen. Ik draai mijn hoofd weg, ik kan het niet verdragen.

'En hoe gaat het met Serge?' vraag ik op wereldse toon, en ik zie dat de jongen de wapens heeft neergelegd en zich laat zoenen.

'O goed. Hij schoffelt de tuin, plant olijfbomen en blijft financiële raad geven aan al onze vrienden, ook al vragen ze er niet om. We zijn twee maanden in India geweest. Hij kreeg dysenterie en heeft gezworen dat het de laatste reis was die hij zou maken, dat hij te oud was enzovoort. Hij weet nog niet dat we deze zomer naar Japan gaan. Daar heb je geen problemen met drinkwater,' giechelt ze. Dan verandert de toon van haar stem, ze wordt ernstig. 'En ik wil niet dat hij te veel tijd heeft om na te denken.' De daaropvolgende zin treft me zonder waarschuwing. 'Hij is erg stil geworden sinds Thierry dood is.'

Ik draai me plotseling om, alsof ik word aangevallen door een gefrustreerd wijf. Dat was niet de afspraak. Ik voel me alsof er onverhoeds een mes in mijn rug is gestoken. Ik kijk haar verbaasd en woedend aan.

Hoe durft ze?

Amélie kijkt kalm naar me. Ik kijk naar beneden om haar mijn woede niet te laten zien. Ik zou haar een klap willen geven. Ik zou haar bij haar haren willen pakken. Ik zou haar willen vermoorden.

Ze pakt mijn hand. Ik laat hem in de hare vallen. Slap, koud. Ik doe net of het mijn hand niet is.

'Nicole… Thierry is dood. Hij is twaalf jaar en acht maanden geleden overleden.'

Waarom doe je me dit aan?

'Hij is dood en wij leven nog.' Ze spreekt die zin langzaam uit om mij te laten voelen hoe belangrijk hij is. Of hoe gewoon. 'De arrogantie van het leven is wreed, Nicole. Serge en ik maken af en toe lol. We lachen af en toe. We moeten het onszelf vergeven dat we nog leven. Anders zou dit alles' – ze maakt een klein gebaar, maar het is alsof ze het hele universum bedoelt – 'geen zin hebben.'

Waarom doe je me dit aan?

'Thierry was op een prachtige manier verliefd op het leven. Maar hij was ziek. Hij was alleen met zijn pijn. En zijn krampachtige, overdreven, wanhopige liefde voor het leven. De pillen vermoordden dat wat hij als zijn beste kant beschouwde. Hij wist welk risico hij nam toen hij besloot om ze niet meer in te nemen. Hij wist welk risico hij ons liet nemen.' Ze knijpt harder in mijn hand. Ik staar hardnekkig naar de barsten onder mijn schoenen. 'Nicole, kijk me aan.'

Nee.

'Kijk me aan, alsjeblieft.'

Met een bovenmenselijke inspanning beveel ik mijn lichaam haar te gehoorzamen.

O mijn god. Thierry's ogen.

'Dit zijn Thierry's ogen, ik weet het. En Thierry's mond.' Ze glimlacht en er verschijnen twee diepere rimpels in haar mondhoeken.

Thierry's glimlach.

'Je zei altijd dat ik hem naar mijn beeld en gelijkenis had geschapen.' Haar hand klemt zich nog steviger om de mijne. 'Maar Thierry is er niet meer, Nicole. Hij heeft zich van het leven beroofd, omdat hij niet wilde dat de artsen en de pillen dat deden. Hij hield van het leven. Al twaalf jaar en acht maanden ontken jij dat.'

Ik heb het koud. Maar de hand van Amélie is zo lekker warm. Vanuit haar vingers vertrekt een draad die de twee Nicoles aan elkaar begint te naaien. Ik ben in de war, gedesoriënteerd. Amélie is hier. Ze is echt, de werkelijkheid. En dat maakt ook de Nicole die voor haar staat echt en werkelijk. Als Amélie deel uitmaakte van mijn verleden en nu ook van mijn heden, dan heb ik dat verleden ook beleefd en beleef ik nu dit heden. Mijn verdubbeling, de twee Nicoles van 'voor' en 'na' vervagen in een beeld zonder grenzen. Maar vormen één geheel.

De Nicole in witte doktersjas. De Nicole aan de andere kant van het bureau die zei: 'We zien elkaar volgende week donderdag om dezelfde tijd', de Nicole die de liefde bedreef met Thierry, die zich verloor in zijn lichaam en zijn gedachten. De Nicole die naar het woord 'bipolair' op de patiëntenstatus van Thierry staarde en hem smeekte zijn pillen in te nemen, de Nicole die hem troostte als hij huilde, de Nicole die met hem lachte als hij haar meevoerde naar de maan, de Nicole voor wie alles mogelijk was, die had gezworen hem in veiligheid te brengen, de Nicole die op een nacht werd gewekt door de telefoon en op pantoffels naar het ziekenhuis is gerend, vol ongeloof, de Nicole die Amélie in haar armen hield terwijl zij huilde en vroeg: 'Waarom?', de Nicole die naar de bleke Thierry keek, onbeweeglijk, die haar hand op die koude polsen legde, zo kwetsbaar, met zwart aan elkaar genaaid, de Nicole die zijn lievelingsjurk droeg en zich in een kamer opsloot, terwijl hij voor altijd wegvloog tijdens zonsondergang.

Het is dezelfde als die nu naast Amélie zit.

Het was geen ander leven. Ik was het.

Wij zijn blijven leven.

Alleen Thierry is dood.

Dit is de scène van de film waarin Nicole zegt: 'Het was mijn schuld', en zich snikkend vastgrijpt aan Amélie. Dit is de scène van de film waarin Amélie samen met haar huilt, terwijl ze haar troost en zegt: 'Dat is niet waar, het is niemands schuld.' Dit is de scène van de film waarin de wolken de zon verduisteren en de twee vrouwen elkaar aankijken met wederzijdse pijn en dankbaarheid. Dit is de scène van de film waarin Amélie tegen Nicole zegt: 'Ik moest komen. Ik weet dat jouw leven maar een slechte voorstelling is die geen publiek meer trekt, ik weet dat je ongelukkig bent, dat je een dubbelleven leidt, dat je verschrikkelijke verdriet om Thierry komt door het gebrek aan iets wat je warm houdt. Ik weet dat je je vasthoudt aan zijn herinnering, omdat je walgt van wat je jezelf hebt opgelegd te zijn, en dat je het niet meer kunt opbrengen.'

Dit is de scène van de film waarin Nicole zegt: 'Nu snap ik het', en dan staat ze op en begint doelloos rond te lopen. Met een voorzichtige glimlach om haar lippen, die langzaam zekerder wordt. Dit is de scène waar het publiek opgelucht de aftiteling voorbij ziet komen en denkt dat het haar zal lukken de stukjes van haar leven in elkaar te passen.

Dit is de beroemde slotscène.

Maar Amélie huilt niet. En ik ook niet. Alleen mijn hand beweegt en knijpt nu met dezelfde kracht in die van haar. En ik kijk haar aan. Ik hield van die ogen, ik hield van die mond, ik hield van die glimlach, ik hield van alles van haar zoon. Van alles van Thierry. En terwijl ik die gelaatstrekken weer met Amélie associeer en ze als de hare herken, is het verdriet dat ik voel zo ondraaglijk dat het lichamelijk wordt.

We zeggen niets. Geen zelfbeschuldiging en geen woord van vergeving. Geen zuivering van het geweten, niet het gevoel dat er een wonder is gebeurd.

We blijven zitten op de Spaanse Trappen in de wetenschap dat we elkaar niet meer zullen zien.

We blijven zwijgend zitten.

Met een soort innerlijke rust.

'Het Frans Cultureel Instituut heeft het genoegen u uit te nodigen voor de lezing die zal worden gehouden op 23/11 op de Via della Conciliazione 54. Aansluitend zal een diner plaatsvinden en een kleine veiling waarvan de opbrengst ten goede zal komen aan de Vereniging Kinderen van Congo. Zoals afgesproken verwacht de heer Carné uw telefoontje om samen met u het openingswoord dat u zult houden door te spreken.'

Ik kijk angstig en walgend naar de zware beige kaart, alsof ik een boa constrictor in mijn handen houd die klaar is om me op te slokken.

Openingswoord?

De laatste keer dat ik me – gedwongen – publiekelijk heb tentoongesteld was ik acht en speelde ik Maria in het kerststuk van de nonnen van Nevers. Ik had van tevoren en meteen daarna overgegeven, ik was mijn tekst vergeten, ik had een meisje zonder waarschuwing laten struikelen dat vanaf die dag geen vriendinnen meer wilde zijn, en ik was zo getraumatiseerd dat ik had gezworen nooit, maar dan ook nooit meer op een podium in wat voor zaal dan ook te gaan staan.

Wil jij de brief van Paulus aan de Filippenzen voorlezen tijdens de mis van vandaag, Nicole?

Nee, moeder Maria, het spijt me, maar ik heb erge buikpijn.

Wil je opstaan en je opstel voorlezen voor de klas, Nicole?

Nee, juffrouw, het spijt me, maar ik ben mijn stem helemaal kwijt.

Wil je voor mijn vriendinnen het gedicht voordragen dat je op school hebt geleerd, Nicole?

Ik weet geen enkel vers meer, mama, sorry, sorry.

De voorstelling was een betreurenswaardig en niet te voorkomen ongelukje geweest. Ze hadden me aangewezen als de vervanger van Claudine, het meisje met de blonde haren en lichtblauwe ogen dat Maria moest spelen. Mijn moeder was erg trots. Ik was wanhopig, maar vertrouwde op de ijzeren gezondheid van Claudine, die, ondanks haar engelachtige uiterlijk, een soort ijdele hyena van acht jaar oud was.

Ze was nooit ziek, en om zich maar aan het publiek te kunnen vertonen in die prachtige blauwe sluier met plastic parels zou ze zelfs met cholera hebben opgetreden.

Maar de avond ervoor had Claudine gestoeid met haar broer op het bovenste bed van hun stapelbed, ze was gevallen en had haar arm gebroken.

Ik had de nacht doorgebracht met mijn ogen wijd open terwijl ik een rozenkrans opdreunde en vurig bad dat een wonder dat bot voor zonsopkomst zou genezen. Maar mijn gebeden werden niet verhoord en dus zat ik trillend en doodsbang over te geven op het toilet van het refectorium, terwijl mijn moeder de blauwe sluier beschermend naar achter hield en opbeurende woorden fluisterde.

Nooit meer.

Ik kijk ongerust naar de deur. Angela is, vreemd genoeg, te laat vandaag, merk ik tot mijn verdriet. Ik zou graag een menselijk wezen in mijn buurt willen hebben om mijn aandacht af te leiden van die kwaadaardige kaart.

'Zoals afgesproken verwacht de heer Carné...'

Hoezo zoals afgesproken? Wanneer heb ik met meneer Carné afgesproken om in het openbaar te spreken? Had ik drugs gebruikt? Pillen genomen? Was ik dronken?

En wie is meneer Carné?

Ik pak de envelop en controleer de adressering, ervan overtuigd dat die verkeerd is.

Nee. Op vergépapier in elegante zwarte inkt en in een ouderwets handschrift zie ik de letters die mijn naam en achternaam vormen.

Ik wroet in mijn geheugen en uiteindelijk haal ik een fragment naar boven van een avond in het Cultureel Instituut, na een strijkconcert. Een kleine man met wit haar, met een onwaarschijnlijke bril met een rood montuur, was naar me toe gekomen en had zich voorgesteld als de directeur van het instituut en zei dat hij een goede vriend van mijn ouders was. Hij was erg blij me te ontmoeten en hoopte dat ik beschikbaar was voor de eventuele benefietavonden die ze wilden houden. Ik was er zo van onder de indruk dat hij het eerste kootje miste van de vinger waarmee hij voor mijn ogen bleef zwaaien dat ik afgeleid ja antwoordde, ja natuurlijk, en ik gaf hem onverschillig mijn nummer en adres.

Openingswoord, Nicole.

Geen sprake van.

De ogen van al die Congolese kinderen zijn op je gericht, Nicole. Het is voor een goed doel.

Vergeef me, kinderen. Ik zal alles kopen wat geveild wordt. Ik zal bedienen. Ik kom te voet naar Congo om jullie alles te brengen wat jullie nodig hebben. Maar dit niet.

'Sorry. Ik ben te laat.' Angela verschijnt vanuit het niets, omgeven door de rook van haar net uitgemaakte Gauloise. Ze kijkt me verward aan. 'Gaat het?'

Duidelijk niet, als het haar ook opvalt. Ik wapper met de kaart.

'Ik moet in het openbaar spreken,' kondig ik somber aan.

'Ja, dus?' Ze gooit lomp haar boeken op tafel, ze zucht, doet haar jas en een vreselijke appelgroene sjaal met fuchsiaroze strepen uit en ploft op haar stoel.

'Dat vind ik dus eng.' Ik laat de kaart in mijn tas vallen en veeg mijn handen af alsof ik een bedorven kabeljauw heb aangeraakt.

Angela kijkt me nieuwsgierig aan. 'Ze hebben je dus wel menselijke gevoelens gegeven?'

Ik kijk haar aan. Ook met haar lijkt het niet goed te gaan. Ze is bleek en heeft kringen onder haar rode ogen.

Piep piep. Ik lees het sms'je.

'Bel me! Het is onwijs dringend!'

Sasha.

Ik negeer hem.

'Verbaast je dat? Denk je dat ik een soort kloon ben?'

'Ik denk dat je iemand bent die heel zelfverzekerd is, zonder twijfels, zonder aarzelingen, zonder angsten.'

'Een kutwijf, dus.'

'Best wel.' Ze snuit haar neus.

'Je moest eens weten, Angela,' zeg ik met gedempte stem.

Zij kijkt me even aan. Dan begint ze in haar boek te bladeren. 'Wat doen we? Dictee of grammatica?'

Dictee of grammatica? Lezen of onregelmatige werkwoor-
den? Zijn mijn lessen zo voorspelbaar? Net zo voorspelbaar als
ik?

Plotseling heb ik er genoeg van. 'Non, on va parler.'

'We gaan praten?' Haar vermoeide ogen sperren zich
open, ze is oprecht verbaasd.

'On va faire de la conversation. Dis-moi qu'est-ce-que ne
va pas aujourd'hui.'

Nog verder opengesperde ogen. Stilte.

'Angela, klonen hebben een observerende instelling. Je
bent vandaag jezelf niet… Wat is er gebeurd?'

Ze schudt haar hoofd, maar een schaduw van opluchting
trekt snel over haar gezicht.

Piep piep. Nog een sms'je van Sasha.

'Nicole, ik moet je iets vragen. Bel me!'

Ik zet mijn telefoon uit.

'Nou?'

Haar ogen vullen zich met tranen. 'Ik kan het niet zeggen
in het Frans.'

'Maakt niet uit, zeg het maar in het Italiaans.'

'Wat kan jou het schelen?' vraagt ze vijandig.

'Helemaal niets. Het is maar om de tijd door te komen,'
zeg ik met een glimlach.

Ze bijt op haar lip en glimlacht een beetje onzeker. Maar
ze glimlacht wel. 'Ik heb een moeilijke nacht gehad. Het is
een kutverhaal, steeds hetzelfde liedje. En ik zit ermiddenin.'

Ineens wordt de tafel die ons scheidt het oude bureau van
mijn psychologenpraktijk en ik hervind de gebaren die nodig zijn om te luisteren.

Ik knik. Ik kijk in haar ogen. Ik zeg niets.

Angela frommelt aan de pagina's van haar boek. 'Het
doorsnee-kutverhaal. Hij is getrouwd, ik een sukkel. Hij zegt
dat hij zijn vrouw zal verlaten. Ik word zwanger. Hij wil dat
ik een abortus laat doen, ik houd het kind. Hij verlaat zijn
vrouw niet, maar laat mij in de steek. Einde.'

Ik weet dat het nog niet afgelopen is.

'Gisteravond was hij bij me. Ik had hem gebeld om te vragen of hij bij me zou kunnen zijn als ik naar het ziekenhuis moet. Alleen tijdens de bevalling. Alleen maar om…' Ze slikt en gaat niet verder. 'Hij begon te schreeuwen dat ik zijn leven kapot wil maken, dat hij niet weet wat er in mijn hoofd omgaat, maar als ik het waag bij zijn vrouw in de buurt te komen hij me laat arresteren, of me vermoordt, weet ik veel…' Ze haalt haar neus op. 'Hij heeft me geld geboden…' Haar stem breekt en ze begint te snikken. 'Geld waarvoor? Hè? Ik heb zijn geld niet nodig. Ik ben klaar met hem sinds hij me liet stikken toen ik geen abortus wilde. Ik heb hem alleen maar gebeld omdat het idee om zo alleen als een hond te moeten bevallen…' Nu huilt ze harder.

Ik haal een pakje zakdoekjes uit mijn tas. Ik geef het aan haar.

'Er zijn dus niet twee onbekende vaders…' zeg ik zacht.

'Welnee! Dat heb ik verzonnen, omdat dit verhaal zo ranzig is, zo banaal… Omdat ik niet dom wilde lijken, omdat ik een kunstenaar ben en in mijn rol wilde blijven.' Ze begint te lachen terwijl ze blijft huilen.

'En je familie?'

'Mijn familie heeft me lang geleden al in de steek gelaten.' Ze schudt haar hoofd. Ze zucht, snuit haar neus, streelt over haar buik. 'Het kan me niets schelen. Ik ga naar Parijs, ik ben succesvol en voed mijn kind alleen op.' Ze kijkt me uitdagend aan. Ze is zo kwetsbaar met die gezwollen ogen, het zwart dat over haar wangen loopt, haar uitgestalde buik. 'En weet je waar ik me nog het meeste voor schaam?' vraagt ze boos. 'Dat die eikel bij de bank werkt!' Ze begint te lachen. 'Heb je ooit iets zieligers gehoord?'

Ik glimlach. 'Voor een schilderes? Nee, eigenlijk niet.' Ik glimlach weer. Ik geef haar nog een pakje zakdoekjes. 'Maar als je verliefd op hem bent geworden, zal hij wel iets goeds hebben gehad.'

'Ja hoor,' mompelt ze sarcastisch, 'zijn ultravruchtbare zaad.' Ze pakt de zakdoekjes. 'Morgen koop ik nieuwe voor je.' Ze snuit haar neus en haalt diep adem. Ze glimlacht. 'Ik voel me al beter.' Gezwollen ogen die me dankbaar aankijken.

Je wist niet meer hoe het was, hè Nicole?

'Als lerares ben je een kwelling, maar je bent er goed in om mensen te laten praten.'

Zacht geklop op de deur.

Ik kijk naar Angela. Ze knikt.

'Kom binnen.'

Ik kan het niet geloven. In de deuropening verschijnt Sasha. Ongekamd haar, buiten adem en Oliva in zijn armen.

'Sorry, Nicole, maar je reageerde niet op mijn sms'jes…' Hij merkt Angela op. 'Hoi,' zegt hij haastig, dan legt hij Oliva op mijn schoot. 'Ik heb niet veel tijd. Over precies een halfuur beginnen de zuren te werken. Oliva kan er niet blijven, het huis zit onder het gif en als ik haar ergens opsluit, begint ze te janken.'

Ik heb nog geen woord gezegd. Maar ik voel dat er een probleem aan zit te komen voor Nicole.

'Hoe lang moet ik haar bij me houden?' vraag ik voorzichtig. Oliva likt mijn hand.

'O… niet zo lang. Twee dagen… misschien drie.'

'Drie dagen? Sasha, geen sprake van, ik…'

'Oké, houd haar nu even bij je. Ik moet weg, anders gaan de zuren…' Hij geeft me snel een kus op mijn wang en hangt Oliva's halsband om mijn nek. 'Ik bel je vanavond, als het echt een probleem is, zoeken we wel een andere oplossing.'

Dat meervoud baart me zorgen.

'Je ziet er goed uit met lippenstift,' zegt hij glimlachend. 'Bedankt Nicole, je bent een held.' Hij buigt naar Angela toe en steekt zijn hand uit. 'Sorry, ik heet Sasha.'

'Angela.' Ze schudt zijn hand met een glimlachje.

'Je hebt een heel goede lerares, Angela. Sorry hoor. Ik bel je later, Nicole.' En hij verdwijnt door de deur.

Ik kijk naar Oliva, die al in mijn armen in slaap is gevallen.

We hebben mooi een probleem, hond.

'Hij is leuk,' zegt Angela.

'Ze heet Oliva,' zeg ik terwijl ik opkijk, maar zij wijst met haar ogen naar de deur.

'Hij...' begin ik verlegen. 'Onze auto's zijn...'

Wil je echt dat hele verhaal weer vertellen?

Wanneer houd je ermee op jezelf te rechtvaardigen?

Ik sla het boek vastbesloten open.

'Kom op, laten we proberen deze middag nog zinvol te besteden.'

Oliva schopt me een paar keer en begint weer te ronken.

Angela doet gehoorzaam haar boek open. 'Wat mij betreft hebben we dat al gedaan,' zegt ze fluisterend, zonder me aan te kijken.

Zes witte overhemden, perfect gestreken, twee donkergrijze V-halstruien, een blauwe, een lichtgrijze.

Ik pak Lorenzo's koffer in terwijl ik naar een pianoconcert van Beethoven luister dat ik al jaren niet meer had gehoord. Al twaalf jaar en acht maanden, om precies te zijn. Beethoven. Een rode trui, diep weggeborgen in de kast. Mijn gedachten die een eigen leven leiden. Ik weet niet of ik het juiste doe.

'Hoe doe je dat? Hoe kun je altijd het juiste zeggen en doen?'

Weet je het zeker, Sasha?

Een grijs pak, een blauwe jas, een sportief jack.

Lorenzo loopt stil en somber door het huis. Het onderwerp van de crisis is Oliva en haar verblijf in ons huis, en hij laat weer zijn afkeuring zien door te zwijgen.

Het feit dat hij niet met me praat, ontheft me niet van mijn taak zijn koffer in te pakken.

'Als ik het zelf zou moeten doen, zou ik waarschijnlijk naar de noordpool gaan met mijn zwembroek, zonnebrand en een surfplank,' had hij eens gezegd, jaren geleden. En we hadden een akkoord gesloten dat Nicole tot bewaakster van zijn bagage maakte.

Acht paar donkergrijze sokken. Een lichtblauwe pyjama.

Mijn moeder pakte ook altijd de koffer van mijn vader in. Ze deed dat mokkend, terwijl ze de kledingstukken er woedend in willekeurige volgorde in smeet. Ze pakte hem in ook al wist ze dat mijn vader op 'zakenreis' ging in het gezelschap van zijn jonge minnares van dat moment. Ze pakte hem in terwijl ze hem vervloekte, met verachting en liefde. Met passie en jaloezie. Met de woedende en machteloze wetenschap van iemand die zijn eigen lot kiest zonder dat te willen.

Je pakte de koffer in van een man die je bedroog, mama.

En jij doet het voor een man die al twee dagen niet met je praat, omdat je een hond mee naar huis hebt genomen.

Drie witte T-shirts, ochtendjas, elektrisch scheerapparaat.

Ik kijk naar Oliva, die ligt te slapen bij de poten van het bed.

Het *Keizerconcert*. Tweede akte.

Het lievelingsstuk van Thierry.

Ik bijt op mijn lip, ik laat de muziek bezit van me nemen.

Het is ook mijn lievelingsstuk. Nicole leeft.

'*Hoe weet je altijd wat het juiste is om te zeggen of te doen bij een vrouw, Nicole?*'

Omdat ik een vrouw ben. En de ideale man is een vrouw.

Oliva rekt zich uit, kijkt me aan, staat op, kwispelt en gaat lui bij mijn voeten liggen.

Zes boxershorts, een reservepyjama met blauwe streepjes, het boek dat hij aan het lezen is.

'Wat is er?' had Lorenzo me de avond dat ik thuiskwam met Oliva gevraagd, terwijl hij haar streng en vijandelijk aankeek. Ik had mezelf gedwongen niet het sarcastische antwoord te geven dat meteen in me opkwam en ik had hem kort uitgelegd waarom de hond een paar dagen bij ons moest blijven. Oliva ging naar hem toe en begroette hem enthousiast. Hij liep de kamer uit en eiste dat ik een ander onderkomen voor haar zou zoeken.

'Lorenzo…' Ik volgde hem terwijl ik mijn meest begripvolle glimlach en mijn meest redelijke stem opzette. 'Als we het anders zouden hebben kunnen doen, weet je dat…'

'We?' zei hij, terwijl hij me met een harde blik aankeek. 'Sinds wanneer zijn jij en die jongen een we?'

Nu, als ik terugkijk, realiseer ik me dat mijn verspreking

alarmbellen had moeten doen rinkelen. Nu. Maar die dag voelde ik me gewond en beledigd door wat ik zag als een onredelijke uitbarsting van egoïsme.

'Het is ongelooflijk dat jij zo vijandig kunt zijn tegenover een jongen die je goed en wel twee keer hebt gezien,' zei ik droog.

'Hij is altijd aanwezig in dit huis. Het maakt niet uit hoe vaak ik hem heb gezien.' Hij keek me boos aan. Toen werd zijn stem zachter. 'Daar gaat het trouwens niet om. Dat weet je. Het verbaast me dat je daar zelf niet aan hebt gedacht,' zei hij terwijl hij naar Oliva keek.

Ik wist het. Ja, ik wist het.

Toen Lorenzo en ik net getrouwd waren, hebben we een tijdje in een prettige ménage à trois geleefd. Ariosto woonde bij ons, zijn geliefde setter, die oud, doof en een beetje suffig was. Ik was meteen verliefd op Ariosto, met zijn luie en slome uitstraling. Toen kreeg Ariosto het aan zijn hart. En er vond een onverwachte verandering van emoties plaats. Lorenzo, doodsbang dat zijn hond opeens zou sterven, verliet hem voordat Ariosto hem kon verlaten. Hij legde hem als het ware in mijn armen en ik raadde zijn monsterlijke gedachte – 'Ik ben niet vertrouwd met de dood, zij wel' – op het moment dat ik merkte dat hij zijn schuldgevoel verborg achter een plotselinge toename van het aantal werkuren. Op een middag was ik alleen in een donkere en stille dierenkliniek. Ik aaide Ariosto en fluisterde troostende woorden, terwijl hij me liefdevol en dankbaar aankeek en zijn wazige ogen van de staar steeds verder van mij weggleden. Ik huilde en glimlachte naar hem. Ik zei tegen hem wat ik nooit tegen Thierry had kunnen zeggen. En ik gaf hem de troost die ik Thierry door zijn eenzame en wanhopige gebaar niet heb kunnen geven. 's Avonds belde ik Lorenzo, die twee dagen eerder uit voorzorg had besloten voor zijn werk naar Londen te gaan, en ik vertelde hem het nieuws. Aan de andere kant van de lijn klonk een stilte, een 'bedankt' en een gedetailleerde beschrijving van de commode die hij op de markt van Camden Town had gevonden.

Ik neem jou, Lorenzo, omdat je me altijd beschermt tegen mijn emoties. Omdat jouw lafheid mij moed geeft en de mijne verbergt. Omdat ik altijd een alibi zal hebben om niet van iemand te hoeven houden.

Die nacht, alleen in ons tweepersoonsbed, met de halsband van Ariosto in mijn vuist geklemd als een knuffelbeertje, durfde ik voor de laatste keer samen met Thierry de Weg van de Herinnering te bewandelen.

En voor het eerst kon ik niet slapen.

Je hebt er stiekem van genoten om Oliva in huis te nemen. Nicole de wreekster.

Deodorant, zeep, tandenborstel, tandpasta.

Ze zeggen dat alleen grote liefde grote haat rechtvaardigt.

Scheerschuim, scheermes, aftershave.

Dat is niet waar. Je kunt ook niet van iemand houden en hem haten met dezelfde intensiteit als een geliefde.

Je hoeft er alleen maar mee samen te wonen.

De oplader van zijn mobiele telefoon. Ik geloof dat alles erin zit.

Lorenzo staat naar me te kijken. Zijn ogen zijn zo koud en het gebrek aan woorden is zo benauwend dat ik zijn gezicht lelijk vind. Een misplaatste lelijkheid, belachelijk en vulgair, net als zijn zwijgzaamheid.

De juffrouw zei tegen me dat je je niet inzet zoals je zou moeten, Nicole. Voor straf praat mama twee weken niet met je.

Alsjeblieft mama, nee.

En ze zal je niet strelen, en niet zoenen. En jij mag niet bij me komen en me aanraken.

Alsjeblieft niet.

Mijn moeders manier van opvoeden lijkt wel doorgedrongen in de vele kleine draadjes van Lorenzo's DNA. Ze vormen een code die ik zou kunnen herkennen. En waaraan ik moet gehoorzamen.

Twee weken, Nicole. Ga nu naar je kamer om het gedicht te leren.

'Ben je klaar?' De stem van Lorenzo klinkt ver weg en een beetje geërriteerd. Hij stapt over Oliva heen zonder naar haar te kijken en komt naar mij toe om ook over mij heen te stappen en de koffer dicht te doen.

En dan gebeurt alles heel snel.

Ik til mijn arm op om Lorenzo's beweging tegen te houden, ik voel mijn hand tegen zijn schouder stoten, ik zie hem een stap naar achteren doen, en alleen door zijn verbazing realiseer ik me dat ik hem heb geduwd. Even later sta ik op en pak de koffer, zo krachtig en vastbesloten, ik wist niet dat ik het in me had. Ik til hem op, boven het bed, boven mijn hoofd. Dan gooi ik hem met geweld naar de andere kant van de kamer.

Zes overhemden, acht paar grijze sokken, jassen en broeken, pyjama's en onderbroeken – Lorenzo's leven glijdt in slowmotion over het glanzende parket. Een heleboel kleine parachutes die onze val niet kunnen verzachten en zich in willekeurige volgorde over de vloer verspreiden, terwijl Oliva geschrokken naar een andere kamer vlucht.

Nicole kijkt Lorenzo hijgend aan. Nicoles armspieren doen pijn, omdat ze nooit echt aan sport heeft gedaan, Nicole voelt haar bloed snel door haar aderen stromen, Nicoles hart klopt te snel, maar dat kan haar nu niets schelen, ze is te levend om aan de dood te denken. Nicole heeft een koffer opgetild en nu kijkt ze naar die mooie man die nu zo lelijk en vulgair is met die geschokte uitdrukking op zijn gezicht. Lelijk en vulgair als iemand die niet geliefd is, lelijk en vulgair als zijn zwijgzaamheid, die zwijgzaamheid die Nicole niet meer wil verdragen. En daarom schreeuwt ze nu, ze schreeuwt met alle lucht die ze in haar longen heeft. Wat maakt het uit als ze straks ontploffen, dan is ze tenminste gestorven terwijl ze leefde.

Schreeuw, Nicole.

'Je hebt me alleen gelaten terwijl je hond op sterven lag!'

De aardbeving vond plaats kort voor vijf uur 's middags plaatselijke tijd. Talrijke gebouwen zijn ingestort, maar het precieze aantal slachtoffers is nog niet bekend.

Na de tragische aardbeving heerste een totale stilte.

'Benedetta ontglipt me.'

Sasha en ik zitten aan een tafeltje van een café in Traste-vere, in de zon. Oliva kwispelt naar een kat die zich boven op een auto heeft genesteld. De muziek die vanuit de radio in de bar keihard naar buiten komt, zingt over liefdes en gas-kamers. Sasha draait zich geërgerd om en kijkt naar de bar.

'Die oude liedjes werken me op mijn zenuwen.' Hij steekt een sigaret op uit mijn pakje met mijn aansteker, die hij ver-volgens in zijn zak stopt. Hij speelt een beetje met mijn handschoenen die op tafel liggen. Hij doet ze aan. Soms, als ik naar hem kijk als hij bij mij thuis zit om me om advies te vragen, om zijn hart te luchten of om simpelweg de lucht die ik inadem op te snuiven, denk ik wel eens dat hij alles zou kunnen inslikken – mijn boeken, mijn cd's, mijn schil-derijen, mijn meubels – om maar bezit van me te nemen. In mijn feestelijke charonskleed waarmee ik hem naar het le-ven leid, hoor ik voor altijd, en helemaal, bij hem. Soms vleit deze bezitsdrang me. Soms vertedert het me. En soms, zoals nu, irriteert het me.

Hij steekt zijn hand uit naar mijn kopje thee en neemt een grote slok.

'Lekker. Wat is het?'

'Een doodnormale thee. Wil je ook?' vraag ik hem krib-big.

Hij kijkt naar zijn volle kop koffie en schudt zijn hoofd.

'Zo vervorm je ze helemaal.' Ik trek mijn handschoenen uit zijn handen. 'En geef mijn aansteker terug. Het is de vier-de die ik heb gekocht in twee dagen. Je zou ze nog op voor-raad moeten hebben.'

'Waarom ben je zo vijandig vandaag?' vraagt hij oprecht nieuwsgierig.

Omdat ik een koffer op de grond heb gegooid. Omdat ik tegen Lorenzo heb geschreeuwd. Omdat ik weet dat ik hier niet zal stoppen. Omdat je continu je telefoon pakt en mij belt. Omdat je al mijn aanstekers jat. Omdat de helft van mijn cd's bij jou ligt. Omdat ik pas García Márquez wilde le-zen maar jij hem had. Omdat ik mijn moeder heb gesproken die mij eraan herinnerde dat ik al meer dan een jaar niet bij haar ben geweest. Omdat ik heb opgehangen en meteen mijn vader heb gebeld om mijn excuses aan te bieden dat ik al een jaar niet bij hem ben geweest. Omdat mijn ogen nog doffer lijken doordat jouw ogen glanzen van liefde voor Benedetta. Omdat ik nog een grijze haar heb ontdekt. Omdat ik geen adviezen meer voor je heb. Omdat ik ondanks alles zin heb om te lachen.

'Ik ben niet vijandig.' Ik pak een sigaret en doe mijn tas open op zoek naar een aansteker. Ik was alweer vergeten dat die van eigenaar was veranderd. Hij steekt hem met een ridderlijk gebaar voor me aan. Ik pak de aansteker en laat hem vastberaden in mijn tas verdwijnen. 'Je moet me *Liefde in tijden van cholera* teruggeven, dat wilde ik laatst lezen.'

'Je had me kunnen bellen. Dan was ik het komen brengen.'

'Het was drie uur.'

'Ik was het toch komen brengen.' Hij glimlacht en knijpt zijn ogen een beetje dicht. 'Je weet dat ik tot je beschikking sta.'

Het idee dat 'hij' tot 'mijn' beschikking staat, is echt onweerstaanbaar. Ik begin te lachen. Oliva kijkt me tevreden aan, dan gaat ze weer verder de kat het hof te maken.

'Waarom lach je?'

'Omdat je me laatst, toen ik met Lorenzo en zijn vrienden uit eten was, belde om te zeggen dat je me absoluut moest spreken. Omdat je, toen ik naar buiten ging omdat ik je in die chaos niet kon verstaan, daar buiten de wacht stond te houden. Omdat je ervoor hebt gezorgd dat ik een halfuur in de kou stond, in mijn zijden blouse, om je uit te leggen wat Benedetta bedoelde toen ze zei dat je haar het idee geeft dat je zoent als een cowboy en streelt als Lancelot. Omdat jouw gedrag ten opzichte van mij, Sasha, niet bepaald overkomt als dat van een bediende. Ik zou eerder zeggen als dat van de baas van de ijzerfabriek.'

Hij lacht tevreden. 'Maar die blouse stond je goed.'

Ik werp hem een vernietigende blik toe.

'Moet ik haar bellen?' vraagt hij, hopend op goedkeuring.

'Nee, geef haar de ruimte. Maar laat haar weten dat je aan haar denkt.'

'Hoe dan?'

'Stuur haar geparfumeerde crèmes. Eentje voor haar lichaam, eentje voor haar gezicht, eentje voor haar haren. En een kaartje: "Lancelot sterft van het verlangen je te strelen. Tot die tijd moet je het hiermee doen."'

Hij denkt er even over na. Dan licht zijn gezicht op.

'Gaaf. Hoe weet jij altijd wat het juiste is om te doen?' vraagt hij dankbaar. Hij strekt zijn armen uit om me te omhelzen, zijn elleboog stoot tegen het volle kopje koffie, dat leegstroomt over zijn groene jas en zijn overhemd. 'Verdomme,' mompelt hij terwijl hij opspringt en zich begint schoon te maken.

Oliva blaft. Een Japanse toeriste kijkt ons nieuwsgierig aan boven haar krant. Ik aai Oliva om haar te kalmeren.

'Misschien zou ik moeten leren om wat netter te zijn. Ik ga even naar het toilet om de schade te beperken.'

Ik kijk naar hem, terwijl hij over de vlek wrijft en met gebogen hoofd wegloopt. Ik til Oliva op en duw mijn neus in haar vacht, die altijd naar talkpoeder ruikt. Dan doe ik mijn ogen dicht en richt mijn gezicht naar de zon, die steeds bleker wordt. Ik gun mezelf de luxe helemaal nergens aan te denken. Alleen aan mijn vingers die lui Oliva aaien, haar zachte geronk dat op kattengespin lijkt, de stem van de verslaggever die het laatste nieuws voorleest op de radio.

Straks ga ik mijn moeder bezoeken. Straks ga ik mijn vader bezoeken. Straks komt Lorenzo terug. Straks maak ik een afspraak met die arts die gespecialiseerd is in slaapstoornissen. Straks stop ik met roken. Straks denk ik aan mijn leven.

Nu ben ik alleen maar een luie vrouw die zit te doezelen in de lauwwarme zon.

'Mevrouw… kunt u even komen, alstublieft?' Ik hoor de rauwe stem van de ober en doe snel mijn ogen open. Hij wijst naar het café.

Ik draai me om, ik zie een paar mensen druk bewegen en

ik hoor onderdrukt geschreeuw. 'Wat gebeurt er?' vraag ik. Ik ben al opgestaan en volg de ober.

'Uw vriend zit opgesloten op het toilet. Het slot zit af en toe vast. Probeert u hem even te kalmeren totdat het ons lukt het open te maken, want hij trapt die deur er bijna uit.'

De eigenaar van het café zit op zijn knieën en bewerkt het slot met een schroevendraaier, terwijl zijn vrouw zich nuttig probeert te maken, wat hem nog meer ergert dan de trappen die Sasha tegen de deur geeft.

'Haal me hieruit!' Sasha's stem klinkt boos en wanhopig.

'Hou je rustig. Het heeft geen zin om je op te winden, het duurt zolang het duurt!' zegt de eigenaar. Dan draait hij zich om naar mij. 'Als hij hem eruit trapt, betalen jullie!'

'Sasha, ik ben hier,' zeg ik terwijl ik dichter naar de deur loop.

'Nicole! Laat hem die kutdeur openmaken!'

'Sasha, rustig! Ze zijn het slot aan het losschroeven, over twee minuten ben je eruit. Blijf ademhalen.'

'Ik kan niet ademen. Godverdomme, ik kan niet ademen, want er is hier niet eens een raam. Nicole, alsjeblieft, alsjeblieft, doe de deur open.' Nog zo'n lading stompen en trappen doen het hout trillen.

'Hé! Stop daar eens mee, klootzak!' De eigenaar gooit met een zucht de schroevendraaier weg en pakt een andere.

'Nicole! Doe de deur open!' Zijn stem klinkt paniekerig en wanhopig.

'Hoor eens, honden mogen hier niet naar binnen,' zegt de vrouw van de eigenaar terwijl ze naar Oliva wijst, die in mijn armen ligt. Ik kijk haar niet eens aan.

'Sasha, heb je je telefoon bij je?' Het gebonk houdt even op.

'Ja.' Zijn stem is klein, verrast.

'Bel me. Zoek mijn nummer op, nu.'

De vrouw en de ober kijken elkaar aan en trekken hun schouders op, omdat ze me duidelijk gek vinden.

'Waar heb je het in godsnaam over, Nicole? Ik wil hieruit!' Nog een trap.

'Sasha, doe wat ik zeg, bel me, godverdomme!'

Nu kijkt iedereen met meer respect naar me. Ik weet niet of het door mijn toon of door de vloek kwam, maar Sasha sputtert niet tegen en na een paar seconden trilt mijn telefoon. Zijn stem klinkt nu dubbel, achter de deur en in mijn oor.

'Sasha…'

'Ik voel me rot, Nicole.'

'Ik weet het. Maar ik ben hier. En er is een boze meneer die bijna klaar is het slot los te maken. Dus nog heel even en dan is alles voorbij.'

'Ik ben bang.'

'Luister naar me. En terwijl je naar me luistert, haal je rustig adem. Hou je ogen open. Haal je geen rare dingen in je hoofd. Je bent in het allerslechtste café van Trastevere.' Ik negeer de dodelijke blik van de vrouw van de eigenaar. 'Je zit opgesloten op het toilet, omdat het slot niet goed werkt. Oliva en ik staan buiten en over een minuut gaat de deur open. Niemand heeft je opgesloten. Niemand laat je opgesloten zitten. Heb je je ogen open?'

'Ja.' Zijn stem trilt, maar is rustiger.

'Vertel me wat je ziet.'

'Vertel jij mij maar of dit kutslot…' zegt de eigenaar terwijl hij er als een razende tegen tekeer blijft gaan.

'Een tekst.'

'Wat staat er?'

'Mijn lul staat in de fik. Bel me. 334907814. Gilberto.'

Ik begin te lachen. 'Schrijf het nummer maar op. Wie weet bel ik hem wel een keer.'

Ook Sasha lacht even, maar stopt meteen weer. 'Laat me eruit! Laat me eruit!' Een hele lading trappen tegen de deur.

Het slot geeft zich eindelijk over aan Sasha's wanhoop en begeeft het. De deurklink laat met een dof geluid los. De eigenaar steekt een haak door het gat en maakt de deur open. Als een katapult springt Sasha naar buiten. Bezweet, bleek, trillend. De eigenaar houdt hem tegen en pakt hem bij de schouders om hem te kalmeren. Sasha reageert meteen. Hij

pakt hem bij de kraag van zijn overhemd. Zijn ogen draai-
en weg van vernietigende woede en hij heft zijn vuist op om
hem te slaan. We springen allemaal boven op hem. De ober
houdt hem tegen.

Ik schreeuw: 'Sasha!', en kijk geschokt naar iemand die ik
niet ken.

Sasha's beweging stopt halverwege in de lucht. Hij kijkt
verbaasd om zich heen, alsof hij weer terugkeert naar de werkelijkheid.

Ik leg mijn hand op zijn arm.

'Het… Het spijt me,' zegt Sasha terwijl hij me aankijkt.
'Het spijt me,' herhaalt hij, naar de anderen gericht.

'Jij bent echt gestoord. Rot maar op, dat lijkt me beter,'
zegt de eigenaar hoofdschuddend tegen hem, en hij loopt
weg om zijn gereedschap op te bergen.

Ik zet Oliva op de grond en gooi haastig wat geld op de
toonbank. Ik pak zijn mouw vast. 'Laten we gaan,' zeg ik
zacht.

We lopen het café uit, gevolgd door het gemopper van de
eigenaars. Uit mijn ooghoek zie ik de ober de vieze houten
deur bekijken om de eventuele schade op te nemen.

In de buitenlucht kan Sasha eindelijk ademhalen. We lopen langzaam. Ik pak zijn hand. Hij knijpt erin.

Stilte.

'Ze sloten mijn moeder soms urenlang op. Dat gebeurde
als ze niet meer zonder dat spul kon.'

Ik kijk hem niet aan. Ik knijp alleen iets harder in zijn
hand.

'Ik zat dan daar buiten.'

Ik knik. Hij zwijgt en kijkt me aan.

'Dank je wel dat je bij me bent gebleven.' En dan omhelst
hij me opeens. Op een onhandige, warme, ruwe manier. Ook
door onze dikke jassen heen voel ik dat zijn hart nog steeds
te snel klopt. 'Nicole…' fluistert hij na een moment van stilte in mijn haren, 'ik heb het voor je meegenomen.'

Zijn baard kietelt zachtjes op mijn wang.

'Wat?'

'Het nummer van Gilberto met de brandende lul.'

'Dank je wel.'

We beginnen allebei te lachen, terwijl we snel loskomen uit onze omhelzing.

'Weet je wat je nu nodig hebt? Een contrashock,' zeg ik terwijl ik een lok uit zijn gezicht strijk.

'En dat is?'

'Iets wat zo traumatiserend is dat het het trauma dat je zojuist hebt beleefd, vervangt en overtreft.'

'Zoals?' vraagt hij voorzichtig.

'Ben je wel eens naar de opera geweest?'

'Nee.' Hij kijkt vol afschuw.

'Goed zo. *Don Giovanni.* Vanavond om negen uur, Teatro dell'Opera. We zien elkaar daar.'

Als ik moet kiezen tussen Brando en Dean, is Dean de coolste.

Van Bob Dylan en Sid Vicious heb ik het liefst Sid.

En van All Stars en een paar mocassins toch de All Stars.

Ik heb er een schijthekel aan me zo te kleden. In een colbert voel ik me een idioot.

En ik vind dat Di Caprio er in *Titanic* beter uitzag in zijn oude overhemden dan in een smoking.

Als ik mijn overhemd uit mijn broek zou trekken, is dat dan verkeerd?

Misschien wel, misschien verwacht Nicole dat ik me aan de regels houd.

Maar binnen de regels val ik uit de toon. Ik kan wel proberen een stropdas om te doen, maar mijn kapsel staat toch niet goed bij nette kleren. Mijn haar is een chaos, ik ben gemaakt om me te kleden zoals ik me kleed.

Ik denk dat ik de enige man op de aarde ben die er elegant lelijker uitziet dan als schooier.

En bovendien kan ik mijn haar niet naar achter doen, omdat ik op mijn rechterslaap een ader heb die opzwelt als ik glimlach. Dat vind ik niet leuk, en dus houd ik die altijd bedekt.

Ik weet niet waarom, maar mijn voorhoofd is het meest intieme deel dat ik heb. En het is hetgeen waar ik me het meest voor schaam. Ik zou in mijn ondergoed kunnen zitten voor Nicole, maar niet met ontbloot voorhoofd.

Ik zou wel willen weten wat een psycholoog hiervan zou vinden.

Vergeet niet dat Nicole vroeger psychologe was.

Waar schaam ik me voor?

Voor de ader op mijn rechterslaap, voor het feit dat ik een hoog voorhoofd heb of omdat ik bang ben dat er, als ik nadenk, op mijn voorhoofd een opvallend balletje verschijnt dat stuitert op de gedachten die zich aan het vormen zijn en ze zo benadrukt en allemaal laat zien? Zoals op televisie gebeurt met de woorden van de liedjes van *Zecchino d'oro*. Het idee dat mensen mijn gedachten gaan zingen is afschuwelijk.

Waar denk je nu aan, Sasha?

Dat mijn huid zo glad is als babybilletjes.

En dat mijn viezige haar me een meer afgeleefde uitstraling geeft.

Ik doe geen lippenstift op. Dat maakt oud.

Sasha zal wel een spijkerbroek en een T-shirt aanhebben, laten we zwarte kleding maar vergeten.

Maar ik voel me juist op mijn gemak in het zwart, en bovendien, wat zeggen ze ook alweer? Dat je geen andere kleren meer hoeft te kopen als je een zwarte jas en een zwarte broek hebt.

Ik trek mijn zwarte jas aan. En wat maakt het uit wat voor trui Sasha aanheeft?

Ik weet niet of het een goed idee was. Hij zal zich kapot vervelen. Hij zal weemoedig terugdenken aan de bioscoop en de popcorn. Hij zal zich ongemakkelijk voelen en zich opwinden. Ik zal zenuwachtig worden van zijn verveling en aan het eind van de eerste akte zal ik hem zeggen: 'Luister Sasha, je hoeft niet tot het einde te blijven, we spreken elkaar morgen.' En ik zal hem laten gaan. Hij zal opgelucht kijken en ik zal weemoedig aan Lorenzo denken, die zich nooit verveelt bij de opera.

Waarom maak ik me hier zorgen over? Ik neem hem niet mee naar de opera om hem te vermaken, maar om hem iets te leren over de liefde.

Zo lijk ik net een courtisane.

Wit T-shirt, zwarte jas. Zwarte leren rok. Tot op de knie.

Ik voel me een dwaas.

En hij zal zich niet op zijn plek voelen.

Ik heb een kaal gezicht zonder lippenstift.

Ik zie eruit alsof ik net wakker ben.

Maar geen lippenstift, nee. Dat maakt oud.

Het is mijn derde sigaret in tien minuten. Het is 21:12 uur. Wat is Nicole aan het doen? Waarom komt ze niet?

Ik heb het koud, verdomme.

Als ik mijn trui bij me had, had ik het warmer gehad.

Lange jurken, winterjassen, stropdassen, vlinderdasjes, grijze haren, knotten.

Ik ben de jongste van iedereen. Ik voel me niet op mijn gemak.

Alsjeblieft, Nicole, kom nou. Schiet op. Je bent toch wel mooi. Je ziet er hoe dan ook goed uit.

Nog een taxi.

En nog een.

Niets.

En wat als je binnen op haar gaat wachten?

Je bent een lomperik, Sasha.

Wees een man, haal adem en verdraag de kou.

Ik ga op het trapje zitten. Wie zegt dat ik staand moet wachten?

De zoveelste taxi.

We hebben het gehaald, eindelijk.

Ik heb de enige taxichauffeur gevonden die net een week in Rome is. We hebben er een eeuwigheid over gedaan.

Ik stap snel uit, geef hem het geld en ik zoek met mijn ogen naar Sasha in de oneindige mensenmassa die de Opera binnengaat. Hij is er niet, hij zal wel gedacht hebben dat ik niet meer kwam.

De waardeloze taxichauffeur heeft geen wisselgeld. Ik geef hem een overdreven fooi.

Ik loop naar de ingang. Ik kijk om me heen. De hak van mijn schoen raakt verstrikt in een spleet in de stoep. Ik worstel er even mee, dan komt er een grijzende man naar me toe die vraagt of hij me kan helpen.

Op dat moment schiet mijn hak los en zie ik Sasha.

Ik glimlach. De grijzende meneer kijkt me tevreden aan, hij interpreteert het als een teken.

Sasha is ontzettend elegant. Hij draagt een overhemd, een colbert en het is duidelijk dat hij heeft geprobeerd zijn eeuwig warrige haren een beetje te temmen.

Hij heeft me nog niet gezien, ik blijf even naar hem kijken.

Hij ziet eruit alsof hij het erg koud heeft. Hij ziet er volwassen uit. Hij ziet er erg beheerst uit als hij een sigaret opsteekt.

Hij is zo anders dan normaal.

Er komt rook en condens uit mijn mond. Ik heb het koud tot op mijn botten.

Toen ik klein was, heeft mijn moeder mij ooit eens betrapt toen ik buiten speelde zonder wollen trui en heeft ze me ervan langs gegeven. Maar wollen truien zijn verschrikkelijk. Ze zijn zo triest. En ze zijn voor mietjes.

De zoveelste taxi.

Ook deze keer is het niet Nicole.

Dat is inderdaad Nicole niet.

Nicole is die ander.

Nicole is ver weg.

Nicole staat stil en glimlacht.

Nicole is er.

Nicole is heel erg elegant.

Ze is net James Dean. Een geweldige zwarte winterjas die wel een ochtendjas lijkt, haar gladde, warrige blonde haren. Het lijkt of ze het eerste heeft aangetrokken wat ze heeft gevonden. En daarom is ze mooi. Het lijkt of ze net met haar man heeft geneukt. Toen bedacht ze dat ze een afspraak met mij had, heeft een zwarte winterjas aangetrokken en is hierheen gekomen. Ze is zo mooi als een vrouw die net de liefde heeft bedreven. En die is vergeten dat ze zichzelf daarna weer moest opknappen.

Nicole komt naar me toe. Ze glimlacht en komt naar me toe, maar ze zegt geen woord. Nicole is heel mooi.

'Jemig, wat ben je mooi, Sasha.'

Dank je, Nicole.

'Dank je, Nicole, jij ook.'

'Waarom kijk je zo naar me? Waar denk je aan?'

'Ik denk dat je onwijs cool bent. Als ik met de taxi was gekomen en je hier had zien zitten, was ik met mijn armen gaan zwaaien, "hoi" gaan roepen en dan was ik naar je toe gerend. Jij daarentegen hebt alleen geglimlacht. Je bent langzaam hierheen gelopen, zwijgend, en pas toen ik voor je stond, heb je iets tegen me gezegd. Het was prachtig.'

Dat is niet waar, Sasha, gelukkig zit je haar voor je voorhoofd. Daar dacht je niet aan. Ik weet niet waarom, maar je dacht aan de marteling van Sant'Agata. Je denkt aan een vrouw die, vastgebonden aan een paal, vol aanbidding naar de beul kijkt die haar tepels tussen een tang klemt. Je denkt aan de *Seizoenen* van Bronzino. En aan een jongetje dat de tepels van Venus vastgrijpt en vooroverleunt om ze te kussen. Ik weet niet waarom, maar je denkt aan de heksenjacht. En je denkt aan de porno die je laatst gezien hebt, toen je aan het pokeren was. Gelukkig zit je haar voor je ogen.

Sasha is anders.

Hij kijkt anders naar me.

En toen ik hem vroeg: 'Waar denk je aan?', gaf hij een absurd antwoord.

Wat is er nou cool aan niet met je armen zwaaien op straat?

Deze jongen is vreemd.

Op dit moment is hij geen jongen meer. Hij kijkt naar me zoals een man naar een vrouw kijkt.

Daarom is hij anders.

Maar ik ben Benedetta niet, Sasha. Ik ben Nicole.

Ik steek mijn hand uit. Ik trek een slip van zijn overhemd uit zijn broek.

'Zo is het beter.'

De hand van Nicole raakt onaangekondigd mijn huid licht-jes aan als ze de slip van mijn overhemd naar buiten trekt.

Even stokt mijn adem. Ik kijk haar aan.

Daar waar haar vingers rusten, is mijn huid warmer.

Ik probeer me een houding te geven en dus neem ik haar onder de arm en zeg als een man van de wereld: 'Zullen we naar binnen gaan?'

Sasha kijkt me glimlachend en triomfantelijk aan, terwijl hij languit op de bloemetjesbank van mijn studeerkamer ligt. 'Benedetta heeft me het volgende sms'je gestuurd, nadat ze al die crèmes had gekregen: "Van welke planeet kom jij? Ik mis je."' Zijn stem is bijna net zo tevreden als zijn gezicht.

'En dat vind jij al genoeg?' vraag ik hem ironisch.

Hij kijkt me verbijsterd aan. Hij zucht. 'Ik weet dat je me iets gaat zeggen.'

'Ik had niet gedacht dat je er al tevreden mee zou zijn om haar verbazing op te wekken. Ik dacht dat je haar hart wilde.'

Hij haalt zijn hand door zijn haar en maakt het nog warriger. De andere steekt hij in een schaal met snoepjes die op zijn schoot staat. Hij haalt er twee uit het papiertje en stopt ze in zijn mond. Hij beweegt zijn blote voeten. Zijn schoenen liggen op de grond. Oliva ligt erbovenop te slapen.

'Zeg het maar. Ik ben een en al oor.' Zijn blauwe ogen stralen. Hij houdt de telefoon met het sms'je van Benedetta in zijn hand alsof het een relikwie is. Ik ga op de bank zitten, op het kleine stukje dat hij voor me heeft vrijgehouden.

'Je hebt mooie voeten.'

'Vind je?' Hij bekijkt ze kritisch. 'Wat vind je het leukst aan mij?'

'Oliva.'

'Grappig.' Hij kijkt me spottend aan terwijl hij op de snoepjes kauwt. 'Ik vind jouw ogen geweldig. Dat dacht ik meteen toen ik je zag: je hebt de ogen van een kind. Jouw ogen kijken niet, ze staren. Begrijp je?'

'Zo ongeveer.' Sasha zegt altijd dingen die bij anderen niet eens in hun hoofd op zouden komen. 'Wanneer komt Benedetta terug?'

'Nog vijf dagen. Ik weet niet of ik het volhoud,' antwoordt hij op lugubere toon. 'Lorenzo?'

'Nog zes.' Mijn stem is vlak.

Hij kijkt me aan en fronst zijn wenkbrauwen. 'Is er iets?'

'De opening van de winkel in Lausanne is blijkbaar een succes geweest.' Ik kijk op mijn horloge, sta op en doe de cd-speler uit. 'Het is laat, ik moet me klaarmaken,' zeg ik, een beetje geïrriteerd door zijn opmerkzaamheid.

'Ga je uit?' Zijn toon is oprecht verbaasd.

Ik begin te lachen. 'Ja, Sasha.'

'Met wie?' Hij kijkt me argwanend aan.

Ik word overvallen door een onweerstaanbare impuls. 'Met een man.'

'Niet waar.'

'Jawel, hoor.'

Zijn ogen kijken me onderzoekend aan en wegen mijn opmerking af. Hij gelooft me. 'Goed zo,' glimlacht hij zonder overtuiging. Hij pakt zijn telefoon. 'Dan pleeg ik een paar telefoontjes. Ik dacht dat we vanavond… Maar aangezien je me in de steek laat, regel ik zelf wel wat.'

Zijn plotselinge slechte humeur komt mijn humeur ten goede. 'Ik ga me intussen klaarmaken,' zeg ik vrolijk, en ik verdwijn in de badkamer, gevolgd door Oliva.

Licht. Spiegel. Kritische ogen. IJskoud water in mijn gezicht. Mijn gezicht dat in de witte spons verdwijnt. Voedende crème. Vochtinbrengende crème. Oogcrème. Kritische ogen.

Het maakt niet uit hoeveel crème ik op doe. Lorenzo's koffer heeft twee nieuwe tekenen gecreëerd. Precies hier.

Make-updoos.

'Nicole!'

'Ik ben hier.'

'Mag ik?'

Natuurlijk.

'Natuurlijk.'

Het spiegelbeeld van Sasha naast dat van mij. Hij is iets langer dan ik. Hij is afgevallen.

De liefde.

Foundation. Rouge.

Ik zie de weerspiegeling van zijn gezicht, dat gehypnotiseerd naar me kijkt. Hij gaat langzaam op het houten krukje zitten.

'Mag ik naar je blijven kijken?'

Ik knik.

Grijze oogschaduw. Beige oogschaduw.

'Nou, wie is die kerel dan?'

Een vriendin van me die een kind wil en haar man niet. Iemand die in stilte lijdt, maar hem niet verlaat.

'Een architect. Ik heb hem een paar dagen geleden leren kennen.'

'Aardig?'

Ondanks het leed, ja, ze is aardig.

'Hij is fascinerend.'

'Waar gaan jullie vanavond heen?'

Naar een Chinees restaurant, waarna ik twee dagen naar loempia's ruik.

'Hebben we nog niet besloten.'

Zwart oogpotlood. Vaste hand. Dunne lijn.

Ik zie Sasha met zijn hoofd naar achteren leunen, tegen de muur. Hij staart naar me.

'Je gaat je vervelen.'

Ik glimlach. Maar ik word meteen weer serieus en concentreer me op mijn ooglid.

'Is het moeilijk?' Sasha's ogen volgen de beweging van mijn hand.

'Alleen de eerste keer.'

'Zoals de liefde?' Hij glimlacht.

Ik leg het potlood neer. Ik glimlach naar hem.

'Zoals de niet-liefde. Je went eraan.'

Paarse mascara. Linkeroog.

Stilte. Ik werp een vluchtige blik op Sasha's spiegelbeeld. Hij volgt mijn bewegingen serieus en gefascineerd, zijn mond halfopen, alsof ik een goochelaar ben die een aantal bijzondere trucs doet.

Rechteroog.

Stilte. Sasha's ademhaling. Het gezoem van de boiler. Zijn gehypnotiseerde ogen.

Lippotlood. Vastberaden.

'Ik heb nog nooit een vrouw zich zien opmaken.'

'Het is zwaar werk.'

Lippenstift. Rouge Intense. Brutaal.

'Het is een prachtig spektakel.' Zijn stem klinkt een beetje hees.

Ik draai me om en kijk hem aan. Ik glimlach.

Voel je je ongemakkelijk, Nicole?

Nee.

Ook niet een beetje?

Nee.

'Ik moet gaan,' zeg ik hem, ongemakkelijk.

Hij blijft onbeweeglijk zitten, zijn hoofd naar achteren, tegen de muur. 'Doe het ook bij mij.'

'Wat?'

'Dat spul dat je op je wimpers hebt gedaan. Doe het ook bij mij.'

Ik begin te lachen. 'Ben je gek?'

'Ik wil voelen wat jij voelt.'

Die opmerking klinkt zo samenzweerderig dat ik bijna onbeschoft zeg: 'En wat zeg je dan tegen je vrienden?'

'Mijn vrienden hebben al andere plannen. Ook zij hebben me in de steek gelaten.'

Ik lach weer, stompzinnig. Zijn luie stem en die onbeweeglijke overgave zijn zo nieuw. Ik steek mijn hand in de make-updoos en zwaai met de mascara voor zijn ogen alsof het een wapen is.

'Straks doet het pijn om het eraf te halen, hè?'

'Ik ben er klaar voor,' zegt hij met een trage glimlach en hij kijkt me aan.

Het lijkt wel of hij opzettelijk tijd rekt. Hij die altijd heel druk beweegt, die zijn stem ook verheft als het niet nodig is, die zich opwindt, en lacht, en altijd en overal geluid maakt, is nu helemaal kalm. Lui. Passief. Gedwee.

Ik buig naar hem toe zodat mijn gezicht ter hoogte van het zijne komt. 'Kijk omhoog.'

Hij gehoorzaamt gewillig.

Ik begin de mascara op zijn wimpers aan te brengen. Ze zijn lang. Ze hebben blonde punten, daarom lijken ze niet zo lang. Sasha beweegt niet, hij doet zijn ogen niet dicht en maakt niet de onwillekeurige bewegingen die ik verwacht had. Ik verplaats me om de handeling op het andere oog uit te voeren. Mijn hand raakt licht zijn neus aan, ik voel zijn warme adem op mijn pols, die ruikt naar mijn toffees. Ik zie alle poriën van zijn huid; waar zijn baard ophoudt, zit een beetje donshaar. Hij kijkt naar me. Hij heeft drie goudbruine vlekken in zijn pupillen. Dat had ik nog nooit gezien, ik was nog nooit zo dicht bij hem geweest.

'Kijk naar boven.'

Hij doet het. Ontspannen.

'Ik heb nog nooit een man opgemaakt.'

'Ik vind het leuk jouw eerste keer te zijn.'

Sasha zegt altijd dingen die bij anderen niet eens in hun hoofd op zouden komen.

Ik voltooi de handeling. Nu heb ik haast. Ik gooi de mascara in de doos en sta op. Hij knippert met zijn ogen, trekt een raar gezicht en we kijken naar elkaar in de spiegel. Hij is iets langer dan ik. En zijn ogen lijken groter en blauwer.

'Nou? Wat vind je ervan?'

'Ik lijk op je,' antwoordt hij glimlachend naar onze spiegelbeelden. 'Nu heb ik Nicoles ogen.'

Ik ga ineens opzij en loop de badkamer uit. 'Door jou ben ik te laat. Ik moet gaan.'

Tas, sleutels, handschoenen. Hij volgt me. Oliva volgt ons.

Ik trek mijn jas aan.

'Mag ik hier blijven terwijl jij weg bent?'

Ik kijk hem verbijsterd aan.

'Thuis heb ik niets te eten. De vloeren stinken naar afbijtmiddel. Jij en mijn vrienden hebben me in de steek gelaten. Ik heb paarse mascara op mijn wimpers en ik ben alleen.' Hij kijkt me spottend aan. 'Dan kun jij me over je avond vertellen als je terugkomt.'

Ik doe de deur open.

'Niet aan de oude boeken van Lorenzo komen. En niet alles opmaken wat in de koelkast ligt.'

Hij knippert zwoel met zijn paarse wimpers terwijl hij zijn hand op zijn hart legt. 'Beloofd.'

Ik doe een stap richting de overloop. Ik stop. 'Stuur Benedetta bloemen.'

'Bloemen?' Sceptische paarse wimpers.

'Morgen vijf witte rozen. Overmorgen vier. Enzovoort. Een aftelling. Net zoveel als de dagen dat jullie gescheiden zijn.' Hij staat op het punt iets te zeggen, maar ik houd hem meteen tegen. 'Het is niet iets voor watjes, en het is niet zoetsappig. En weet je? Wij vrouwen vinden het leuk als jullie niet te cynisch doen.'

Hij knikt zwijgend, langzaam. Zijn tempo heeft nog steeds dat luie ritme van zojuist. Waardoor ik zin krijg om me nog meer te haasten.

'Gedraag je.'

Ik trek de deur achter me dicht. Ik stap in de lift.

De deur gaat weer open.

Sarcastische paarse wimpers. Om zijn lippen weer die luie en plagerige glimlach.

'Maak het niet te laat.'

Gia snuit luidruchtig haar neus, terwijl ze even de nasi en het zoetzure varkensvlees met rust laat die ze verslindt alsof het haar laatste maal is.

'Ik waarschuw je dat ik loop te briesen als een stier,' had ze gezegd toen ze aan tafel ging zitten. 'Weet je waar die eikel is? Weet je dat?' Ze zweeg even om te kijken of ik het antwoord wist. 'In zijn huis aan zee met zijn vrouw en zijn drie kinderen. Hij brengt er het hele weekend door! Het enige weekend dat ik vrij ben na een maand van weekenddiensten in het ziekenhuis! En weet je waarom?' Weer een pauze. 'Omdat de "kinderen" nog steeds niet gewend zijn aan het idee van de scheiding en hun vader nodig hebben. De twee jongens zijn achttien en negentien. Loredana is zestien, maar omdat ze een grote slet is, lijkt het net alsof ze dertig is. De scheiding is al drie jaar geleden. En de "kinderen" moeten er nog aan wennen? Als hij een kind wil, waarom laat hij er mij dan geen maken? Waarom praat hij er telkens maar overheen, blijft hij het uitstellen, mij voor de gek houden? En wat wil zij nou weer?' Ze richtte zich woedend tot het Chinese meisje dat naast onze tafel stond.

'Bestellen?' was het berouwvolle antwoord. Haar haren werden tegengehouden door een haarband met twee rode glimwormen op een veer. Als ze haar hoofd bewoog, bewogen de glimwormen en gingen ze branden.

'Ik ga met een klootzak,' zei Gia tegen haar terwijl ze haar dreigend aankeek.

Het meisje knikte onaangedaan en liet de wormen glimmen. 'Bestellen?' herhaalde ze.

Gia begon te lachen en bestelde bijna alles wat op er het menu stond en dwong me te toosten op vrijgezelle vrouwen.

'Hoe gaat het tussen jou en Lorenzo?' vraagt ze me nu, als ze bijna klaar is haar bord schoon te maken.

'Gewoon,' antwoord ik laconiek.

'Gewoon slecht of gewoon goed?'

'Een beetje in het midden.'

'Ah. Zoals gewoonlijk dus,' concludeert ze. 'Wanneer bevrijd je je nou eens van die last in pak en stropdas?'

'Kom op, Gia,' zeg ik lachend.

Gia heeft Lorenzo nooit kunnen uitstaan. Dat is geheel wederzijds. Hij heeft haar altijd beschouwd als een 'ongewenst huwelijkscadeau', verwijzend naar het feit dat door ons huwelijk ook zij in zijn leven was gekomen.

'En hoe gaat het met die jongen? Die van het ongeluk?'

'Sasha,' help ik haar, terwijl ik me afvraag waarom iedereen weigert hem bij zijn naam te noemen.

Dat deed je zelf ook, weet je nog, Nicole?

Ja, eerst. Nu is het anders.

Waarom, Nicole?

Omdat ik hem nu ken.

Fout antwoord.

Omdat hij nu vertrouwd is.

Probeer het nog eens.

Omdat hij nu in mijn leven is gekomen.

'Nou?'

'Nou wat?' vraag ik afgeleid.

Gia kijkt me met een halve glimlach aan. Ze leunt achterover in haar stoel en onderzoekt me alsof ze een vrouw van de wereld is. 'Je neukt hem.'

Een bliksemschicht die de lucht opensplijt.

'Ben je gek?' vraag ik haar stomverbaasd.

Een donder die de dwazen doof maakt.

Ze begint te lachen en knipoogt naar de serveerster die naar onze tafel is gekomen.

'Fluit?' vraagt het meisje expressieloos. Alleen de glimwormen bewegen.

'Ze wil niet toegeven dat ze met een jongen neukt,' zegt Gia tegen haar terwijl ze naar mij wijst.

Ik vermoord haar.

'Fluit?' vraagt de vriendelijke Chinese totempaal geduldig.

Langzaam, om haar te laten lijden.

'Hou op,' sis ik geïrriteerd naar Gia. 'Geen fruit, dank je wel. Alleen twee koffie.'

'En twee sake!' roept Gia haar lachend na. Dan kijkt ze me aan. 'Is hij een beetje goed in bed?'

Ik beweeg op mijn stoel. Ik zou moeten lachen. Iets zeggen. Me niet een ontheiligde tempel voelen. Deze giftige slang heeft het woord 'wellust' op de muren van onze tempel laten sijpelen.

'*Onze? Zijn jij en die jongen al een wij?*'

Ik zou moeten lachen.

'Je bent een arme dwaas,' zeg ik houterig. Mijn god, wat klink ik belachelijk verontwaardigd.

Ik zou moeten lachen.

'Hou toch op, Nicole. Denk je dat ik geloof dat een mooie vrouw en een jongen van twintig tachtig procent van hun tijd samen doorbrengen met praten over verleiding en niet in bed eindigen?' Ze schudt haar hoofd. 'En vergeet niet dat ik kinderarts ben.'

'Wat heeft dat ermee te maken?'

'Baby's die op de Eerste Hulp komen, dreunen hun symptomen niet op met een overdaad aan details. Als je ze wilt redden, moet je een zesde zintuig ontwikkelen,' zegt ze, terwijl ze met een vinger tegen haar slaap tikt.

'En jouw zesde zintuig vertelt je, behalve hoe je baby's moet redden, ook hoe mijn seksleven is?'

Goed zo.

Weg van de tempel.

'Dat is niet nodig. Ik hoef alleen maar naar je te kijken. Voor wie heb je je zo opgemaakt?'

Ik weet dat ik me alleen maar verder in de nesten zou werken als ik de waarheid zou vertellen.

Vele kwaadaardige moerassen omringen de tempel.

'Gia.' Ik gebruik mijn meest ferme toon en vastbesloten gezichtsuitdrukking als ik haar in de ogen kijk. 'Tussen mij en Sasha is nooit, nooit iets gebeurd.'

Zij buigt langzaam naar me toe en doet haar ogen half dicht. Ze bekijkt me onderzoekend. Ze bestudeert me. Ze probeert het te begrijpen. 'Echt niet?'

'Echt niet.'

Ze knikt langzaam en haar blik wordt waziger, zodat ze de röntgenogen kwijtraakt waarmee ze me kort daarvoor heeft doorboord. Ze gooit zich achterover in haar stoel. 'Jullie zijn allebei niet goed wijs,' zegt ze met een plotseling vermoeide stem. 'Weet je wat mijn oma altijd zei? Een gemiste kans komt niet meer terug.' Ze kijkt verveeld om zich heen.

Naast de kassa staat een jonge vrouw die met de eigenares praat. Haar haren zitten in een paardenstaart, ze draagt een veel te grote spijkerbroek en een leren jasje dat met moeite een ronde en gezwollen buik verbergt. Gia kijkt naar haar met hebzuchtige en verdrietige ogen, alsof ze bezit zou kunnen nemen van die zwangerschap en hem zich met simpele wilskracht eigen zou kunnen maken.

Ik herken iets aan die paardenstaart, bedenk ik. Aan dat

leren jasje dat strak rond de heupen zit, aan die bruine laarzen. Cowboylaarzen met stukgelopen hakken.

'Angela,' roep ik verbaasd.

Zij draait zich om en herkent me. 'Nicole…' Ze loopt langzaam naar onze tafel, met een aarzelende glimlach.

'Wat doe jij hier?' vragen we elkaar in koor.

Dan beginnen we te lachen. Gia kijkt me beledigd aan, omdat ik een zwangere vrouw ken en het voor haar verborgen heb gehouden. Ik stel ze haastig aan elkaar voor, ik vraag aan Angela of ze bij ons wil komen zitten terwijl wij op de rekening wachten.

'Dank je wel. Ze zijn mijn afhaalmaaltijd aan het klaarmaken,' zegt ze terwijl ze zo voorzichtig gaat zitten als iemand die waardevolle koopwaar vervoert. 'Ik woon hier recht boven.'

'Hoeveel maanden ben je?' vraag Gia gretig.

'Bijna zeven.' Angela streelt over haar buik. 'Zie je?' vraagt ze me terwijl ze haar jas opendoet en haar zwangerschapsspijkerbroek met elastieken band in de taille laat zien. 'Ik wilde je verrassen tijdens onze volgende les,' zegt ze lachend.

'Angela is een leerlinge van mij,' leg ik Gia uit, die haar hand beweegt alsof ze een vervelende vlieg wegjaagt. Op dit moment kan het haar niets schelen waar Angela en ik elkaar van kennen.

'Jongen of meisje?' vraagt ze terwijl ze naar haar buik staart.

'Ik weet het niet. Ik wil het niet weten tot het zover is.'

'Aan de vorm te zien, zou ik zeggen een meisje,' oordeelt Gia. 'Je zou die Chinese rotzooi niet moeten eten. Weinig koolhydraten, veel eiwitten, groenten en fruit,' gaat ze verder zonder haar ogen van Angela's buik af te wenden. Angela kijkt me met een beetje een gegeneerde glimlach aan.

'Gia is kinderarts,' leg ik uit.

'Echt waar?' Ze klaart op.

Gia knikt en glimlacht naar haar. Dan draait ze naar mij toe. 'Weet je wat me pas gebeurde, toen ik dienst had? Er komt een moeder met haar zoon van één. Ademhalingsproblemen. Ik kijk naar hem en snap meteen dat hij hartproblemen heeft. Ze onderzoeken het kind. Beschadigde hartklep. De enige oplossing is een transplantatie. Ik ga naar de wachtkamer om het nieuws aan de moeder te vertellen, die tot op dat moment dacht dat haar zoon een doodgewone longontsteking had. Ze luistert naar me. Ze begint te lachen, kijkt me aan alsof ik gek ben. Ze zegt: "Nee, wacht even, u vergist zich. Vandaag is het mijn verjaardag. Het is mijn verjaardag en u vertelt me dat mijn zoon zal sterven als hij geen harttransplantatie krijgt? Het is mijn verjaardag, begrijpt u? Zoiets mag niet gebeuren."' Gia's grote groene ogen zitten vol tranen, terwijl ze mij strak in de ogen kijkt. 'En ik zit in die verdomde wachtkamer met die vieze bruine plastic bankjes samen met een vrouw die wanhopig huilt, een vrouw die ik als verjaardagscadeau het waarschijnlijke overlijden van haar zoon heb aangekondigd en die op dat moment gebroken is door de shock en de pijn, en weet je wat ik voel?' Twee tranen rollen naar beneden terwijl ze schor lacht, van streek en vol bitterheid. 'Ik voel afgunst, Nicole. Afgunst. Ik ben jaloers op haar pijn, omdat zij een kind heeft waar ze om kan huilen. Ik ben jaloers op die verschrikkelijke en ellendige navelstreng die ik nooit pijn heb voelen doen. Ik houd haar in mijn armen en denk dat zij misschien zal verliezen wat ik nooit heb gehad. En wat ik het liefst zou willen. Zie je hoever het met me is gekomen? Ik ben een monster, of niet?' Ze duwt haar neus in het papieren zakdoekje dat ik haar aanreik en snuit hem luidruchtig.

Ik kijk naar Angela, die een geschrokken blik heeft. Haar handen liggen in haar schoot om haar waardevolle lading te beschermen.

Gia draait zich eindelijk naar haar om en glimlacht. 'Hoe dan ook, het gaat goed met het kind. De transplantatie is gelukt en hij kan nog honderd jaar vooruit,' lacht ze, 'iets wat ik niet toewens aan de klootzak met wie ik ga en die geen kinderen van me wil.' Ze snuit haar neus weer. 'Godallemachtig,' fluistert ze kwaad.

'Dit, daarentegen, is het product van een klootzak die niet

wilde dat ik het hield en me in de steek heeft gelaten,' zegt Angela vriendelijk.

Gia kijkt haar aan. Ze geeft haar een knipoog. 'Laat ze allemaal maar naar de hel lopen. Ik zal een kind krijgen met kunstmatige inseminatie voordat mijn eitjes uitdrogen en jij zult een prachtige dochter krijgen. Dat weet ik. Ik voel het met mijn zesde zintuig.' Ze doet een oog dicht als een astronoom met een telescoop en gaat dichter naar de navel van Angela.

We lachen alle drie. De serveerster brengt de rekening.

Gia legt geld op tafel en staat op. 'Ik ben doodop en morgenochtend heb ik dienst.' Ze omhelst me stevig. 'Denk erom, Nicole. Gedraag je vooral niet.' Ze draait zich om naar Angela. Ze doet een stap in haar richting. Opeens lijkt ze verlegen en onhandig, net als toen we op de middelbare school zaten. 'Mag ik... hem aanraken?' vraagt ze zacht, terwijl ze een hand uitsteekt naar Angela's buik.

En Angela, Angela de rebel van Montmartre, de vrouw van de boze cowboylaarzen, de harde Angela, de irritante Angela, Angela Onze-Lieve-Vrouw van de Gauloises, pakt haar handen uiterst voorzichtig vast en brengt ze naar haar buik, terwijl ze ze met de hare bedekt. Dan zegt ze: 'Gia is een prachtige naam. Als het echt een meisje is, mag ik haar dan naar jou vernoemen?'

Dan omhelzen ze elkaar. En ze lachen. En ze vervloeken alle klootzakken van deze wereld.

Ik kijk naar ze. Ik zie een door de zwangerschap verdubbelde vrouw en een gehalveerde vrouw door het ontbreken ervan. Ik kijk naar ze en voel me compleet.

En compleet leeg.

'Diner,' kondigt de serveerster aan, terwijl ze een tasje voor Angela op tafel zet.

Angela groet Gia, die wegloopt, voor de laatste keer met een handgebaar en gaat weer voor me zitten. Ze glimlacht tevreden terwijl ze een vluchtige blik werpt in de zak. 'Ik ben uitgehongerd. Zoals ik al zei... ik woon hier recht boven.' Ze steekt een hand in de zak, haalt er een stuk kip uit, steekt het in haar mond en nog voordat ze het doorslikt, steekt ze een Gauloise op. 'Wil je mijn schilderijen komen bekijken?'

Ik heb mijn ogen dicht. Ik krijg ze niet open, maar ik ben niet bang. Ik weet dat Thierry dicht bij me is, want ik hoor zijn stem een liedje neuriën. Ik hoor de tekst niet, want het geluid van de brekende golven verdooft me. Ik ben aan zee en het zand onder mijn lichaam is warm en zacht. Thierry buigt over me heen, ik zie zijn gezicht, ook al kan ik mijn ogen niet opendoen.

'De bizarre reizen waartoe het leven ons dwingt, zijn dans-lessen die door God gegeven worden,' zegt hij.

Nu dansen we de wals. Alles om ons heen is donker en hij en ik zijn naakt.

'Niet slecht,' zeg ik en hij begint te lachen. Dan pakt hij mijn hand en duwt me naar beneden, steeds verder naar beneden, door de vloer heen, steeds verder naar beneden. Ik ben niet bang, want hij is er. Nu ben ik op een zeilboot. De zee is wild en boven me hangen enorme zwarte wolken.

Donker.

Ik droom, denk ik verward als ik weer contact maak met de werkelijkheid.

Dit kussen ligt niet lekker en ik wil mijn ogen niet opendoen.

Heer, dank u. Als ik droom, betekent het dat ik slaap.

Donker.

Ik draai de sleutel in het slot. Uit mijn studeerkamer komen het licht van tientallen aangestoken kaarsen en de geur van brandende wierook.

'Ik heb gelezen dat mensen die lijden aan slapeloosheid moeten worden opgevangen in een warme en ontspannen omgeving,' zegt Sasha terwijl hij me een glas witte wijn aanreikt.

Nu droom ik niet. Mijn studeerkamer was gisteravond echt zo, toen ik thuiskwam, nadat ik met Gia gegeten had. En in mijn studeerkamer zat Sasha.

Hij en ik op de bank, nippend aan de witte wijn, zijn wimpers nog steeds paars, het gele licht van de kaarsen, de geur van de wierook.

Donker.

Ik zit op de preekstoel van een kerk en honderden gelovigen kijken naar me, in afwachting van mijn preek. Ik sla mijn ogen neer en zie een dik bruin boek. Ik pak het, breng het naar mijn ogen en merk dat het geen bijbel is, maar *Les liaisons dangereuses*. Mijn hart begint sneller te kloppen, als ik bedenk dat ik zou moeten vluchten, maar het lijkt alsof ik aan de grond ben vastgeplakt en al die mensen blijven maar naar me kijken. Ik hoor het geluid van een lachende stem. Ik kijk in die richting en zie Thierry. Zijn gezicht is geschminkt als een Grieks masker en hij loopt met sierlijke tapbewegingen door het middenschip van de kerk.

Ik ben een zondaar, en ik ben bang.

Donker.

Ik beweeg lui mijn vingers. Ik ben wakker, maar niet helemaal.

Dit kussen ligt niet lekker en is warm en ik wil mijn ogen opendoen.

Gisteravond heb ik de mooie beige kaart die het Franse instituut me had gestuurd aan Sasha laten zien.

'Ik houd helemaal geen toespraak. Alleen al van het idee te moeten praten voor publiek raak ik in paniek en breekt het klamme zweet me uit.'

De geur van wierook is zwakker. Enkele kaarsen zijn uit, andere zijn alleen iets korter geworden. Sasha heeft mijn voeten nog steeds in zijn handen en kijkt me strak aan.

'Schooluitvoeringen waren voor mij een ramp. En mijn vader kwam nooit. Ik wist dat ik het had gekund als hij daar zou zijn geweest, voor mij. Dan had ik voor hem opgetreden. Hij zou voor mij applaudisseren. Zoals de andere vaders voor mijn vriendinnen applaudisseerden. Hij zei altijd dat hij zou komen. En daar stond ik, in mijn belachelijke kostuum, te vechten tegen de misselijkheid en naar een deur te kijken waar hij nooit doorheen kwam.'

Sasha's ogen strak in de mijne. Zijn glimlach.

'Die toespraak ga jij dus mooi wel houden. Ik zal er zijn, op de eerste rij en ik laat je niet vallen. Je zult het doen terwijl je naar mij kijkt, je praat alleen maar tegen mij. En ik zal voor je applaudisseren. Steek die schooluitvoeringen maar in je reet.'

Donker.

Oliva rent heen en weer over een natgeregende straat. Ze heeft een heel lange paarse riem, vastgehouden door Lorenzo, die in zijn andere hand een vlieger heeft. Hij kijkt ernstig, heel ernstig, en ik begrijp niet hoe het kan dat hij niet glimlacht als hij Oliva vrolijk ziet kwispelen. Ik hoor een kerkklok slaan en kijk naar een stelletje dat midden op straat rondjes draait en het ritme van die klokslagen volgt, terwijl ze naar mij toe dansen. Als ze voorbijkomen, zie ik dat zij een pop op ware grootte is. Hij is Thierry. Hij heeft paarse wimpers. Hij knipoogt naar me en zegt: 'De bizarre reizen waartoe het leven ons dwingt, zijn danslessen die door God gegeven worden.' En dan verdwijnen ze allebei in het duister. Ik draai me om om Oliva te zoeken, maar zie alleen een paarse riem.

De klokslagen gaan maar door.

Ik lach.

Donker.

Ik hoor een klok die de uren slaat.

Hier, in deze kamer.

Ik druk mijn gezicht in het kussen, dat niet toegeeft aan mijn beweging en een geheel eigen warmte lijkt te hebben.

Er hangt geen klok in mijn slaapkamer.

Ik tel nog twee slagen; dan ruik ik in de verte de geur van wierook.

Nu ben ik wakker, en ik weet dat ik niet meer kan slapen, en niet meer kan dromen.

Ik ben wakker.

Ik doe mijn ogen open. Langzaam. Ik stel scherp op de kamer, die wordt verlicht door het daglicht. Ik lig op de bank, met mijn kleren nog aan, en Sasha's benen zijn mijn kussen. Ik knipper verbaasd en kijk omhoog. Hij zit naar me te kijken. Hij ziet er moe en slaperig uit. Hij glimlacht.

'Weet je hoe lang je geslapen hebt? Negen uur achter elkaar.'

Ik weet niet wat ik moet zeggen. Dus stel ik een stomme vraag. 'En jij, heb jij geslapen?'

'Nee. Ik heb naar jouw slaap gekeken,' zegt hij terwijl hij een pluk haar uit mijn gezicht strijkt. 'Ik vond het een spektakel dat ik niet mocht missen.'

Ik sluit mijn ogen.

Sasha en ik op de bank, de avond ervoor. De beige kaart die mijn veroordeling om in het openbaar te spreken bekrachtigde, was een vliegtuigje geworden dat hij ver van ons weg had laten vliegen. Ik leunde op zijn schouder terwijl hij me het verhaal vertelde van een wonderkind dat zoveel levenslust had dat het niet kon sterven. Mijn steeds zwaardere hoofd lag tegen hem aan, zijn diepe stem deed mijn slapen trillen. De geur van wierook, de schaduw van de kaarsen op de muur. En toen het donker.

Donker.

Ik heb negen uur achter elkaar geslapen. Op de schouder en daarna op de schoot van een jongen die me verhaaltjes vertelt en zegt dat hij me niet zal laten vallen. Ik heb negen uur achter elkaar geslapen en over Thierry gedroomd zonder te huilen. Ik heb negen uur achter elkaar geslapen, terwijl iemand over mijn slaap waakte. Ik heb mijn ogen dichtgedaan en het donker opgezocht bij iemand met paarse wimpers en sokken met Mickey Mouse erop. Ik zie het pas nu ik naar zijn voeten kijk die op tafel liggen. Ik heb het donker geaccepteerd naast een marsmannetje dat op zijn nagelriemen bijt, dat zie ik nu ik naar zijn handen kijk, die naast mijn gezicht liggen. Hij heeft een beetje de handen van een pianist en een beetje die van een boer.

Ik kom omhoog, leunend op mijn elleboog. Ik voel me verlegen, maar wel gelukkig.

'Je make-up is helemaal uitgelopen,' zeg ik tegen hem.

'De jouwe ook.'

Ik begin te lachen. Ik kijk naar de gesmolten kaarsen, naar

de as van de wierookstaafjes die overal verspreid ligt, naar Mickey Mouse die me raar aankijkt vanaf zijn rode tapijt dat wordt gevuld door de voeten van Sasha.

'De bizarre reizen waartoe het leven ons dwingt, zijn danslessen die door God gegeven worden,' zeg ik zonder te stoppen met lachen.

Hij kijkt me een beetje vragend aan. Hij schudt zijn hoofd. 'Mens, jij bent gek.'

Ik pak mijn schoenen. Ik adem diep in.

Ik schaam me.

En begin weer te lachen.

19:00 uur.

Straat. Buiten. Avond.

In gedachten loop ik stoep op, stoep af, waar op dit uur een overvloed aan mensen is. Ik heb geen zin om af te remmen, ik heb geen zin in een botsing. Ik heb geen zin om gezien te worden. Als er een andere weg was, zou ik die nemen.

Ik moet opschieten om op tijd te komen, ook al heb ik geen zin. Maar ik kan niet wegblijven. We deden het ook in Borgo Fiorito. De Anonieme Alcoholisten vieren vandaag feest, ze wisselen cadeaus en complimenten uit om overwinningen te vieren en de terugvallen te vergeten.

Ik heb geen cadeau. En ik weet dat zij wel iets voor mij zullen hebben.

Ik ontwijk de voetgangers om me heen nog sneller en ik stop bij een bloemenkraam. Ik pak de bos lelies aan die de man me aangeeft en terwijl ik hem in mijn hand houd alsof het een knots is, loop ik verder.

Ik schaam me dood als ik over straat loop met een bos bloemen. Hoe kom je erop, Sasha?

Ik ga de hoek om en eindelijk zie ik, achter het hek dat de binnenplaats van de vereniging omgeeft, een groepje mensen en herken ik de gezichten van de ex-verslaafden in hun feestkleding. Ze groeten elkaar, omhelzen elkaar, roken sigaretten en wachten op de laatkomers om naar binnen te gaan en het feest te laten beginnen. De binnenplaats is versierd met lichtjes en slingers. Ik versnel mijn pas, ga weer een stoep af en maak aanstalten om over te steken. Valeria ziet me van ver en herkent me. Hoe kun je een jongen die een opvallende bos bloemen meesleept met de houding van een ter dood veroordeelde dan ook niet opmerken? Ik voel me net een kind in een carnavalspak. Ik voel de ogen van de mensen op mij gericht. De begroeting van Valeria die met haar armen zwaait, brengt me in verlegenheid. Ik heb deze straat nog nooit zo stampvol gezien als vanavond. Auto's rijden hard en verhinderen me over te steken. De marteling is nog niet voorbij. Ik moet bij het verkeerslicht blijven staan wachten tot het groen wordt.

Rood. Rood. Nog steeds rood. Ik draai me om en ga weer de stoep op om me geen standbeeldje te voelen. Ik beweeg me om de paal heen. Ik draai me om naar de andere kant van het kruispunt en zie het groene verkeerslicht dat niet op oranje wil schieten. Ik vraag me af of ik niet beter zou kunnen oversteken om zo de tijd te verdrijven. Ik draai me weer om naar Valeria, die met haar armen in mijn richting blijft zwaaien en verwacht dat ik haar teruggroet. Ik til de bos bloemen op bij wijze van antwoord. Nog steeds rood. Vervloekte bloemen, vervloekte dag dat ik ze heb gekocht. De enige manier om aan de groet van Valeria te ontkomen is bij dat andere verkeerslicht over te steken. Ik loop met laaghangend hoofd.

Ik kijk op van het zebrapad en voor me zie ik Benedetta lopen. Ik verstar, ben overrompeld. Benedetta. In Rome en niet in Londen. Even denk ik dat ze me bijna een maand in de maling heeft genomen en dat ze hier helemaal niet is weggegaan. En dan herinner ik me de crèmes die ik haar heb gestuurd. Die keer dat ik haar heb gebeld op de campus waar ze verbleef. Ik word rustig. Om me heen bewegen de mensen zich sneller en ik blijf daar verstard staan, blij haar te zien, wanhopig omdat ik in mijn hand die klotebos bloemen heb en de Anonieme Alcoholisten voor me en ik wil niet dat…

De enige manier is vluchten voordat ze me ziet. Ze kijkt de andere kant op, misschien lukt het. Ik heb deze gedachten net geformuleerd of het verkeerslicht springt op oranje. Zij draait haar hoofd en ziet me. Nu kan ik niet meer verdwijnen tussen de mensen, ze staart me glimlachend en verbaasd aan en blijft op me wachten bij het verkeerslicht.

Ik steek over.

Niet nu, godverdomme. Niet voor de ogen van de Anonieme Alcoholisten.

Ik wil teruggaan, maar ik kan niet, dat zou te veel zijn. Ik loop naar de tegenoverliggende stoep. Benedetta blijft bij het verkeerslicht op me staan wachten.

'Was je me aan het volgen?'

Ik voel me zo opgelaten dat ik vergeet dat ik haar wil omhelzen.

'Wat doe jij hier? Ik dacht dat je morgen terug zou komen,' zeg ik haar ongemakkelijk, en ik merk dat mijn toon haast nors is.

'Ik ben eerder teruggekomen, gisteravond al,' zegt ze terwijl ze me aanstaart, een beetje van haar stuk gebracht door mijn gebrek aan enthousiasme. Dan kijkt ze met een ironisch glimlachje naar de bloemen. 'Ik wilde je verrassen, maar het lijkt erop dat jij mij hebt verrast.' Ze wijst naar de bos, die weemoedig in mijn hand hangt. 'Voor wie zijn die?'

Beeld ik het me allemaal in of klinkt er een vleugje jaloezie in haar stem door? Kan dat?

'Ze zijn voor…'

Voor wie zijn ze, Sasha? Zijn ze voor je moeder? Voor je oma? Voor een vrouw? Voor een overleden vriend die je op de begraafplaats gaat opzoeken? Voor wie zijn ze? Schaam je je om het te zeggen, Sasha?

Ik schaam me om het te zeggen. Ik aarzel. En mijn aarzeling wekt haar argwaan nog meer. Haar ogen verlaten de mijne niet terwijl ze op mijn antwoord wacht.

'… ze zijn voor de Anonieme Alcoholisten,' zeg ik.

Stilte.

Benedetta begint langzaam te glimlachen. Misschien begrijpt ze het niet. Misschien weet ze niet of ze me moet geloven. Misschien vindt ze het leuk me in moeilijkheden te zien. Ik draai me instinctief om naar Marta en ik zie haar mensen begroeten en cadeaus uitwisselen met degenen die net zijn aangekomen.

'Ik moet gaan, ze wachten op me.'

Benedetta weet niet wat ze moet zeggen. Ze kijkt me aan, van haar stuk gebracht.

'Misschien is het tijd dat ik er ook heen ga,' zegt ze lachend.

Ik heb sterk het idee dat ze zeker wil weten dat ik de waarheid spreek.

Benedetta jaloers? Een droom.

Ik sla mijn ogen neer, ik zou haar willen uitleggen dat ik geen alcoholist ben, dat ik geen drugsverslaafde ben, dat ik erheen ga om me minder alleen te voelen, maar zij is Nicole niet. En ik voel me klein en naakt.

'Het is zo slecht nog niet, ik ken ergere plekken,' zeg ik haar terwijl ik mezelf een schijn van normaliteit aanmeet.

Benedetta heeft een andere blik in haar ogen. Een blik waardoor ik me naakt voel en die me verontrust.

'Ik ben er nog nooit geweest, mag ik met je mee?'

Help, dit niet. Dit niet.

'Ik denk niet dat je het leuk vindt.'

'Voel je je ongemakkelijk als ik ook kom?'

'Ja.'

'Nou, dan gaan we.'

'Oké... kom maar,' zeg ik haar terwijl ik naar de stoep loop.

Ik weet dat dit mijn dood zal worden. Ik de cavia, zij de wetenschapper. Ik het circus, zij het betalende publiek, ik de clown, zij het kind dat niet lacht. Valeria komt me tegemoet. Ze glimlacht naar me en laat me op pure en onschuldige wijze haar ziekte zien. Benedetta bekijkt haar en ik zou haar willen verbergen.

Benedetta bekijkt haar zoals ze mij bekijkt.

Maar ik ben niet zoals zij, zou ik haar willen zeggen. Op dit moment schaam ik me voor hen. Marta omhelst me en drukt een kus op mijn wang. Ik geef een kus terug. De judaskus denk ik. Ik geef haar de bloemen en stel Benedetta aan haar voor.

'Marta, dit is Benedetta. Benedetta, Marta.'

Doortastende Marta laat ons binnen.

'Waarom kom jij hier?' vraagt Benedetta me.

'Dat zal ik je nu zeggen.' Ik neem mijn tijd.

Ik weet wat je denkt. Het ligt nogal voor de hand, toch? Je denkt dat ik een drugsverslaafde ben, een alcoholist. Ik weet dat je er zeker van bent. Wil je weten wat precies mijn drug is, Benedetta? Jij weet niet wie ik ben. Je herkent me nog steeds niet, toch?

De kamer is verlicht. Het is er koud. Miezerige aankleding voor een feest. En de mensen zitten allemaal al in een kring. Benedetta en ik nemen plaats op onze houten stoelen.

Benedetta kijkt om zich heen, naar de treurigheid van de plek en naar mij.

Michele begint te praten.

Ik draai me om naar Benedetta en uiteindelijk vraag ik het haar.

'Jij herinnert je mij niet, toch?'

Zij kijkt me vragend aan. Ik weet wat ze denkt. *Zou dat moeten?*

Nee, je kunt het je niet herinneren.

Michele houdt het gebruikelijke introductiepraatje en we klappen allemaal voor Alex, die zes maanden geleden is gestopt.

De kamer vult zich nu met een grafstilte. Benedetta vraagt me wat er gebeurt.

'Ze wachten in stilte tot iemand het ijs breekt,' antwoord ik haar.

Terwijl ik Benedetta en haar geamuseerde ogen bekijk, bedenk ik dat haar aanwezigheid voelt als de invasie van een toerist in de laatste cirkel van de hel. Dit is geen rondleiding.

Ik voel me ongemakkelijk.

Ik mis de verlegen discretie van Nicole.

Ik heb er niet goed aan gedaan Benedetta hier mee naartoe te nemen.

Ik moet ervandoor.

Voor de eerste keer sinds ik naar deze wekelijkse afspraak kom, voel ik me niet op mijn plaats.

Ik voel me een verrader.

Dit is niet eens jouw leven.

Ik voel me schuldig.

Maar nu moet je er gewoon mee doorgaan.

Ik verbreek mijn stilte. Ik sta op.

Het geluid van de stoelpoten die over de vloertegels schuiven.

Een scherp geluid. Krassend.

'Zeg het maar, Sasha.' Michele praat.

Nu voel ik de ogen van de mensen op me gericht.

Spring.

Spring.

Spring, Sasha, eens en voor altijd.

'Ik ben een beetje geëmotioneerd, want vandaag ben ik hier met iemand over wie ik jullie veel heb verteld. Ook al herinnert zij zich mij niet eens. Toch?'

Ik kijk naar Benedetta. Die schudt nieuwsgierig haar hoofd.

Het is Benedetta maar, Sasha, denk ik. Zij is het, het is Benedetta. Jouw Benedetta.

Spring, Sasha. Spring.

Ik vlieg al, ik voel het. Ik ben aan het springen, Nicole, kijk naar me!

'Ze zou het zich trouwens niet eens kunnen herinneren… Ze zou het niet kunnen, omdat ze veel te levendig en veel te klein was om het zich te kunnen herinneren. Maar waar ik ben opgegroeid is bezoek ontvangen, ook al is het maar voor een middag per jaar, het mooiste en vreemdste wat je kan gebeuren, en toen ik klein was, veranderde Borgo Fiorito op die middagen in een haven waar heel veel matrozen aanlegden. Zij was een van die matrozen. Die aan het einde van de dag weer vertrok, terwijl ik daar achterbleef, in de haven. En het is duidelijk dat een matroos zich niet alle personen kan herinneren die hij ontmoet, maar degenen die hun hele leven op de kade wonen wel, zij wel.'

Rondom Benedetta lijkt het licht in de kamer ineens heel anders. En ook de blik in haar ogen is nu anders.

En ik vlieg, kijk naar me, Nicole.

'Toen Benedetta kwam, had ze alles bij zich wat ik niet kon zien en dus nam ik haar mee naar de rots waar ik al mijn dagen doorbracht en daar liet zij me zien hoe mijn leven buiten Borgo Fiorito zou zijn. Zij was een matroos die ik nooit meer ben vergeten en nu werk ik als parketteur in het huis van haar vader. Apart, hè? Dat wilde ik alleen even zeggen. Bedankt.'

Ik ga netjes zitten. Mijn hart klopt snel. Maar zo snel kon ik me vijf minuten geleden niet eens voorstellen. Ik draai me om en kijk naar Benedetta.

Ze bloost. Ze is geëmotioneerd. Ze is ineens de Benedetta die ik me herinnerde.

'Herinner je je me nu weer?'

Benedetta glimlacht een beetje. Ik heb haar nog nooit zo zien glimlachen. Ik kijk haar aan en voor het eerst in mijn leven voel ik me ook een matroos, een matroos die lang heeft gereisd, maar die uiteindelijk is thuisgekomen. Ik ben ook een matroos, denk ik.

Benedetta kijkt naar me vanaf de kade en zegt:

'Hallo, Sasha.'

Ik hoor het gesis van een vlam die wordt aangestoken.

Ik ruik het gas, zwak, dat uit een fornuis komt dat inmiddels te vaak gebruikt en uitgeput is.

Ik zie de metalen pan die zich langzaam opwarmt.

Ik voel het warme en zwakke licht dat de keuken omringt en voorzichtig de treurigheid ervan verbergt.

Ik hoor de stilte die deugdzaam mijn emotie verbergt.

Ik hoor en luister naar de stilte binnen in mij.

Die van Benedetta die me aankijkt met haar hoofd een beetje naar beneden gebogen. Onbeweeglijk in de deuropening van de keuken.

Ik hoor en voel de leegte buiten die kamer.

Ik voel de traagheid en de voorzichtigheid van mijn bewegingen, terwijl ik de keukenkast overhoophaal op zoek naar twee kopjes voor de thee.

Maar bovenal hoor ik haar voetstappen voorzichtig mijn kant op komen. Ik hoor ze gescandeerd op het hout dat ik ken als de lucht die ik inadem.

Ik voel het gewicht en de plotselinge afwezigheid van al

mijn gedachten. De projecties van mijn verbeelding verlaten me. Stil gaan mijn fantasieën en mijn dromen weg om ruimte te maken voor dat moment gemaakt van vlees, botten en bloed, donkerrood bloed.

Ik voel de kracht en de zachtheid van een achtjarige Benedetta.

Ik voel het terwijl haar profiel zich in de schemering achter mij aftekent.

Ik voel mijn zintuigen wakker worden en zich spannen, nu.

Haar adem op mijn rug. Haar giftige parfum op mijn lippen. En haar stem die in mijn oor fluistert.

'Vertel me hoe ik was toen ik klein was, Sasha…'

Mijn gezicht draait zich langzaam om, aangetrokken door het geluid van die woorden. Maar Benedetta is veel te dichtbij. Te dichtbij om haar aan te kijken.

Ik houd mijn ogen dicht en zorg dat mijn zintuigen me blijven vertellen over dat moment.

Gemaakt van vlees, botten en donker bloed. Zo donker als dat van een wond die nooit is opengegaan.

Nu, nu voel ik al mijn hartslagen. Een voor een voel ik ze, benadrukt door mijn verlangen om eindelijk aan het licht te komen en mijn angsten en de duisternis te verlaten, die mij vanaf mijn geboorte gezelschap hebben gehouden.

Ik voel mijn hand op het gezicht van Benedetta, mijn begerigheid, mijn verlangen, mijn onzekerheid.

Ik voel mijn borstkas creperen en in tweeën breken. Terwijl mijn trillende vingers als een blinde over haar ogen bewegen, warmen mijn zintuigen op en branden. De aanraking is als een dosis veel te sterke heroïne die snel door mijn aderen stroomt en als een scalpel bij mijn open hart aankomt.

Mijn handen glijden over haar lippen. Millimeter voor millimeter onthullen mijn vingers ieder geheim van die mond, de warmte, het speeksel, de vrijgevigheid van dat vlees. En tegelijkertijd wordt de sublieme schildering, die ik dag in dag uit had verzorgd en verbeeld, aan flarden gescheurd.

'Hoe was ik, Sasha?'

Terwijl ik je als een blinde aanraak, ben ik jouw beeld aan het reconstrueren.

Je bent er.

En weer wordt er een dosis heroïne in mij gepompt. Mijn vingers, mijn handen verstrengelen zich nu wanhopig met jouw haar. En daar grijpen ze zich vast. Benedetta gooit haar hoofd een beetje naar achter en ontbloot haar nek.

Ik glijd zachtjes over haar huid.

Mijn hand streelt haar betoverd. Mijn oprechte ogen zien dat haar huid zich spant en voelen de warmte van haar stromende bloed. Haar maagdelijk witte lichaam beweegt zich alleen voor mij en haar emotie verschijnt op haar huid.

Ik houd mijn blik naar beneden gericht. Ik blijf wegkijken. Onder haar blouse voel ik haar borst. Knoopje na knoopje zoeken mijn vingers hun weg en ontbloten haar.

Ik kan geen woord uitbrengen, ik houd mijn adem in. Ik ben bang voor wat ik zou kunnen zeggen.

Voor wat ik zou kunnen doen.

Ik sta voor mijn schilderij.

Ik sta en ben het meisje aan het strelen dat nooit is gestopt met mij te praten.

Ik sta voor haar en ik heb haar nog niet gekust.

Ik ken die kus niet. Ik heb hem nooit gekend, maar als ik hem dan eindelijk steel, herken ik hem. Ik proef de smaak van die kus. Mijn zintuigen breken als vioolsnaren bij die smaak. Bij die kus.

Die kus vertelt me over mezelf en over alles waarvan ik niet wist dat ik het was.

Die kus vertelt me over haar.

Die kus.

Dan nog een. En nog een. Onze handen verscheuren elkaar om de beurt.

Haar lichaam grijpt zich vast aan het mijne en al haar hartslagen weerklinken binnen in mij. Het zijn er heel veel, ze zijn snel, ze zijn krachtig.

Met het gewicht van mijn lichaam duw ik Benedetta tegen de tafel.

Mijn hart laat haar niet ademen. Benedetta buigt achterover en trekt me naar zich toe.

Het gewicht van mijn lichaam duwt haar op de grond.

Mijn lichaam dat zich voedt met het hare.

Ik kleed me niet uit. Ik kleed haar niet uit.

Mijn hoofd zinkt tussen haar benen, onder haar rok, en ik druk haar dijen tegen me aan. Ik druk ze hard tegen me aan. Benedetta duwt me hard bij haar vandaan, knoopt mijn spijkerbroek open en duwt me nog krachtiger en met nog meer verlangen bij haar naar binnen.

Smaak, geur, gehoor en tast ontploffen in mij en in haar.

Zacht en bezitterig verslind ik haar lichaam, dat ook toen het er niet was al van mij was.

Ik strand tussen haar benen, mijn handen leggen het anker aan op haar rug en mijn tanden zinken in haar nek.

Ik sluit langzaam mijn kaken en voel steeds meer de rilling van de pijn die van haar op mij overgaat.

Ik ga bij haar naar binnen en naar buiten. En iedere keer is het een verborgen genoegen. Ik smelt in die uitzinnigheid van speeksel, zweet en tranen.

Ik open mijn ogen, eindelijk sta ik toe dat mijn zicht bevredigd wordt, en in de schemering ontdek ik Benedetta, die me met de adem in haar keel steeds harder tegen zich aan drukt, terwijl haar ogen tranen blijven vergieten.

'Vertel me hoe ik was, Sasha. Vertel me hoe we waren.'

Ik blijf me in haar bewegen en zie haar hijgen, terwijl mijn adem zich met die van haar mengt.

'Precies zoals nu,' zeg ik haar.

Ik begrijp het al voordat hij het zegt. Ik begrijp het uit de grote passen waarmee hij naar het bankje loopt. Door zijn stralende ogen, die glimlach die de hele wereld lijkt te omhelzen. Door zijn 'complete' uitstraling.

'Nicole.' En hij hangt meteen om me heen, hij tilt me krachtig op, hij omhelst me totdat ik geen lucht meer krijg, hij walst met me en dan laat hij me los en doet een stap naar achteren. Zijn ogen. Het licht in zijn ogen ontroert me.

'Het is gebeurd. Het is gebeurd. Het is gebeurd.'

Hij laat zich op het bankje vallen. We beginnen te lachen. Ik knijp in zijn hand om het slagen van onze onderneming te bezegelen.

'Complimenten, vennoot.'

'Complimenten, vennote.' En dan omhelst hij me weer. 'De wereld ligt aan mijn voeten.' Hij draait zich om naar de bomen, het park, de zon. 'De wereld ligt aan mijn voeten!' schreeuwt hij uit volle borst.

Ik ben zo gelukkig dat ik geen bal begrijp van wat Nicole tegen me zegt als ze op ons bankje naar me kijkt met die mysterieuze glimlach van haar. Daarom wil ik dat ze het herhaalt: 'Sorry, hoe bedoel je?'

'Nu kun je alleen vliegen.'

Deze zin klinkt alsof ze me belazert, een beetje als die volkswijsheden die ze uit haar hoge hoed tovert.

Ik voel me ineens in de maling genomen, maar ik blijf stompzinnig glimlachen, ik voel dat er iets is wat Nicole voor me achterhoudt. Of misschien is het met die zin al gezegd.

'Wat bedoel je?'

Nicoles glimlach wordt nu nog breder. 'We zijn bij de K2 aangekomen, toch? Nu valt er niets meer te beklimmen, en het is beter dat je in je eentje van het uitzicht geniet.'

'Oftewel: jij en ik praten niet meer, we zien elkaar niet meer, jij verdwijnt uit mijn leven? Ben je gek?'

'Ik zeg alleen' – Nicoles glimlach lijkt nu die van een geduldige juffrouw met een enigszins achterlijke scholier – 'dat het jouw liefdesverhaal is en dat je dat alleen moet beleven. Het spelletje is voorbij. Nu wordt het serieus.'

Nicole probeert me te dumpen. Ik kan het niet geloven.

'Maar ik wil niet dat…'

'Sasha, je wilt het me toch niet elke keer komen vertellen als je met haar de liefde bedrijft?'

Ik kijk haar verbaasd aan. Heel even dacht ik woede in haar ogen te zien en haar stem heeft een toon die ik nog niet eerder heb gehoord. Maar zij glimlacht weer naar me en haar gezicht is sereen. 'Een liefdesverhaal beleef je met z'n tweeën, alleen met z'n tweeën,' zegt ze zacht. Dan begint ze te lachen, maar ik voel nog steeds die ijskoude blik van haar ogen. Misschien heb ik iets gezien wat niet bestond. Ze legt een hand om mijn arm en zegt langzaam: 'Leef, Sasha, leef.'

Ik ben een kutwijf. Een verzuurd kutwijf. Iemand die geen liefde in andermans ogen wil zien. Ik beweeg ongemakkelijk op het bankje, ik haat mezelf, ik glimlach weer lief naar hem, terwijl ik mezelf haat.

'*Leef, Sasha. Leef.*'

Omdat het mij niet lukt.

Hij kijkt me een beetje verloren aan. Ik neem wraak op hem, omdat hij me niet meer nodig heeft. Ik wijs hem de deur.

Een echt kutwijf.

'Luister eens,' zeg ik hem als ik opsta en de inhoud van mijn tas met een onnodige concentratie controleer, 'let maar niet op wat ik vandaag zeg. Ik heb een zware ochtend gehad.' Ik adem diep in. Ik weet zelf ook niet waarom ik zo weinig zin heb om te glimlachen, maar ik tover er toch nog een uit mijn hoge hoed. 'Het enige wat ik wilde zeggen is dat er nu geen plek meer is voor de stem van Cyrano. Nu gaat het om jou en haar.'

'Zij en ik, juist.' Een pauze. 'En jij en ik.' Zijn blik is ernstig.

'Natuurlijk. Ik dump je toch zeker niet?'

'Dan is het goed,' concludeert hij haastig.

'Ik ga. Lorenzo wacht op me. Ik moet voor hem tolken bij twee Duitse klanten,' zeg ik terwijl ik mijn blik ten hemel sla.

'Hoeveel talen spreek jij eigenlijk?'

'Drie.'

'Plus de taal van de liefde,' zegt hij spottend en overdreven nadrukkelijk.

'Die is internationaal.' Ik streel zijn haar. 'We zien elkaar wel weer, vennoot.' Ik draai me om en loop weg.

'Nicole…' Hij houdt me tegen.

Ik draai me om.

'Ik bel je vanavond.' Sasha klinkt onzeker.

Een verzuurd kutwijf.

'Natuurlijk.' Ik glimlach geruststellend, dan zwaai ik gedag en begin weer te lopen.

'Cyrano had niet zo'n neus als jij,' roept hij me na.

Ik loop door. Nu kan ik stoppen met glimlachen.

Een jaloers kutwijf.

Oliva loopt een paar meter voor me. Ze gaat naar links, en dan naar rechts. Ze heupwiegt zachtjes over de lege en schone stoep en blijft staan om aan elke boom en elke struik te snuffelen.

Het gele licht van de lantaarns wordt in haar ogen weerkaatst en de nacht neemt stil al mijn gedachten op. Het is kwart voor drie 's nachts en Sasha kan niet slapen.

Te veel geluk?

Mijn pas is vermoeid en langzaam, alsof ik het gewicht van te veel angsten en spanningen meedraag.

Te veel angst.

Het lichte gefluit van mijn astma houdt me gezelschap en het geluid van mijn voetstappen wissel af met dat van mijn vragen. Waar ben je? Waarom ben je niet bij mij?

Verdomme, eerst was het perfect, je bestond alleen in mijn verbeelding en dat was genoeg, en toen heeft mijn verlangen je daar voorbij geduwd. Ik wilde meer en nu ben ik bang voor deze honger die me doet opleven en in beweging brengt. Je bent vlees en bloed geworden. Je bent geworden waar ik naar verlangde, je bent zuurstof, bloed, een warm en levend lichaam geworden. Je hebt me verrijkt, je hebt me aangevuld en je hebt me compleet gemaakt. En toen ben je weer lucht geworden en liet je een leegte achter die ik tot nu toe had kunnen verdragen.

Sasha denkt niet na en kan niet stil blijven staan. Hij inhaleert twee shots Ventolin, pakt dan zijn mobiele telefoon en toetst een nummer in. Even daarna gaat de telefoon over.

Een lang en zenuwslopend wachten.

Hij gaat nog steeds over. Dan eindelijk haar stem.

'Hallo?' De stem van Nicole.

Haar stem is altijd aanwezig. Ook om drie uur 's nachts. Warm en gastvrij.

Ze fluistert nog een keer zachtjes: 'Hallo?'

Dan hang ik op.

Waarom bel je Nicole als je Benedetta wilt horen? Wat wil je haar zeggen?

'Hoi, Nicole. Slaap je?'

'Nee, Sasha, ik ben aan het lezen, maar bedankt dat je het vraagt.'

Nicole slaapt nooit, dat weet je.

Dan zou ze me lief vragen of ik last heb van mijn astma.

'Nee, ik kan alleen niet slapen.'

Ik zou niet hoeven liegen. Nicole weet het. Ze weet altijd alles en ze zou me geruststellen.

'Rustig maar, Sasha. Te sterke emoties maken je bang en zij zal zich net zo voelen als jij, of misschien wel erger.'

Praat tegen me, Nicole, blijf tegen me praten.

Haar stem zou me verwarmen, haar kalme en gulle stiltes zouden me laten praten en me de rust geven die ik zoek.

Ze zou voorzichtig bij mij naar binnen sluipen. Ze zou op betoverende manier orde scheppen in mijn gedachten.

En er zou geen spanning bestaan die zij niet kan temmen.

Waarom, Nicole, heb ik Benedetta zo nodig?

Omdat je een hongerig kind bent, zou ze me antwoorden. Omdat je het leven dat je nooit hebt gehad wilt verslinden. Of misschien omdat er niets zo fijn en wreed is als toegeven aan de eigen instincten. Maar wat ze me ook zou antwoorden, ik weet zeker dat ik me veilig zou voelen, beschermd. Ik zou me een normaal mens voelen. Sterker nog: een speciaal mens.

Zoals zij is.

Nicole bewaakt mijn zwakheden en als een alchemist maakt ze er goud van. Ze maakt er iets speciaals van dat gevoed moet worden.

Maar in de handen van anderen zouden mijn zwakheden wapens worden, messen die in staat zijn mij in tweeën te snijden.

Ik stond naakt voor Benedetta. Zoals zij voor mij stond. Met onze ogen dicht hebben we elkaar herkend en met onze ogen dicht hebben we al dit verlangen gevoeld.

Al dit verlangen was er, Nicole, toen we elkaar herkenden, toen we elkaar uitkleedden en toen we bang waren voor onze naaktheid.

Ik voelde al haar pijn en angst en zij voelde de mijne.

Daarom is ze er nu niet.

Te veel pijn? Toch, Nicole? De pijn die iemand met zich meedraagt kan je bang maken, toch?

Soms, als ik niet bij je ben, vraag ik me af of ik zorgeloos zou kunnen zijn. Mensen houden van lachen, lol maken, spelen. En wat als ik het niet kan?

'Bij mij kun je dat wel, Sasha,' zou ze me zeggen.

Bij jou, Nicole, vergeet ik wie ik ben en heb ik het naar mijn zin. Bij jou schaam of geneer ik me niet. Bij jou speel ik.

'Nicole, waarom vind ik het leuker om met jou verleidingsplannen te maken dan om vrouwen te neuken?' vroeg ik haar een tijdje geleden toen ik bij haar op de bank lag.

'Omdat het mooiste deel van een neukpartij plaatsvindt als je naar boven loopt,' antwoordde ze lachend.

Zou ik met Benedetta kunnen lachen? Is onze last niet te zwaar? Dan zou Nicole misschien een beetje moeten lachen.

'Ik moet haar bellen.'

'Nee. Forceer haar niet. Als ze net zo geschrokken is als jij, heeft ze behoefte aan alleen zijn.'

Dus aan verdwijnen.

En als ze niet meer terugkomt?

'Ze komt wel terug, want ze vindt die angst veel te aantrekkelijk om ervandoor te gaan. En jij zou deze angst kunnen omzetten in goud.'

Dank je, Nicole.

Ik pak mijn mobiel en toets het nummer weer in. Weer een moment stilte en dan gaat de telefoon over.

Daar is haar stem. 'Hallo?'

'Hoi, Nicole.'

'Hoi, Sasha.'

'Slaap je?'

'Nee, ik ben aan het lezen. En wat doe jij?'
'Niets, ik ben Oliva aan het uitlaten.'
'Op dit uur?'
'Ja.'
'Gaat het niet goed? Heb je last van je astma?'
'Nee. Ik wilde je alleen even welterusten wensen.'

Camilla en ik lopen door de straten van het centrum. Haar stappen zijn groot en katachtig, in volmaakte harmonie met haar Chanel-rood gelakte nagels en haar lijf dat wel een lui roofdier lijkt.

'Wat lief van je dat je met me meegaat,' fluistert ze met de stem van een vijftiger en de lippen van een twintiger terwijl we een kleine en exclusieve winkel binnengaan.

Ik zucht zacht en glimlach naar haar, terwijl ik me voorbereid op de marteling van verveling die me wacht.

'Camilla heeft gevraagd of je met haar mee wilt om de stoffen voor hun nieuwe huis op het platteland uit te zoeken,' had Lorenzo me een dag eerder gezegd. Dat deed hij vriendelijk. 'Het feit dat zij en Vittorio de inrichting van hun huis in Toscane aan mij hebben toevertrouwd, verplicht je tot niets, hoor,' voegde hij er haastig aan toe. Hij rilde bijna van het idee dat ik dat zou kunnen denken en hem zo zou verlagen tot een marktkoopman die de dormeuse en de commode verkoopt met de tijd van zijn vrouw erbij.

'Ik doe het graag,' loog ik net zo vriendelijk.

Vanaf het moment dat Lorenzo was teruggekomen uit Lausanne was de vriendelijkheid heer en meester tussen ons. Hij kwam binnen, zette de koffer der onenigheid op de grond, inspecteerde snel en discreet het huis op sporen van de hond en vertelde me vluchtig over zijn Zwitserse successen. Ik keek naar hem en vond dat we moesten praten. Dat we ons daar niet meer aan konden onttrekken. Maar op het moment dat ik had besloten om zijn woordenstroom te onderbreken, die als enige doel had de mijne niet te laten ontsnappen, was hij naar me toe gekomen en had me omhelsd.

'Het spijt me,' zei hij. Met stijve en beleefde stem, net als die noodzakelijke maar niet gemeende omhelzing.

Ik wist dat hij me niet vergeven had.

Wat spijt je dan? Ons huwelijk dat niet meer bestaat?

'Mij ook,' antwoordde ik, al net zo beleefd. De spijt van iemand die niets te vergeven heeft.

Hij raakte even vriendelijk mijn lippen aan. Ik glimlachte vriendelijk naar hem. En die vriendelijkheid bleef om ons heen hangen en beschermde ons tegen de woorden die we hadden moeten zeggen, als een grote paraplu vol regen die ons droog houdt, maar ons niet verhindert de bliksem te horen. Allebei begrepen we dat die vriendelijkheid ons bij het gevaar weg zou houden.

En als echte experts in de niet-liefde hebben we die vriendelijkheid liefdevol gecultiveerd.

'Ze zijn een beetje dof. Wat vind jij ervan, Nicole?' Camilla bladert door de stofstalen die bijeengehouden worden door een zware leren hoes. Het zou een oud boekwerk kunnen zijn. Hij zou de brieven van Abélard en Eloise kunnen bevatten. Hij houdt daarentegen slechts nutteloze lappen stof bijeen die verkreukeld worden door de handen van chique vrouwen als Camilla.

Zoals jij en Camilla.

Ik schud vastberaden mijn hoofd, ook al vind ik ze eigenlijk best mooi. Ik kan een beetje wraak nemen door het Camilla zo moeilijk mogelijk te maken.

Nicole de wreekster.

'Ik vertrouw helemaal op jou, gezien je afkomst,' zegt Camilla terwijl ze het stalenboek weglegt en een strenge blik op de verkoopster werpt.

Je afkomst.

Als het niet zo stom en beledigend was, zou ik er wel om kunnen lachen. Ik begrijp het nu pas. Camilla wilde dat ik meeging, omdat ik een deel van mijn leven in de Provence heb gewoond en dus de meest geschikte persoon ben om Provençaalse stoffen uit te kiezen.

'Kunt u me iets anders laten zien? Deze vinden we niet mooi. En we willen ook graag een kopje thee, alstublieft,' beveelt Camilla op de toon van iemand die gewend is te worden gehoorzaamd. Een politicus als echtgenoot geeft je deze en andere zekerheden. 'Fabio staat op het punt naar Yale te vertrekken,' kondigt ze me fluisterend aan, alsof we een geheim bespreken en niet haar zoon. Ze zucht. 'Ik vind het een beetje banaal, maar hij wilde het zo.' Ze bedankt nog net de verkoopster die andere stalenboeken op de waardevolle tafel voor ons legt; dan schuift ze ze mijn kant op. 'Alsjeblieft, kies jij maar, ik ben een beetje in de war vandaag.' Haar stem klinkt verveeld.

'Het zijn jouw banken, Camilla.'

'Maar de meubels komen van jouw man,' zegt ze licht dreigend, terwijl ze me aankijkt met haar ijzige ogen die er, na de derde facelift, min of meer oosters en verbaasd uit beginnen te zien.

Ik staar haar aan.

'Wat ik wil zeggen,' voegt ze er snel aan toe, 'is dat jij precies weet hoe Lorenzo mijn huis zal inrichten, dus richt ik me naar jouw oordeel.'

Ik blader door de stoffen pagina's, professioneel en geconcentreerd, met als enige wens het zo kort mogelijk te houden.

'Deze voor de banken, deze voor de fauteuils. En deze voor de gordijnen.'

Camilla kijkt naar de stalen die ik haar aanwijs.

'Robijnrood. Geweldig idee. En vind je dit motief typisch Provençaals?'

'Absoluut.' Ik sta op om aan te geven dat de tijd voorbij is.

'Heel goed. Mijn architect komt langs om de metrages door te geven,' zegt ze tegen de verkoopster die net een zilveren dienblad met twee porseleinen kopjes voor ons neerzet. 'Nicole, ga even zitten. Laten we onze thee opdrinken nu we de saaie dingen hebben afgerond.'

'Ik heb niet veel tijd.'

'Vijf minuten maar. Ik wil je om advies vragen.' Ze wrijft met haar ringloze hand over de stoel naast haar.

Ik ga zitten.

'Ik zou graag willen dat mijn zoon een gelukkig liefdesleven heeft,' zucht ze nippend aan haar thee, 'maar Fabio wordt alleen verliefd op de verkeerde meisjes. Als een meisje hem niet wil, wordt zij onmiddellijk het object van zijn liefde. Weet je nog? We hebben het er pas tijdens het diner over gehad.'

Ik weet het nog.

De avond voordat ik de brug overstak met het adres van Sasha in mijn hand.

'Ik vind het een beetje pervers, maar zijn psycholoog zegt dat het een normale fase is. Maar hij is zo onhandig… onzeker. Wat denk je dat we kunnen doen om hem te helpen?'

'Je moet hem gewoon volwassen laten worden. Het is de normale ballast die je met je meesleurt op je twintigste,' antwoord ik, verveeld door het onderwerp.

'Misschien zou jij met hem kunnen praten. Je hebt ongetwijfeld meer ervaring met jongeren dan ik.'

Ik glimlach terwijl een licht gevoel van ongemak zich meester van me maakt. 'Camilla, ik geef les op een school voor volwassenen.'

'O! Ik bedoelde niet je studenten, maar die jongen waar je mee gezien wordt.'

Een stomp in mijn maag. Ik kan mijn verbazing niet verbergen.

Camilla lacht. 'Schat,' – dit woord klinkt uit haar mond als een belediging – 'ben je vergeten dat Ginevra elke zondag bij mij komt bridgen?'

Ginevra. Mevrouw Pascali. De geur van jasmijn. Haar zware kanten kousen, ook in de zomer. Haar beringde hand die me elke maand een envelop geeft met daarin mijn cheque.

'Ik zie al een tijdje uw jonge vriend niet meer op u wachten voor school, Nicole. Die jongen heeft zo'n leuk gezicht. Geeft u hem privéles?'

Ik moet ontslag nemen van die school.

'We hebben gemeenschappelijke vrienden, weet u dat? Elke zondag ga ik kaarten bij uw vriendin Camilla thuis. Het is een heerlijk persoon.'

Ik moet ontslag nemen van dit leven.

De neiging die mensen hebben om alles wat ze niet kennen te verpesten, maakt me altijd sprakeloos.

Mijn naam, die samen met die van Sasha kwaadaardig op hun siliconenlippen ligt, tussen een hand kaarten en een glas prosecco.

Had je er nooit aan gedacht, Nicole? Dacht je dat je onzichtbaar was?

Je bent zo naïef, Nicole. Te gevoelig en te naïef.

Ik weet het, mama.

Camilla kijkt me aan, ze geniet van elk moment. Ik haat mezelf om mijn zwijgzaamheid.

'En Serena en ik hebben jullie in de Opera gezien. In de foyer. Jullie waren zo heerlijk romantisch,' glimlacht ze samenzweerderig.

De foyer waar Sasha en ik elkaar expres kwijt waren.

'Laten we een beetje oefenen. Ik loop nu weg, jij blijft hier. Je moet me verleiden.'

'Op afstand?'

'Anders is het te gemakkelijk.'

'Rustig maar, ik zou het niet in mijn hoofd halen iets tegen Lorenzo te zeggen.' Camilla's glimlach is nu vulgair. Net als de steekpenningen die haar echtgenoot onder de tafel opstrijkt.

Mijn telefoon gaat over in de foyer vol mensen. Sasha's stem.

'Je bent prachtig.'

Ik ga op het puntje van mijn tenen staan om zijn gezicht te zoeken in die zee van hoofden.

'Waar ben je?'

'Hier.'

'Ik zie je niet.'

'Je kijkt de verkeerde kant op.'

En dan loopt Sasha naar me toe. En ik naar hem.

Het is maar een spel.

'Lorenzo is op de hoogte van die avond in de Opera. En van Sasha. Het spijt me dat ik je teleur moet stellen, maar we hebben niets te verbergen.' Ik zet mijn halfvolle kopje in-

middels koude thee neer. Ik buig voorover om de strakge-
spannen wang van Camilla te zoenen. 'Ik moet echt gaan.'

Ze glimlacht vals. Ik zou haar wel een klap willen geven.

'Dinsdag eten we dus bij jullie?'

Ik zal arsenicum in je glas doen, heks.

'Natuurlijk. Ik verheug me erop.'

Ik loop snel de winkel uit. Ik heb frisse lucht nodig. Ik heb
iets puurs nodig.

Ik toets het nummer van Lorenzo in. 'Ik ben net bij Camilla geweest. Ik heb haar prachtige stoffen laten kopen voor
haar banken.'

'Heb je het echt gedaan? Ik weet niet hoe ik je moet bedanken.' Zijn stem klinkt vríéndelijk.

'Het stelt niets voor. Zo erg was het niet,' lach ik. Vríéndelijk.

'Dan… zien we elkaar straks thuis.'

'Natuurlijk.'

Ik begin langzaam te lopen. En ik kijk naar de neus van
mijn schoenen.

Ik heb iets puurs nodig. Ik heb iets echts nodig.

Ik steek mijn arm op om een taxi aan te houden.

Ik weet niet waar ik heen moet.

Ik ben moe. Ik ben heel erg moe. Mijn benen, armen en geest hebben de hele dag gewerkt om niet te hoeven nadenken.

Werk, Sasha, werk.

Ik heb gezweet, ik heb mijn spieren verrekt om weer leven en licht te geven aan stukken hout die door de dood mat en dof zijn geworden, als ledematen die zijn aangetast door koudvuur.

Ik begreep niet waarom, ik kon de zin van haar afwezigheid niet bevatten.

Ik ben niet gestopt. Ik heb niet gegeten, niet geslapen, geen rust gevonden totdat ik door mijn knieën ben gegaan voor die ene gedachte die ik zonder succes probeerde te ontvluchten. Benedetta is er niet.

Na die ene nacht is ze niet meer bij me geweest. Ze kwam als de wind en heeft op haar tocht alles met zich meegenomen. Ze was een wind die mijn emoties bestormde. Ze was het zachte briesje van de vroege ochtenduren en de storm die woedend voortraast, die je in vervoering brengt en verwoest.

Daarna slechts de stilte van mijn brokstukken.

Ook de muziek, die ik jarenlang noot voor noot op papier heb gezet, is door die windvlaag weggeveegd. Verloren, ver weg. En ik weet de melodie niet meer.

Nicole zegt dat ik kalm moet blijven. Nicole zegt dat ik rustig op een teken moet wachten.

Maar ik zie slechts een enorme muur voor me, zonder deur, zonder uitgang.

De onophoudelijke klappen van mijn hamer hebben de hele dag balken getroffen zonder ze echt te raken. Bij elke klap zag ik Benedetta en de poëzie en de liefkozingen van die ene nacht. Nadat we de liefde hadden bedreven, ging ze in mijn armen liggen en huilde als een klein kind. Ik vroeg haar niet waarom, ik bood haar niet mijn excuses aan en ik bedankte haar niet. Ik hield haar alleen maar in mijn armen tot de zon opkwam, totdat ze sliep. De dag dat we elkaar leerden kennen, toen we een veulentje geboren zagen worden in de stal van Borgo Fiorito, vertelde ze me dat ze alleen maar huilde als ze gelukkig was.

En ik heb haar aan het huilen gemaakt, ik heb haar laten lachen en hijgen van genot. Die nacht heb ik haar tranen gekoesterd. Haar pijn.

Die nacht is mijn reis begonnen.

Haar pijn is van mij, Benedetta is van mij.

En nu kan ik niet meer zonder. Ik zou hem tot op de laatste druppel bij haar weg willen zuigen, haar eindelijk in veiligheid willen brengen. En wanneer ik vol zit van haar pijn, wil ik hem doorslikken en hem vergeven.

Ik weet dat hij me zou voeden.

Die ochtend is ze stilletjes weggegaan, nadat ze haar zweet en haar tranen op mijn lichaam had achtergelaten. Ik hoorde haar opstaan. Ik hoorde haar terwijl ze naar me keek en ik hoorde haar stappen toen ze bij me wegging. En ik heb niets gedaan.

Sinds die dag geen woord.

Ik kijk nog één keer naar mijn telefoon, zeg ik tegen mezelf.

Ga over, ga over, ga over, alsjeblieft ga over. Als ik het zes keer herhaal, gaat hij misschien over.

Ik vind het eng mezelf zo te zien. Ik voel me leeg, alsof iemand de vreugde en de illusie heeft weggenomen die ik bezitterig had verstopt. Ik ben slechts een leeg en kwaad lichaam. Ik ben een muzikant die zijn partituur kwijt is. En zonder muziek kan ik niet leven. Verdomme, Nicole, als ik niet naar jou had geluisterd, dan...

Het is de afstand, nog steeds de afstand die je de das omdoet, de sprong zonder vangnet. Jij en je mooie verhaaltjes, kut Sasha. Je bent nooit de held geweest die je dacht, je bent en blijft een astmatische ridder die niet op zijn paard kan klimmen. Kijk dus naar jezelf, Sasha, kijk nu naar jezelf. Kijk jezelf in de ogen. De spiegel van de kast in de slaapkamer, oud en versleten, weerspiegelt een vervormd beeld, maar ik heb mezelf nog niet herkend of de deurbel roept me uit die kamer weg. Ik pak een shirt en schiet naar de deur.

Plotseling sterven mijn nieuwe overtuigingen weer.

Hoop. Ik zit weer op die schommel. In de verte zie ik de voordeur en met elke stap duwt mijn schommel van emoties me verder omhoog.

Daar is mijn muziek weer. Ik voel dat mijn hart me voorgaat terwijl ik door de woonkamer loop. Bij elke stap zie ik haar beeld, bij elke stap groeit mijn hoop. Eindelijk bereik ik de koperen deurklink en duw hem naar beneden. In die beweging hopen al mijn gedachten zich op met slechts één zekerheid. Zij is het, dat weet ik, ik voel het. Ik doe de deur open en Benedetta staat voor me. Alle inspanning, pijn en verlangen van die dag smelten binnen in mij door de warmte die mijn lichaam in vuur en vlam zet en mijn gezicht doet blozen.

Benedetta loopt snel langs me heen en doet de deur achter zich dicht. Ze kijkt kwaad, haar ogen zijn hol en afstandelijk. Ze staren naar me, maar kijken me niet aan. Voordat ik iets kan zeggen, houdt Benedetta me tegen en spuwt de woorden uit als in trance: 'Kom op, doe je broek naar beneden, dan pijp ik je.'

'Wat?' Mijn stem slaat over.

'Kom op, doe je broek naar beneden. Wil je dat ik je pijp? Wil je hem in mijn mond stoppen? Wil je dat ik het doorslik? Kom op, doe het dan.'

Ze komt naar me toe.

'Ik doe dit en nog veel meer als je dat wilt. Wil je hem in mijn reet stoppen? Doe maar. Ik ben het gewend. Ik heb een keer drie piemels tegelijk genomen. Weet je waar die piemels in gaan? Eentje in mijn mond, eentje in mijn kut en eentje in mijn kont.'

Haar handen gaan naar de gulp van mijn broek. En haar gezicht komt nog dichter bij het mijne. Haar rode ogen, gezwollen van de alcohol, kijken me strak aan.

'Hou op, Benedetta.'

'Waarom moet ik ophouden? Wil je me geen pijn doen, Sasha? Wil je geen banaan in mijn reet stoppen en me aan je bed vastbinden? Kom op, trek die broek uit.'

'Hou op, verdomme! Wat heb jij?'

Benedetta laat niet los. Ze kijkt me woedend aan. Er barst een storm los, in haar en in mij.

'Waarom, Sasha? Krijg je 'm niet omhoog? Hè? Krijg je geen stijve?'

Haar woede raakt me en maakt de haat in me los die ik in die dagen heb opgekropt.

Haat, wrok en verlangen.

'Waarom doe je dit allemaal, verdomme?'

Benedetta houdt niet op en luistert niet naar me.

'Als jij me niet neukt, laat ik me wel door iemand anders neuken.'

Ik pak haar bij de nek en trek haar mee naar de muur.

'O ja? Wat wil je doen? Denk je dat die ander meer medelijden met je heeft? Hè? Denk je dat hij meer van je walgt?'

Dan duw ik haar met een harde klap tegen de muur. De handen die de hele dag woedend hebben geschuurd, lijken aan mijn controle te ontsnappen en hun eigen instincten te volgen.

Ze houden Benedetta vast in de hoek. Ze trekken haar panty uit en doen haar benen wijd. Maar zij biedt weerstand en worstelt zich onder mij vandaan.

'Er is niemand die op dit moment meer naar je verlangt dan ik.'

Ik haat je, Benedetta. Mijn god, wat haat ik je en wat hou ik van je. Mijn handen pakken buiten mijn controle haar haren en duwen haar weer tegen de muur. Deze keer met haar gezicht naar voren. Ik hoor het doffe geluid van haar hoofd tegen de muur.

Ze probeert tevergeefs weerstand te bieden, maar mijn bezeten lichaam houdt haar tegen en domineert haar.

Sasha doet haar slipje naar beneden en met zijn voeten doet hij haar benen uit elkaar. Hij buigt haar naar voren en duwt met een krachtig en boos gebaar zijn liefde bij haar naar binnen. Benedetta probeert hem weg te duwen, ze lijkt wel een dier in een kooi. Haar handen krassen tegen het gladde oppervlak van de muur.

Sneller en sneller beweeg ik in haar terwijl ik haar stevig vasthoud. Ik kan niet stoppen. Zo gulzig als een verslaafde neem ik mijn dosis en injecteer die in mijn aderen totdat ik binnen in mij een ontploffing voel.

En dan pas laat ik voorzichtig mijn handen van haar lichaam vallen en zak ik in elkaar op de grond. Als een leeg en impotent lichaam.

Sasha de verslaafde.

Benedetta heeft pijn en glijdt naast me op het hout. Ze gaat voor mijn ogen in een foetushouding liggen. Dan legt ze haar hoofd op mijn borst en eindelijk tevreden valt ze in slaap.

Haar ogen gaan dicht.

Haar hijgende ademhaling wordt langzaam rustiger en ze kalmeert, terwijl haar wrok oplost in een bevrijdende slaap.

Ik voel mijn oogleden zwaar worden.

Het beeld voor me wordt wazig.

En dan uiteindelijk het donker.

Zwart.

In de halfschaduw van mijn kamer ligt zij op bed, voor mij.

Ik weet nog dat we uitgehongerd naar de slaapkamer zijn gegleden.

Weer donker. Zwart.

Haar naakte rug komt onder de lakens uit, alleen bedekt door haar haren die op haar schouders vallen.

Nog steeds donker. Zwart.

Ik voel de warmte van onze lichamen, de met rook bedorven lucht en onze langzame en diepe ademhaling. Slechts het moeizaam openen en sluiten van mijn ogen geeft aan dat de tijd voorbijgaat.

Mijn slaap waakt over de hare.

Zoals die van kleine Sasha over zijn moeder.

Dan haar stem, laag en met een dikke tong. 'Wat wil je van me, Sasha?' fluistert ze zonder me aan te kijken.

Ik bestudeer haar terwijl ze haar hoofd verstopt tussen haar schouders en me alleen haar rug laat zien. 'Dat jij binnen in mij leeft.'

Dan draait ze lief haar gezicht naar het plafond. 'Beter van niet,' stelt ze zelfverzekerd vast, maar haar ogen die naar boven zijn gericht, lijken nog meer in de war.

'Denk je nou echt dat dat genoeg is om mij bang te maken?'

Benedetta draait zich plotseling om en laat mij al haar angst zien. 'Ik maak alles kapot wat ik aanraak.'

'Maak me dan maar kapot. Er bestaat geen ellende die ik nog niet heb gezien of meegemaakt, waarvan ik niet kan houden. Maar alsjeblieft, glijd in me, bewoon me, leef me. Ik hoef niets meer te beschermen.'

Benedetta kijkt omlaag. 'Ik ben niet in staat om van iemand te houden.'

'Jij bent net als ik, Benedetta. En ik heb jouw pijn nodig… Ik heb hem nodig om de mijne te vergeven.'

'Jij weet geen reet van mij. Nu zeg je dit, maar op een dag zul je…' Benedetta verbergt haar blik nog steeds en slikt de woorden in die haar verraden zouden hebben.

'Ik weet alleen dat ik voor jou je zwakheden zal koesteren. Dat ik ze zal voeden alsof het de mijne zijn. En dat ik van al jouw monsters zal houden, omdat het ook de mijne zullen zijn.'

Benedetta verheft haar stem, maar die is gebroken en slaat over in haar keel. Haar ogen worden zachter door de emotie. 'Hoor je wel wat je zegt, Sasha? Ik ben alleen goed in neuken. Begrijp je dat?!'

Nu.

Nu ze zo naakt en kwetsbaar is, bekijk ik haar even, betoverd, en opeens zie ik in haar de ogen van mijn moeder, van alle meisjes die in Borgo Fiorito hebben gezeten. Nu zie ik haar. Ik glimlach naar haar en alles in mij vertelt me over haar. Nu trouw ik met je.

'En ik wil jou. Ik neem je zoals je bent... met drie piemels in je reet, de bananen, de handboeien... Het maakt me niets uit.'

Slechts een kleine, heel kleine glimlach die haar groene ogen doet oplichten.

'Je zult je pijn doen, Sasha.'

Het beeld wordt korrelig en daarna helemaal wit. Verblindend wit.

En voor jouw ogen
Wordt mijn leven
Langzaam
Vergiftigd

Ik stop abrupt bij het huis van Nicole.

Mijn god, wat heb ik haar gemist.

De portier, die me inmiddels wel kent, zal me niet meer raar aankijken en me zonder de gebruikelijke vragen te stellen door laten lopen. Ik ben geen dief, geen Jehova's getuige, de loodgieter of vertegenwoordiger van stofzuigers. Ik ben een vriend van de mooie mevrouw van de vierde etage. Ik kan me voorstellen dat u het vreemd vindt dat ze met iemand zoals ik omgaat, maar wat wilt u eraan doen? Het is een vrouw vol verrassingen...

Nicole.

Wat is er met Nicole gebeurd?

Vanochtend werd ik wakker na een lange slaap.

Een dagenlange slaap. Een slaap die me uit mijn leven heeft weggenomen.

Vandaag ben ik wakker geworden en mijn haar is lang en vies. Mijn gezicht is vlak en het lijkt alsof de zwakke winterzon alleen voor haar schijnt. Hij heeft een andere kleur. En vooral een ander uiterlijk. Mijn woeste baard, mijn vochtige en vermoeide ogen, mijn rode mond en mijn verre en afwezige blik zijn tekenen van een nieuw leven dat onverwacht en opdringerig bezit van mij heeft genomen. Ik ben ontvoerd.

Stilletjes hebben de glimlach van een meisje, de geur van haar geslachtsdeel en de donkere blik in haar ogen me ontworteld. Ik heb mijn ballast verloren en stijg steeds verder op.

En stilletjes is Nicole naar de achtergrond verdwenen. Geen telefoontjes meer.

Haar stem begroette me die maandagnacht toen Benedetta in mijn bed lag te slapen.

Die maandagnacht heb ik Nicole gebeld.

Zij hield zich afzijdig om te luisteren naar wat mij overkomen was. Ze hoorde me vertellen over de schoonheid van de seks, het spel en de liefde tussen mij en Benedetta.

Ik hoorde dat zij zich klein en onopvallend maakte door mijn enthousiasme en daarna weer lief werd toen ze afscheid van me nam en zei: 'Heb lief en wees gelukkig.'

Vanaf die nacht heeft Nicole zich stilzwijgend afzijdig gehouden en ik heb haar niet gemist. Tot vanochtend.

Tot vanochtend had de tijd geen zin, geen vorm of substantie. Hij is zachtjes de kamer binnengegleden waarin Benedetta en ik ons verstopt hadden.

'Hoelang zitten we nu al opgesloten in deze kamer?' vroeg ze me vanochtend terwijl ze zich in de lakens rolde.

'Twee dagen, misschien drie,' zei ik onzeker.

'Ik heb honger.'

'Ik ook.'

'Misschien zouden we iets moeten eten.'

In die tijdloze tijd hebben we ons gevoed met het kleine beetje dat ik tot mijn beschikking had. Afgezien van de laatste blikjes vlees, een restje melk dat eigenlijk voor Oliva bedoeld was, brood en koekjes hebben we bijna gevast. En al vastend hebben we elkaar besnuffeld, bevoeld, bevuild, bekeken en ontdekt.

De overlevingsdrang heeft ons gedwongen naar buiten te gaan, om even uit elkaar te gaan en weer bezit te nemen van onze lichamen die inmiddels geen identiteit meer hebben.

Vanochtend pakte ik de telefoon en toetste haar nummer in. Het nummer van Nicole. Ik heb zin om haar te zien, ik heb zin in mijn plekje op haar bank en ik heb zin om met haar verder te spelen. Maar het nummer dat u hebt gebeld is momenteel niet bereikbaar.

Geen probleem. Ik stapte in de auto en zette Oliva in de kofferbak.

Terwijl ik met snelle pas de voordeur van Nicole nader, richt ik me op een paar minuten later. Ik stel me voor hoe ik de trap van haar huis met twee treden tegelijk op loop. Oliva rent met me mee en zal plotseling stoppen bij de deur van Nicole en eraan snuffelen.

Je hoeft geen hond te zijn om haar geur te herkennen.

Ik zal op de deur kloppen.

Nicole die net wakker is, zal opendoen in haar Chinese ochtendjas…

Ze lijkt wel een geisha.

… en ze zal een open en verraste glimlach op haar gezicht krijgen.

Mijn god, wat is het mooi om haar zo te zien glimlachen.

Ik zou haar willen omhelzen, haar optillen als een klein meisje.

Oliva zal blaffend bezit nemen van haar huis, zoals gewoonlijk.

Amber. Amber, dat is haar parfum.

'Hallo, maak je koffie voor me?' zal ik met een glimlach vragen als ik haar huis in loop.

En zij zal me aankijken en…

Als een black-out onderbreekt de portier mijn enthousiasme. Ook deze keer laat hij me niet door.

'Wie zoekt u?'

'Nicole…'

'Mevrouw is er niet. Ze zijn even geleden weggegaan. Ze zijn naar buiten gegaan.'

Wat haat ik deze kutportier.

'En wanneer komen ze terug?'

'Ik zou het niet weten. Tot ziens.'

De portier houdt het kort. Alsof ik hem tot last ben.

Rot toch op. Ik blijf onbeweeglijk staan. Voor dat grote hek. Even denk ik eraan hoe fijn ik het zou vinden om die man te vermoorden.

Ze zijn naar buiten gegaan...

Wie is er naar buiten gegaan? Wie zijn zij? Zijn Nicole en Lorenzo nu één ding? En waarom zijn ze op zondagochtend weg? Is er iets, Nicole? Even overvalt me de twijfel of ze misschien beledigd is.

Je laat natuurlijk al dagen niets van je horen, Sasha.

De portier gaat zijn planten weer water geven en lijkt bijna voldaan als hij me weg ziet gaan. Ik loop zwijgend weg door de straten van Trastevere, weggedoken in mijn jas, en ik laat me koesteren en bang maken door de gedachten die mijn hoofd vullen. Ik wil me niet schuldig voelen.

Nicole is jaloers en nu wil ze wraak nemen. Ze was alleen thuis, maar wilde revanche. Nicole is gewoon een trots en grillig meisje. Nicole is een vrouw. Ze is egoïstisch, egocentrisch, ze is gemeen en ze neukt, net als alle andere vrouwen. Nicole is wellustig, ze is jaloers en wraakzuchtig, en ik zie haar helemaal voor me, zoals ze tegen het raam leunt en mij weg ziet gaan en zich verheugt over haar machtsspelletjes.

Nicole.

Misschien was je er gewoon niet.

Ook Nicole is niet voor altijd.

Over vele jaren zullen zij en haar man, terwijl ze op de bank zitten en een film van Paul Newman kijken, terugdenken aan de periode van hun leven waarin een jonge armoedzaaier hun woonkamer bestormde en ze zullen elkaar teder zoenen.

Hun leven.

Je bent echt een kutwijf, Nicole. Het hoofdstuk Sasha is al afgesloten, hè? Nou, ik heb jou ook niet nodig en ik hoop dat ik je daarmee pijn kan doen. Ik heb niemand nodig.

Ik loop met mijn hoofd omlaag door de steegjes van een vervallen Trastevere.

Eindelijk ben ik er.

De mensen verdringen zich, de trottoirs vullen zich, stemmen en woorden vermengen zich met mijn gedachten en op straat volgen oude kramen met nutteloze spullen elkaar op.

Je hebt me er pas over verteld.

Terwijl ik de Porta Portese oversteek, realiseer ik me dat mijn gedachten een beetje zijn zoals de dingen die ik om me heen zie.

Niets nieuws. Je bent nog steeds dezelfde, Sasha. Er zit iets in jou dat nooit doodgaat en je gedachten zijn als oude spullen in een nieuw huis, in een nieuwe woonkamer met nieuwe mensen. Maar je gedachten zijn altijd hetzelfde, alleen wat vaker gebruikt. Ze zijn vuil en stoffig zoals deze lamp, verkleurd en versleten zoals dit shirt en ze stinken zoals deze stoel, maar ik kan niet zonder ze. En zoals mensen met narcolepsie vallen ze in slaap, verrast door een diepe pijn. Ze lijken te verdwijnen, maar onder het stof komen ze weer op krachten en zoeken een opening om er weer uit te komen.

Ik glijd onopgemerkt tussen de schaduw en het licht van deze markt, op zoek naar iets waarvan ik zelf ook niet weet wat het is. Een tapijt, een jas, een spijkerbroek…

Een speeldoosje.

'Mag ik, mevrouw?'

'Dat kost maar vijf euro,' antwoordt ze afgeleid.

De doos is nog erg mooi. Onder het stof verbergen zich oude gravures en paarlemoeren inlegwerk. Ik doe het langzaam open. De wieltjes beginnen te draaien en de weemoedige en metallieke melodie zet zich in beweging, ook al wordt ze overstemd door de herrie eromheen. Ze begint te klinken nog voordat ik kan zien wat er in die doos zit. Een mannetje in smoking en een vrouwtje in avondjurk draaien rond en bewegen zich als in een dans. Hij lijkt haar te willen omhelzen, maar zij trekt zich terug in een onophoudelijke en zich steeds herhalende beweging.

Waarom vlucht ze? Houdt ze niet van hem?

Nu pas trekt een kleine weerspiegeling op de hand van de man mijn aandacht. Een piepklein zilveren mesje.

De muziek blijft zich verspreiden en zij blijven dansen. Maar mijn verbazing verandert. En dat zachte gejammer krijgt meer duistere en gepassioneerde kleuren. Wat ik hoor, is een verwoestend deuntje en zij vlucht niet, zij vertrouwt juist een man die haar probeert neer te steken.

Omdat ze van hem houdt.

Omdat hij haar wil vermoorden.

Omdat ze zijn gekleed als een jong bruidspaar.

Is dit liefde, Nicole?

Ik pak tien euro uit mijn portemonnee en geef het aan de mevrouw, dan doe ik de doos dicht en houd hem stevig vast.

De man naast haar voelt in zijn zakken en strekt zich naar me uit om mijn wisselgeld terug te geven. Maar dan stopt hij. Hij kijkt me bijna drie seconden zwijgend aan. Dan glimlacht hij vol ongeloof en herhaalt mijn naam.

'Sasha, Sasha, ken je me nog? Ik ben het, Fabrizio.'

Mijn moeder.

Haar lange en steile haar. Het valt voor haar gezicht. Haar ogen kijken ergens anders naar. Maar ze poseert niet. Ik ken die manier van kijken. Als ze nadacht, als ze zich verloor, als ze Patty Smith luisterde, als ze weemoedig was, als ze alleen was. Ik weet niet hoe, maar deze foto heeft dit allemaal gestolen en in dit beeld gestopt. Wat ben je mooi, mama.

De foto is versleten.

Zwart-witfoto's verslijten met de tijd, maar worden wel waardevoller. Dat wat ik langzaam aan mijn ogen voorbij laat gaan, zijn net waardevolle edelstenen. Het zijn foto's zonder lijst, die tegen de muur leunen en bijna allemaal van mijn moeder zijn. Foto's van een vrouw die ik nooit heb leren kennen. Haar trekken zijn nog scherp, haar glimlach is onbezorgd, anders, haar tanden zijn spierwit en haar lichaam is tenger. Mama met lang haar, mama met een rare bloemetjesblouse, mama toen ze nog geen mama was, mama met haar sombere en strenge ogen. Mama met andere mensen, mama die een baby in haar armen houdt. Mama die mij in haar armen houdt.

'Je mag hem wel houden als je wilt,' zegt Fabrizio terwijl hij nog wat rode wijn inschenkt. 'Wil je ook wat?'

'Oké, ik doe met je mee.'

'Goed zo. Kom op, ga zitten, ik pak even een glas voor je. Tante kan elk moment komen. Ze krijgt een hartaanval als ze je ziet.' Fabrizio loopt geëmotioneerd door de kamer en praat met zoveel respect tegen me dat ik me bijna ongemakkelijk voel, net als door zijn gastvrijheid. Zijn ogen en zijn glimlach komen natuurlijk over, maar zijn gebaren zijn onhandig en verlegen, gevangen tussen die vier miezerige muren van een appartement buiten Rome.

Hij komt snel terug met het glas in zijn handen. Hij lijkt wel een kind in het lichaam van een veertiger. Zijn ogen zijn klein achter dikke brillenglazen en ze stralen slechts wanhoop uit.

De ellende vermengt zich met zijn schaamte in dat eenkamerappartement vol oude spullen. Zijn gezicht is bezweet, zijn huid aangetast door het roken, zijn tanden zwart. Hij praat snel, alsof hij mijn aandacht wil afleiden van die armzalige werkelijkheid. Maar het geluid van zijn T is zwak en geaspireerd, breekbaar als zijn tanden, en dat trekt mijn aandacht als een verzoek om hulp.

'Gebruik je nog?' vraag ik hem.

'Nee. Je maakt zeker een grapje?' Zijn glimlach is hard, hard en rot als een plaat verroest ijzer. 'Het is alleen moeilijk om werk te vinden, het is erger als ze ontdekken dat je uit een afkickcentrum komt dan wanneer je in de gevangenis hebt gezeten... Je weet hoe het is. Je moeder heeft dat ook meegemaakt toen ze uit Borgo Fiorito kwam.'

Ik vind het onmogelijk en tegelijkertijd ergerlijk om mijn moeder met mijn neef te vergelijken.

'Maar ik red me wel. 's Zondags een beetje op de Porta Portese, een beetje op de Via Sannio... het is wat het is, maar het is wat ik gevonden heb. En zo kan ik mama helpen, maar het is niet genoeg.' Fabrizio kijkt me aan met tranen in zijn ogen. 'Je bent echt een mooie jongen geworden, Sasha. En je werkt, je doet wat je leuk vindt. Je moeder zou echt trots op

219

je zijn.' Terwijl hij dat zegt, neemt hij mijn hand stevig in de zijne, een houterig gebaar van genegenheid. Maar het is te veel, het is te veel voor mij.

Ja, ik ben egoïstisch. Ik moet gaan. Het gaat niet goed met me. Ik voel een knoop in mijn maag. De verstikking grijpt me naar de keel. Waarom trekt die man me zo hardhandig mee in zijn leven?

Omdat het ook het mijne is.

De foto's van mijn moeder, die van mijn tante. Fabrizio en plotseling ook Sasha. Plotseling hang ik ook aan die miezerige muur en vind ik een plekje tussen die zwart-witte familiefoto's. Mijn familie.

Ik laat mijn hand uit die greep glijden en verander van onderwerp. 'Nou, goed dan, laat ik jullie binnenkort een keertje uitnodigen voor het eten, dan brengen we samen wat tijd door. Want het is al laat en ik moet nu echt gaan.'

'Tante komt eraan, ik heb haar verteld dat jij er bent en ze wil je heel graag even zien. Wacht nog vijf minuten, ik smeek je.'

'Oké,' antwoord ik. Het is de eerste keer dat iemand me iets smeekt.

'Ze zal wel indruk op je maken. Ze is een mooi oudje geworden en ze zal wel gaan huilen als ze je ziet.'

'Het is minstens vijftien jaar geleden dat ik haar heb gezien. Nog voor mama wegging.'

Fabrizio antwoordt niet, hij is ver weg, het lijkt alsof hij afgeleid is.

'Alles goed?' vraag ik.

'Ja, ja, sorry.'

Maar hij kan me niet aankijken.

'Weet je het zeker?'

Fabrizio draait zich om naar mij. Dan begint hij verlegen te lachen. Maar zijn ogen lachen niet. 'Sasha, ik heb geld nodig. Eventueel een lening. Ik ben wanhopig en weet niet aan wie ik het anders moet vragen.' Fabrizio probeert te lachen om maar niet te hoeven huilen.

'Hoeveel heb je nodig?'

Fabrizio kijkt me eindelijk aan met zijn rode en wanhopige ogen. 'Zevenduizend euro.'

'Waarvoor?'

Zijn ogen bewegen nerveus. 'Achterstallige huur, medicijnen, schulden.'

Ik kijk hem aan en herken eindelijk het toneelstuk dat ik al te vaak heb gezien. Hij wrijft nerveus in zijn handen. Ik kijk naar hem terwijl ik hem dezelfde vraag stel als daarnet.

'Gebruik je nog?' vraag ik.

'Nee...'

Nog een déjà vu.

'Vertel me de waarheid, Fabrizio.'

Hetzelfde toneelstuk.

'Als je me niet de waarheid vertelt, kan ik je ook niet helpen.'

'Ik heb toch nee gezegd, verdomme!' barst hij uit terwijl hij opspringt.

Ik kijk even naar hem, lang genoeg om weer in een miezerig cliché terug te vallen. Ik, die foto's, mijn bloed, mijn familie – eindelijk herken ik ons gemeenschappelijke kenmerk; ik word erdoor overspoeld als door een zee van stront en viezigheid. Ik sta op en loop weer naar de deur.

'Zoals je wilt. Doei. Groetjes aan tante.'

Fabrizio haalt me in. Hij legt zijn hand op de deur om hem tegen te houden. Zijn blik is nu hard. 'Sasha, jij was er niet toen je moeder uit Borgo Fiorito kwam. Ik wel. Jij kunt niet weten hoe moeilijk het voor haar was. Tante en ik hebben haar geholpen. Amanda heeft even bij ons gelogeerd. Maar je weet hoe ze was. Ze kon niet meer dan twee dagen stil blijven zitten, ze moest weg en dingen doen. Ze had haast om haar leven op orde te krijgen en ze is ervandoor gegaan. En toen is ze zichzelf verloren. Maar wij zijn altijd in haar buurt geweest.'

Ik ga door de knieën voor zijn emotionele chantage.

'Ik vraag je om hulp. Dat geld heb ik nodig om een schuld af te lossen. Ik ben alleen en tante... Zonder hulp red ik het niet. Als we het samen doen... We moeten op elkaar kunnen rekenen.'

Ik haal langzaam adem. Ik wil niet dat zijn woorden mijn hart bereiken, zoals ze dat met mijn knieën hebben gedaan. Ik richt mijn stem naar beneden en slik de emotie in die achter mijn ogen drukt. 'Was ze bij jou toen ze weer begon te gebruiken?'

'Nee. Ze was alleen. Eenzaamheid is een verschrikkelijke ziekte, Sasha. Zij wilde je snel ophalen… maar ze heeft het niet gered. En ze is zichzelf verloren. Je weet toch hoe ze was?'

'Ja, ik weet hoe ze was. Ik weet hoe ze was, Fabrizio.'

Ze was mijn moeder, denk je dat ik niet weet hoe ze was? Maar door dat steeds te herhalen was Fabrizio erin geslaagd me het gevoel te geven dat ik een buitenstaander was. Het leek wel of hij haar beter kende dan ik.

'Ze was zoals jij, Sasha, ze had jouw bloed. En ze was zoals ik, met dezelfde honger als ik.'

Goed zo, Fabrizio. Geraakt en gezonken.

'Ik heb die zevenduizend euro niet. Ik heb niet eens de helft. Ik heb er niets eens duizend.' Mijn stem verandert van toonhoogte naarmate ik bozer word, omdat ik weet dat ik niet meer op zal staan uit deze ring.

'Je kunt het vinden.'

Hij kijkt me aan en we weten allebei waarover we het hebben. Hij heeft gelijk, we hebben hetzelfde bloed en we begrijpen elkaar meteen.

'Ik doe het niet, Fabrizio. Ook niet voor jou.'

'Doe het dan voor haar.'

Ik weet niet of ik die nacht heb gedroomd, of ik heb geslapen, of ik heb nagedacht. Mijn nachtwake heeft me heen en weer geslingerd in de tijd. In die nacht, die niet voorbij leek te gaan, heb ik in mijn hoofd door foto's en momenten gebladerd die al te lang stil lagen, als as op de bodem van de ziel. Fabrizio was met geweld in dat kasteel van zwijgende herinneringen doorgedrongen en had de rust van hun slaap wreed verstoord met zijn geschreeuw, met zijn gevloek.

'Doe het dan voor haar.'

Ik denk terug aan de ogen van mijn moeder, leeg en op-

gebrand door de heroïne, aan de aap die haar buik open-
sneed. En ik zie de ogen van Fabrizio. En de mijne. Dezelfde ogen. Hetzelfde bloed.

Maar Sasha is anders. Mijn hele leven heb ik geprobeerd
anders te zijn.

*Ik zal niet worden zoals mijn vader, ik zal niet worden zo-
als mijn moeder.* Sasha is het wonder, Sasha is lief, Sasha is
goed, Sasha is degene die helpt genezen. Sasha is gezond. Sasha wast de reet van de zieken. Sasha heeft een vreselijke bevalling overleefd. Sasha het wonder, Sasha die nooit, maar
dan ook nooit afhankelijk zal zijn van wie of wat dan ook.
Sasha zonder verslavingen. Sasha zonder demonen.

Hij speelt niet, dat heeft hij gezworen, hij zal zich niet laten pakken door de enige duivel die hem zou kunnen paai-
en.

Hij flirt alleen met die duivel, zoals een hoer met haar
klant. Hij geeft les in het spel, maar speelt het niet. Hij leert
te leven, maar leeft niet. Zo kan hij die kut strelen zonder
haar ooit te neuken. Maar de stem van Fabrizio klinkt als de
klok die het einde van de mis aankondigt en met dezelfde
toewijding vertelt hij me dat dit mijn moment is. Die stem
is als de uitnodiging van een vrouw die ik niet kan weerstaan. Het is een geur die te vertrouwd is. En als het waar is
dat het kwaad zich in iets moois verbergt wat we niet kunnen weerstaan, dan heeft het mijne het sneeuwwitte gezicht
van mijn moeder, de ogen van een junk en hetzelfde bloed
als ik.

Die nacht heb ik Benedetta gebeld en om hulp gevraagd.

'Zevenduizend euro. Ik heb het allemaal nodig, en snel. Ik
moet een spel opzetten met mensen die wat geld weg te gooi-
en hebben.'

Toen ik ophing, herhaalde ik voor mezelf dat het niet te
laat was om me terug te trekken, maar ik bleef flirten met
die vrouw, en een kleine stille vlam brandde al binnen in me
en maakte mijn remmen los.

Van de gedachten van die nacht is nu alleen nog as over
en van die vrouw begin ik de warmte te voelen.

Nu ben ik hier, ik zit aan een ronde tafel om drie uur 's nachts. Het groen van het tafelkleed weerspiegelt in mijn ogen en in die van de drie spelers die mij omringen. Marco, Stefano en Tancredi met de klok mee, en naast elk van onze stoelen staat een klein tafeltje met een zilveren dienblad waarop drie lijntjes coke zijn klaargelegd. Benedetta zit op de bank en kijkt zwijgend naar me. Fabrizio daarentegen zit buiten in de auto te wachten. Er brandt slechts één lamp om onze kaarten te verlichten en de stereo verspreidt zacht de muziek van Portishead.

Einde. Vanaf dit moment, Sasha, moet je Sasha vergeten.

Vijf kaarten per persoon.

Het lichaam van die vrouw wordt me eindelijk aangeboden en vanaf nu bestaat er slechts verleiding. Glad, slank, kostbaar. Het is een ijdel lichaam dat zich langzaam laat zien. Het is een maagdelijk lichaam dat ik nu in mijn handen heb.

En ik voel haar karakter al.

Hartenboer.

Laat je zien.

Schoppentien.

Ze glimlacht veelbelovend. Laat je zien.

Een koning. Het is een zwarte koning, schoppen.

Het is het trotse en wellustige lichaam van die maagd.

Laat je zien.

Het is de warmte van die benen die voor mij uit elkaar gaan.

Klaverenzeven.

Sterk en dominant. Het is een lichaam dat niet vooroverbuigt, dat zich nog niet aan mij over wil geven.

Kom op, laat je zien. En buig voorover, voor mij.

Het is een rood lichaam.

Het is een hartenlichaam.

Het is een uitnodigend lichaam.

Het is een opwindend lichaam.

Zij is het.

Het is een vrouwenlichaam.

Het is een hartenvrouw. Het is Benedetta. Het is Nicole.

De vrouw die me uitnodigt naar voren te komen, die ondeugend haar benen wijd doet en me vraagt haar te domineren.

Kun je het, Sasha?

Marco, Stefano en Tancredi snuiven hun eerste lijntje en slachten hun vrouwen als slagers.

Kun je het, Sasha?

Marco voelt zich rustig, maar de cocaïne zorgt ervoor dat zijn benen trillen en onder druk zal hij zich verraden. Stefano kijkt om zich heen en speelt met zijn kaarten, hij speelt ermee omdat hij niet weet hoe hij ze vast moet houden, omdat zijn hand slap is en hij geen karakter heeft. Hij is hier voor de coke. Hij kijkt ernaar alsof die hem ontvlucht en Tancredi kijkt naar mij, alsof ik hem ontvlucht.

'Wat doe je?' vraagt hij vriendelijk.

Kun je het, Sasha?

Mijn eerste kaart glijdt op het groene kleed, zoals mijn hand door haar haren zou glijden. 'Eén.' Nu is die vrouw geen droombeeld meer. Ze is mijn neukpartij. De neukpartij waarop ik al mijn hele leven wacht. Een nieuwe kaart glijdt onder mijn hand, zoals haar lichaam onder mij. Met mijn vingers buig ik haar zoals ik wil. Nu kijkt die vrouw mij aan en vraagt me nog eens of ik in staat ben haar te neuken. Of ik kan spelen. Of ik haar kan laten genieten. Negen. Het is een ruitennegen, de kaart die mijn zeven vervangt. De spieren van mijn lichaam ontspannen zich, mijn geest bevrijdt zich en eindelijk begint mijn lichaam de kaarten te bezitten.

Het is mijn eerste hand. Het is mijn spel. Een trap. Het is mijn trap. Het is mijn vrouw. Het is mijn neukpartij. En het is mijn nacht. Plotseling wordt alles helder in mijn hoofd.

Ik zal haar verliefd laten worden, die vrouw zal van mij zijn.

De kaarten glijden, bereiken me, verleiden me, willen me. En mijn ogen weten al wat ze gaan zien. Hand na hand beweeg ik me op die tafel alsof ik nooit iets anders heb gedaan. Ik heb te lang gewacht om te gebruiken. Er bestaat geen Sasha meer, alleen mijn zintuigen, mijn handen en die kaarten. Ik ben een lichaam dat ontvangt, mijn geest weet wat hij moet veranderen, wanneer hij moet bluffen. Hij kan praten en luisteren en de marionetten om mij heen volgen mijn spel.

Kaarten. Kaarten. En nog meer kaarten.

En terwijl de lege lichamen van de marionetten om mij heen worden gevuld met alcohol en coke, maakt Benedetta binnen in mij deel uit van mijn overwinning en geniet ze van mijn neukpartij.

Haar handen op mijn lichaam winden me op. Ik voel geen vermoeidheid. En hoe hoger de inleg, hoe groter de pot, des te sneller stroomt de adrenaline door mijn lichaam. Als een rivier neemt hij mijn zenuwstelsel over, komt door mijn ogen naar buiten en kleurt mijn lippen. Het is mijn tekenfilm. Mijn videogame. Mijn wereld. Mijn shot. Mijn drugs.

Ik maak geen fouten. Dan de deurbel. Ik mag geen fouten maken, denk ik. Benedetta doet de deur open en Fabrizio, moe en bezweet, komt snel de kamer binnen. Hij excuseert zich, het gaat slecht met hem. Hij heeft een shot nodig. Hij richt zich direct naar mij.

'Hoe gaat het nou? Hoe gaat het met ons?'

Geen meervoud gebruiken. Dit is mijn zaak.

'Heb je het geld?'

'Ja, ik heb het,' antwoord ik fluisterend.

'Laten we gaan dan,' zegt Fabrizio terwijl hij me bij mijn arm pakt.

Voorzichtig maak ik me uit zijn greep los. Rustig, Sasha. Doe dat nooit meer, hoerenjong. Haal het nooit meer in je hoofd om je met mij te bemoeien.

'Niet nu. Laat me met rust,' zeg ik beheerst.

Fabrizio beweegt om me heen, dan wordt zijn aandacht getrokken door de zilveren schaal.

'Mag ik?' vraagt hij fluisterend.

'Die troep kan me niets schelen. Pak maar en laat me met rust.' Zijn stem begint erg irritant te worden. Mijn god, wat vind ik hem een lul.

Zijn neus snuift snel de coke van de schaal en spuit het in zijn systeem. Het is een grote rode neus, die van Fabrizio, die nu wit uitslaat.

'Ga nu zitten.'

Hij gehoorzaamt. Maar hij heeft nog steeds honger. Zijn ogen zijn korrelig en het waarschuwingslampje aan de rand van zijn pupillen laat zien dat hij in zijn reserve zit. Zijn lichaam is leeg als een stam die aangetast is door houtworm en heeft de behoefte gevuld te worden. Dus springt hij op en brengt wederom zijn zware adem op een steenworp afstand van mijn gezicht.

'Alsjeblieft, Sasha, laten we gaan. Kom op, we hebben het geld. Wat wil je nog meer?'

Wat ben je stom en onbeschoft, man. Hoelang wil je mijn geduld nog op de proef stellen?

'Ik zeg het je nog één keer. Ga zitten.'

Het zweet blijft van zijn voorhoofd stromen.

Warm, koud, wat voel je, Fabrizio?

Aan tafel beginnen de spelers nerveus te worden.

En ik kan niet stoppen, verdomme, niet nu.

Ga zitten.

Maar Fabrizio vindt geen rust. Het is een gekwelde ziel in de club der verslaafden.

Hij loopt rond de tafel, rond onze kaarten en ons geld op zoek naar meer bloed om op te zuigen, als een mug. Uiteindelijk richt hij zich tot Tancredi. 'Sorry, is er toevallig nog meer van dat spul?'

Maar er volgt geen antwoord op de vraag. Slechts stilte en zijn zure geur die door de kamer zweeft.

'Ga door,' zeg ik, in een poging de aandacht weer op het kaartspel te richten, maar deze keer vliegt Fabrizio als een razende op mijn arm af en even later kijk ik weer in zijn lege en holle ogen.

'Kom op, Sasha, laten we gaan, alsjeblieft. Dit is niet het moment om extra te winnen…'

Heel even maar en het waakvlammetje dat me zacht verwarmde zwelt op tot een explosie en brandt binnen in mij.

Heel even maar en ik ben zo boos dat ik hem wel kan vermoorden.

Heel even maar en Fabrizio ligt languit op de vloer.

En even later zit ik weer aan tafel.

'Ik ben aan het spelen.'

Ook Marco explodeert en gaat tekeer tegen mijn neef, die nu wel een gewonde beer lijkt. 'Hoor eens, doe me een lol, kun je alsjeblieft oprotten?'

Die grote dikke man die nu op de grond ligt, staat langzaam op, raapt zijn schaamte bijeen en loopt zwijgend naar buiten.

Nog honderdvijftig erbij om mijn kaarten te zien.

Het duurt niet lang meer tot de zon opkomt. Het zwakke licht begint de hemel boven ons te verlichten. De nacht, daarentegen, blijft de straat omhullen en beschermt onze levendige maar vermoeide ogen wanneer we lachend het huis van Tancredi uit lopen.

Benedetta's ogen stralen en lichten elke keer als ze de mijne ontmoeten even op. Ze hebben er genoeg van alleen maar toeschouwer te zijn. Die seks, dat spel, die adrenaline hebben haar verlangen aangewakkerd. En door de manier waarop ze naar me kijkt, voel ik me een God.

'Ik wil je neuken, Sasha, en ik wil het nu.'

… Het was de nachtegaal, geen leeuwerik

wiens zang diep in jouw angstige oren drong.

's Nachts zingt die steeds in de granaatboom daar…

Deze nacht. We kunnen niet eens bij de auto komen, want onze hongerige lichamen vermengen zich en ruiken aan elkaar, gedrogeerd door ons enthousiasme.

'Ik ben gek!!! Gek van deze man!!!' schreeuwt Benedetta's stem, schreeuwen haar ogen, haar aanbidding, haar vreugde, ons gelach, onze overwinning, en in deze stille nacht verspreidt dit geschreeuw zich als een rockconcert in mijn lichaam.

Mijn hart wordt wakker en voedt zich met nieuwe input, nieuwe gegevens. Mijn ogen ontdekken een nieuwe werkelijkheid, nieuwe zuurstof voor mijn longen, de decibels van een nieuw leven dat in me doordringt en me verdooft.

Het licht valt langzaam over ons heen en neemt de nacht mee van de stoep.

... Ik hoorde een leeuwerik, die de ochtend meldt,
geen nachtegaal. Zie, lief, hoe een streep licht
in de oost het brekend zwerk hebberig omzoomt...

Ja, het is de leeuwerik die de nieuwe dag aankondigt, het begin van een nieuwe dag, de start van een nieuw leven.

Fabrizio staat op van de motorkap van de auto en komt me tegemoet, op van de zenuwen.

Zevenduizend euro aan contanten van mijn naar zijn handen.

'Ik wil je niet meer zien.'

Fabrizio antwoordt niet. Hij kijkt naar het geld. Hij schaamt zich te erg om me aan te kijken. Ik loop om hem heen en ga direct naar de auto terwijl ik Fabrizio daar onbeweeglijk laat staan.

Wanneer ik hem daar achterlaat, lijkt het of ik een oude Sasha achterlaat. Weg met de lasten, weg met de ballast, weg met de spoken, weg met de herinneringen. Ik heb nu alleen maar zin om alles achter me te laten.

Ik stap in de auto zonder ook maar enig schuldgevoel of spijt.

'Je was prachtig, Sasha, je was de baas, je was ongelooflijk. Je was de koning.'

Dus mama, ben ik een koning of niet?

Ja, dat ben je, Sasha, dat ben je.

Is dit het leven dat op me wacht?

'Kom maar hier, kom maar bij je koning.'

Benedetta glijdt stilletjes met haar hoofd tussen mijn benen, terwijl het eerste ochtendlicht zachtjes onze netvliezen begint te verwonden.

... Nu moet ik gaan en leven, blijven is de dood...

'Ga rijden en ga naar mijn huis. Vandaag wil ik je gek maken.'

Ik blijf.

'Ik zat te denken aan gisteravond. Ik wil geen revanche. Ik wil zaken met je doen. Je bent geweldig, Sasha, ik heb nog nooit iemand zo met de kaarten zien praten. Het was geweldig om je te zien spelen.'

Dat telefoontje had hem wakker gemaakt. Hij had de hele ochtend geslapen, om alleen wakker te worden om met Benedetta te vrijen en dan meteen weer in slaap te vallen. Die dag wilde Sasha slapen. Maar het telefoontje van Tancredi had hem wakker gemaakt en zwijgend luisterde hij naar hem.

'Wij zetten het geld in, jij je handen.'

Sasha bleef zwijgen. Hij vond de stem van die jongen hartelijk en verraderlijk, net als die van Mattias, een heroïneverslaafde die in Borgo Fiorito had gezeten.

'We kunnen bakken met geld verdienen.'

Sasha vertrouwde het niet. 'Ik moet erover nadenken,' zei hij.

'Denk er goed over na. Vijftien procent is voor jou.'

Stilte.

'Twintig.'

'Ik moet erover nadenken.' Toen hing Sasha op.

Vastbesloten. Van streek.

Hij wist niet zeker of hij het wilde doen, misschien geloofde hij het niet, maar dat telefoontje had ook Benedetta wakker gemaakt, die op de hoek van het bed een sigaret opstak en Sasha aankeek. Ze wachtte op het juiste moment om iets te zeggen.

'Heb je wel eens een vrouw aan het bed vastgebonden?'

'Jawel,' antwoordde de jongen.

'Echt? En vond je het leuk?'

'Heel erg,' zei Sasha met een halfverlegen glimlachje.

'En waarom vond je het leuk?'

'Omdat ik het leuk vond om haar onder mij te zien, omdat ik de controle had. Omdat ik kon beslissen wat we deden en of we het deden of niet.'

'En als je het deed, sloeg je haar dan?'

'Nee.'

'Waarom niet?' vroeg Benedetta, terwijl ze een wenkbrauw optrok en haar gezicht oprecht verbaasd oplichtte.

Sasha wist precies waarom. 'Omdat het genoeg was te weten dat ik het kon doen.'

Benedetta keek Sasha even strak aan. 'Of misschien omdat je denkt dat overal een grens aan zit. Maar het heeft geen zin om iets prettigs uit te proberen als je te bang bent om er alles uit te halen wat erin zit.'

Sasha keek naar Benedetta, die zich als een kat in de hoek van het bed oprolde. Haar ogen waren dunne naalden die hem door zouden kunnen prikken.

'Soms zijn die grenzen punten waarna er geen weg meer terug is.'

'En waarnaartoe dan?' hield Benedetta vol, maar Sasha kon niet meer antwoorden, of wilde het misschien niet meer. Die stilte verraadde hem en Benedetta profiteerde hiervan om langzaam bij hem binnen te dringen. 'Naar Sasha, de brave jongen, die geboren en getogen is om voor anderen te zorgen, die uitspattingen vermijdt, omdat ze hem geleerd hebben dat die slecht voor je zijn. Maar jij bent niet zo. Als we vrijen, als we neuken, als we ruziemaken, als je poker speelt, als je samen met mij drinkt, dan zie ik een andere Sasha die naar buiten wil komen en wil schreeuwen, grenzen wil overschrijden, wil overdrijven en zich wil bevrijden van een last die hij al te lang met zich meedraagt. Ik wil dat die Sasha vrijkomt, omdat hij geweldig is, en ik wil hem dat geven wat hij nooit heeft gehad: waanzin.'

Sasha voelde dat die zin in hem sneed als het mes van een chirurg, als een scalpel dat een groter kwaad wilde weghalen. 'Goed, hou nu maar op. Ik heb er genoeg van om geanalyseerd te worden,' barstte hij uit.

'Waarom ben je bang de controle te verliezen?'

De vastberadenheid van Benedetta duwde hem steeds verder richting open zee. Sasha probeerde niet te reageren, maar zij wist niet van ophouden.

'Je zou het leuk kunnen vinden, weet je.'

Maar die betweterige toon kon hij niet uitstaan en hij probeerde te antwoorden met een glimlach tussen zijn tanden. 'Te leuk, waarschijnlijk.'

'Te bestaat niet.'

'Juist wel. Zoals ook afhankelijkheid bestaat.'

'En wie heeft ooit gezegd dat afhankelijkheid slecht is?'

'Jij begrijpt er geen bal van, Benedetta.'

'En de liefde, Sasha? Die geeft ook afhankelijkheid. Ik weet dat liefde betekent dat je van iemand afhankelijk bent. En te bestaat niet in de liefde.' Benedetta's blik veranderde. 'Wat als ik van plan zou zijn om een jongen te neuken die me al dagen probeert te versieren? Ik vind hem leuk. Hij is net zo oud als jij. Hij lijkt ook een beetje op je.'

'Ik zou je vermoorden,' zei hij. Serieus.

'Nee, dat zou je niet doen, Sasha, dat is namelijk de grens overgaan. En jij hebt dat soort neigingen niet, hè?'

Benedetta merkte de hijgende adem op die uit de bronchiën van de jongen kwam. Hij probeerde naar de grond te reiken om zijn inhalator te pakken, maar Benedetta was hem voor en verstopte hem achter haar rug.

'Als je gewoon je instincten zou volgen, zou je astma ook vanzelf overgaan. Laat me zien dat je me wilt, dat je echt naar me verlangt, en ik zal van jou zijn. Maar laat me zien dat je echt niet zonder me kunt, dat ik je drug ben.'

Langzaam sterft hij die slaaf der gewoonte wordt...

'Ik ben van niets en niemand afhankelijk,' antwoordde Sasha, terwijl hij probeerde zijn ademhaling onder controle te houden.

Langzaam sterft hij die een passie ontkent...

Benedetta stond snel op van het bed, pakte haar kleren en begon zich aan te kleden.

Langzaam sterft hij die de tafel niet omverwerpt...

'Waar ga je heen?' vroeg Sasha haar.

'Dat heb ik al gezegd. Naar hem.'

Hij die zekerheid niet op het spel zet voor onzekerheid...

De astma werd intussen erger en de jongen had niet de kracht om te schreeuwen of om boos te worden.

Hij die zichzelf niet toestaat om minstens één keer wijze raad te ontvluchten...

'Kun je niet ademen, Sasha?'

Langzaam sterft hij die geen genade vindt in zichzelf...

Ze deed snel lippenstift op en bekeek zichzelf in de spiegel. Toen liep ze naar de deur.

Sasha was zwak en kon niet meer ademen, maar hij stond snel op, rende naar de deur en trapte hem dicht. Toen pakte hij Benedetta vast en trok haar weg bij de deur.

Hij die de eigenliefde verwoest, die zich niet laat helpen...

'Waag het niet,' fluisterde hij.

'Rot op, Sasha.'

Het was Benedetta gelukt de grens te overschrijden en Sasha sloeg haar vol in het gezicht, met alle kracht die hij in zich had, zodat Benedetta op de grond rolde. Ze legde haar hand op haar rode wang en glimlachte.

'Hoe voel je je nu?'

Ook hij liet zich op de grond vallen. 'Niet doen, speel geen spelletjes met me...' zei hij, en hij keek naar beneden.

Benedetta gleed lief naar hem toe, haalde de Ventolin uit haar zak en spoot het in zijn mond. 'Ik hou van je,' zei ze.

Sasha keek haar even aan terwijl hij in stilte zijn adem inhield. Toen liet hij de lucht die hij in zijn lichaam had vrij en zoende haar. 'Ik ook van jou.'

... Laten we de dood in kleine stappen vermijden,
Altijd onthouden dat we leven
Vergt een veel grotere inspanning
Dan alleen maar ademhalen...

Je komt er niet ongeschonden vanaf als je je eigen verdriet toelaat. Je komt niet ongeschonden door de gangen van je eigen verleden, de geforceerde keuzes, de verkeerde wegen, de liedjes die nooit gezongen zijn of – erger nog – precies onderbroken zijn op het moment dat je voelt dat jouw stem zou kunnen proberen die hoge, onbereikbare, extreme noot te halen.

Er is een Laatste Avondmaal geweest in het leven van Nicole. Een dramatisch, wreed, onthullend Laatste Avondmaal. Er waren alleen apostelen en niet de Verlichte Geest. Misschien slechts iemand die het licht zocht. En iemand om te offeren. Genaamd Sasha.

Het was het Laatste Avondmaal van Nicole in die wereld die onder haar neus uiteen aan het vallen was. De Laatste Uitvoering op het verkeerde podium. De Laatste Uitvoering met het verkeerde script. De Laatste Uitvoering met de verkeerde acteurs. Als ik had geweten dat het mijn laatste verschijning zou zijn geweest in de rol van min of meer gelukkige gastvrouw die de deur opendeed voor de vrienden van Lorenzo, de laatste keer dat ik deed alsof het ook mijn vrienden waren, de laatste keer dat ik met een leugenachtige glimlach om mijn mond de tafel dekte voor tien man, de laatste keer dat ik die vreemde gezichten zag zonder ze te herkennen, de laatste keer dat ik ze zou haten, misschien had ik dan geprobeerd enkele beelden in mijn geheugen te bewaren. Ik weet niet: Camilla die voorzichtig vorkjes van mijn rijsttulband at om het opgepompte resultaat van haar laatste siliconeningreep niet te bederven, of de man van Flavia die een sectie verrichtte op de biefstuk in bladerdeeg met de bekwaamheid van een hartchirurg en me aankeek met zijn ijskoude ogen. Ik heb me heel vaak afgevraagd hoe een man met zulke wrede ogen een mensenhart weer gezond kan maken. Of Lorenzo met zijn aarzelende, onzekere bewegingen, de vragende blikken die hij op mij richtte en op mijn zwarte spijkerbroek en het rode vest dat ik achterstevoren aanhad, met de knoopsluiting op de rug, op mijn make-uploze gezicht, op mijn opstandige houding die zich uitte in mijn kleding waar de aanwezigen vervolgens het etiket 'ongepast' op zouden hebben geplakt.

Je komt er niet ongeschonden vanaf als je je eigen verdriet toelaat. Ik had het moeten weten.

Ik had mijn verdriet in de ogen gekeken en erkend op de dag dat ik Camilla had achtergelaten in het gezelschap van haar ordinaire geroddel in een winkel met Provençaalse stoffen en ik uren had rondgelopen zonder te weten waar ik heen ging. Nadat ik druipend van de regen was aangekomen bij een deur waarop stond HIER ZIJN WE, in een kamer die rook naar Sasha, naar sinas en gezamenlijke bekentenissen, heb ik het eindelijk toegegeven. Ik ben opgestaan voor een groep onbekenden in de wetenschap dat zij – in tegenstelling tot mijzelf – mij niet zouden hebben veroordeeld.

'Ik heet Nicole en ik ben een drugsverslaafde,' zei ik met een stem die ik eindelijk als de mijne herkende. 'Ik gebruik al meer dan tien jaar. Iedere dag en onophoudelijk. Ik gebruik pijn, verdriet, desinteresse, lafheid, controle, angst. Jaren geleden heb ik van iemand gehouden. Wanhopig, intens, onvoorwaardelijk. Ik hield nog meer van het leven dan van Thierry. Toen hij doodging, heb ik het leven verlaten. Ik voelde me schuldig hem te hebben vergiftigd met wat iedereen liefde noemde, maar wat voor mij ineens een gif was. Ik was arts. Ik had hem moeten verzorgen in plaats van van hem te houden. Thierry heeft zelfmoord gepleegd. Vanwege te veel liefde. Vanwege te veel gif. En ik begon drugs te gebruiken. Ik ben hier omdat ik er niet meer tegen kan. De drugs zijn geen vriend meer van me. Ik kan de rouw niet meer dragen. Ik kan niet meer geloven dat wat ik voor Thierry voelde giftig was. Ik kan niet meer geen zin hebben om te leven. En dit alles is verschrikkelijk pijnlijk. En ik ga dood van angst.'

Als ik die dag had geweten wat de consequenties van mijn

publieke bekentenis zouden zijn, was ik de avond van het Laatste Avondmaal bewuster en dus barmhartiger geweest. En dan had ik iets van die avond opgeborgen in de laatjes van mijn herinnering. Iets wat goed, glimlachend en troostend was.

Maar ik wist het niet. Ik kon het me niet voorstellen. Ik had alleen mezelf zonder barrières, en dat was gevaarlijk. En dus ligt de verantwoordelijkheid, geachte juryleden, de verantwoordelijkheid voor die onopgemaakte, afgeleide Nicole, met haar opstandige vest achterstevoren, de schuld van die mislukte, wrede, eerlijke, schandalig oprechte avond, de schuld van de woorden die wel en niet zijn gezegd, bij een muzieknoot. Die hoge, kristalheldere, gevaarlijk duidelijke noot, die we ten minste één keer in ons leven allemaal horen. Een noot waarvan we heel even, als de goden en de hemellichamen met ons zijn, weten dat we hem kunnen bereiken, zingen, vastpakken, in onze keel binnen laten komen, om vervolgens samen met hem tot uitbarsting te komen.

Mijn vergrijp, geachte juryleden, is dat ik naar die noot heb geluisterd. Erachteraan ben gerend. En erop heb gedanst met Sasha.

Ik besefte het eerst niet, maar ik was aan boord gegaan van mijn schip. Ik doorkliefde de wateren met de wind in de zeilen. Ik leefde.

Het weerbericht bleef slecht weer voorspellen, maar de regenachtige dagen gingen voorbij en voorzichtig kwamen de eerste zonnestralen tevoorschijn.

De muren van mijn kamer werden steeds voller en naast de foto van mijn moeder verschenen nieuwe kleurenfoto's.

Er kwam weer leven in dat huis en dat bracht de kleur terug op het grijs geworden hout en het licht in mijn doffe ogen. Mijn steeds langere haren verborgen mij niet meer en ze hadden zich, zoals gordijnen in de ochtend, geopend om de zon op mijn gezicht te laten schijnen.

Ik was aan het veranderen. Ik begon het te beseffen. Beetje bij beetje ontdekte ik mezelf, terwijl ik mijn transformatie observeerde.

In de afgelopen twee weken hebben Benedetta, Tancredi en ik rondgereisd, gespeeld en gewonnen. Het ritme van mijn dagen wordt niet langer bepaald door de dag en de nacht, maar door het slapen en het waken, waarvoor inmiddels geen vaste tijdstippen meer zijn.

En in deze stormachtige zee ontdek ik verborgen kanten van mezelf, in deze stormachtige zee is de waanzin mijn kompas, zoals Benedetta zegt, en door haar laat ik me leiden.

Maar soms, als ik terugkijk, besef ik dat ik niet meer weet waarvandaan ik ben vertrokken, waar ik nu ben en zelfs niet wie ik nu ben.

Toen ik klaar was om je op te halen, sliep Benedetta nog in mijn bed, mijn portemonnee zat vol met makkelijk verdiend geld. Ik had een nieuwe auto, geleend van Tancredi, mijn huid rook nog naar seks en na lange tijd had ik zin om van boord te gaan en naar huis terug te keren.

Mijn god, Nicole, wat heb ik je gemist. Jij en je hartelijke lach. Wat heb ik je gemist. Ik heb het je nog niet verteld en ik denk niet dat ik het je ooit zal vertellen.

Maar vanavond waaide de noordenwind, ik had het koud en ik wilde je zien.

Nu ben je hier en tijdens onze wandeling, weggedoken in onze jassen, heb ik het niet meer koud.

'Hoe gaat het met je?' vroeg je me toen je in mijn auto stapte en je alleen voor mij glimlachte.

'Geweldig,' antwoordde ik. Want dat is zo. Zo zou het moeten zijn, toch? 'Geweldig.'

Ik ging tegenover je zitten aan het tafeltje van een restaurant en mijn echte voeding was jouw glimlach.

'Hoe gaat het met je?' vroeg je nog een keer.

'Dat heb ik al gezegd, Nicole, geweldig.' Haar ogen kijken me strak aan, op zoek naar de waarheid. Alsof dat wat ik heb gezegd niet genoeg is, alsof mijn glimlach haar niet overtuigd heeft.

Of alsof dat antwoord haar niet bevalt.

'Ik wist niet dat seks zo intens kon zijn, zo heftig, leuk, opwindend, overdreven.'

Bevalt dit antwoord je wel, Nicole?

'Het is een spel dat niet alleen je hoofd, maar ook je geest erbij betrekt…'

Kijk me aan, Nicole, kijk me nu aan en zeg wat je voelt.

'… en we lachen, we lachen erg veel, we lachen ons dood…'

Niet overdrijven, Sasha.

'… en seks met haar is geweldig.'

Nicole knikt, luistert en glimlacht.

'Ik ben blij voor je, Sasha,' zegt ze warm.

Nee. Fout antwoord.

Dat is niet wat ik van haar verwacht.

En wat verwacht je dan van Nicole?

Wat zou ze denken als je haar de waarheid zou vertellen?

Als we het restaurant uit lopen en in de steegjes van het

centrum verdwalen, denk ik terug aan de laatste keer dat ik ruzie had met Benedetta.

'Is het een teken van waanzin als je over jezelf begint te praten in de derde persoon?'

'Tot nu toe heb je in de eerste persoon gepraat,' zegt ze lachend.

'Omdat jij er bent.'

We staan stil op een verlaten pleintje met een fontein in het midden. We kijken elkaar aan.

Nicole wordt ernstig en kijkt me weer aan met haar transparante blik. 'Het is een teken dat we afstand willen nemen van de dingen die we doen, omdat ze ons bang maken. Is er iets wat je me wilt vertellen?'

Ik aarzel. Ik zou het wel willen. Ik kan het niet.

Het is moeilijk. Zo moeilijk.

'Kom op, laat me je toespraak horen,' zeg ik om de controle terug te krijgen.

Dus ik zet Nicole op de treden van de fontein, midden op het plein, op twintig meter afstand van mij, voor twee dronkenlappen die ik uit een café heb gehaald. Nicole kijkt me aan en begint te praten. Haar ogen kijken vanuit de verte alleen naar mij. En de twintig meter afstand brengt ons juist dichter bij elkaar.

Nu je ver weg bent, kan ik naar je kijken.

Vanaf hier kan ik makkelijk toegeven hoe mooi je bent, terwijl je voor die twee zuiplappen je toespraak houdt als een keurig meisje. Vanaf hier kan ik je zeggen hoe graag ik jouw ogen, die geëmotioneerd lachen, zou willen aanraken en je zeggen hoe erg ik je heb gemist.

Waarom is het voor mij soms makkelijker als er een afstand is tussen ons?

Jij daar. Ver weg. Tevreden. Je ontvangt je applaus.

Ik hier. Niet compleet. Versplinterd. Betoverd. Ik applaudisseer.

Nicole lacht en bedankt verlegen.

Mijn god, wat is ze mooi.

Nicole komt blij en enthousiast naar me toe en ik zeg haar

dat ze het heel goed heeft gedaan, maar mijn knieën knikken.

Dan staat ze plotseling stil. 'Hoor je dat?' roept ze uit.

Het zijn verre klanken die ik waarneem, klanken die boven ons vliegen.

'Dat is Chet!' zegt ze nog enthousiaster en ze gaat snel ergens naar binnen.

Stop, Sasha, niet meegaan.

We hadden nog nooit samen gedineerd in een openbare ruimte, als twee vrienden, als een stel, als twee geliefden. Sasha was die avond in het restaurant ongewoon rustig en stil. En toen ineens bestookte hij me met informatie over Benedetta en beschreef hij me tot in detail het bed dat continu door hun twee lichamen bewoond werd, hoe hij nooit genoeg kreeg van haar, hoe zij in staat was hem steeds over elke grens te trekken. Maar achter de glimlach die om zijn lippen verscheen, leken zich andere emoties te verbergen. Ik las provocatie in zijn ogen. En misschien het verlangen mij te kwetsen. Of zichzelf via mij te kwetsen. Af en toe voelde ik me niet op mijn gemak.

En misschien las hij ook mijn emoties in mijn ogen. Hij keek me een beetje verloren aan. Met een vreemde blik.

Maar toen glimlachte hij en de verlegenheid verdween als bij toverslag. We liepen lachend het restaurant uit, Sasha was weer zichzelf. En ik was weer mezelf.

Terwijl we door de lege straten liepen, vroeg hij me om de toespraak, die ik volgende maand op het Frans Cultureel Instituut zou moeten houden, met hem te oefenen. Toen we de hoek om gingen, kwamen we op een verlaten pleintje met in het midden een fontein.

Sasha stopte ineens, alsof hij plotseling een idee kreeg. 'Wacht hier,' zei hij en hij ging een klein café binnen waarvan het rolluik al half naar beneden was. Ik zag hem praten met de man achter de bar en met een oud mannetje met een alpinopet. Toen kwamen ze naar buiten. Hij, de grijsaard met de alpinopet en de eigenaar van de bar, een grote man met paarse wangen en een wit schort om zijn middel. Het oude mannetje hield zijn knoestige hand om een glaasje sambuca.

'Generale repetitie,' zei Sasha. Hij pakte me bij de hand en liet me de drie treden van de fontein op lopen.

'Wat doe je?' vroeg ik hem met de angstige zekerheid dat ik het al wist.

'Generale repetitie,' herhaalde hij glimlachend. Toen wees hij naar de twee mannen die nieuwsgierig naar ons keken. 'Dat is jouw publiek.' Hij draaide zich om en voegde zich bij hen.

Ik greep hem bij zijn mouw. 'Je bent gek,' beet ik hem toe. 'Moet ik mijn toespraak nu houden? Hier?' Ik moest al bijna huilen en ik voelde mijn hart sneller kloppen.

'Natuurlijk,' lachte hij. Toen zag hij de doodsbange blik in mijn ogen. 'Nicole,' fluisterde hij nu zachter, 'weet je nog wat je me ooit eens hebt gezegd? "Leef, Sasha".'

'Ik heb het koud,' bromde ik terwijl ik mijn gezicht in de kraag van mijn winterjas verborg.

'Leef, Nicole.'

'Ik heb net gegeten.'

'Leef, Nicole.'

'Ik voel me belachelijk.'

'Wat moeten wij doen?' schreeuwde de café-eigenaar ongeduldig.

'Jij bent nooit belachelijk.' Zijn blauwe ogen in die van mij. 'Je bent geen tien meer, je zit niet meer op school. Je vader komt niet, want die is niet uitgenodigd. Je hebt alleen mij uitgenodigd. En ik ben hier.' Hij glimlachte nog een keer en liep naar de oude man met het glaasje sambuca in de hand en de café-eigenaar.

'Wat is ze, een actrice?' vroeg de oude man hem.

Het was allemaal zo absurd dat ik had moeten lachen. Maar de knoop in mijn keel was te strak. Ik deed mijn ogen dicht en begon te praten.

Ik moet overgeven, mama.

Je bent altijd zo emotioneel, Nicole.

Ik deed mijn ogen open toen ik over een woord struikelde. Mijn hart hamerde. De blik van Sasha was gefixeerd op de mijne, een lichte, trotse glimlach om zijn lippen.

Ik begon weer te praten. De andere twee keken naar me,

een beetje in de war. Mijn toespraak was in het Frans.

De ogen van Sasha in de mijne.

Mijn woorden zweefden nu makkelijk en licht door de lucht.

Ik zit niet meer op school.

Zijn lippen naar boven gekruld.

Ik sta voor mensen te praten.

Hij in die grote groene jas.

Het lijkt wel of ook zijn lippen naar me kijken.

De straatlantaarn als een schijnwerper op mij.

Ik ben niet bang.

Niet heel erg, tenminste.

Ik sloot af met een gevoel van opwinding en triomf. Mijn publiek applaudisseerde, ze overdreven ook een beetje door een 'Bravo' te roepen. Ik maakte glimlachend een buiging. Als een opgebrande actrice. Sasha kwam me halen zonder zijn ogen van me af te houden en hielp me van het podium af.

'Heel tof. Je was heel tof,' zei hij uitbundig.

De café-eigenaar bood ons een glas wijn aan, het oude mannetje wilde een handtekening. We toostten en lachten in de kleine halfgesloten bar en toen nam ik afscheid van hen.

'Ik heb het gedaan,' riep ik naar Sasha terwijl we terug naar de auto liepen.

'Je hebt het gedaan,' knikte hij glimlachend.

Ik maakte midden op straat een pirouette. Ik voelde me elektrisch geladen. Ik voelde me onverslaanbaar.

En toen kwam de Muzieknoot.

Puur. Heel hoog. Kristalhelder. Een onmogelijk noot om te halen. Maar op dat geweldige moment van overwinning en gelukzalige verdoving wist ik dat hem had kunnen zingen.

'Hoor je dat?' vroeg ik aan Sasha terwijl ik plotseling mijn pirouettes onderbrak. Hij keek me vragend aan. Toen bereikte het gedempte geluid van de trompet hem ook. 'Dat is Chet!' riep ik opgewonden uit, en ik rende door een deur ergens naar binnen, daar waar de muziek vandaan kwam.

Sasha aarzelde en kwam toen achter me aan. Terwijl we de stem van Chet Baker volgden, liepen we door een donkere gang die uitkwam op een kleine binnenplaats. Er stond een raam open en daar kwam de muziek vandaan. Ik draaide me gelukzalig om naar Sasha. Hij stond stil, in het midden van de binnenplaats. Ook in het donker verlieten zijn ogen de mijne niet.

De Noot klonk hoog boven ons. Hij vloog over de scooters die om ons heen geparkeerd stonden, over de twee slapende katten, over de binnenplaats, over de ramen, over de stem van Chet, over de daken, over de hemel. En ik kon hem niet laten gaan.

'Heb je ooit met Benedetta gedanst toen híj aan het spelen was?' vroeg ik aan Sasha.

Hij schudde zijn hoofd en bleef me aankijken.

Ik stak mijn handen uit. 'Generale repetitie,' zei ik glimlachend.

Sasha bewoog zich naar me toe, onzeker. En hij nam de Noot met zich mee. Hij nam me in zijn armen met een overdreven lief gebaar. Ik legde mijn armen om zijn nek en bracht mijn gezicht naar zijn schouder. Zijn handen lagen nu zelfverzekerder op de stof van mijn winterjas, ik voelde dat zijn handen zich ontspanden en opengingen. Ik legde mijn hoofd op zijn schouder. Zijn jas was koud en rook naar schone lucht.

Het lichte gekietel van Sasha's ongeschoren baard tegen mijn haar. Zijn warme adem op mijn slaap. Het verrassende gevoel dat ik me helemaal veilig voelde, zo in zijn armen geklemd. Het vage bewustzijn op een onbekende en gevaarlijke plek te zijn. De onrust bij het luisteren naar de reactie van onze lichamen, gevangen in onze winterjassen, maar daardoor juist vrijer en naakter.

Every time we say goodbye I die a little, fluisterde de zachte stem van Chet Baker. Ik deed mijn ogen dicht en liet me gaan. De Noot was daar, in mijn handen, en ik was hem aan het zingen. Sasha had me nauwelijks merkbaar dichter tegen zich aan getrokken en drukte met zijn open en warme hand tegen mijn rug. Hij liet zijn mond op mijn haar steunen en nam mijn Noot weer op in zijn lied.

En nu waren we hem samen aan het zingen.

Every time we say goodbye I wonder why a little.

Onze voeten raakten het grind en lieten het knarsen. Ik drukte mijn gezicht tegen de jas van Sasha en voelde een mengeling van pijn en opluchting door het idee dat de stem van Chet bijna zou worden afgezet en mijn Noot afgelopen zou zijn.

En dat alles weer zou worden zoals het was.

De muziek vervaagde. De stilte brak aan. Sasha's voeten gehoorzaamden aan die van mij en hielden stil. Hij bleef me stevig vasthouden. Ik hield mijn ogen dicht.

En toen, voorzichtig, alsof we elkaar geen pijn wilden doen, lieten we onze omhelzing verslappen. Samen. We keken elkaar aan. De Noot trilde hoog boven ons.

Je kunt hem halen, Nicole.

Sasha's blauwe ogen schitterden in het donker, dat werd doorbroken door het licht uit een paar ramen. Zijn handen lagen nog om mijn middel, de mijne vastgegrepen aan zijn nek.

We kunnen hem halen, Sasha.

Zijn ogen verlieten de mijne en hielden stil bij mijn lippen. Ik keek naar zijn mond. Langzaam, als in een waas, merkte ik dat zijn gezicht dichter naar het mijne kwam en voelde dat mijn gezicht naar hem omhoogging.

Nog maar een millimeter.

De Noot glimlachte. En trilde toen. Perfect.

Jullie kunnen me halen.

Ik draaide ineens van hem weg. Ik had het koud, ik had het warm.

Ik voelde me belachelijk.

Jij bent nooit belachelijk, Nicole.

'Als ik Benedetta was, zou het perfect zijn,' grapte ik om me te verdedigen.

Sasha reageerde op onverwachte manier. Hij bewoog zich niet abrupt, hij zei niets gevats, hij lachte niet hardop. Zijn hand greep even de stof van mijn winterjas vast, alsof hij me niet wilde laten gaan. En ik wilde naar hem terugkeren.

Maar toen opende hij zijn hand, ik was weer vrij en hij zei glimlachend: 'Je moet me deze cd lenen.'

Ik pakte mijn tas, hij stak een sigaret op.

'Breng me maar terug naar huis,' zei ik kortaf. En we keerden de katten, de dommelende scooters, de Noot, de verlichte ramen en die binnenplaats de rug toe.

En onszelf.

Je komt er niet ongeschonden vanaf als je je eigen verdriet toelaat. Dat was wat ik bij mezelf herhaalde toen ik door het huis slenterde in mijn spijkerbroek en mijn vest achterstevoren, terwijl ik mijn gasten, mijn man, mijn huis en mezelf haatte. De uitvoering van die avond was getiteld *Het Laatste Avondmaal* en het zou een lovenswaardig theaterexperiment worden waarin alle personages ook auteurs van de tekst zouden zijn. Niemand van hen zou zich ervan bewust zijn dat ze hem zelf hadden geschreven.

Een Happening.

Een Tragedie in drie akten.

Een Klucht.

De personages hadden plaatsgenomen rondom de tafel. Ze voerden hun korte gesprekken. Het personage Nicole was onrustig, verveeld en in een slecht humeur. Ze gooide de wijn om. Ze lachte met veel te schelle stem en ze ging nerveus met haar hand door haar haar, terwijl ze op haar horloge keek. Het personage Lorenzo keek zijn vrouw onderzoekend aan terwijl de niet-uitgesproken woorden van zijn gezicht af te lezen waren en zijn mond in een valse glimlach was getrokken. Hij vond dat ze mooi was.

De personages Tafelgenoten verheerlijkten hun levens die zo zoutloos waren als de biefstuk in bladerdeeg die het personage Nicole was vergeten op smaak te brengen. Achter het podium klonken lichte donderslagen, gemaakt met een aluminium plaat. Aan het einde van de eerste akte verontschuldigde het personage Nicole zich en trok zich terug op haar favoriete en troostende plek. In haar badkamer liet ze het water lopen, deed wat lippenstift op en sprenkelde een beetje parfum op haar polsen. In dit korte tijdsbestek veranderde ze in de toneelschrijver en besloot ze de uitvoering een beetje op te luisteren. De toneelschrijver Nicole keek naar haar mobiele telefoon, die, als er een script bestond, in haar tas had moeten zitten, maar die ze daarentegen tijdens de Happening was vergeten. Ze pakte hem en toetste het nummer van Sasha in, die veranderde in een personage en officieel deel uit begon te maken van de cast van die avond. De toneelschrijver Nicole zei hem dat ze zich verveelde, dat er geen einde kwam aan het diner. Het personage Sasha was van streek en in een slecht humeur, de toneelschrijver raakte geïrriteerd. Het personage Sasha bood aan naar haar toe te komen en haar te redden.

Wacht even, dacht de toneelschrijver. Laten we eerst de emoties van de vrouw met het vest achterstevoren evalueren.

Woede, verveling, verwarring.

Onrust, onvrede.

Gevoel van verstikking, de behoefte om schema's te doorbreken.

Opstand.

Het verlangen niemand meer te beschermen, ook zichzelf niet.

Mijn toneelstuk heeft een tweede akte nodig.

En een verrassende derde akte.

De toneelschrijver Nicole schreef snel de tekst voor het personage van de vrouw met het vest achterstevoren. Die ze vervolgens zelf uitsprak.

'Natuurlijk. Kom maar, ik wacht op je.'

De toneelschrijver Nicole ging terug naar haar gasten, terwijl ze de pen achterliet en weer in de rol van het personage kroop. Ze was netjes gaan zitten en wachtte op het begin van de tweede akte. Die begon met een krachtige druk op de deurbel.

Het personage Nicole stond op, fluisterde tegen haar man

dat Sasha langskwam om een boek op te halen dat hij nodig had, opende de deur van haar huis voor de Vreemdeling. Het personage Lorenzo groette hem vriendelijk, zonder te glimlachen, een beetje stijfjes. De personages Tafelgenoten wisselden snelle blikken, glimlachten een beetje overdreven, boden hem wijn aan, raadden hem een plakje van die geweldige Charlotte Russe aan die ze aan het proeven waren.

Het personage Nicole liet hem alleen.

Ze wilde aan iedereen laten zien dat ze niets te verbergen hadden. Ze wilde aan zichzelf laten zien dat ze niets te verbergen had. Ze wilde ze in moeilijkheden brengen. Ze wilde hem in moeilijkheden brengen. Ze wilde hem laten begrijpen dat er daar geen plek voor hem was. Ze wilde aan de anderen laten zien dat in de wereld van haar en Sasha voor niemand plek was. Ze wilde gelogenstraft worden. Ze wilde niemand meer beschermen.

De kuddedieren snuffelden aan het personage Sasha. De geur die hij verspreidde, was hun niet bekend en dus wierpen ze zich op hem. Tijdens het Laatste Avondmaal wees het personage Nicole een Offerdier aan en de Tafelgenoten zetten er gehoorzaam hun tanden in.

Achter de coulissen bewoog iemand met geweld de aluminium plaat, de storm zette een raam wijd open. Het personage Lorenzo deed het dicht en bleef daar staan, op afstand van de rest. Het personage Nicole ontspande zich tegen de rugleuning van haar stoel, zonder iemand aan te kijken, in afwachting. Ze hoorde de personages Tafelgenoten om het personage Sasha heen grommen. Hij was een marsmannetje in hun handen, zij moesten hem ontleden uit liefde voor de wetenschap en vervolgens zijn vreemde kadaver achterlaten met de opluchting van iemand die heeft begrepen dat er niets te vrezen valt. Het personage Sasha glimlachte naar Nicole, gaf iedereen antwoord, zei snel zijn tekst op en stelde zijn korte verleden als arme wees tegenover het verleden van de hartchirurg. Hij reageerde op de politicus in opmars met zijn werk als parketteur, at de Charlotte met zijn handen, lachte vrijelijk en nam die wilde koppen en zelfingenomen blikken in ontvangst met de gelukzalige berusting van iemand die al gewonnen heeft, omdat het voor hem geen wedstrijd is. Nu was het personage Sasha de toneelschrijver geworden en schreef voor de andere flauwe en banale teksten waarop hij de reacties al kende.

En toen zei het personage Camilla, met enigszins wazige ogen van de wijn, geïrriteerd en ongeduldig door die slachting die zich niet voltrok, door die soldaat die niet wilde sterven, de stomste tekst van de hele avond: 'Maar hoe dan ook, weet jij waarom je hier bent? Weet je wat je wilt doen met je leven?'

Hij stond rustig op. Hij keek iedereen aan. Toen liet hij zijn blik rusten op Nicole.

'Ik kan jullie alleen zeggen waarom ik vanavond hier ben. Omdat ik een boek wilde komen halen. En omdat Nicole mooi is.'

En hij ging ervandoor zonder te genieten van de weerklank van zijn zin.

De personages Tafelgenoten zaten als aan hun stoel genageld. Gechoqueerd en beledigd door iemand die zich bloot had gegeven en hun had laten voelen hoe ongepast hun dikke bontjassen waren.

Het personage Lorenzo keek het personage Nicole aan met vurige ogen en beval haar een manier te vinden om hun aan flarden gescheurde geweten weer aan elkaar te naaien.

Ook het personage Nicole stond rustig op. Ze verzamelde alle borden en maakte een nette stapel. Ze bleef staan in de deuropening die op de gang uitkwam.

'Jullie zijn grof en onbeleefd geweest tegen een vriend van mij. Maar jullie zijn dan ook grove en onbeleefde mensen. Ik wil jullie niet meer in huis hebben. Ga alsjeblieft weg.'

En ze trok zich terug in de keuken om de vaatwasser in te ruimen.

Het verre gebabbel van de gasten die elkaar gedag zeggen. Een paar opgelaten lachjes. Gekuch. De deur van het appartement die dichtgaat. De voetstappen van Lorenzo.

Derde akte.

Het doek gaat op.

De twee personages lopen om elkaar heen tussen decorstukken van papier-maché en gipsen zuilen.

Lorenzo   (*gespannen stem, ogen vol koude woede*) Doe dat nooit meer. Waag het niet om ons belachelijk te maken bij onze vrienden.

Nicole   Ik heb nog nooit zo'n misselijkmakende scène meegemaakt. Jij en die zielige etalagepoppen tegen een jongen. Wat triest.

Lorenzo   (*is zich met woedende gebaren aan het uitkleden*) De jongen leek me prima in staat zichzelf te verdedigen.

Nicole   (*haar stem verheffend*) Dat is nou precies het punt. Waarom zou hij zich moeten verdedigen? Hier, in mijn huis?

Lorenzo   Omdat dit óns huis is, Nicole. En hij hier binnendringt. Met zijn rondslingerende, stinkende schoenen. Met die stomme hond. Met die houding van een hongerig kind. Met zijn misplaatste lachbuien. Met zijn constante aanwezigheid.

Een decorstuk dat het uitzicht op het Parthenon afbeeldt, begint te kraken terwijl diepe scheuren de gevel aantasten.

Nicole   Sasha is een indringer. Ik begrijp het. En wat ben ik dan, Lorenzo? (*gaat voor hem staan*) Wat ben ik?

Lorenzo   (*pakt haar bij haar schouders, draait haar naar de spiegel toe*) Je bent een vrouw van veertig die een vest achterstevoren aandoet en denkt daarmee iets te bewijzen. (*laat zijn handen vallen. Draait zich om, kruipt in bed*)

Nicole   (*kijkt naar hem, gaat dan op de grond zitten. Lacht*) Fout. Ik ben een ongelukkige vrouw.

Het Parthenon van papier-maché begint uiteen te vallen.

Lorenzo   En dat is mijn schuld, toch? (*kijkt op de klok*) Ik moet morgen vroeg op. Welterusten. (*legt zijn hoofd op het kussen, doet vastbesloten zijn ogen dicht*)

Nicole   Waarom moet jij altijd slapen, Lorenzo? Slapen, of je verstoppen achter stilte, of vluchten. Hoe kunnen we zo door blijven gaan? Weet jij het? (*ze staat op, schreeuwt*) Waarom wil je niet met me praten?

Lorenzo   (*komt omhoog en gaat zitten, hij schreeuwt ook*) Omdat ik bang ben!

Het uitzicht op het Parthenon stort met een klap in. En onthult de steunbalken en de holtes die eerst verborgen waren.

De twee personages kijken elkaar aan. Nicole zit op de hoek van het bed.

Nicole   (*met zachte stem*) Ik ben ook bang. Maar ik kan niet meer doen alsof dit een huwelijk is. Jij leeft samen met een vrouw die 's nachts niet slaapt en je hebt je nooit serieus afgevraagd waarom. Al mijn waarheden heb je geaccepteerd en voor waar aangenomen zonder erover te praten. Jij stelt jezelf nooit vragen, je hebt nergens bezwaar tegen, je verliest nooit de controle. Jouw controle over mij. Je weet de juiste snaren te raken, je weet hoe je me moet laten gehoorzamen, je weet hoe je me moet laten glimlachen, je weet hoe je me moet laten leven zoals jij wilt dat ik leef. (*schudt haar hoofd*) Maar ik wil iets anders. Je hebt me altijd zo op afstand gehouden dat het me soms verbaast dat ik je door het huis hoor bewegen. Het verbaast me dat er naast mij nog iemand anders is.

Het decorstuk met het uitzicht op de wolkenkrabbers van New York begint stukken te verliezen.

Lorenzo   Ik heb jou op afstand gehouden? En wie heeft er nooit geprobeerd dichterbij te komen, Nicole? Je hebt geleefd met een gespannen arm voor je om de afstand tussen jou en de anderen niet te verkorten. Tussen jou en mij. De geest van Thierry, jouw verleden, je slapeloze nachten die je altijd met getrokken zwaard hebt verdedigd. Je hebt me nooit toegestaan jouw eenzaamheid binnen te dringen. Ik heb jouw pas moeten volgen, me aan jouw ritme moeten aanpassen, aan jouw tijden. Iedere keer als ik probeerde jouw regels te verbreken, verstijfde je en liet je me begrijpen dat ik je aan het verraden was. Je keek me beledigd en gekwetst aan, en ik ging terug naar mijn plek.

De punt van het Empire State Building rolt voor Nicoles voeten. Het podium is overwoekerd door een wit poeder.

Nicole   Dat kwam je wel goed uit, Lorenzo. Waarom proberen we niet een paar moeilijke waarheden te vertellen? Het kwam je wel goed uit iemand naast je te hebben die niet van je vroeg een beetje meer je best te doen. Die nergens om vroeg. Waar je geen moeite voor hoefde te doen. Maar het was fout om te denken dat dat voor mij genoeg was. Ik wilde jouw vragen. Ik wilde dat jij chaos schiep om mij uit mijn regelmaat te halen en mij hielp samen met jou een nieuwe te creëren. Ik wilde dat jij je niet tevredenstelde met mijn kant-en-klare glimlach. Gooi het nou niet op mijn verlangen om niet te worden aangeraakt. Je hebt me gekozen omdat je wist dat ik precies dat zou geven wat je verwachtte.

Lorenzo   We hadden dat kind kunnen hebben, Nicole.

Nicole heft plotseling haar hoofd op. Een dreun laat dat wat nog over is van de wolkenkrabbers trillen. Grote repen papier-maché vallen rondom het bed naar beneden. De twee personages beschermen zich niet.

Nicole   (*met een stem die trilt van woede*) Waag het niet. We hadden besloten dat we geen kinderen zouden nemen. Dat wilde jij ook!

Lorenzo   Natuurlijk. Maar toen gebeurde het. Je kwam naar me toe met een test in je hand en zei: 'We hebben een fout gemaakt.' Wat moest ik zeggen?

Nicole   Bijvoorbeeld: 'Laten we het houden.' Je kon het proberen. Misschien had ik je verbaasd.

Lorenzo   Je stond voor me met dat bleke gezicht en die beschuldigende houding. Je zei: 'Ik kan het niet', en je hebt de zaak gesloten. Jij moest beslissen.

Nicole   Natuurlijk. Ik was altijd degene die moest beslissen. De stappen, het ritme, de maat. Waaraan jij je kon aanpassen zonder ook maar enige verantwoordelijkheid te nemen. Ik wilde dat kind niet, dat is waar. Maar misschien had ik er behoefte aan niet in mijn eentje te hoeven beslissen. Misschien had ik behoefte aan een partner in crime. Maar jij hebt me altijd alleen de bank laten overvallen. Terwijl je van buitenaf toekeek. En ik kan hier nu niet meer tegen.

De vloer van het podium wordt heen en weer geschud door een lichte beving. De gipsen zuilen beginnen te trillen. Rondom de twee personages slechts het inmiddels vervallen skelet van het decor.

Lorenzo   (*pakt Nicoles hand*) Moeilijke waarheden, zei je. Ongemakkelijke waarheden. Wil je weten waarom je ons leven niet meer verdraagt? Wil je echt weten waarom je alles wat ons omringt haat, ons huis, mijn gebaren, onze vrienden, ons verleden?

Wil je weten waarom je ineens zoveel vijanden hebt die een aanslag plegen op jouw leven, en waarom ik jouw beul ben? Als dit de nacht van de ongemakkelijke waarheden is, dan ligt er eentje klaar voor jou. Zo ongemakkelijk en pathetisch en miezerig en makkelijk en voor de hand liggend dat jij het weigert te zien. Ben je klaar voor de Koningin van de Waarheden, voor de meest ongemakkelijke van allemaal, Nicole? Wil je dat ik je zeg hoe hij heet?

Een schok die sterker is dan de andere. Een sinister gekraak, en dan storten de gipsen zuilen met een klap in. Grote stukken stucwerk laten los en stuiteren op het bed waar de twee personages zitten. Lorenzo bedekt zijn gezicht met de dekens, Nicole laat haar hoofd zakken en beschermt het met haar armen. Het podium trilt steeds harder. Het licht gaat uit, dan weer aan, dan gaat het definitief uit boven de twee personages die alleen tussen de puinhopen liggen.

De laatste tekst is verloren gegaan in het kabaal van de aardbeving.

Duisternis.

Het doek valt.

Men zegt dat mannen en vrouwen die tussen het leven en de dood hingen, vroeger door de goden werden opgesloten in een grote grot die licht noch donker was, ver weg van de bewoonde wereld, zodat ze de rest van de mensheid niet konden besmetten met hun ziekte. In die grot hadden de goden twee deuren geopend. Eentje leidde naar het leven, eentje naar de dood. De grot was de voorkamer van hun definitieve keuze.

Op een dag kreeg een van die mannen met een van die vrouwen een kind. De jongen was in twee helften verdeeld. De ene kant was van puur licht en neigde naar de deur van het leven, de andere kant was donker en neigde naar de deur van de dood.

De goden wisten niet hoe ze zich moesten gedragen tegenover dit kind dat niet de schuld van zijn ouders droeg, en uiteindelijk, zoals vaak gebeurt met de goden, deden ze niets met deze besluiteloosheid en lieten hem aan zijn lot over.

De jongen groeide op in dat overgangsrijk en merkte dat zijn ouders en de andere bewoners van de grot niet een lichte en een donkere kant hadden, zoals hij. Ze waren altijd grijs, kleurloos. Zoals de grot. En om ze te verwarmen en te verlichten, leerde hij om zijn zonnige kant te laten overheersen en zijn donkere kant te verbergen, totdat hij die vergat.

's Nachts kwamen de nachtmerries en de ontberingen van de doden onder de deur naar het hiernamaals door en kwelden zijn ouders. Dus ging de jongen tussen hen en die nachtmerries in liggen en zong met een engelachtige stem, terwijl hij gebruikmaakte van zijn eigen licht. De pure klanken die hij zong veranderden de nachtmerries in dromen. Overdag ging de jongen, uitgeput van die strijd met het donker, naar de deur van het leven en zong nog meer, terwijl hij het beetje licht dat eronder door kwam opzoog en het versterkt weerspiegelde voor zijn ouders en de andere bewoners van de grot.

Hoog vanuit hun woonplaats keken Hypnos, de god van de nacht, de slaap en de vergetelheid, en Lux, de godin van de dag, het waken en het leven, bewonderend naar hem. Allebei zouden ze hem wel bij zich willen hebben.

'Hij is van mij,' zei Hypnos, 'hij kan nachtmerries in dromen veranderen.'

'Nee, hij hoort bij mij,' antwoordde Lux. 'Hij kan zelfs leven geven aan dat wat geen leven heeft.'

De discussie leidde nooit tot een oplossing en zo gingen beide goden, apart van elkaar en zonder dat de ander het wist, naar de jongen.

'Neem deze sleutel,' zei Hypnos tegen hem. 'Hij opent de deur van de dood. Jij hebt de gave die te verzachten. Daarom ben je geboren.'

'Neem deze sleutel,' zei Lux. 'Hij opent de deur van het leven. Jij hebt de gave de dag te verlengen. Daarom ben je geboren.'

De jongen deed de sleutel van de dood in de zak van zijn donkere kant en de sleutel van het leven in de zak van zijn lichte kant. Zijn instinct zei hem de sleutel van het leven te gebruiken, maar tegelijkertijd wilde hij zijn ouders en al die andere mannen en vrouwen voor wie hij had leren zorgen niet in de steek laten. En hij was een beetje bang voor het onbekende. Hij bracht veel tijd door zonder een beslissing te nemen, totdat hij op een dag de deur van het leven openmaakte, bij zonsondergang, omdat hij bang was verblind te worden door het licht, en de grot uit liep.

Hij bevond zich op een hoge rots, die boven de hele schepping uittorende. Op de rots zag hij een prachtig meisje dat wanhopig huilde.

'Waarom huil je?' vroeg hij haar.

'Omdat de koning, mijn vader,' antwoordde het meisje snikkend, 'meteen wanneer het donker wordt alle lichten van het kasteel aandoet en ik dus niet weet wat het donker is.'

De jongen ging naar haar toe. 'Waarom wil je het donker leren kennen?' vroeg hij.

Het meisje deed haar jurk omhoog en liet hem haar naakte lichaam zien. Het lichaam van het meisje was donker. De stralen van de zon die onderging konden het niet verlichten. Dus kleedde de jongen zich ook uit en liet zijn lichaam, dat inmiddels bijna helemaal licht en slechts voor een klein gedeelte donker was, aan de prinses zien. Het meisje keurde de lichte kant geen blik waardig. Ze liet de jongen naast zich liggen en streelde hem langs zijn donkere kant. Toen het tijd was om afscheid te nemen was de donkere kant van de jongen groter geworden en had die een heel stuk van de lichte kant opgegeten.

Maar de jongen maakte zich er geen zorgen over, want hij was inmiddels verliefd geworden op het meisje. Terwijl hij zich aankleedde, vielen de twee sleutels uit zijn zak.

'Wat zijn dat?' vroeg het meisje nieuwsgierig.

'Dit is de sleutel van het leven en het licht,' zei de jongen. 'En dit is de sleutel van de dood en het donker.'

'Laat mij ze terugdoen in je zakken,' zei het meisje attent, en ze pakte ze uit zijn hand. Toen deed ze de sleutel van het leven in de lichte zak en deed slechts alsof ze de sleutel van de dood in de donkere zak stopte. 'Laat me je huis zien,' zei ze daarna.

De jongen wist niet wat hij moest doen, maar gaf uiteindelijk toe aan de vasthoudendheid van het meisje. En zo opende hij de deur naar de grot met de sleutel van het leven.

'Wat is het hier mooi!' riep het meisje uit toen ze dat rijk zag dat donker noch licht was.

De jongen kon dat enthousiasme niet begrijpen, maar toen het meisje de deur van de dood naderde, zag hij haar zwart licht uitstralen en werd erdoor verblind.

Het meisje deed de sleutel die ze van de jongen had gestolen in het slot. Ze draaide hem om. Maar de deur ging niet open.

'Alleen ik kan hem openmaken,' zei de jongen, en hij pakte de sleutel terug.

Het meisje keek hem woedend aan. 'Maak hem open!' beval ze hem.

De jongen had de sleutel van de dood in de ene hand en de sleutel van het leven in de andere. Een donkere en een lichte.

'Maak hem open!' beval het meisje weer.

Op dat moment merkte de jongen dat alle mannen en vrouwen die niet konden kiezen tussen het leven en de dood om hem heen stonden. En ook Hypnos en Lux waren daar. En iedereen keek naar hem.

'Je moet kiezen,' zeiden Hypnos en Lux tegelijkertijd. 'Het moment van de keuze is aangebroken.'

'Ik hou van je, maak hem open,' zei het meisje verleidelijk, en haar zwarte licht werd feller, betoverend als een draaikolk waarin je jezelf kunt verliezen.

De jongen keek naar zijn borst. Zijn donkere kant kwam naar voren en wiste de lichte.

'Je moet kiezen,' herhaalden Hypnos en Lux.

'Je moet kiezen,' zeiden de mannen en vrouwen uit de grot die tussen leven en dood hingen.

De jongen keek nu naar de twee sleutels. Ieder in een hand. De ene fris en licht. De andere brandend en donker.

'Kom met mij mee,' zei het meisje, terwijl ze haar lichaam tegen de deur van de dood duwde. 'Kom…'

De jongen keek naar haar en…

De jongen draaide zich om en…

De jongen draaide zich niet om…

Nee.

Verdomme.

Ik weet niet meer hoe het verdergaat.

Maar het is het moment van de keuze, Sasha.

'Brandend maagzuur, niet in staat om ook maar een soep-stengel te verteren, een gevoel van verstikking als ik liggend slaap, haren die constant vies worden, benen als verwarmingsbuizen.' Angela kwam zuchtend de klas binnen. 'Ik vergat nog: ik kan de neus van mijn schoenen niet meer zien.' Ze laat zich zwaar op de stoel tegenover mij vallen. Ze schenkt me gul haar gebruikelijke grijns, die ik nu weet te interpreteren als een norse poging tot glimlachen.

'Goedemorgen.'

Los ojos porque suspiras,
sábelo bien,
los ojos en que te miras
son ojos porque te ven.

Inmiddels kan ik het, als ik haar zie, niet laten te denken aan dat gedicht dat met ronde rode letters door Angela met een stift op de binnenste rand van een van haar doeken is geprent. De doeken die me verrast hebben op de avond dat ik met haar mee naar huis ben gegaan na het Chinese restaurant. De doeken die me ontroerd en verontrust hebben. De doeken die me een nieuwe kant hebben laten zien van dat meisje dat zo stuurs zwanger is en de wereld uitdaagt haar buik en haar eeuwig slechte humeur te accepteren.

'Goedemorgen,' antwoord ik haar glimlachend.

Vijf paar ogen op een zandgrijs doek. Brede ogen, wanhopige ogen, gelukkige ogen, donkere ogen, ogen zonder tijd, ogen die je aankeken en je hun leven terugstuurden, als een mysterie, als een raadseltje. En daaronder een van mijn favoriete gedichten:

De ogen waar jij voor ademhaalt,
weet het,
de ogen waarin jij je spiegelt
zijn ogen omdat ze je zien.

'Wil je een stukje Simenon voorlezen?' vraag ik haar terwijl ik haar een boek aangeef.

'Ik zou willen dat iemand mijn buik even een tijdje uit kon laten,' moppert ze, maar ze pakt het boek, slaat het open op de eerste pagina en begint woorden en vervoegingen verkeerd uit te spreken.

'Die klootzak wil bij me terugkomen,' had ze me die avond bij haar thuis gezegd, terwijl ze een beker dampende kruidenthee in haar handen klemde en nerveus haar been heen en weer zwaaide. Ik zat tegenover haar op de grond tegen een paars kussen en was bereid naar haar te luisteren. Ik kende die blik, die herhaalde beweging van haar been, die zachte en onvermijdelijke toon van haar stem. Ik kende die geergerde beweging waarmee ze probeerde een haarlok te fatsoeneren in die slordige wirwar. Ik kende die lichaamstaal. Hij leek heel veel op die van mijn patiënten die vroeger op de fauteuil tegenover mij zaten. Het was de stille taal van iemand die niet meer kan blijven zwijgen.

Ik nipte aan mijn kaneelthee en keek naar haar. Ik wachtte tot ze begon te praten.

'Hij zegt dat hij bij me terug wil komen. Hij zegt dat hij van me houdt, en dat hij voor het kind wil zorgen, en dat hij wil dat we een gezin zijn.' Ze liet haar blik rusten op de gele vloeistof en beet op haar lip.

'En wat is het probleem?' vroeg ik haar zacht.

Angela begon uit het niets hartverscheurend te lachen en hield er snel weer mee op, woedend en berouwvol. 'De klootzak heeft zich laten dumpen door zijn vrouw' – weer die hartverscheurende lach – 'en weet je voor wie ze hem heeft verlaten? Voor haar yogalerares.' Deze keer lacht ze smakelijk. 'Iemand die helemaal weg is van meditatie en stilte en die haar tussen een wierookstokje en een ontspanningsoefening door heeft laten ontdekken dat ze toch niet zo hetero is als ze dacht.' Ze blijft grinniken. 'En nu zegt zijn vrouw dat ze verliefd is op Maria, dat ze bij haar gaat wonen en hun zoon van zestien bij hem dumpt. Die luistert de hele dag naar technomuziek en elke keer als hij zijn vader ziet, noemt hij hem een mislukte klootzak.' Ze nam een grote slok en stopte met lachen. 'En ik weet niet wat ik moet doen. Hij zegt dat hij ontdekt heeft dat hij echt van mij houdt. Ik geloof het niet. Maar misschien is het waar. En ik houd misschien ook nog van hem. Misschien. En dan is er nog het kind. Hij zegt dat hij spijt heeft van hoe hij me heeft behandeld. Ik geloof hem niet. Ik denk dat hij zijn gekrenkte mannelijkheid wil opvijzelen en ik denk dat ik het enige onbegroeide strand ben waar hij zo terechtkan. En ik vind het een walgelijk idee alleen maar naar hem terug te gaan omdat hij bijna vijftig is en alleen is achtergebleven met zijn schande.'

Ze had wel meer dan een uur gepraat. En op het laatst, toen ze me naar de deur bracht, omhelsde ze me bijna.

'Dank je wel. Het heeft me goedgedaan met je te praten.'

Ik wees naar de schilderijen om ons heen. 'Mij hebben jouw schilderijen goedgedaan,' zei ik, 'en dat' – ik wees met mijn kin naar de vijf paar ogen – 'is mijn favoriet.'

'Dat is het nou,' zei ze serieus, 'ik wil dat iemand me ziét.'

'Je zult de juiste beslissing nemen, Angela.'

'Laten we het hopen.' Ze bracht me naar het trappenhuis. 'Neem je tijd.'

'Natuurlijk,' mompelde ze midden in een grijns. 'We hebben geen haast, toch?'

'Precies,' zei ik haar toen ik de trap af liep en haar voor de open deur achterliet met haar dikke buik, het lege kopje in haar hand en haar ogen die om antwoorden vroegen die ik haar niet kon geven.

Ik merk dat Angela is gestopt met lezen en dat ze naar me zit te kijken.

'Waarom ga je niet door?'

'Omdat je niet naar me zat te luisteren. Je bent je brood vandaag niet aan het verdienen.' Ze gooit het boek op tafel.

'Maar ik zat wel aan jou aan te denken,' glimlach ik.

'O ja?' Ze kijkt op haar horloge en slaat haar blik op naar de hemel. 'Het is al laat. Ik weet het, ik was degene die te laat kwam, maar het is in ieder geval al laat. Ik moet een echo laten maken.' Ze staat langzaam op, als een berg die uit het water rijst.

'Heb je al een beslissing genomen?'

Ze schudt haar hoofd. Ze trekt een gezicht. 'Nog niet. Nog niet.' Ze barst ineens in lachen uit: 'De vrouw van die klootzak gaat met Maria in de Maremmen wonen. Hij komt me iedere avond opzoeken. En dan huilt hij. En hoe meer hij huilt, hoe meer ik hem haat.' Pauze. 'Maar dan gaat hij weg. Ik blijf alleen achter en dan weet ik het niet meer.' Ze verzamelt haastig haar spullen. 'Ik moet gaan. We zien elkaar vrijdag.'

'Deze vrijdag niet. Ik moet naar Frankrijk.'

Ze blijf in de deuropening staan.

'Voor hoelang?'

'Dat weet ik nog niet. Een paar weken.'

'En ik dan?'

'Jij wordt toevertrouwd aan Michel.'

Ze kijkt me verafschuwd aan. 'Die met dat sikje en dat vlinderdasje? Ik pieker er niet over.'

'Het is maar voor twee weken, Angela.'

'Michel stinkt altijd naar azijn.'

'Sterkte.'

'Waarom ga je weg?'

Omdat het moet.

'Ik ga mijn ouders opzoeken.'

Ze knikt. Ze schudt moedeloos haar hoofd. Ze keert me de rug toe en beweegt haar hand bij wijze van begroeting. 'Veel plezier.' En ze verdwijnt met een zware pas door de gang.

'We halen het niet, Nicole, je mist hem zeker weten.'

'Je was te laat.'

'Je had gezegd dat je om twaalf uur zou vertrekken.'

'Ik zei om halftwaalf.'

'Twaalf uur.'

'Wat je wilt. Nu moet je in ieder geval hard rijden.'

Sasha en ik in de auto, in strijd met het verkeer in de spits. Mijn twee tassen op de achterbank. Oliva die met serieuze houding de wacht houdt over mijn beautycase.

'Wil jij rijden?'

'Jij bent de roekeloze van ons tweeën.'

Onze stemmen zijn nors. We praten zonder elkaar aan te kijken. Sasha's stem is al een tijdje nors. En zijn ogen zijn donker. En zijn mond heeft een strenge vorm die ik niet ken. Hij en ik spreken elkaar al een tijdje niet meer, ook al bellen we elkaar onophoudelijk. We zien elkaar al een tijdje niet meer, ook al ontmoeten we elkaar vaak. Het is alsof we ineens geheimen hebben die we allebei niet willen doorgronden. Het is alsof we een schaamte delen waar we ons allebei niet mee bezig willen houden. Sinds we met elkaar hebben gedanst. Of sinds hij aan mijn tafel is gaan zitten alsof het zijn huis is. Of sinds ik geen vragen meer stel over Benedetta. Of sinds mijn leven ineen is gestort als een decorstuk van papier-maché. In ieder geval al voordat ik mijn vertrek heb aangekondigd.

'Van wie is deze auto?' vraag ik hem terwijl ik het zachte leer van de stoelen streel, zo anders dan de gebarsten en stoffige stoelen van zijn auto.

'Van een vriend van Benedetta. Zuiveltje is bij de monteur.'

We glimlachen allebei, afzonderlijk, zonder ons plotselinge goede humeur met elkaar te delen. In de auto van Sasha, die al aardig afstotend was, is op een avond een pak melk kapot gegaan. Hij had zo goed mogelijk schoongemaakt, maar toen hij me de dag erna kwam halen rook ik de misselijkmakende geur van geklonterde melk die nooit meer weg is gegaan.

'Het lijkt wel of we in een zuivelfabriek zitten,' zei ik terwijl ik het raampje naar beneden deed.

'De geur van schapenkaas,' lachte hij.

'Van oude caciotta-kaas.'

'We kunnen haar Caciotta noemen. Jij zegt altijd dat je dingen een naam moet geven.'

'Om ze beter te kunnen onthouden. Maar Caciotta is te specifiek.' Ik nam een plechtige houding aan. 'Ik doop jou Zuiveltje. Vanaf dit moment en voor altijd,' kondigde ik aan terwijl ik een beetje mineraalwater sprenkelde uit het flesje dat ik in mijn hand had.

'Als deze idioot aan de kant gaat halen we het misschien,' moppert Sasha nu, en hij toetert krachtig. Oliva jankt, wat ze altijd doet als ze een lang geluid hoort. Ik draai me om en aai haar over haar kop.

'Bijt haar, Oliva. Die mevrouw gaat ons verlaten,' sist Sasha terwijl hij een scooter snijdt die niet van plan is aan de kant te gaan.

'Hou daarmee op. Ik ben maar een paar weken weg.'

'Dat zeggen ze allemaal.'

Ik kijk hem aan. Zijn ogen zijn nog donkerder. Het is waar. Naast me zit een kind dat vroeger in de steek is gelaten.

Maar dat is nu voorbij, Sasha. Je moet groeien.

'Hoe gaat het met Benedetta?'

'Heel goed. En met jouw man?'

'Heel slecht.'

Ik ben al gegroeid, Nicole. Daarom vlucht je.

'Ik vlucht niet,' zeg ik hardop, ook al zei hij niets.

'Nee? Een afstand scheppen tussen jou en Lorenzo is niet vluchten?'

'Nog vijf minuten en ik heb de trein gemist. Schiet op.'

'We zijn er bijna.'

'Ik heb mijn ouders al een jaar niet gezien. Het leek me het juiste moment.'

Hij gaat op de rem staan. Hij draait zich om en kijkt me aan. Hij heeft een lange baard en een volwassen uitstraling. 'Lul niet, Nicole.'

'Daar! Daar komt een plekje vrij,' roep ik uit, en ik wijs hem een auto aan die ons wonderbaarlijk genoeg een onverwachte kans geeft. Ik stap snel uit en pak een van de twee tassen. Sasha parkeert, grijpt de rest van mijn bagage, aait Oliva en beveelt haar braaf te zijn, en gooit het portier hard dicht.

'Misschien haal ik het nog. Kom op, schiet op,' roep ik terwijl ik met snelle pas richting het station begin te lopen.

'Als je hem mist, heeft het zo moeten zijn,' grijnst hij terwijl hij zijn pas op de mijne afstemt.

De geur van rook en slapende zwervers overvalt ons meteen als we dat Babylon binnengaan dat grenst aan het niets. Ik controleer het vertrekperron. Ik begin te rennen. Uit mijn ooghoek zie ik dat Sasha tegen een mevrouw in een bontjas oploopt.

'Schiet op!' schreeuw ik naar hem terwijl ik haastig over het perron ren.

Sasha rent achter me, sleept mijn tas en mijn blauwe beautycase mee, die in zijn hand wel een Barbie-koffertje lijkt. Ineens is het voor mij een kwestie van leven of dood geworden. Het kan me niet schelen dat ik nog andere treinen kan nemen, ik wil deze. Nu.

'Nicole!' Sasha's stem houdt me tegen.

Ik draai me om. Hij heeft de bagage laten vallen en staat voorovergebogen, met zijn handen steunend op zijn knieën. Ik loop terug en ga naast hem staan.

'Wat is er?' vraag ik bezorgd en een beetje ongeduldig. Ik hoor het gefluit dat hij me heel vaak heeft beschreven nog voordat ik zijn bleke gezicht zie en zijn hand die hij nu naar zijn borst brengt.

'Wacht even... Ik krijg geen adem,' zegt hij met een gebroken stem, terwijl hij de zakken van zijn jas doorzoekt.

Niet nu, Sasha. Ik kan nu geen astma-aanval gebruiken.

Ik draai me om naar de trein. Ik kijk op mijn horloge. Shit.

'Sasha...' zegt ik als ik mijn tas pak die hij op de grond heeft laten vallen.

Hij steekt zijn hand op en geeft me een teken dat ik even moet wachten terwijl hij met de andere zijn inhalator naar zijn mond brengt. Hij kijkt me met grote ogen aan. Geschrokken. Hij haalt diep adem. Het gefluit is weg.

'Gaat het al beter?' vraag ik, en ik probeer me om te draaien naar de trein.

Hij knikt. Zijn ademhaling is regelmatiger.

'Je hebt niet het goede moment gekozen om je astma voor de eerste keer met mij te delen,' probeer ik te schertsen.

'Nicole, stap niet in die kuttrein.' Zijn stem is nog steeds gebroken, zijn ogen net zo geschrokken als toen hij zijn inhalator naar zijn mond bracht.

Maar de astma is nu weg.

'Mijn moeder zou een aanval van hoge bloeddruk krijgen,' zeg ik terwijl ik opnieuw mijn tas pak. 'Red je het?'

'Ik weet het niet,' zegt hij terwijl hij op zijn lip bijt en me aankijkt, maar ook hij pakt een tas en komt in beweging.

Het fluitje van de trein. Er is geen tijd meer. We leggen de laatste meters rennend af. Een kruier helpt me mijn bagage erin te hijsen. Ik draai me om naar Sasha. Hij staat de andere kant op te kijken. Snel doe ik mijn sjaal af en knoop hem om zijn nek.

'Twee weken zijn zo voorbij,' zeg ik hem. Dan stap ik in de trein.

'Dat zeggen ze allemaal!' roept hij terwijl de hoofdconducteur de deur sluit.

Een schok. Een trilling. Een licht gezoem. Dan komt de trein in beweging. Ik ga naast het eerste raampje zitten en kijk naar buiten. Daar staat Sasha. Hij zet een paar stappen langs de trein, doet zijn mond open alsof hij me nog iets toe wil schreeuwen. Dan stopt hij. Zijn armen langs zijn zij, mijn bloemetjessjaal die koket over zijn grijze winterjas hangt. Zijn haar voor zijn ogen.

Ik ben vergeten te vragen wat er met zijn groene jas is gebeurd. Ik ben vergeten te vragen wanneer hij die winterjas heeft gekocht. Ik ben vergeten te vragen waarom hij steeds minder praat.

Ik had nu eenmaal haast.

We worden heel egoïstisch als we ons eigen leven willen redden. Of onszelf schade willen berokkenen.

Ik zet vastbesloten mijn telefoon uit en ik begeef me langzaam naar mijn stoel.

Ik ben vrij.

De trein heeft voor mij altijd, al sinds ik een klein meisje was, iets magisch gehad. Een middenweg tussen een betoverd kasteel en een rondtrekkend circus dat zijn voorstelling alleen liet zien aan mensen die zich konden inleven. Een rij wagons die niet werd beperkt door de ruimte. Dat wat verscheen aan de reizigers – ongemakkelijke stoelen, onmogelijke toiletten, prullenbakken vol met taaie broodjes voor een sobere maaltijd, terwijl de meneer naast je zit te snurken – was slechts de verpakking van iets geheimzinnigers en wonderbaarlijkers, alleen voorbehouden aan degene die de verborgen deuren wist open te maken. Ik zat netjes naast mijn moeder. Ik sloeg mijn kleurboek open, of mijn stickerboek, deed net alsof ik heel erg geconcentreerd was op de haren van Sneeuwwitje of de vlekken van Peggy en Pongo, en begon deuren open te maken en wagons te onderzoeken. Ik verbeeldde me dat achter de restauratiewagon – al een wonder op zich, omdat je er kon genieten van een echte maaltijd, eerste en tweede gang en fruit, terwijl hij je naar onbekende plekken bracht – een enorme wagon met meerdere verdiepingen zat, waar een leger koks tussen een fonkelende batterij pannen de geweldige verfijnde gangen kookte die vervolgens aan tafel werden opgediend. Ik verbeeldde me dat er achter die wagon nog een andere zat, waar in een heel grote wasserij honderden vrouwen wasten, streken en de lakens parfumeerden en erg gelukkig waren, omdat ze tijdens hun werk konden kijken naar een uitzicht dat voor hun ogen constant veranderde. Vervolgens vond ik die lakens in mijn slaapcabine waar – werkelijk geweldig – een echt trapje me naar mijn bed op de bovenste verdieping bracht. Ik verbeeldde me een enorme coupé waar een pianist in smoking achter een enorme vleugel zat, terwijl de mensen in avondkleding dansten en kletsten terwijl ze een toost uitbrachten met zilveren kelken. Er was ook een bioscoop in de trein. En een theater waar iedere dag een ander toneelstuk werd opgevoerd. En een grote zaal voor muziek, waar het orkest telkens als de trein het station van een nieuw dorp bereikte van repertoire veranderde. De eerste keer dat ik met het vliegtuig reisde ('Je zult zien dat je het leuk vindt, Nicole,' zei mijn moeder, 'we gaan boven de wolken vliegen') was ik heel teleurgesteld. 'Er zijn geen wagons,' riep ik beduusd en verloren uit, terwijl ik mijn maag voelde vechten tegen de druk van het opstijgen. Dat stomme vliegtuig begon en eindigde op dezelfde plek. Eerst de neus, dan wij en dan de staart. Alles bevond zich voor mijn ogen, er was niets te verbeelden. En het wonder van die witte wolken die onder mij dreven kon zeker niet tippen aan de mysterieuze magie van de slang wagons, die in balans bleef op de rails als een bekwame schaatster op het ijs en oneindige verrassingen beloofde.

Je bent echt een vreemd kind, Nicole.

In de restauratiewagon betaal ik de rekening en laat een royale fooi achter waarvan ik hoop dat de ober hem deelt met de gelukkige vrouwen die de was aan het doen zijn in de wagon ernaast. Ik loop door het lawaaierige, tochtige tussenstuk en ga terug naar mijn genummerde plek, naast de bejaarde mevrouw die heeft geprobeerd een gesprek aan te knopen toen we net vertrokken waren en die me nu blij begroet, alsof ik een gul kind ben dat bij haar terugkomt. Ik ben nooit enthousiast geweest over de gesprekjes tussen reisgenoten – de geheimen waar men niet voor uit durft te komen, maar die tussen het ene station en het andere worden opgebiecht, de foto's van kleinkinderen die men voor het eerst gaat leren kennen, een reep chocolade die als teken van vriendschap wordt gedeeld, het uitwisselen van telefoonnummers die je al kwijt bent voordat je je eigen bagage weer terug hebt. Ik draai me naar het raampje en sluit mijn ogen om elke poging tot een gesprek te ontmoedigen.

Ik weet niet waarom ik mijn ouders niet heb verteld over deze onverwachte reis. Ik houd van verrassingen, maar zij niet.

Mijn moeder zal de deur voor me opendoen en met opengesperde ogen zal ze me een beetje stijf omhelzen en denken dat ze als ze het geweten had, de logeerkamer beter zou hebben gelucht.

'Je bent bleek. Je ziet er slecht uit. Heeft je vader je al gezien?' zal ze vragen in een opwelling van jaloezie, omdat ze, zoals altijd, de eerste wil zijn. Ze zal niet wachten op een antwoord, ze zal haar pillen nemen voor haar bloeddruk ('Je weet dat mijn bloeddruk stijgt van onverwachte verrassingen'), ze zal me zeggen dat er boodschappen moeten worden gedaan, omdat er niets in huis is, ze zal zich opwinden, ze zal vragen stellen zonder naar mijn antwoorden te luisteren, ze zal herhalen dat ik bleek ben, ze zal de televisie aandoen terwijl ze zich verontschuldigt, maar 'mijn favoriete film begint nu. Als je alleen woont, krijg je vaste gewoontes.'

Ondertiteling: Je hebt me alleen gelaten, Nicole.

Mijn vader zal zijn tuinhek opendoen. Hij zal me met zijn afgeleide en vage uitstraling aankijken, hij zal in een hoekje van zijn geheugen wat concentratie opvissen om een naam te kunnen geven aan mijn gezicht, hij zal me even vasthouden en me 'schatje van me' noemen. Hij zal me zeggen dat ik mooi ben, dat ik straal, hij zal me de vroege bloei van zijn rozen laten zien.

'Heeft je moeder je al gezien?' zal hij me vragen terwijl hij somberder gaat kijken bij het idee dat ik de voorkeur heb gegeven aan de andere helft van het stel. Hij zal me nog een keer zeggen dat hij blij is dat ik er ben, hij zal naar mijn leven vragen terwijl hij continu wordt afgeleid en knikt zonder een woord te horen. Hij zal aanbieden me te helpen bij het opmaken van de slaapbank en dan zal hij met zijn armen over elkaar naar me blijven kijken, terwijl ik de lakens neerleg en het kussen in de geparfumeerde kussensloop doe, en bekennen dat hij zich erg veel zorgen maakt om mijn moeder, die volgens hem op weg is naar een vroegtijdige en humeurige seniliteit. Dan zal hij uitweiden over de laatste projecten van de politici, over hoe duur het leven is geworden. Dan zal hij verdwijnen, om vervolgens met de krant in zijn hand weer tevoorschijn te komen, hij zal me weer omhelzen en zeggen: 'Doe wat je wilt, voel je niet verplicht ons oudjes gezelschap te houden.'

Ondertiteling: Ik weet niet hoe ik jou gezelschap moet houden, Nicole.

Ik zal mijn kindertijd terugvinden.

En net als toen zal ik me eenzaam voelen.

Ineens lijkt het idee van een gesprek met degene naast mij niet eens zo onaangenaam. Ik doe mijn ogen open en draai me naar haar om.

'U had een nare droom, zeker?' zegt ze glimlachend. Ze heeft hazelnootbruine ogen die omgeven zijn door rimpelige groeven. De rimpels van iemand die veel geglimlacht heeft.

'Ik was de toekomst aan het voorspellen.'

'O! Wat een nare gewoonte,' lacht ze hoofdschuddend. Haar haar is kandijwit en wordt door twee schildpadkammen in een knot gehouden. 'Wanneer u net zo oud bent als ik, zult u zich realiseren dat het verspilde moeite is. We worden geboren zonder te weten wanneer en waarom, we gaan dood zonder te weten wanneer en waarom, en ondanks alles proberen we ons hele leven de gebeurtenissen onder controle te houden. Om ze zelfs te voorspellen.' Ze lacht goedhartig en geamuseerd.

'Gaat u uw kleinkinderen opzoeken?'

'Nee. Ik ga trouwen.' Ze kijkt me ondeugend aan, maar haar ogen kijken vrolijk en zonder ook maar een greintje uitdaging.

'Wat geweldig!' antwoord ik bewonderend.

'Wat een onzin, zeggen mijn kinderen en kleinkinderen. Over drie dagen word ik zevenenzeventig. Gualtiero is al tachtig. We kennen elkaar drie maanden. Hij is weduwnaar, ik gescheiden.' Ze lacht weer. 'Ik was een van de eersten,' verklaart ze tevreden, 'mijn man was een idioot.' Ze wroet in haar tas. Haar handen zijn elegant en zacht, een beetje doorkliefd met blauwachtige aderen en ongrijpbaar als de sluier van een fee. Ze haalt er een foto uit en geeft hem aan me. Ik weet al dat er geen kleinkind van haar op staat. 'Dit is mijn vriendje,' zegt ze met zachte stem, en haar hazelnootbruine ogen kijken meteen serieus en liefdevol.

Ik kijk naar het ernstige gezicht van een lange, magere ou-de meneer die aan het tafeltje van een bar zit met een boek open op zijn knieën en met een licht verbaasde uitdrukking in de lens kijkt. Achter de brillenglazen laten zich twee gro-te blauwe ogen raden.

'Het is een heel mooie man,' zeg ik gemeend terwijl ik haar de foto teruggeef.

'Het is mijn man,' zegt ze simpel, en ze stelt het als een fait accompli. 'Dat is hij altijd geweest. Ik realiseer me dat het le-ven mij een geweldig cadeau heeft gegeven. Ook al heb ik er tijden op moeten wachten.' Ze glimlacht en stopt de foto lief-devol terug in haar tas. 'Maar dat is niet zo belangrijk, toch? Het belangrijkste is dat de cadeaus aankomen. Ook al ge-beurt het meestal wanneer we het het minst verwachten. Toen ik Gualtiero leerde kennen, voelde ik me eindelijk thuis. Ook al had ik tot op dat moment nooit geweten waar mijn thuis was. Zo gaat dat, weet u. Er komt iemand in je le-ven en je voelt dat het je andere helft is, dat wat je miste. Hij kan jong of oud zijn, het kan iemand van hetzelfde geslacht zijn of van vijftig verschillende kleuren. Het is jouw thuis. En je voelt je ineens compleet. Eén geheel.' Ze lacht zacht, alsof ze de ernst van haar woorden wil verlichten. 'Gelukkig hebben ze de ziel van Gualtiero in een mannenlichaam ge-stopt. Maar als die ziel in een meeuw, in een beer of in een vrouw had gezeten, was ik er nog steeds verliefd op gewor-den.'

Ik kijk haar zwijgend aan. Haar hazelnootbruine ogen hebben goudkleurige kraaienpootjes die lijken te dansen. Het lukt me die rimpels weg te denken en haar gezicht te zien van toen ze vijftien was. Ze lijkt me nu veel mooier en gelukkiger, met de bagage van een heel leven op haar gezicht.

'En dus trouwen we meteen. Zonder ons iets aan te trek-ken van kinderen en kleinkinderen. We hebben geen tijd te verliezen. Niet omdat we bijna aan het einde zijn van de der-de leeftijd,' – ze lacht weer en laat de kraaienpootjes dansen

– 'maar het zou stom zijn om dit cadeau ingepakt op tafel te laten staan en ervan af te blijven.' Ze kijkt naar haar handen, en ze begrijpt en vergeeft de jaren die door het blauwe web zijn getekend.

'Ik wens u alle geluk van de wereld. Ik heet Nicole,' zeg ik haar terwijl ik mijn hand uitsteek.

'Ik heet Sole. Niet Maria Sole, in 's hemelsnaam, gewoon Sole. Iedereen zegt al mijn hele leven mijn naam verkeerd,' lacht ze terwijl ze mijn hand schudt.

'Het is een naam die heel goed bij u past. Voorbestemd om te verlichten.'

'Dat heb ik in al die donkere jaren ook steeds tegen mezelf gezegd,' zegt ze terwijl ze haar ogen een beetje dichtdoet. 'Ik denk dat ik nu een dutje ga doen. De lucht in de trein is ontzettend slecht voor mijn gezichtshuid.'

Ik glimlach en kijk uit het raampje.

En ineens weet ik waarom ik mijn ouders niet heb gewaarschuwd.

Eenmaal in Nice aangekomen, zal ik uit de trein stappen. Ik zal de eerste taxi nemen die vrij is.

De chauffeur zal me vragend aankijken.

Niks Cap d'Antibes, sorry mama.

Niks Juan-les-Pins, sorry papa.

De volgende keer zal voor jullie zijn. Maar nu niet.

'Brengt u me maar naar Saint-Tropez,' zal ik met vastberaden stem tegen de taxichauffeur zeggen.

Hotel Byblos. Schandalig duur.

Oliva rent rondjes, ze rent weg, maar blijft steeds bij mij in de buurt. Het lijkt wel of ze bang is me kwijt te raken. Ze rent en windt zich op, ze heeft haast om naar het park te gaan.

Vandaag is het woensdag. Vandaag is het drie dagen geleden dat ze is vertrokken.

'Oliva, stop! Kom terug!'

Het wordt groen en ik ben er bijna.

Als Oliva niet terugkomt, betekent het dat Nicole aan me denkt.

Maar Oliva gehoorzaamt zoals altijd als ze deze toon van mijn stem herkent.

Denk je aan me, Nicole?

We steken de straat over. De klok bij de ingang van het park geeft aan dat het kwart voor één is. Eén plus twee is drie, plus vier is zeven, plus vijf is twaalf. Eén plus twee is drie.

Drie is een mooi getal.

Three of a kind een mooi beginpunt.

Daarom pak ik mijn telefoon en toets haar nummer in, alleen maken de cijfers daarvan zeven en zeven brengt ongeluk.

Even later zegt een elektronische stem iets in het Frans wat ik niet begrijp.

Maar één ding begrijp ik wel: dat zeven ongeluk brengt, dat Nicole weg is en jou heeft laten zitten, Sasha. Nicole is verdwenen. Nicole is vertrokken. Geen telefoontjes meer. Geen berichten. Niets. Einde.

Jij had astma en zij stopte niet. Jij stond daar, roerloos, en zij rende weg. Jij had haar nodig en zij was er niet. Punt.

Ik wis je uit, Nicole.

Hoe heet die toestand waarin iemand steeds moe is en nooit zin heeft om ook maar iets uit te voeren? Koorts? Nee. Lamlendigheid? Geen idee. Depressie? Misschien. Vermoeidheid? Ja. Herstelperiode? Ik weet het niet. Ik ben alleen maar moe.

Ik ben moe op de meest absurde tijdstippen, ik ontbijt om twee uur 's middags en doe een dutje om zeven uur 's avonds.

Ik ruik de geur van alcohol en van die kroeg nog in mijn shirt, en de hoofdpijn lijkt me niet met rust te willen laten.

We hebben tot vijf uur 's ochtends gedanst. We hebben gedronken, drugs gebruikt, en we hebben bijna alle tegenovergestelde dingen gedaan van wat we wilden doen. We wilden neuken en we hebben geflirt, we wilden ruziemaken, maar we hebben grapjes gemaakt. We wilden elkaar beledigen, maar we waren elkaars handlangers. Jaloezie is een gevoel dat ik me bij haar niet kan veroorloven. Dat kan echt niet. Niet omdat ik haar niet vertrouw, maar omdat het deel uitmaakt van ons.

Hoe ver wil je me laten gaan?

Onze provocaties zijn het bewijs van onze liefde. Het is een vernietigend spel waarmee we ons vermaken. Steeds opnieuw de zelfvernietiging aanraken en dan toch weer voor elkaar kiezen. Steeds opnieuw op de rand van het ravijn en steeds opnieuw de herbevestiging. Steeds opnieuw een spel tussen ons twee. Wij twee en de anderen, marionetten voor ons tijdverdrijf.

Benedetta glimlachte naar alle mannen die naar haar toe kwamen. Ze speelde met hun hormonen en op afstand keek ze mij trots en geamuseerd aan. Haar ogen zeiden 'ik ben van jou' terwijl ze die van anderen verleidden. En ik maakte me in de verte onzichtbaar, zij kon me niet vinden, maar wist dat ik naar haar keek. We bedrogen elkaar met elke blik en op elk moment beloofden we elkaar trouw.

Haar vriendin wreef al na de tweede wodka-tonic haar lichaam tegen het mijne. Hoe heette ze? Lucrezia? Ja, ik geloof het wel. Zij wist het en wilde zien hoe ver we zouden gaan.

Hou je van me? Tot op welk punt? Tot wanneer?

We duwden elkaar continu tot de grens.

Wanneer zul je me verlaten? Wanneer zul je me laten vallen?

We hielden van elkaar als trapezeacrobaten. En hoe gevaarlijker de stunts in de lucht waren, hoe steviger we elkaar vasthielden. Het waren sprongen zonder vangnet, sprongen in de leegte, geblinddoekte ogen en handen die zochten naar die van de ander. En bij elke sprong dezelfde vraag: 'Zal zij me ook deze keer opvangen?'

Ik weet het niet meer.

Hoe laat is het? De zon gaat weer onder.

Ik lig in bed met een dikke tong en heb moeite met opstaan en zij ligt niet naast me. Misschien wil ik slapen, omdat ik er genoeg van heb steeds van de ene naar de andere trapeze te moeten springen, omdat ik er genoeg van heb steeds haar hand te moeten zoeken. Soms denk ik dat ik gewoon zou willen weten dat zij er is, dat ze me hoe dan ook zal opvangen en dat ik haar vast kan houden zolang ik daar behoefte aan heb. Maar zij is er niet.

Ik sta op, trek mijn spijkerbroek aan en sleep mezelf naar de badkamer.

Benedetta staat voor de spiegel. Ze heeft haar haar in een staart en brengt oogpotlood op haar ogen aan.

Ze is ver weg, afstandelijk en afwezig.

Waar is je hand nu?

'Waarom maak je je ook op als je geen reet hoeft te doen?'

Benedetta kijkt een laatste keer naar zichzelf. 'Om mooi te zijn voor mezelf.'

Ik kijk aandachtig naar haar. Ik ga naar haar toe, onze blikken kruisen elkaar in de spiegel waarin zij haar ijdelheid tentoonstelt.

Dan ga ik op de wc zitten.

Zij staat met haar rug naar mij toe.

Ik leun met mijn hoofd naar achteren, tegen de muur. Opeens voel ik de warmte van een andere hand vlak bij de mijne.

'Maak mij ook mooi,' zeg ik ernstig in de hoop diezelfde omhelzing terug te vinden.

Benedetta begrijpt het niet, ze weet niet of ze moet lachen. 'Hè? Wil je dat ik je opmaak?'

'Ja,' herhaal ik ernstig.

Benedetta's glimlach verschijnt op haar gezicht. Het is de glimlach van iemand die denkt het te begrijpen, maar er niets van snapt. 'Oké, kom maar hier,' zegt ze.

Nee, fout. 'Kom jij maar hier.' Dan laat ik mijn hoofd naar achteren vallen. Passief. Stilzwijgend.

Benedetta komt naar me toe met haar zwarte potlood. Ze kijkt me nieuwsgierig aan, onzeker; dan geeft ze haar orders. 'Kijk eens omhoog.'

Goed zo. Juist.

Ik kijk omhoog en laat het harde en pijnlijke zwart tussen mijn wimpers glijden.

Het is een pijn die ik me herinner.

Het is een ongemak dat ik ken.

Het is een warme open hand.

Is het moeilijk?

Alleen de eerste keer…

Zoals de liefde?

Zoals de niet-liefde, je went eraan.

Haar hand glijdt over me heen. Oplettend om me geen pijn te doen.

Wat vind je ervan?

… Nu lijk ik op jou.

Mijn ogen zijn volgzaam en ik adem haar adem in.

Ik heb nog nooit een man opgemaakt.

Haar stem was als een hand die me stevig vasthield, net als haar ogen die het geknipper van de mijne aandachtig bekeken.

Onze spiegelbeelden leken echt op elkaar.

Nu heb ik Nicoles ogen.

'Ik ben blij jouw eerste keer te zijn.' Deze keer denk ik het niet. Ik zeg het. Adem en stem komen uit mijn mond.

Benedetta kijkt me verward aan. 'Hè?' vraagt ze.

Ik sluit mijn ogen. Ik denk niet en ik praat niet. Het is beter om niet na te denken.

Mijn mond vliegt op die van Benedetta. Onze lippen duwen wild tegen elkaar. Het is een zoen zonder reden.

Benedetta laat het potlood vallen. Benedetta valt naar achter, Benedetta houdt me gepassioneerd vast. Benedetta, Benedetta, Benedetta. Voor het eerst lijkt deze naam me niet zo vertrouwd en vanzelfsprekend. Languit liggend op de badkamervloer trek ik mijn shirt uit. Ik doe haar beha uit en duik met gesloten ogen tussen haar borsten. Ik duik met mijn mond op haar tepels en wacht alleen op het moment dat ik helemaal in haar kan duiken.

Maar dat moment komt niet. Ik kan het niet. Niet nu.

Haar lichaam, haar ogen kijken me vragend en beledigd aan.

Hoe ver kunnen we gaan, Benedetta? Hoe graag zou ik willen dat jij antwoord kon geven. Zeg jij het maar. Maar zij staat niet op die trapeze en zal me deze keer niet opvangen. Zij ligt roerloos op de koude vloer van de badkamer. En ik heb geen zin om haar te neuken.

'Wat is er?' vraagt ze bezorgd.

Ik sla mijn ogen neer. Er valt niet veel te zeggen. Ik spring op en zonder in de spiegel te kijken trek ik mijn shirt aan.

'Niets. Ik voel me alleen voor lul staan als ik zo opgemaakt ben.'

Ik haal een net gekochte stok kaarten uit mijn zak.

Ik haal hem uit zijn dunne doorschijnende plastic omhulsel en ruik eraan.

Ik herken deze geur. Het is de geur die Riccardo altijd aan zijn handen had. Ik ademde hem in elke keer als hij zijn grote hand over mijn hoofd haalde.

Ik pak de kaarten en schud ze snel. Een voor een laat ik ze ademen. Dan leg ik ze voor me open als een waaier.

Als ik een rode kaart pak, betekent het dat ik Nicole snel zal vergeten.

Zwart.

Opwindend. Gevaarlijk en opwindend.

Een brief schrijven is ontzettend uit de mode, toch Sasha? In dit hotel is een heel mooie zaal die voorzien is van glanzende tafels en leren fauteuils waar je voor een computerscherm kunt gaan zitten en een e-mail kunt typen. Maar totaal onverwacht vond ik op mijn kamer, in een lade van het bureau waarop een vaas met zonnebloemen pronkt die elke dag worden vervangen, wat papier en enveloppen met het logo van het hotel. Alsof het efficiënte personeel van dit hotel heeft willen zeggen: 'Als jullie het niet kunnen, als jullie ouderwets zijn, over de zestig, of als jullie simpelweg willen dat het leven traag verloopt, dan zijn jullie hierbij tevredengesteld.' En ik wil luiheid, op dit moment. Ik hunker naar traagheid.

Opwindend. Gevaarlijk en opwindend.

Ik word langzaam wakker. Op onmogelijke en onredelijke tijdstippen. Het is bijna altijd mooi weer, ondanks het seizoen. Ik neem een oneindig lange douche, een uitgebreid ontbijt op het balkon van mijn kamer dat over het zwembad hangt, ik lees kranten, ik rook ook 's ochtends, ik denk heel weinig na. 's Nachts slaap ik. Niet elke nacht, en niet altijd aan één stuk door, maar ik slaap. Kun je het je voorstellen? En verder gaan de dagen langzaam voorbij. Precies zoals ik wil. Soms kom ik niet eens het hotel uit. Dan blijf ik bij het zwembad, naar het blauwe water kijken dat golft door de wind. Ik laat me masseren. Ik klets met de receptionist, die dertig is en 's nachts piano speelt in een jazzbar. Ook hij is een groot liefhebber van Chet. En Ella, en Billie en Fats en Louis, en Frank. Hij heeft borstelig rood haar en een bril. Achter de brillenglazen twee ongelooflijk weemoedige en stralende groene ogen. Hij is vijf maanden geleden voor het eerst verliefd geworden en heeft er elke dag last van, want zij

beschouwt hem slechts als vriend. Tegen hem heb ik niet gezegd dat er geen vrouw bestaat die niet te veroveren is. Ik
houd mijn geheimen voor me.

Opwindend. Gevaarlijk en opwindend.

Ik heb een auto gehuurd. Heel lang geleden had ik een rode Peugeot die altijd ontzettend smerig was en waarin cd's
en cassettes zonder etiket rondslingerden. Op een nacht hebben ze hem gestolen, misschien vanwege de cd's, die waren
het waardevolst. Ik hield van hem zoals je van een mens
houdt. Nou ja, ik hield van hem zoals ik van dingen houd.
Daarom heb ik er precies zo een gehuurd. De medewerker
wilde het niet geloven, ik was de eerste klant die om een oude bak vroeg. Hij is niet vies zoals die van mij en ruikt niet
naar olie, maar ik vind hem toch leuk. Soms, wanneer ik het
blauwgroene zwembad moe ben of mijn vriend de receptionist geen dienst heeft, ga ik een tochtje maken. Ik ga de
snelweg op of een of andere provinciale weg en ik rijd. Ik
bezoek kleine dorpen, ik koop verschrikkelijke voorwerpen
op marktjes, ik eet fruit terwijl ik etalages bekijk, ik ga ker-
ken binnen en steek kaarsen aan zonder een wens te doen.
Ik ben nog niet naar de zee gegaan. Nog niet. Daar is een reden voor. Er is altijd een reden.

Opwindend. Gevaarlijk en opwindend.

Ik verdwaal continu. Ik ga de verkeerde hoek om, ik neem
de afslag die me in een andere richting leidt dan ik had ge-
pland, ik dwaal gedesoriënteerd door doolhoven en onbekende straatjes die anders zijn dan de straatjes die ik in wilde gaan. De tijd staat stil, ik vraag informatie waar ik niet
naar luister en die me niet interesseert, ik blijf staan om met
oude vissers te kletsen die lijnen inhalen, terwijl het muse-
um dat ik wilde bezoeken definitief zijn deuren sluit. Ik kom
in goedkope restaurants terecht wanneer ik mezelf een luxe
maaltijd wilde gunnen of in chique nachtclubs wanneer ik
een trui en spijkerbroek aanheb. Het is zo ontspannen. Het
is zo bevrijdend. Het vreselijke marstempo, aangegeven door
de punctualiteit en precisie van Lorenzo, zijn norse stem die
mij instructies geeft – keer hier, nu naar rechts, hoe kan het

nou dat je deze straat nog steeds niet hebt onthouden? – zijn
een vage herinnering terwijl ik mijn schouders ophaal en de
zoveelste verkeerde afslag neem, die me wie weet waarnaartoe leidt na wie weet hoeveel tijd.

Ik heb geen haast. Mijn horloge is anarchistisch. De wijzers geven alleen een suggestie aan.

Ik heb twee afspraken. Sterker nog: één, als we die met de
zee niet meetellen.

Maar nog niet.

Op een avond, in een restaurant, gekrenkt door de stilte
van Lorenzo, met jouw groene jas om mijn schouders,
droomde ik mijn gebruikelijk droom. Die droom waarin ik
verdwijn en niet meer terugkeer. Die droom waarin ik met
één enkele, heel lange sprong over alle conventies, alle schijn,
de algemene logica en het fatsoen heen spring en onder
bruggen verdwijn, mijn haar uit model laat groeien, op
bankjes slaap, de hand lees van voorbijgangers terwijl ik me
van kerktrappen laat wegjagen. Waarin ik de regels ophef om
tot de essentie van mezelf te komen. Dat is wat ik mezelf toe-
sta te doen in deze dagen. Ik ben voor onbepaalde tijd een
luxe clochard. Ik ben een vrouw van haar woord, als deze
vijftien dagen voorbij zijn, zullen mijn lichaam en geest ophouden te zwerven en kom ik naar huis. De afstand die ik
van alles neem is mijn vrijgeleide naar vrijheid. Ik ben aan
het studeren, om mezelf weer terug te vinden. Ik leg me toe
op vrolijkheid en luiheid. Ik verdwaal om te leren niet bang
te zijn. Ik leef van dag tot dag en ik maak me bijna geen zorgen, of eigenlijk helemaal niet.

Opwindend. Gevaarlijk en opwindend.

Ik heb een minnaar gehad. Voor een nacht. Een bleke en
lange, elegante en strenge man. Zijn beeld werd weerspie-
geld op het gegolfde blauwgroen van het zwembad. Hij
schreef onvermoeibaar op een schrijfblok, zonder op te kijken, onverschillig voor alles om hem heen. Ook tijdens de
lunch ging hij door met schrijven, in de op ons tweeën en
vier Duitse toeristen na halflege zaal. Hij bleef het papier vullen, zonder zich te realiseren wat er om hem heen gebeurde.

Toen hij opstond, wist ik zeker dat hij mijn tafel al schrijvend voorbij zou lopen, dat hij zich zou verliezen in zijn woorden en net als Alice zou verdwijnen in de spiegel. Toen hij echter bij mijn tafel kwam, bleef hij staan. Hij keek me aarzelend aan. Hij glimlachte.

'Als ik niet met iemand praat, word ik waarschijnlijk gek. Mag ik?' vroeg hij terwijl hij naar de drie nutteloze stoelen wees die me probeerden gezelschap te houden. Ik heb hem verteld dat ik maritiem onderzoekster was en dat ik op een eiland woonde waar we autistische kinderen genazen met hulp van dolfijnen. Dat ik Italiaans was, weduwe. Dat ik Benedetta heette. Een ode aan jou, Sasha. Hij heeft me verteld over een wonderbaarlijke reis naar Santo Domingo, waar hij de hele nacht op straat had gedanst. Van dichtbij was zijn gezicht niet zo streng als het van de andere kant van het zwembad leek. Als hij praatte, kreeg zijn bovenlip een nauwelijks merkbare, onwillekeurige samentrekking naar boven. Als een onderdrukte poging om te glimlachen. Hij had donkere en intelligente ogen. Een beetje afwezig. 's Avonds, in een klein restaurant in de haven, vertelde ik hem dat ik een blessure aan mijn rug had opgelopen, waardoor ik jarenlang verlamd was geweest, en dat ik pas sinds kort mijn benen weer kon gebruiken. Hij liet mij zien, nadat hij de ober twee papiertjes en een pen had laten brengen, dat hij tegelijkertijd met de ene hand kon tekenen en met de andere kon schrijven terwijl hij met mij bleef praten. Hij vertelde een moeilijk verhaal over de twee helften van onze hersenen. Ik voelde me sterk door mijn licht gebruinde huid en door het parfum van Provençaalse bloemen dat ik die middag had gekocht, en door mijn leugens. Ik heb uit mijn geheugen de pagina gevist die gewijd is aan het werkwoord 'flirten' en ik heb de regels gehoorzaamd.

Toen we ons bij de receptie bevonden, pakte hij mijn hand. Die was net zo warm en serieus als zijn gezicht. We hebben slechts één sleutel gevraagd. Terwijl hij me uitkleedde, vroeg ik me een beetje ongeïnteresseerd af wat ik zou moeten voelen als ik naakt tegenover een man stond na tien jaar monogamie. De gedachte is, zoals alle gedachten in deze dagen, uit mijn hoofd weggeglipt terwijl hij met een dringend gebaar het papier van het bed veegde en mij neerlegde met een zachtheid die ik niet had voorzien. Toen zoenden we elkaar pas. Ik gedroeg me als een verwende en veeleisende minnares en nam alles wat hij me vrijgevig gaf. Ik voelde puur genot dat vrij was van gevoelens, hoewel ik helemaal en met alles wat ik in me had hield van het lichaam van die onbekende man, die mij tijdens het vrijen wel in de ogen keek.

'Ik vertrek morgenochtend,' zei hij me met een diepe stem, daarna. Zijn eerste woorden sinds we die kamer waren binnengegaan.

'Helemaal perfect,' mompelde ik glimlachend.

We hebben in elkaars armen geslapen. Ik heb hem niet gevraagd wat hij schreef. Ik weet zijn naam, maar ik geloof niet dat ik de behoefte zal hebben hem uit te spreken. We hebben elkaar bij het zwembad gedag gezegd. Zijn hand rustte even op mijn arm. Geen woorden.

Helemaal perfect.

Opwindend. Gevaarlijk en opwindend.

Ik ben vannacht begonnen je te schrijven, en nu is het ochtend. Ik hoop dat jouw tijd net zo anarchistisch voorbijgaat als de mijne. Dat de echte Benedetta je nog steeds laat dromen. Dat je me mijn sms'je hebt vergeven waarmee ik liet weten dat ik mijn telefoon uit zou laten staan. En dat je me vervolgens hebt vergeven dat mijn telefoon uit stond. Ik hoop dat ook Lorenzo mijn vlucht uit de werkelijkheid en mijn stilte heeft begrepen. Ik zal het weten als ik terugkom. Op dit moment maak ik me geen zorgen. Vergeef me. Ik maak me geen zorgen om jullie. De wijzerplaat van mijn horloge is te wazig om de tijd te lezen. Maar in mijn zak zit het retourticket. Ik ben een vrouw van haar woord. En veel te gehecht aan het leven om op kerktrappen te zitten en handen te lezen.

Ik heb alleen twee afspraken die ik na moet komen.

Dan kom ik naar huis.

Ik weet jouw adres niet meer. En weet je wat zo absurd is?

Ik heb nooit je achternaam geweten. Voor mij ben je gewoon Sasha. Ik ben al genoeg vervuld van jouw korte en welluidende voornaam.

Ik zal deze brief toch verzenden. Door hem toe te vertrouwen aan een witte envelop. Ik ben ervan overtuigd dat iemand hem vroeg of laat zal lezen. En hem waarschijnlijk zal begrijpen.

Leef, Sasha. Ik ben aan het leven.

Met liefde,

Nicole.

Ik ben een beetje geëmotioneerd. Alsof we onze eerste afspraak hebben. Maar een afspraak na meer dan tien jaar is eigenlijk ook alsof het de eerste is. Aan de telefoon was aan zijn stem enigszins te horen dat hij aangenaam verrast was. Misschien had ik het door, omdat ik hem zo goed ken. Of misschien wilde ik het wel doorhebben om te voelen dat mijn afwezigheid een leegte in zijn leven had achtergelaten. Uiteindelijk was ik toch een van zijn meest veelbelovende leerlingen. Dat zei hij altijd. En mijn psyche lag in zijn handen. Samen met mijn ziel.

Ik kijk naar de wijzerplaat van mijn horloge. Hij is niet meer wazig. Mijn trein zal me over precies twee dagen naar huis brengen en ik heb ervoor gezorgd dat deze wijzers weer duidelijk de minuten en de seconden gaan aangeven. Ik moet twee afspraken nakomen.

En dit is de eerste.

Het is warm en aangenaam in de kamer. Zoals ik het me herinnerde. De kandelaar op het bureau, de zware gordijnen gesloten – daarbuiten vertoont zich het Provençaalse platteland –, de twee fauteuils met donkere bloemen tegenover elkaar. Op één ervan zit hij, groot, blank, geruststellend als het portret van Freud dat tussen een aquarel en een kruisbeeld aan de muur hangt. Hij glimlacht rustig en zijn handen liggen in zijn schoot, afwachtend. Ik ga zitten en kijk hem in zijn ogen. Ik weet dat hij niets zal zeggen. Ik weet dat hij op mij zal wachten, dat het uur dat we tot onze beschikking hebben misschien in stilte voorbij zal gaan als ik niet begin te praten. Maar als de zaken er zo voor staan…

'Het is lang geleden dat we elkaar gezien hebben.' Mijn stem is onzeker. 'Ik ben…' Een hees, verstikt geluid ontsnapt me. Ik begin te hoesten. Het analysekuchje, zo noemt hij het. Hij blijft naar me kijken, glimlachend. Het stoort hem niet, maar hij geeft me ook geen glas water. Ook dat kuchje kun je analyseren.

'Ik ga bij mijn man weg. Denk ik. Er zijn nog veel dingen die ik niet begrijp. Maar misschien heb ik wel geen zin meer om te begrijpen.'

Ik haal diep adem. Hij wacht op me.

'Tien jaar geleden ben ik gestopt met leven. En toen ben ik met hem getrouwd. Ik ben gestopt met leven zoals ik ben gestopt met dit beroep. Herinnert u zich nog dat…'

Hij knikt langzaam, hij bespaart me de moeite om verder te gaan.

'Ik begon met lesgeven op een talenschool. Ik ben met Lorenzo getrouwd. Ik hield op met slapen. Ik begon te roken. Lorenzo is sterk, onkreukbaar, stabiel, voorspelbaar. Hij gaf me een veilig gevoel. Tien jaar lang dacht ik dat mijn leven perfect was. Ik voelde me sterk en veilig. Dat had ik al gezegd, toch?' lach ik bitter. 'Voor mij is veiligheid belangrijk. Iemand hebben die je stevig vasthoudt en je niet laat vallen. Naar beneden kijken en zien dat er een vangnet is.'

Ik zou het fijn vinden als hij iets zou zeggen, als hij zou knikken, als hij me zou omhelzen.

'Tien jaar lang keek ik om me heen en zei steeds maar tegen mezelf dat mijn leven eindelijk was zoals ik het wilde. De etentjes met vrienden, de arm van Lorenzo om me heen, de dagen volgens het ritme van de lesroosters, al die antieke en rustgevende meubels waar het huis vol mee stond…'

Ik doe mijn ogen een beetje dicht en haal diep adem. En dan zie ik hem aan de binnenkant van mijn oogleden, en ik voel die lichte duizeling, en mijn maag trekt zich samen zoals bij een heftige emotie.

'En toen kwam ik Sasha tegen.'

Het strand heeft alle kleuren van de wereld.

Ik kon me niet herinneren dat het hier, tijdens zonsondergang, op een steenworp afstand van de uithangborden en de etalages, een paar uur van het geschreeuw van de stampvolle discotheken en restaurants, zo stil was en zo naar zout water rook. Ik kon me deze witte en gladde stenen niet herinneren, dit amberkleurige zand, deze blauwe en paarse kalmte die wel eeuwig lijkt te duren.

Dit is mijn laatste afspraak.

'Het is de plek waar de goden na hun gevechten komen uitrusten. Hier werd de god Chaos verslagen en hebben ze de Kalmte gecreëerd,' zei Thierry de eerste keer dat hij me er mee naartoe nam. 'Het is de plek waar de stilte niet praat. Het is de plek waar Venus terug het water in gaat, waar Mercurius stopt met vliegen, waar alle aardmannetjes van de nacht uitrusten. Dit is het evenwicht van de wereld.'

Hier hebben Thierry en ik de eerste keer gevreeën. Hier, waar hij naartoe kwam als alles in hem te hard schreeuwde, en zijn kleuren te fel waren, en hij behoefte had te ademen en de rust te vinden die ik noch de anderen hem konden geven met onze grijze pillen.

'Die pillen halen stukken van mijn ziel weg. Ik heb alleen maar stilte nodig. De stilte die dit strand mij geeft. Ik heb alleen maar stilte nodig, Nicole. En jou.'

Het was in deze baai dat Thierry wilde dat iedereen hem gedag kwam zeggen, een koude zonsondergang in februari, terwijl zijn as licht over de zee vloog. Ik was er niet. Ik wilde de herinnering bewaren aan de zon die onderging boven onze naakte lichamen op dit amberkleurige zand. Aan de blauwe trui van Thierry om mijn schouders geknoopt terwijl hij me vasthield en me lachend zei dat niemand het hier koud kon hebben.

Aan zijn lichte en stille ogen die naar dit stukje zee keken terwijl hij mijn hand vasthield en me vertelde over de dag dat de goden de stilte nodig hadden.

Ik wilde hem niet gedag zeggen terwijl hij bij me wegdanste over de oceaan.

Ik doe langzaam mijn schoenen en mijn sokken uit en laat mijn voeten in het koude zand zakken.

Ik ben niet bang. Ik voel geen verdriet.

Misschien had je gelijk, Thierry. Op deze plek is de Kalmte gecreëerd.

Ik kijk om mee heen, zoekend naar iets van hem. Een herinnering. Een gevoel. Een teken van zijn aanwezigheid. Van de keer dat we hier samen waren.

Waar ben je, vraag ik hem stil. Zit je in het zand? Zit je in het krinkelen van het water? Zit je rond deze witte stenen, zit je in het schild van die krab die voor mijn ogen zijn weg graaft, zit je in de schelpen of ben je aan het einde van de zonsondergang?

Misschien had je gelijk, Thierry. Op deze plek zwijgt de stilte.

Daarom bestaan er begraafplaatsen. Om ons verdriet een plek te geven, een naam, een referentiepunt. Om het ons mogelijk te maken te knielen en te huilen en te bidden voor een witte grafsteen die ons een gevoel geeft van gezelschap van degene die we proberen vast te houden. Om ons de mogelijkheid te geven troost te vinden bij een koud en onverwoestbaar blok marmer dat ons toestaat ons verdriet in leven te houden op een geografisch beperkte en bepaalde plek.

Ik laat me in het zand vallen. De lucht is bleker geworden, de zon is al ver onder, maar ik heb het nog niet koud. En ik voel geen verdriet. Alleen een grote kalmte.

Thierry is overal. En daarom kan ik hem laten gaan.

Ik heb nooit van afscheid gehouden. En Thierry ook niet. 'Ik heb al deze liefde… al deze liefde…' heeft hij op zijn afscheidsbriefje geschreven. En dat was het.

Ik kijk liefdevol naar de blauwpaarse zee. Ik kijk liefdevol naar het zand, de witte stenen, en de krab die verdwijnt in de strook zand die steeds door de golven overspoeld wordt. Ik kijk naar Venus die terug het water in gaat, ik kijk naar Mercurius die uitrust, ik kijk naar de aardmannetjes van de nacht die het licht uitdoen.

Ik omhels krachtig mijn benen, ik trek ze tegen mijn borst,

ik laat mijn hoofd hangen, ik glimlach. Ik voel een lichte warmte op mijn schouders. Ik weet dat het een blauwe trui is. En hij ruikt naar Thierry.

Ik voel geen verdriet.

Ik druk mijn voorhoofd tegen mijn knieën. Mijn voeten steken dieper in het zand. Ik glimlach.

Diepe kalmte en rust in deze weidse ruimten,
in deze bladeren die vallen roodgekleurd
en in mijn hart, of het helemaal kalm is
of slechts een beetje, het is wanhopige kalmte.

Kalmte over de zeeën en de zilveren slaap
en golven die rustig ruisen
en volle kalmte in dit nobele hart
dat slechts klopt door de hartslag van de zee.

De lichamen in de kamer zijn naakt en bezweet. Vanaf het kussen kijk ik naar ze, maar ze lijken zo ver weg en zwaar.

Het gele licht op de commode verlicht het lange parket en onze silhouetten.

Schaduwen die langer worden op de muur van de kamer en onze lichamen vervormen.

Benedetta onder de dekens. De rook die uit haar mond komt, vertroebelt haar zicht als een vervormde lens. Haar rode ogen zijn nu klein en leeg en lachen samen met de mijne.

Mijn mond hangt scheef, ziet er lelijk uit en gaat alleen open om zich vol te gieten met absint.

Ik weet niet meer hoe lang ik al in dit bed lig, in deze kamer.

Benedetta weet het ook niet meer, ze doet steeds maar stomme spelletjes met haar aansteker.

'Kom op, wie het het langst volhoudt!' De vlam die onder haar hand brandt, maakt onze ingedutte zintuigen weer wakker en dat vindt ze leuk.

'Waar zijn de poppers?' vraag ik.

Benedetta's linkerhand gaat open en laat een blauwglazen flesje vallen. Het rolt op de lakens en glijdt naar mijn vingers.

Ik haal de dop eraf en inhaleer.

Defibrillator! Eén hijs en ik voel mijn lichaam heel even wakker worden uit zijn staat van sloomheid. Hartslag van 180. Spieren die zich spannen. Zenuwen die langer worden en mijn longen die opzwellen. Dan, zoals de zuiging van een golf die zich met geweld op de kustlijn stort, keert de rust langzaam terug in mijn lichaam.

'Ik wil een keer neuken en op het moment dat we bijna klaarkomen poppers innemen, oké?'

Hoor je me, Benedetta?

Benedetta glimlacht en knikt.

'Echt, ik wil het echt doen…'

Maar zij luistert niet. Misschien omdat ik te langzaam praat.

Ik richt mijn ogen naar het plafond. De barsten zeggen meer dan Benedetta's ogen.

'Weet je, ik ben een boek aan het lezen. Het heet *Zelter*. Het gaat over een oude man die toen hij jong was een heel mooie vrouw had leren kennen, die Ludmilla heette, en hopeloos verliefd op haar was geworden. Toen Ludmilla hem haar ware aard had onthuld, was Zelter ademloos van angst, maar hij wilde haar hoe dan ook en had alles voor haar opgegeven. Zij beloofde hem in ruil daarvoor het eeuwige leven. Want Ludmilla was een vampier.'

Langzaam voel ik Benedetta's ogen op mij rusten.

'Toen werd zij zwanger. En tijdens de zwangerschap moest Zelter vers bloed voor haar halen…'

Benedetta's ogen kijken nu aandachtig.

'En er was niets wat Zelter niet voor Ludmilla overhad. Voor haar en die belofte op het eeuwige leven…'

Benedetta's ogen kijken nu opgewonden.

'Toen hun zoon geboren werd, haalde Zelter hem bij haar weg – in een moment van gewetenswroeging –, zodat hij niet bij die monsterlijke moeder zou opgroeien. Intussen gingen de jaren voorbij en Ludmilla hield zich niet aan haar belofte om hem het eeuwige leven te schenken. "Ik ben oud," zei Zelter op een nacht, terwijl hij naar zijn Ludmilla keek, die daarentegen zo jong was als de dag dat ze elkaar hadden ontmoet. "Heb vertrouwen en geduld," antwoordde de vampier hem. "Wie zal er voor ons zorgen als we allebei vampier zijn? Wie neemt jouw plaats in, als mijn bewaker?" Toen keek ze hem aan met haar wilde en verleidelijke ogen en besloot: "Ik ben een vervangende bewaker aan het opleiden." Toen was ze de nacht in gegaan. Zelter volgde haar, omdat hij bang was dat de vervanger een nieuwe minnaar was. En hij zag dat ze een jongen ontmoette die hem bekend voorkwam, hij zag haar hem omhelzen en zoenen. En hij zag in de ogen van die jongen dezelfde blik als hijzelf jaren eerder had gehad. De blik van iemand die bereid is alles op te geven voor Ludmilla.

En toen herkende hij de jongen pas. Het was zijn zoon. Hun zoon. En toen begreep hij het opeens. Hij herinnerde zich dat zijn vader hem had weggebracht toen hij net geboren was. En hij wist dat zijn vader was weggebracht door zijn opa. En hij wist dat zijn zoon vervloekt was, net als zij. De bewakers van Ludmilla. Vaders en broers. Tegelijkertijd kinderen en minnaars van Ludmilla…'

Haar ogen hebben een donkere blik.

'Verdomme!' mompelt ze ongelovig. 'En wat gebeurt er dan?'

'Ik weet het niet. Ik heb het nog niet uit. Ik weet alleen dat dit boek eigenlijk over mij gaat, over mijn vader en mijn moeder.'

De barsten boven mij lijken te bewegen op het grijs geworden plafond van dit huis. Ze lijken langzaam te bewegen, net als mijn gedachten.

'Waarom?'

Ik voel dat Benedetta zich een weg zou willen banen in mijn hoofd zoals een van die barsten.

'Omdat die vrouw eigenlijk onze ziekte is. Het is een ziekte die van mijn ouders op mij overgaat. Het is hun zieke bloed dat nu in mij stroomt en misschien overgaat op mijn zoon.'

De barsten voor mijn ogen beginnen een warrig labyrint te tekenen, een doolhof waar ik niet uit kan komen, en het lijkt bijna of het plafond naar beneden komt.

'Er stroomt ziek bloed door mij heen. Soms vraag ik me af of ik ook voorbestemd ben om te eindigen zoals zij.'

Het doolhof van barsten tekent zich af op het plafond als een slang en begint ook alle muren te doorklieven.

Dit huis begint in te storten.

'Geloof jij in het lot, Bene?'

Benedetta buigt zich naar mij toe en geeft me een zoen.

Dan kijkt ze me slangachtig aan. 'Heb je nooit willen spuiten?' Door haar stem breekt er iets in mij.

Ik begin in te storten.

'Ik dacht altijd dat het pijn zou doen.'

Mijn ogen kijken strak in die van Benedetta, ik kan niet meer om me heen kijken. De doolhof wordt dichter en ik weet niet hoe ik eruit moet komen. Ik zit opgesloten in deze doolhof.

Verdwaald.

Ik ontbloot mijn onderarm en leg hem op de scherpe rand van het hoofdeinde van het bed. Langzaam begin ik te wrijven en laat mijn huid over dat ruwe en droge houten oppervlak glijden.

'Toen ik klein was, heb ik een keer mijn vader als een dolle door de ziekenboeg zien rennen vanwege de dagenlange ontwenningsverschijnselen...'

De druk van mijn naakte arm op dat ruwe meubelstuk begint pijnlijk te worden.

'... en ik heb hem gezien terwijl hij wanhopig op zoek was naar metadon en de hele ziekenboeg overhoophaalde. Hij was zo gewelddadig dat de artsen bang waren om bij hem in de buurt te komen. En ik heb hem gezien terwijl hij ten einde raad de eerste de beste naald pakte en hem in zijn aderen stak. Op dat moment ontspande zijn gezicht in een grimas van genot. Het leek wel of die acute pijn hem opluchting gaf...'

Er bestaan momenten waarop oppervlakkige pijn kan leiden tot diep genot.

Nu voel ik de splinters van dat meubelstuk een voor een in mijn onderarm schieten.

Benedetta kijkt me roerloos aan terwijl ik verder vertel en met mijn arm over dat meubelstuk blijf schuren, dat langzaam rood wordt. Die splinters openen barsten in mijn lichaam, nog meer barsten die nog meer doolhoven vormen waar ik niet uit kan komen. De hele kamer wordt nu kleiner om mij heen.

En de wond bloedt.

'… nu realiseer ik me dat de pijn soms zo groot is dat je hem moet kunnen zien, dat wanneer hij aan de buitenkant zit, het minder pijn doet dan vanbinnen.'

Het bloed van mijn arm vloeit op het hoofdeinde van het bed en begint op mijn kussen te druppelen.

Het bloed. Mijn bloed. De doolhof om me heen. Ik kan niet ademen.

Ik richt mijn ogen op het raam.

Waar ben je, Nicole?

'Ik ben er weer.'

Stilte.

'Sasha?'

'Denk je dat dit genoeg is? Drie weken niets laten horen en dan "Ik ben er weer"?' Een koude en woedende stem. 'En aan onze kinderen denk je niet?' voegt hij op dramatische toon toe.

We schieten samen in de lach. Ik voel me opgelucht.

'Je bent een idioot.'

'En jij bent een kutwijf. Mijn leven stond stil, zonder jou.' Theatrale toon.

'Dat kan ik me voorstellen. Hoe gaat het?'

'Met jou?'

'En met Benedetta?'

'En met Lorenzo?'

'Laten we proberen dingen te zeggen en geen vragen te stellen.'

'Vanmiddag om vier uur.'

'Op het bankje.'

Ik zie hem van veraf, terwijl de hakken van mijn laarzen weg-zakken in de zachte en vochtige aarde van de Villa Borghese.

Oliva rent opgewonden rond met een enorme hond die af en toe met zijn buik omhoog gaat liggen en haar blij te-gen hem aan laat grommen. Sasha staat, hij loopt voor het bankje heen en weer als een toekomstige vader die buiten de verloskamer wordt gehouden. Ik bekijk hem vanuit de ver-te en voel een afstand tussen ons. Ik weet dat het zal voelen als een oude film die, wanneer je hem weer ziet, niet meer dezelfde emotie oproept als in je herinnering. Het is maar een jongen. Een van de velen die door de Villa Borghese wan-delen met een hond aan een riem. Of met een meisje om te zoenen voordat de zon ondergaat. Ik loop naar hem toe, hij staat met zijn rug naar me toe. Hij heeft lang haar, bedenk ik wanneer ik naar zijn nek kijk. Langer dan toen ik wegging. Alsof hij van mijn afwezigheid heeft geprofiteerd om het onverhoeds te laten groeien.

'Je zou moeten proberen een staart te maken,' zeg ik terwijl ik van achteren aan kom lopen.

Hij draait zich ineens om. Hij glimlacht.

Het is een film die niet meer hetzelfde effect heeft als de eerste keer.

Zijn ogen zijn donker. Zijn gezicht gespannen. Hij heeft die glimlach alleen voor mij opgezet.

Het verlangen om met mijn vingers door zijn haar te woelen en hem te omhelzen is zo sterk dat het me doet wankelen. Ik moet iets zeggen. Nu meteen.

'Wat is er met je?' vraag ik hem.

Hij doet een stap in mijn richting. Hij heeft twee heel donkere wallen.

Ik denk dat hij op het punt staat me te omhelzen. Ik moet praten. Nu meteen.

'Wat is er gebeurd, Sasha?'

Het is maar een jongen. Een van de velen.

Zijn aanzet tot een omhelzing stopt halverwege. Hij lacht wrang.

Ik geloof niet dat ik deze film al heb gezien.

'Ik ben verliefd, toch?' Hij laat zich op het bankje vallen. Hij kijkt zijdelings naar me, van beneden naar boven, klopt zachtjes met zijn handpalm op het groene hout, als een uitnodiging. 'Welkom terug, trouwens,' zegt hij glimlachend terwijl ik naast hem ga zitten. Ik zou willen dat hij die glimlach niet meer opzette. Ik kijk naar Oliva, die me nog niet heeft opgemerkt, omdat ze veel te druk bezig is haar enorme, gewillige slachtoffer aan te vallen. Ik kijk naar de neus van mijn laarzen.

'Mooie schoenen,' zegt hij.

Ik kijk op. Zijn ogen fonkelen geamuseerd. Dit is de glimlach die ik ken.

'Ik heb ze in Frankrijk gekocht.'

'En wat heb je nog meer gekocht?'

'Twee boeken, een avondjurk, een tafelkleed en een deur-stopper van smeedijzer.'

'Wat moet je met een deurstopper?'

'Weet ik niet. Hij had de vorm van een dolfijn.'

Hij knikt. Zijn gezicht ontspant zich en ik begin de foto-grammen te herkennen.

'Je hebt ook parfum gekocht. Dit is niet het parfum dat je gebruikte toen je wegging,' zegt hij terwijl hij de geur op-snuift.

'Je moet je haar wassen,' zeg ik hem, geërgerd door zijn onfeilbare reukzin.

'En jij had niet weg moeten gaan,' zegt hij bruusk.

Ik begin te lachen. Het is maar een jongen.

'Waarom kunnen wij niet als normale mensen met elkaar praten? In zo'n geval zegt iemand: "Hoi, hoe gaat het, wat leuk je weer te zien, vertel eens wat je allemaal hebt gedaan".'

'Ik heb je gemist.'

'Ik jou ook.'

We kijken elkaar aan. Dan komt Oliva eraan.

Sasha steekt een arm uit om haar te aaien. De mouw van zijn bruine leren jas – een ander onbekend fotogram – gaat omhoog en laat een grote pleister zien die zijn onderarm be-dekt.

'Wat heb je gedaan?'

'Ik heb een stuk huid gedoneerd voor een transplantatie.'

'Sasha…'

'Ik ben ontvoerd door buitenaardse wezens die verschrik-kelijke experimenten op mijn lichaam hebben uitgevoerd.'

'Ga je me nog vertellen wat je hebt gedaan?' vraag ik geër-gerd.

'Ik ben gebeten door vampiers, Benedetta heeft me aan het bed gebonden met prikkeldraad, ik heb karate gedaan op snijdende stenen – wat kan het jou verdomme schelen wat ik heb gedaan, Nicole? Ik ben gevallen met de scooter, nou goed?' Hij kijkt me vijandig aan.

'Je hebt geen scooter.'

'En nu heb ik die wel! "Wat heb je gedaan?", "Was je haren", "Wat is er gebeurd?"… Je verdwijnt, je sluit me buiten, je denkt verdomme alleen aan je eigen zaken, en dan wil je binnen vijf minuten alles weer onder controle hebben? Flikker toch op, Nicole,' zegt hij woedend, en hij staat op. Hij steek een sigaret op, inhaleert gulzig, gooit een stok naar Oliva en gaat weer naast me zitten.

'Flikker jij ook maar op,' zeg ik zonder me te laten provoceren door zijn overdreven woede. Hij wil me straffen. Ik ben weggegaan. Het is maar een jongen. 'Ik wacht tot jij begint te praten.'

'Jij weet toch altijd alles?' vraagt hij bijtend.

'Als jij kunt opmerken dat ik van parfum ben veranderd, kan ik opmerken wat jij vanbinnen voelt.'

'Met parfum is het makkelijker,' zegt hij terwijl een mondhoek naar boven krult.

'Maar ik ben beter,' zeg ik glimlachend.

Hij begint te lachen. Oliva loopt kwispelend om ons heen.

'Is het vanwege Benedetta? Gaat het niet goed?'

'Het gaat heel goed. Ik neuk haar, zij neukt mij, we houden van elkaar, we lachen, we maken lol, het is leuk. Het was precies zoals jij zei.' Zijn stem is weer bijtend. Door zijn emotionele achtbaan heen probeert hij me iets te vragen.

Ik begrijp het niet, Sasha. Praat tegen me.

'Kijk niet zo naar me,' zegt hij zacht. Hij zegt het met neergeslagen ogen en een vijandige houding, zijn hoofd ingepakt in het bruine leren jack, zijn handen in de zakken.

All About Eve. The Godfather. What Ever Happened to Baby Jane. Midnight Cowboy. The Conversation. L'ultimo tango a Parigi.

Er zijn erg veel films die ik jaren later nog een keer heb gezien en die toen nog sterkere emoties in me opriepen.

Harold and Maude. Who's Afraid of Virginia Woolf, The last Picture Show, Smultronstället, Jules et Jim.

Un homme et une femme.

Zeker. *Un homme et une femme.* In een tochtig filmhuis, met de groene jas van Sasha om mijn schouders.

Het is maar een jongen.

De woede stijgt onverhoeds in me op. Ineens haat ik zijn wallen en dat volwassen en ingevallen gezicht, ik haat zijn gespannen glimlach, zijn sombere ogen, ik haat mijn nutteloze reis naar Frankrijk en het feit dat hij altijd het hoe en wat begrijpt.

'Dit is niet de liefde waar ik het over had. Heb je jezelf gezien? Sasha, heb je jezelf gezien? Dit is geen liefde,' zeg ik met harde stem. Ik verafschuw hem.

Hij draait zich met een ruk naar mij om. 'Word je daar nou nooit moe van, Nicole? Ben je het nooit zat te oordelen, te preken, te onderwijzen? "Leef, Sasha", "Niet zo, Sasha", "Je kunt beter, Sasha", "Dit is geen liefde, Sasha".' Hij haalt diep adem. Ik hoor een licht gefluit uit zijn longen komen.

Ik sta op van het bankje. 'Jij hebt de liefde verward met een soort vernietigingsstrijd voor amateurpoëten. Je bent zielig.' Ik keer hem de rug toe en begin te lopen.

'Waag het niet,' roept hij me na.

Ik blijf niet staan. Vol afschuw voel ik de tranen achter mijn ogen prikken. Zo had het niet moeten zijn. Zo had ik het me niet voorgesteld. Onze ontmoeting moest vrolijk en rustig zijn. Vol van verhalen over de dagen die we niet samen hadden beleefd, van lachbuien en ontspannen vreugde. De afstand tussen ons had alles moeten genezen. Nicole had weer controle over haar leven en Sasha zou deze gebeurtenis en haar terugkomst vreugdevol verwelkomen.

Ik hoor zijn voetstappen achter mij, het belletje van de halsband van Oliva, dan zijn hand die krachtig mijn arm beetpakt en me dwingt te stoppen.

'Weet je wat de waarheid is? Dat jij geen bal begrijpt van de liefde. Geen bal, Nicole!' Hij staat nu te schreeuwen, zijn gezicht is vertrokken van woede. 'Jij hebt je in die ivoren toren verschanst en beweegt je toverstokje om ons arme mensen te laten dansen. Je bent de koningin van de Regel, de Vestaalse maagd van de Controle, de beschermvrouwe van het Niet-Gezegde.'

'Je weet niet eens waar je het over hebt... Ik...'

'Je bent een hypocriet die bij het raam anderen het bevel staat te geven het slagveld op te gaan. Heb je ooit je handen vuilgemaakt, Nicole? Is er ooit wel eens iets in je losgemaakt? Benedetta is niet zoals jij. Zij verliest de controle, zij is vlees en bloed, zij brengt je naar gevaarlijke plekken, maar ze trekt zich niet terug en laat je dan alleen achter.'

'Dat betekent voor jou je handen vuilmaken?' vraag ik hem sarcastisch terwijl de woede mijn stem doet trillen. 'Heb je jezelf wel gezien? Je bent ranzig, je bent bleek, je bent wanhopig. Ik weet niet waar jouw nieuwe kleren of je "geleende" auto vandaan komen en het interesseert me geen reet, ik weet niet waar je wallen vandaan komen of die klotepleister op je arm. Ik wil geen antwoorden. Maar als ik jou was, zou ik mezelf een paar vragen stellen.'

'En jij? Wanneer ga jij jezelf eens vragen stellen?' Ik heb zijn gezicht nog nooit zo bleek gezien.

'Ik doe al mijn hele leven niets anders dan mezelf vragen stellen!'

'Je doet al je hele leven niets anders dan om jezelf huilen. Het feit dat je een keer van iemand hebt gehouden, garandeert je nog geen plekje in de hemel, en ook niet in de hel. Je bent niet de ontroostbare weduwe van een martelaar die het niet aankon te leven. Je bent gewoon een vrouwtje dat te bang is om naar buiten te treden en dat zich verschuilt in eeuwige rouw om maar aan het leven te kunnen ontsnappen. Weet je wat ik denk? Die arme ziel heeft je een grote gunst bewezen door zichzelf uit de weg te ruimen!'

Mijn hand gaat met geweld omhoog en raakt met geweld zijn wang. Ik heb dat nog nooit gedaan, nog nooit van mijn leven. Hij kijkt me verbaasd aan. Mijn handpalm brandt. Mijn woede bekoelt plotseling, door de verbazing en de schaamte voor wat ik heb gedaan. Ik voel me heel erg moe. Leeg.

We blijven daar staan, tegenover elkaar. We kijken elkaar stomverbaasd aan.

'Godverdomme, Nicole,' zegt hij zacht, terwijl hij zijn wang masseert.

'Ik heb je een klap in je gezicht gegeven,' deel ik hem stom mee, zonder het te kunnen geloven.

Hij knikt. We blijven elkaar aankijken zonder te weten wat te doen.

'Misschien vind ik je toch leuker als je jezelf onder controle hebt.'

'Ik sta op het punt om te gaan huilen.'

Hij doet een stap in mijn richting.

'Als ik je omhels, maakt dat het beter of erger?'

'Ik weet het niet.'

Hij neemt me in zijn armen. Het leer van zijn jas kraakt. Ik huil niet.

'Hoe was het in Frankrijk?' vraagt hij zacht, met zijn gezicht in mijn haar.

'Ik ben er weer,' zeg ik met mijn neus tegen zijn schouder gedrukt.

'Moge de hemel bedankt worden, Nicole.'

Ik heb mijn werk af.

Er zijn steeds meer mensen in dit huis.

Ze komen binnen door de hoofdingang en verspreiden zich over de woonkamer. Ze omringen me en vermengen hun geur met die van de laatste laag verf. Ze vertrappen met hun voeten de was die het parket nu nog beschermt en nemen de buitenwereld mee naar binnen.

Heb ik mijn werk af?

De mensen die de kamers vullen, hechten er geen waarde aan, geven het geen aandacht, maar ze bewegen door die ruimtes en leggen al mijn fouten bloot en bedekken ze weer met hun lichamen. Die vlek op de vloer vlak bij de trap vind ik niet mooi, morgen moet ik er echt iets aan doen. En dat tafeltje met drie poten dat ik overhaast heb gerestaureerd voor het feest van vanavond, wankelt nu onder het gewicht van die twee meisjes die aan het drinken zijn en niet merken dat ze rode wijn morsen.

Als ik meteen iets zou doen, dan…

En die verf in de woonkamer heeft nog een laag nodig.

Ik heb mijn werk nog niet af.

Er zijn nog te veel dingen die ik moet verbeteren. Te veel dingen om te controleren. Riccardo stond zich soms maandenlang voor zijn schilderijen af te vragen of ze echt af waren.

Nicole zou zeggen dat ik een excuus zoek om het uit te stellen. Ze zou zeggen dat ik niet in staat ben om iets af te sluiten, om de pagina om te slaan, en misschien is dat ook wel zo. Maar de gebreken die ik tussen de mensen ontdek, zijn imperfecties die voor altijd uitgestelde en onopgeloste problemen zullen blijven als getuigenis van mijn falen, zoals dat meubelstuk bij de ingang. Dat oude en gehavende meubelstuk achter Benedetta.

Ze staat bij de deur om haar vrienden te ontvangen. Haar witte blouse staat haar anders dan de eerste keer dat ik haar zag. Hij zit strakker om haar heupen, zodat net onder haar navel haar iets minder platte buik te zien is. Haar glimlach is daarentegen precies zoals toen, altijd hetzelfde. Altijd hetzelfde voor iedereen. Ik zal die glimlach nooit meer van haar accepteren.

Waar heb je hem gekocht, Benedetta? Maken ze die aan de lopende band?

Die glimlach is een continue provocatie en meestal vult hij een of ander erotisch getint grapje aan. Maar het is steeds dezelfde film en ik kan hem niet meer uitstaan.

Precies zoals ik de gebreken van het huis opmerk, zie ik ook die van Benedetta.

Alleen kan ik haar niet opknappen.

Ik kijk naar haar zoals naar die vochtplek op het parket en haar onverzadigbare drang om elk wezen dat in haar buurt komt te verleiden irriteert me.

Word je er nooit moe van?

Intussen komt Lucrezia naar me toe met twee biertjes in haar hand. Lucrezia, zo heet ze, als ik me niet vergis.

Ik buig naar haar toe en houd haar tegen. 'Eentje is voor mij, toch?' vraag ik haar terwijl ik een biertje pak.

Benedetta staat ver bij me vandaan en blijft glimlachen.

Dat weet ik en dat weet zij ook.

'Alles is voor jou,' antwoordt ze medeplichtig.

Ik neem een slokje bier, pak haar biertje uit haar handen en zet de twee flesjes op tafel. Dan pak ik in één vloeiende beweging haar hand en neem haar mee. We lopen door de woonkamer.

In de gang ga ik rechtsaf en dan door de eerste deur links. Lucrezia volgt me zwijgend en gaat samen met mij een kamer binnen die niet eens zo heel ver verwijderd is van Zij-die-glimlachjes-uitdeelt.

Ik heb geen zin om me te verstoppen.

Het licht in de kamer is niet aan. Ik doe de deur dicht, draai me om en duw Lucrezia tegen de muur. Mijn handen op haar schouders verhinderen haar om mij aan te kijken. Ze zoekt me met haar gezicht, maar dat doet ze alleen maar om zich minder vies te voelen. Ik til haar jurk op, terwijl ik mijn tanden in haar nek zet. Haar handen zoeken van achteren contact met de mijne, die mijn riem losmaken. Ik doe mijn broek naar beneden. Ik schuif haar onderbroek opzij en met mijn handen op haar rug penetreer ik haar terwijl ik me over haar heen buig. Ik stoot één, twee, drie, vier, vijf keer.

'Nicole,' fluistert mijn mond.

Dan nog één, twee, drie keer en nog een keer.

'Nicole, Nicole,' blijf ik zeggen.

En dan één, twee keer.

Ik bevrijd me van mijn verlangen.

Drie, vier.

'Nicole.'

Vijf keer. En nog een keer. Mijn tanden klemmen op elkaar, mijn handen klampen zich vast en mijn spieren trekken samen. Het meisje houdt haar handen tegen de muur. Ik glijd van haar lichaam af. Op dat moment draait ze zich om en zoekt nog een keer contact, maar ik ben al weg. Het meisje blijft stil tegen de muur staan zonder een woord te zeggen en kijkt me aan met een krachteloze, schaapachtige blik, met de blik van iemand die het niet begrepen heeft. Ze heeft er geen bal van begrepen.

Ik knoop mijn broek dicht en ga de woonkamer weer in, die vol blijft stromen met wezens zonder gezicht, en ik realiseer me dat het slechts figuranten zijn. Benedetta staat nog steeds vlak bij de ingang en blijft glimlachen. Maar het zijn stand-ins, denk ik, slechts stand-ins. Voor de eerste keer zeg ik alles tegen mezelf wat ik nooit eerder heb gezegd. Met koele en cynische helderheid zet ik mijn gedachten op een rijtje en meng ik me weer tussen de mensen die me gestolen kunnen worden. Op de tafel waar ik zat, zie ik de afdruk van de twee biertjes die ik daar had laten staan. Die zal niet meer weggaan, maar ik voel me niet schuldig. Ik heb haar zojuist bedrogen en ik voel me niet schuldig.

Benedetta blijft maar glimlachen en ik voel me niet schuldig. Als ik ergens schuldig aan ben, dan is het aan een te lange zoektocht naar stand-ins die een groter gat moesten vullen. Benedetta was een stand-in.

Ik ga naar haar toe, ik houd haar stevig vast, druk mijn wang tegen de hare en zeg: 'Sorry.'

Benedetta draait zich plotseling om. 'Waarvoor?' vraagt ze verward.

Voor alles, stand-in, zou ik willen zeggen.

En toen: 'Het spijt me.'

Punt.

Onze lichamen op dit bed zijn eilanden, verborgen in de schaduw.

Benedetta's stem is een fluistering die de stilte verbreekt. 'Waarom doe je me dit aan?'

Haar stem trilt verstikt. Ze is boos, maar ik geef geen antwoord. Ik weet niet wat ik wil zeggen. Integendeel, ik weet het wel en daarom antwoord ik niet. We liggen al twee uur op bed. Zonder te praten. Zonder te neuken. We verkeren allebei in onze eigen eenzaamheid. Als twee onbekenden. Voor één keer zijn onze lakens verfrommeld door verveling en niet door ons verlangen. Door haar angst en mijn wanhoop.

Benedetta springt ineens op en gaat naar de badkamer. Opgelucht hoor ik het water van de douche stromen.

Maar die ene vraag komt me weer wakker maken uit mijn sloomheid. 'Waarom doe je me dit aan?'

Ze is weer in de kamer verschenen. Ze kijkt me boos aan. Met een trilling in haar stem die ik nooit eerder heb gehoord. Het water blijft stromen.

'Doe die klotekraan dicht. Ik heb hoofdpijn, ik kan er niet tegen.'

Ze negeert mijn verzoek en komt naar me toe. Ze brengt haar gezicht dreigend naar het mijne. Ze herhaalt de vraag lettergreep voor lettergreep, alsof ze niet haar eigen taal spreekt, alsof ze een achterlijk kind is, alsof ze die woorden in me wil branden. 'Waarom-doe-je-me-dit-aan?'

Met een zwakke en ogenschijnlijk eerlijke uitstraling zoek ik naar een prettige leugen, ik heb geen zin om te praten. 'Benedetta... mijn hoofd ontploft bijna. Mijn leven is om te kotsen. Ik vind mezelf smerig. En ik doe niemand iets aan. Ik heb gewoon geen zin om erover te praten. Het is niet het goede moment.'

Je bent een leugenaar, Sasha. Je bent een leugenaar.

Ik stop mijn handen onder mijn kussen en duw het tegen mijn gezicht. Die zieke vermoeidheid komt me weer een bezoekje brengen, als de hand van een vriend, als een pijnloze uitweg, maar zij is niet van plan mij te laten gaan.

Ze gaat naast me zitten. Ze blijft zwijgen. Dan zegt ze: 'Als je te moe bent om te praten, kun je dan op z'n minst even luisteren?'

Ik word van mijn stuk gebracht door haar stem, die opeens laag en kwetsbaar klinkt. Maar ik geef geen antwoord.

'Is het niet toevallig dat ik er die dag ook was in mijn vaders huis?' zegt ze plotseling zonder me aan te kijken.

Nu luister ik ineens wel aandachtig. Mijn ogen richten zich weer op haar en mijn herinnering gaat terug naar dat moment.

'Sasha, ik kan niet...' Benedetta is naakt en voor de eerste keer lijkt ze zonder masker met me te praten. Ik voel al haar inspanning en al haar schaamte in die smekende jammerklacht. 'Verdomme, Sasha, help me dan! Ik ben geen prater,' zegt ze luider.

Maar ik kan haar niet helpen, bevroren als ik ben in mijn stilte. Ik blijf roerloos in een foetushouding op dat bed liggen en houd mijn adem in.

Benedetta gaat langzaam naast me liggen. Ze gaat op haar zij liggen. Ik voel haar rug aansluiten aan de mijne en haar stem wordt klein. Net zo klein als zij op dit moment is.

'Weet je nog dat we deden alsof we dood waren?'

Ik kan haar niet aankijken, maar ik voel haar wimpers langzaam neerslaan en haar blik ver wegglijden.

'Laten we het nog een keer doen,' zegt ze terwijl ze probeert de adem te vinden voor die woorden. Benedetta ademt langzaam, langzaam en diep, alsof ze bang is voor mijn antwoord.

Van bovenaf lijken we al op die twee kinderen.

Dus sluit ik mijn ogen.

En samen met haar ga ik voor de laatste keer terug naar die rots.

'Weet je waarom ik niet meer terug ben gekomen naar Borgo Fiorito? Omdat ik een vriend had. Hij was veertig en werkte samen met mijn vader. En nu hou ik van jou.'

Ze zei het zonder adem te halen. Ze zei het zonder zich te bewegen. Ze zei het terwijl ik werd verscheurd door het verlangen om haar vast te houden en om niets te horen.

Ik draai me toch een beetje om, onzeker. Uit medelijden, door de pijn of door een onverklaarbaar schuldgevoel.

'Benedetta...'

Maar zij onderbreekt me. 'Sasha, alsjeblieft, help me. Haal me weg uit dit doodse leven.'

En met hetzelfde geweld als een steekpartij drukt die smeekbede zich in mijn borst.

'Ik heb je nodig.'

De stem van Benedetta.

De stem van mijn moeder.

De stem van mijn vader.

De stem van mijn vrienden.

Mijn eigen stem en die van mijn hele verleden.

Het wonderkind.

Die stemmen roepen me als Sirenen en trekken me naar de bodem, naar mijn onpeilbare diepten, in spelonken waar geen licht komt, in die wereld waaruit ik probeerde te ontsnappen.

Leef, Sasha. Leef.

Maar er is geen leven op de bodem van die onpeilbare diepte, Nicole. Daar zijn alleen maar nachtmerries, nachtmerries die ik niet in dromen kan veranderen, te beschadigde zielen die ik niet kan redden en schuld die ik niet kan vergeven.

Ik kan het niet, ik ben niet sterk genoeg.

Alsjeblieft, vraag me niet je te volgen.

Maar mijn prinses kijkt me aan vanaf de rand van dat ravijn en wacht af tot ik of de witte of de zwarte sleutel kies.

Ik leg mijn hand op haar mond. 'Nee, zeg het niet, het leidt nergens toe.' En ik spring op van het bed. Zwijgend begin ik me aan te kleden.

'Waar ga je heen, verdomme? Hé?' Benedetta's stem stokt opeens. 'Waar denk je verdomme heen te gaan? Klootzak! Je bent een mislukkeling!' Ze begint steeds harder naar me te schreeuwen.

Ook zonder haar aan te kijken weet ik hoe haar gezicht er nu uitziet. Woede en waanzin. Pijn en onmacht.

'Weet je wat, Sasha? Je hebt gelijk, jouw bloed is verrot. Je zult in je leven nooit iets beters krijgen dan mij. Begrijp je dat?!'

De Sirenen zingen steeds harder terwijl ik uit mijn onpeilbare diepte omhoog begin te klimmen.

'Wij tweeën zijn gelijk, Sasha, we zijn twee overlevenden, en dit is het beste wat we kunnen krijgen. Begrijp je dat?!'

Ik trek mijn shirt aan en loop naar de deur. Ik moet hier nu meteen weg, bedenk ik. Ik ben omringd door al mijn spoken en als ik nu niet uit deze kamer wegga, ga ik er nooit meer weg.

Ik krijg geen lucht.

'Kom van die Rots af, Benedetta, ik heb het al gedaan,' zeg ik terwijl ik naar de deur loop, maar haar woede komt tot uitbarsting. Ze pakt de schemerlamp en gooit hem met al haar kracht naar me toe.

'Flikker op, Sasha! Op die rots verveelde ik me dood! Kom terug! Jij bent niets zonder mij!'

De kamer verdwijnt in het pikdonker en ik blijf in de deuropening staan zonder me om te draaien, nog steeds met mijn rug naar haar toe.

Benedetta ademt zwaar en haar stem klinkt nu sissend. 'Mensen zoals ik, Sasha, moeten kort van memorie zijn. Als je die deur door gaat, ben ik je over een uur alweer vergeten.'

Nu ben ik bang, ik ben bang om te gaan en die zin achter me te laten.

Leef, Sasha. Leef.

Maar de angst om te blijven is nog groter, dus pak ik de deur vast, en precies op het moment dat ik hem opendoe, begrijp ik dat er alleen nog een lichte sleutel in mijn handen overblijft.

Een tel later ben ik al buiten.

Het geluid van een sms. 'Je bent morgen toch niet vergeten, hè? Weet je het nog? Weet je het nog? Ik stuur je het adres nog een keer. Om vijf uur. Nicole. P.S. Zeur ik te veel aan je kop? P.S. Je vergeet het niet, toch?'

Verdomme, Nicole. Ik ben aan het verliezen. Voor de eerste keer in maanden ben ik aan het verliezen. Laat me met rust.

De kaarten praten niet meer met me en ik sta op een verlies van vijfduizend euro.

En buiten gaat het leven gewoon door en ik ben hier, in het huis van een of andere vriend van Tancredi.

Waar is mijn cuba libre? Mijn glas is weer leeg.

Het is weer leeg. En weer en weer.

Ik kan niet geloofwaardig zijn. Mijn bluf wordt doorzien en ik blijf verliezen.

Maar ik ben een echte speler, nietwaar Riccardo?

Want zij die ervan houden te verliezen, zijn echte spelers, dat heb jij me verteld, weet je nog?

Ik heb geen rooie cent meer.

Zou dit genoeg zijn om mij te straffen?

Mijn gedachten zijn onsamenhangend.

Ik zou vals kunnen spelen, maar ik ben zo dronken dat het toch niet lukt.

'Genoeg, ik heb er genoeg van,' vloekt de aap naast me.

'Nee, ik nog niet. Wacht, we moeten de laatste ronde nog delen,' zeg ik bijna smekend.

'Dat hebben we al gedaan en jij hebt geen fiches meer,' houdt die klootzak van een dealer vol terwijl hij de kaarten schudt.

Geef me er nog een paar.

'Ik pak er nog een paar, kom op,' ga ik met een glimlach door.

Maar hij lacht niet met me mee.

En even denk ik terug aan de woorden van mijn neef in die deuropening: *Hetzelfde bloed en dezelfde honger.*

Hier ben ik dan, eindelijk zit ik ook in ons vrolijke familiealbum.

'Is het een mooie voorstelling?' zeg ik lachend, maar de aap begrijpt niet wat ik wil zeggen en in overleg met de andere spelers besluit hij me naar huis te sturen.

Mijn handen sluiten zich om de stok kaarten zoals die van mijn neef om mijn arm, en mijn stem klinkt nu boos. 'Kom op, verdomme, kleed me dan helemaal uit, ik heb je alles gegeven! Je bent me nog een hand verschuldigd!'

'Kom op, ik heb er schijtgenoeg van om te discussiëren, het is al laat, laten we deze hand nog spelen en dan sturen we hem naar huis,' zegt de jongen rechts van mij terwijl hij me superieur aankijkt.

De aap laat de kaarten onder mijn handen glijden en legt ze snel uit op tafel. 'Oké. Haal je geld maar tevoorschijn,' zegt hij haastig.

Mijn zakken zijn leeg en naast mijn kleren heb ik alleen Oliva bij me. Oliva die rechts van me zit en tegen mijn benen ademt.

Maar zij is alles wat ik nog heb, dus vraag ik, terwijl ik de riem op tafel leg: 'Is dit genoeg?'

De jongens kijken elkaar geschokt maar geamuseerd aan en kunnen hun lach niet inhouden.

'Wat valt er verdomme te lachen?' vraag ik geërgerd, maar de honger laat mijn stem trillen.

'Wat moet ik met een hond?' vraagt het beest me, terwijl hij zijn spullen verzamelt en op wil staan.

'Ik heb niets anders,' zeg ik zacht, maar de honger die aan me vreet moet wel aan mijn ogen en mijn trillende handen te zien zijn, want hij kijkt me onzeker aan. 'En ze heeft altijd geluk gebracht,' voeg ik er snel aan toe. Hij kijkt me veelbetekenend aan. 'Behalve vandaag,' giechel ik, terwijl ik er een grapje van probeer te maken.

Het beest gaat weer zitten. En ik haal adem. Ik weet wat hij ziet als hij de kaarten in zijn hand neemt en ze schudt. Ik weet dat mijn honger naast me zit. En mijn ogen kijken naar beneden zoals die van Fabrizio toen hij in een bedelaar veranderde.

De kaarten glijden in mijn hand.

Ik kijk naar Oliva. Ik glimlach naar haar. En stop met nadenken.

Ik kan niet goed ademen. Ik heb mijn hartslagen geteld. Honderd per minuut. Dat heet tachycardie. Mijn handen tintelen, ik heb het gevoel dat ze van het ene op het andere moment verlamd zullen raken. Ik heb een knoop in mijn maag. Er zit een monster daar binnen, en ik weet dat het over een paar seconden naar boven zal komen om mijn hart op te eten. Dat toch al te snel klopt, dus als het monster het opeet, is het niet zo erg. Ik heb het koud. Maar tegelijkertijd zweet ik.

Kon ik nou maar ademen.

Als ik probeer diep in te ademen klapt mijn borstkas dicht, alsof iemand er een strijkijzer op heeft gezet en er met kracht op drukt. Mijn nek en mijn schouders tintelen niet, maar ik heb toch het gevoel dat ze net als mijn handen verlamd raken.

Ik vraag in mijn hoofd aan het monster dat zich in mijn zonnevlecht heeft genesteld om op te schieten mijn hart op te eten. Ik ben niet van plan te blijven leven met verlamde nek, schouders en handen. En met een strijkijzer op mijn borstkas.

Anticiperende angst. Ik heb het wel honderd keer tegen mijn patiënten gezegd. Je gaat niet dood, je stikt niet, je hebt geen infarct. Je valt niet flauw, je wordt niet gek, je verliest de controle niet. Je voelt je alleen niet goed.

Over precies een uur en zevenenvijftig minuten zal ik op dat vervloekte podium klimmen. Ik ben het gaan controleren: op het Cultureel Instituut hebben de megalomanen een echt, eigen podium met microfoons, waar de gastsprekers hun toespraak kunnen voordragen. Een podium. Zoals het podium van mijn nonnenschool.

Daar ben ik dan. Veertig jaar, onberispelijk uiterlijk, onberispelijke make-up. De spiegel stuurt me een beeld terug van een volwassen, verstandige, verantwoordelijke vrouw. Jammer van de verwijde pupillen, die groenige gelaatskleur die een beetje knullig wordt opgefleurd door twee vlekken rode rouge, en die uitstraling van een ter dood veroordeelde. Jammer van deze gelatinebenen en deze halfverlamde handen.

Het was zo'n lieve vrouw. Het infarct heeft haar geraakt toen ze net het podium op was gekomen. Velen treuren om haar.

'Waarom heb ik toegezegd?' vraag ik mezelf terwijl ik de inhoud van mijn tas controleer. Omdat het leek alsof het nooit zou gaan gebeuren. Omdat ik me heel sterk voelde. Omdat ik had besloten volwassen te worden en niet met maagkrampen op dat podium van de nonnen te blijven staan. Omdat ik me opgewonden voelde toen ik op dat pleintje voor Sasha en de twee dronkenlappen stond te praten. Ik vond het zelfs leuk.

Maar nu is het moment aangebroken. Geen pleintje, geen dronkenlappen. Alleen maar heel veel onbekenden die hun ogen op mij richten, die hun oren spitsen op mijn stem. Alleen maar heel veel onbekenden en Sasha. Godzijdank. Sasha op de eerste rij die naar me zal kijken en me niet zal laten vallen. Dank je, papa, maar ik heb je nu niet meer nodig. Hij zal er zijn. Ook al zien we elkaar de laatste tijd niet meer zo vaak als eerst. Ook al is hij zo bezig met zijn verkeerde liefde of met zijn leven dat voorbijgaat. Hij zal er zijn. Hij zal mij niet alleen laten wachten.

Ik kan het.

Denk ik.

Ik toets snel het nummer van Sasha in. Zijn telefoon staat uit. Ik stuur hem een sms'je.

'Ik ga nu van huis. We zien elkaar daar om vijf uur. Je weet het adres nog wel, toch? Zoek me tussen de mensen, ik zal de enige zijn met een groen gezicht.'

Ik heb vier kopjes lindethee gedronken. Acht valeriaanpillen geslikt. Bètablokkers genomen.

Mijn handen zijn bezweet.

Het was zo'n lieve vrouw. Helaas is ze helemaal verlamd ge-

raakt toen ze voor de microfoon stond. Ze zal niet meer gene-
zen. De paramedici die haar hielpen hebben gezegd dat haar
handen bezweet waren. Verschrikkelijk.

Lorenzo keek me verbaasd aan toen hij vanochtend om
zeven uur opstond en mij al op het terras aantrof terwijl ik
de planten water aan het geven was, helemaal aangekleed en
opgemaakt.

Hij vroeg of het goed met me ging en voegde daar verder
niets aan toe. Ik weet niet of hij mijn gespannen uitstraling
heeft opgemerkt, maar hij deed in ieder geval alsof er niets
aan de hand was. Sinds ik terug ben gekomen uit Frankrijk
behandelt hij me alsof ik ziek ben. Met een mengeling van
voorzichtigheid en argwaan. Hij praat niet. Hij wacht tot ik
het doe. Ik respecteer zijn lauwe lafheid, dat hij zich op de
achtergrond houdt. Ik respecteer zijn schuilplaatsen, zijn
donkere en stille hoekjes. Zijn angst voor de definitieve
woorden. Ik zal wel praten. Wanneer ik de moed vind. Wanneer ik volledig begrepen heb dat er geen weg terug is. Wanneer ik mijn eigen lauwe lafheid niet meer respecteer. Ik zal
naast hem gaan zitten en urenlang praten. Ik zal de mislukte jaren van ons huwelijk proberen te doorgronden, ons gemeenschappelijke niet-leven ontleden, me blootgeven terwijl hij zijn kleren aanhoudt, nog steeds zijn kleren
aanhoudt, zonder ook maar iets te proberen. Ik zal het verdriet aanvoelen dat hij me niet zal laten zien. Zijn verdriet
zal sterker zijn dan het mijne en dus kan ik mezelf vergeven.
En uiteindelijk, als de muren van onze kamer drie keer van
kleur zijn veranderd volgens de dans van de zon, zal ik de
groene schemerlamp aandoen, die we samen hebben gekocht op een markt toen we elkaar nog bij de hand hielden,
en eindelijk zal ik met drie simpele woorden de diagnose van
ons huwelijk samenvatten. 'Het is over.'

Ging mijn hartslag nu maar langzamer. Ik tel de slagen
weer. Het zijn er inmiddels honderdtien. Goed gedaan, bètablokkers, heel goed werk. Ik ben al te laat. Het strijkijzer
drukt boosaardig tegen mijn borstkas terwijl ik vol begeer-
te naar mijn telefoon kijk. Het zou zo makkelijk zijn.

Ik vind het erg jammer, maar ik kan niet meedoen. Het spijt me jullie op het laatste moment te moeten waarschuwen, maar de dokter vermoedt dat het om een zeldzame vorm van pokken gaat. Ik ben helemaal ontsierd en besmet. Volgende keer beter.

Het gelach van Sasha, drie dagen eerder.

'Je zult ze allemaal vloeren. Stel je niet zo aan, je bent een harde.'

'Maar jij komt zeker weten, toch? Zweer me dat je komt.'

'Zelfs het Laatste Oordeel kan me niet verhinderen erbij te zijn. Vertrouw je me?'

'Ja.'

De verbazing te ontdekken dat het echt zo was. Wonderbaarlijk genoeg.

'Hou dan op je zorgen te maken. Je zult me tussen de mensen herkennen, want ik zal een trotse uitdrukking op mijn gezicht hebben.'

Dank je, Sasha.

Loop naar de duivel, strijkijzer. Loop naar de duivel, hartetend monster. Loop naar de duivel, papa, loop naar de duivel, zuster Michela, loop naar de duivel, verlamming, loop naar de duivel, infarct, loop naar de duivel, kindertijd.

Ik weet dat hij er zal zijn.

Het was zo'n gevoelige vrouw. Ze verloor haar bewustzijn op het moment dat ze begon te praten. Ze is meteen in een onomkeerbare coma geraakt. Arme ziel. Er was een blonde jongen bij die huilde terwijl hij haar hand vasthield.

Ik pak de deurklink.

Ik kan het.

Ik doe de deur krachtig open, ik haal diep adem.

Ik vloer ze.

Ik loop met vastberaden pas de overloop op, sluit krachtig de deur en laat alles achter me.

Wacht op me, Sasha. Ik kom eraan.

Oliva rent op en neer langs de waterlijn.

Ze rent alsof ze de zee voor de eerste keer ziet.

Laten we hopen dat ze geen zeewater drinkt, want dan begint ze uit haar kont te plassen en dat is echt onverdraaglijk, bedenk ik.

De eerste keer dat ik haar die rare truc zag doen was ik op het strand met Nicole en zij lachte, leunend op mij om niet om te vallen.

Ze blijft op en neer rennen langs de waterlijn. En ik krijg er geen genoeg van om naar haar kijken.

Eén, twee, drie, vier, vijf, er zijn nog vijf stoelen vrij, mama houdt een plek vrij voor papa, deze keer komt hij, ik weet dat hij komt. Niet zoals de andere keren dat hij het vergeten is, omdat hij altijd te veel moet werken. Deze keer heb ik het voor hem op briefjes geschreven en die heb ik overal neergelegd: naast zijn scheerkwast, op zijn kussen, op de spiegel, op het tafeltje waar hij altijd zijn krant neerlegt. Uiteindelijk moest hij lachen en zei hij: 'Jij bent mijn zeldzame parel', zo zei hij het precies. 'Jij bent mijn zeldzame parel en zelfs de Zondvloed zou me niet tegen kunnen houden.' Iedereen, iedereen is gekomen en de juffrouw geeft het teken aan zuster Michela om het licht te dimmen. Ik kijk naar de deur, ik heb buikpijn en sta te zweten, laten we hopen dat de sluier niet nat wordt, mijn hele voorhoofd is bezweet en misschien zie je dat. Deze keer moet hij komen, hij komt zeker weten, ik heb ook een briefje in de zak van zijn jasje gedaan, ik heb er zelfs het adres op geschreven, ook al weet ik dat hij het kent. Hij komt zeker, ik blijf naar die deur kijken en ik weet dat hij nu binnenkomt en naar me glimlacht en voor iedereen gaat zitten en naar me kijkt en vindt dat ik heel mooi ben met de blauwe sluier van Maria die nu echt helemaal nat wordt op mijn voorhoofd. Kijk, nu sluit ik mijn ogen en tel ik tot vijf en als ik ze weer opendoe, zit hij daar naar me te kijken. Nu tel ik met mijn ogen dicht en dan wordt de magie werkelijkheid, één, twee, drie, vier, vijf, ik doe mijn ogen open en hij is er niet, hij is er niet, hij is er niet. En zuster Michela geeft me het teken het podium op te gaan, hij is er niet en mijn maag maakt rare geluiden, hij is er niet, maar de juffrouw zet de muziek aan op de platenspeler en nu begint de voorstelling en ik kom op met de mand met de windselen van Jezus en iedereen applaudisseert.

Hij is niet gekomen.

Haar bak, verdomme. Ik moet de bak van Oliva vullen, denk ik terwijl ik verdoofd door de kamer wankel met een van de heftigste katers van mijn leven. Ik loop de keuken in terwijl ik mijn ogen tegen de zon probeer te beschermen, en door de hoofdpijn loop ik met moeite door die kamer die ik niet meteen herken.

De bak, waar staat haar bak verdomme?

Op de vaste plek, Sasha.

Ik pak hem en zet hem op tafel. Ik steek een sigaret op en stop mijn handen in het blikvlees van Oliva, dat een godvergeten stank verspreidt.

'Oliva!' roep ik luid, dan zet ik de bak weer op de grond, vlak bij de deur, op de vaste plek.

Ik draai de kraan open en was mijn handen zoals ik altijd doe. Dan pak ik een glas, vul het, wroet in het medicijnkastje en vind uiteindelijk wat ik nodig heb. Ik steek een pil in mijn mond en slik hem door.

Dan draai ik me om naar de deur, maar Oliva is nog niet komen eten.

Misschien heeft ze me niet gehoord

'Oliva! Kom!' Zelfs mijn eigen stem irriteert me.

Dan een vage herinnering.

'Oliva!' roep ik weer, maar mijn stem trilt anders deze keer. En vanuit mijn borst komt tot in mijn keel een zure en misselijkmakende smaak omhoog, die naar bezorgdheid riekt.

'Oliva!' blijf ik roepen terwijl ik de keuken uit loop naar de woonkamer.

Nee, verdomme, nee. Dat kan niet.

Mijn handen worden koud. Ik begin te begrijpen wat die kotsneigingen betekenen die steeds sterker worden.

'Olivaaaaa!' Maar zij reageert nog steeds niet en ik loop verward rond door het huis waar niemand te zien is.

Ik begin het me te herinneren. De kots komt langzaam in mijn keel omhoog.

Mijn glimlach. Oliva's ogen en toen Sasha, die stopte met nadenken.

En nu voel ik het maagzuur branden in mijn lichaam.

Ik loop het huis uit. En ren naar een straat in het centrum die ik me nog kan herinneren. Als ik daar ben, ga ik buiten adem op zoek naar een voordeur die me bekend voorkomt.

Uiteindelijk vind ik hem. Ik loop de trap op met twee treden tegelijk. Mijn zware adem knijpt mijn keel dicht en de angst verscheurt mijn ogen, als de beet van een wild beest.

Ik klop hard op de deur. Geef één, twee, drie, vier harde klappen.

'Oliva, doe open,' zeg ik steeds maar fluisterend tegen mezelf, alsof het een gebedje is. Maar je hoort haar niet achter de deur.

Dan eindelijk het geluid van kettingen en de deur die op een kier opengaat. Een mannenfiguur in onderbroek en T-shirt verschijnt voor me en door de stank herken ik het beest dat me heeft uitgekleed.

'Wat wil je verdomme?' vraagt hij met dubbele tong, hij, de dealer, terwijl hij me afkeurend aankijkt.

Ik heb al niets meer te verliezen, niet eens de tranen die met moeite in mijn ogen blijven zitten.

'Oliva, alsjeblieft, zeg me waar Oliva is!'

Het beest doet de deur wijd open en laat me binnen.

'Ze ligt daar, die verdomde hond,' zegt hij, en hij wijst naar een hoek van de kamer. Het lijkt wel het huis van Scarface. Een en al ordinaire kitsch. En verborgen in een deuropening zie ik de snuit van Oliva. 'Ze heeft de hele nacht alleen maar lopen pissen,' schreeuwt hij, 'dus neem haar alsjeblieft mee.'

Oliva herkent me en staat langzaam op zonder ondoordachte bewegingen te maken. Haar poten trillen. Haar staart kwispelt voorzichtig en haar ogen worden groot.

Ik houd haar vast met alle kracht die ik in me heb en ik voel haar tussen mijn armen trillen als een bang kind. Ze wrijft opgewonden haar snuit tegen me aan en haar vreugde groeit samen met mijn schaamte, als in een valse symfonie. Oliva maakt zich langzaam los uit die omhelzing. Ze beweegt met kleine stapjes om me heen, op zoek naar mijn handen. Ze trilt, niet in staat om de emotie te bedwingen, en maakt de vloer nat met een onverwacht plasje dat uit haar lichaam stroomt, net als haar geluk.

Ik blijf haar stevig vasthouden, terwijl dat warme plasje over mijn voeten stroomt. Ik heb het gevoel dat mijn keel wordt dichtgeknepen van schuldgevoel.

Je zou me in mijn gezicht moeten spugen in plaats van mijn hand te likken.

Ik houd haar nog steviger vast.

'Nu neem ik je mee naar zee,' zeg ik terwijl ik haar nog natte buik aai.

Oliva kijkt me blij aan.

'Je krijgt het geld trouwens nog wel van me,' mompel ik zelfverzekerd tegen de jongen die in zijn onderbroek bij de deur op me wacht, maar het interesseert hem niet en het meelijwekkende spektakel dat zich voor zijn ogen afspeelt ook niet.

'Ja, dat is goed, als je maar oprot,' antwoordt hij.

Zwijgend loop ik uit het appartement weg terwijl ik Oliva blijf aaien. Zwijgend. Ik heb geen zin om te antwoorden, het kan me niet schelen dat ik mijn eigenwaarde heb verloren. Zwijgend. Terwijl ik alleen maar denk aan haar en aan mezelf.

Eén twee drie vier vijf. Vijf taxi's op de standplaats. Eén twee drie vier vijf. Vijf mensen die in de taxi's stappen. Eén twee drie vier vijf. Vijf stappen en ik ben daar weg. Vijf stappen, en als ik me concentreer op de cijfers lukt het me om niet na te denken. Als vijf mensen in vijf taxi's stappen en er dan drie uitstappen op de Piazza Esedra en er dan weer acht instappen en zich per sekse verdelen over de taxi's en er uiteindelijk twaalf personen in de taxi's zitten, welk geslacht hebben dan degenen die het laatst zijn aangekomen? Wiskunde is niet mijn sterkste punt, ik kan niet eens een fatsoenlijk postulaat formuleren. Beter zo, het helpt me om niet na te denken.

Eén twee drie vier vijf.

Ik loop met vijf passen per keer weg bij het Franse Instituut. Ik tel ze totdat ik thuis ben, ik ben in geen enkele taxi gestapt, ik heb geen haast, ik hoef nergens heen, alleen maar naar huis.

Moge God je vervloeken, Sasha, waag ik voorzichtig te denken, om te zien wat voor effect het heeft. Ik onderbreek even mijn vijftallen, ik stop, ik concentreer al mijn aandacht op mijn emotionele reactie op deze zin. Moge God je vervloeken, Sasha, herhaal ik in gedachten, en ik luister.

Niets. Ik voel niets. Het zijn alleen maar letters die samen woorden vormen. Alleen maar woorden die samen een zin vormen. Vijf woorden, om precies te zijn. Net als de taxi's. Net als mijn passen. Ze zijn niet belangrijker.

'Moge God je vervloeken, Sasha.' Ik spreek het zachtjes uit, om te verifiëren of de trilling van mijn stembanden iets soortgelijks losmaakt bij mijn emotieve banden.

'Wat zegt u, sorry?' vraagt een mevrouw die naast me loopt vriendelijk.

'Moge God je vervloeken, Sasha,' zeg ik nu harder, terwijl

ik haar aankijk. Zij werpt me een vreemde blik toe en loopt haastig verder.

Eén twee drie vier vijf. Ik loop ook weer verder.

Ik voel me verdoofd. Mijn zenuwuiteinden zijn zwak en slap. Mijn hersenen kunnen cijfers opnoemen, maar geen gedachten formuleren. En ze kunnen in ieder geval niet communiceren met mijn ziel.

Eén twee drie vier vijf. Mijn telefoon gaat vijf keer over. Ik steek mijn hand in mijn zak en druk rustig op het knopje dat de ringtone onderbreekt. Ik ben verdoofd. Ik kan met niemand praten. Ik wacht alleen tot ze het licht in de operatiekamer uitdoen en me laten slapen.

Eén twee drie vier vijf. Nog een keer. Ik laat hem overgaan. Misschien kan ik beter stoppen me op de cijfers te concentreren. Ik ben verdoofd.

Je bent altijd al een overgevoelig meisje geweest, Nicole.

En nu ben ik verdoofd, mama. Jouw stem kan me geen bal schelen.

Eén twee drie vier vijf. Ik weet dat jij het bent. Moge God je vervloeken, Sasha. Ik zeg het je terwijl ik me met mijn verdoofde lichaam naar de hemel richt. Ik zeg het je terwijl ik mijn passen tel. Ik zeg het je zonder hatelijkheid. Afstandelijk.

Eén twee drie vier vijf. Ik probeer mijn stappen aan te passen aan het ritme van de ringtone.

Gevoelig, en ook onrechtvaardig. Dat ben je, Nicole. Die arme jongen is alleen een afspraak vergeten.

Nee, mama. Hij heeft ons pact gebroken.

Eén twee drie vier vijf.

Mijn hand gaat weer terug in mijn zak om de ringtone te stoppen. Ik wil niet dat hij meer dan vijf keer overgaat.

En altijd met je hoofd in de wolken. Altijd aan het fantaseren. Wat dacht je voor hem te zijn? Wat dacht je dat jullie waren, jullie twee?

Ik ben verdoofd, mama. Ik hoor je toch niet.

Eén twee drie vier vijf.

Moge God je vervloeken, Sasha.

Mijn vinger op het knopje.

Eén twee drie vier vijf.

Moge God je vervloeken, Sasha.

Mijn koude hand om mijn telefoon.

Eén twee drie vier vijf.

Ik breng de telefoon naar mijn oor. Ik stop niet met lopen.

Jouw reacties zijn altijd overdreven, Nicole.

Jij hebt dertig jaar van een man gehouden die je bedroog, mama.

Eén twee drie vier vijf.

Een verdoofde vinger drukt op het groene knopje.

'Hallo.' Mijn stem, afstandelijk.

'Nicole…'

Moge God je vervloeken, Sasha.

'Nicole, alsjeblieft… laat het me uitleggen. Ik weet zeker dat je het zult begrijpen…'

Moge God je vervloeken, Sasha.

Vluchten is voor lafaards, Nicole. Ik ben bij hem gebleven voor jou.

Ego te absolvo, mama. Maar hem niet.

'Nicole… alsjeblieft… waar ben je? Ik kom naar je toe, je moet naar me luisteren…'

'Bel me niet meer.'

Ik blijf lopen. Verdoofde passen.

Moge God je vervloeken, Sasha.

Moge God je vervloeken, Sasha.

Moge God je vervloeken, Sasha.

'Ik wens je geluk, Sasha.'

Oliva brengt me alle stukjes hout die ze op het strand vindt. Ze kwispelt opgewonden en blaft hard naar me terwijl ze de tak die ik in mijn hand heb probeert af te pakken.

En ik ren. Ik ren zonder het gefluit van mijn longen te horen. Mijn adem is schoon. Misschien dankzij de jodium. Dat zei de dokter altijd.

Deze verlossende wind blaast door mijn haren, maakt mijn ogen schoon en wist beetje bij beetje de lelijke gedachten en oude nachtmerries uit van een dag die inmiddels al heel ver weg lijkt. Voorbij.

Ik ren naar de auto.

Oliva is er eerder dan ik en als ik de kofferbak opendoe, springt ze op haar plek. Ik kijk even naar haar. Ze wordt verlicht door de zonsondergang. 'Kom op, Oliva, eigenlijk stelde het niks voor. Mensen vinden elkaar en verliezen elkaar weer. En uiteindelijk hebben we elkaar teruggevonden, toch?' zeg ik terwijl ik mijn schaamte verberg achter een glimlach.

Maar die als een grap uitgesproken woorden geven mij een vreselijk voorgevoel, als het begin van een requiem, en ik sta meteen weer met beide benen op de grond.

Hoe laat is het?

Terwijl ik Oliva aankijk, stijgt de kots weer naar mijn keel en heb ik het gevoel alsof er een trein tegen mij aan botst.

Nee. Het is nog niet voorbij, denk ik, en de herinnering aan een potje poker vermengt zich met die aan een sms'je.

'Je bent morgen toch niet vergeten, hè? Weet je het nog? Weet je het nog? Ik stuur je het adres nog een keer. Om vijf uur. Nicole. P.S. Zeur ik te veel aan je kop? P.S. Je vergeet het niet, toch?'

De klok in mijn auto geeft iets over zessen aan.

Alles is me ontschoten.

Alles probeerde ik uit te wissen.

Eerst mezelf, toen Oliva en nu Nicole.

En vanaf het moment dat ik aan die groene tafel stopte met nadenken, begon ik steeds verder naar beneden te rollen en slachtoffers te maken. Ik probeerde alles te verwoesten. Maar waarom?

Ik stap snel in de auto.

Waarom?

Ik pak mijn telefoon en toets haar nummer in. Ik klamp me vast aan mijn telefoon, terwijl ik geluidloos een gebedje begin op te zeggen.

Mijn God, ik smeek je, laat me nog op tijd zijn.

Hij gaat de eerste keer over.

Ik zet de auto in beweging, het is nog niet te laat.

Tweede keer.

Ik rijd snel van de parkeerplaats af. Het is zes uur, misschien heeft ze nog niet gesproken.

Derde keer.

God, ik smeek je. God, ik smeek je, laat me niet te laat zijn. Ik smeek het je.

Vierde keer.

Maar het is te laat, ik voel het. Ze is al begonnen en ik ben er niet.

Vijfde keer.

Ik had haar beloofd om erbij te zijn.

Dan valt het gesprek ineens weg.

Nee. Nicole drukt me weg.

'Kut! Hoe kon ik het verdomme vergeten?! Hoe, verdomme?!' barst ik uit, vol zelfhaat.

Hoe kon je, Sasha?

'Hoe kon je?!' schreeuw ik hysterisch. Maar ik wil niet naar mezelf luisteren, nog niet. Dus toets ik weer haar nummer in.

Zij drukt mijn oproep weer weg, en langzaam begin ik de paniek te voelen die in me kruipt, ijskoud en stilzwijgend.

Mijn God nee, alsjeblieft, niet dit.

Nicole drukt me weer weg. Ik houd mijn telefoon stevig vast en probeer mijn zenuwen te onderdrukken.

Mijn God, ik smeek je me dit niet aan te doen.

Maar zij neemt nog steeds niet op en ik blijf maar trillen.

Nee! Nee! Nee! God, nee!

Dan eindelijk haar stem.

'Alsjeblieft, Nicole, vergeef me...' zeg ik, maar mijn woorden plakken chaotisch aan elkaar.

Ik probeer haar niet te horen, haar niet te laten praten, haar alles uit te leggen, maar alleen haar stem zegt in die chaos drie duidelijke woorden.

'Veel geluk, Sasha.' En dan is Nicole er al niet meer.

Alleen: 'Veel geluk, Sasha.'

Langzaam voel ik binnen in me een gat ontstaan, dat steeds groter wordt en al mijn emoties opslokt.

Ik neem mijn hoofd in mijn handen. En zo blijf ik zitten. Stil. Zwijgend en vol ongeloof. Tegen het stuur geleund aan de rand van de weg. En ik voel mezelf wegglijden in dat donkere gat en ik ontdek dat je daarbinnen geen pijn voelt, maar alleen een absurde onverschilligheid, een koude en onverklaarbare afwezigheid van pijn.

Oliva krabt met haar poten tegen de achterbank.

Wat had ik ook alweer tegen haar gezegd?

'Mensen verliezen elkaar en vinden elkaar weer, toch?'

Maar mijn stem is zwak, ver weg, net als mijn ziel, en ik ben bang iets te zeggen waar ik spijt van kan krijgen.

Nicole is er niet meer.

Ik ga zachtjes mijn woonkamer binnen. Ik ga langzaam op de bank zitten. Ik doe de schemerlamp met de groene zijden lampenkap aan. Ik heb het niet koud, ik heb het niet warm.

Ik wacht.

Het heet *folie à deux*. Lorenzo en ik, gevangen in een elegante, vriendelijke ziekte. Net zo Frans als ik.

Ik houd mijn hoofd recht, mijn schouders naar achteren.

Ik wacht.

Ik weet niet hoe laat het is. Ik weet alleen dat de kamer te donker zou zijn zonder het gedempte licht van deze lamp. Ik weet niet hoe laat het is, en dat is ook niet belangrijk. Ik heb geen haast.

Ik wacht.

Het geluid van metaal in het slot. Ik hoor de deur van het huis opengaan. Ik wacht op het vertrouwde geluid van de sleutels die in de zilveren kom vallen op de tafel bij de ingang. Authentiek als een jonge monnik. Sober en elegant. Zoals Lorenzo.

Het geritsel van de enveloppen die afwezig worden bestudeerd.

Het geluid van Lorenzo's voetstappen.

'Nicole?'

Ik geef geen antwoord. Het groene licht van de schemerlamp zal mijn aanwezigheid aangeven.

Voetstappen die dichterbij komen.

Ik stel me zijn gezicht voor dat in de deuropening verschijnt. Ik weet dat hij naar me staat te kijken, ook al blijf ik naar de muur voor me kijken. Hij blijft daar stil staan. Het lijkt of ook zijn ademhaling is gestokt.

'Nicole?' Er klinkt geen spoor van bezorgdheid door in zijn stem. Hij weet het al.

Er valt niets uit te leggen. Je kunt de jaren niet overdoen

om nog iets te redden. Er valt niets te ontleden. Er is geen schuld om toe te kennen. Er is geen rust om te zoeken.

Niet in ons huwelijk.

Ik draai me naar hem om. Ik kijk hem aan.

Tussen ons zou het jaren kunnen duren. En het zou ook nooit begonnen kunnen zijn.

Er zijn geen andere woorden om het uit te leggen.

We zijn twee standbeelden. We zijn twee etalagepoppen. We zijn twee vreemdelingen.

We zijn dat wat we altijd zijn geweest.

Mijn stem komt er zacht en zelfverzekerd uit wanneer ik het eindelijk zeg.

'Het is voorbij.'

Nee. Het is nog niet voorbij.

Het is nog niet voorbij, zeg ik tegen mezelf terwijl ik de sleutels in het slot steek.

Ik doe de deur open en op datzelfde moment word ik overmand door een onbekende geur. Ik blijf verlamd staan.

Nicole?

Nee. Het is niet de geur van Nicole.

Het is gewoon een willekeurige geur. Betekenisloos.

Dus zet ik nog een paar stappen, maar die geur blijft me achtervolgen in dat huis dat plotseling niet meer als het mijne voelt.

Ik loop de trap op.

Het is ook niet de geur van Benedetta. Nee.

Het is gewoon een andere geur.

Stil loop ik naar de deur van mijn slaapkamer en blijf daar staan.

Het is gewoon een andere geur.

Het is gewoon de geur van een andere man.

Gewoon een andere aftershave.

Gewoon een andere man die na mij komt.

Vanuit de halfopen deur zie ik hun naakte lichamen op ons bed bewegen. Benedetta houdt haar benen wijd en ligt als een zielloos lijk op het bed terwijl dat vreemde lichaam zich op haar beweegt.

Die geur zou me pijn moeten doen, maar hij laat me helemaal koud.

Ik blijf nog even onbeweeglijk in die deuropening naar mijn voorstelling staan kijken.

Deze voorstelling is voor mij, nietwaar Benedetta?

Zij rolt door het bed. Haar gezicht ligt nu tegen het matras gedrukt en wordt bedekt door haar blonde haren. Langzaam maken ze haar gezicht en haar ogen vrij.

Leeg, maar vol van haat jegens mij draaien ze in stilte naar de deur en kijken me aan.

Op zoek naar woede.

Ze blijven me aankijken, terwijl ze genot veinzen.

Op zoek naar liefde.

Maar er is niets meer.

'Je ziet er heel goed uit,' zegt Gia, die achter haar bureau zit en een omvangrijk dossier op het donkere en gladde bureaublad laat vallen.

'Dat kan niet, ik voel me niet iemand die er heel goed uitziet.'

Zij kijkt me lang aan, haar ogen drukken iets uit dat het midden houdt tussen liefdevol medelijden en ironie. 'Ben jij niet degene die aan mensen zou moeten uitleggen dat lichaam en geest samen lijden?' vraagt ze me terwijl ze met haar pen zit te spelen.

Ik sta met een ruk op, geïrriteerd door haar betuttelende toon. 'Daarom gaat alles goed, hè?' vraag ik woedend terwijl ik naar de nutteloze stapel blaadjes wijs die van mijn blakende gezondheid getuigen. 'Ik heb steeds buikpijn, ik kan niet eten, mijn hart haalt rare capriolen uit...'

'Je hebt net een maand geleden een einde aan je huwelijk gemaakt...' onderbreekt ze me terwijl ze probeert me mijn verstand te laten gebruiken.

'... ik voel me voortdurend moe, mijn hoofd duizelt...'

'... je hebt je leven op zijn kop gezet...' Haar stem onderbreekt opnieuw mijn hardnekkige litanie van symptomen.

'... ik kan me niet concentreren, al mijn botten doen zeer, ik heb continu migraine...' dram ik onverstoorbaar door, haar negerend.

'Heb je Sasha nog gesproken?'

Ik stop mijn woordenstroom. Ik kijk haar aan. 'Wat heeft dat ermee te maken?' vraag ik vijandig.

'Niets,' antwoordt zij, terwijl ze mijn blik vasthoudt.

Die naam blijft een tijdje tussen ons in hangen, samen met de stilte.

Ik pak mijn tas en neem het dossier in bezit.

'Bedankt voor de diagnose, dit wil ik echter aan een andere dokter laten zien,' zeg ik terwijl ik naar de deur loop.

'Je bent weer bezig met een van die veldslagen van je die vanaf het begin gedoemd zijn te mislukken, Nicole.'

Ik gooi de deur achter me dicht. De secretaresse kijkt op van het roddelblad dat ze zit te lezen en kijkt me aan.

'Ik heb het al met de dokter geregeld,' zeg ik bruusk als ik haar voorbijloop. 'Wat kijkt u nou? Ik ben zo gezond als een vis.'

Aangenaam moge de wind zijn
rustig moge de golf zijn
en moge ieder element
goedaardig antwoorden
aan onze wensen.

Adem in. Adem uit. Ontspan je voeten, je benen, je onderbuik, je zonnevlecht. Luister naar de muziek van Mozart en laat je wiegen door mijn stem.

Aangenaam moge de wind zijn

Mijn medisch dossier ligt verspreid op de grond. Daar waar ik het heb neergegooid toen ik thuiskwam.

Rustig moge de golf zijn

Ontspan je schouders, je nek, je kaak. Draai je hoofd naar rechts en naar links totdat het helemaal ontspannen aanvoelt.

Deze bank ruikt nog naar Sasha.

Je bent je weer aan het spannen. Begin weer opnieuw. Adem in. Adem uit.

En moge ieder element

Mijn woonkamer is overwoekerd door kartonnen dozen. Ik moet zorgen dat ik ze snel allemaal vul. Lorenzo kan niet leven zonder zijn boeken.

Goedaardig antwoorden

Nu weer opnieuw, vanaf de voeten. En dan de benen. Ontspan ze. Nu de onderbuik.

Aan onze wensen

Wat zijn onze wensen? Wat zijn mijn wensen? Vier kartonnen dozen die wachten om te worden gevuld en een leeg bed? Je bent nu vrij. Nu heb je schoon schip gemaakt. Nu kun je je horloge afdoen zo lang als je wilt. Nu ben je baas over je eigen leven.

De onderbuik. Voel de spieren die zich gewonnen geven, zich ontspannen, warm worden. De zonnevlecht.

Sasha die op deze bank zit waar ik al een halfuur nutteloos lig te wachten om mijn houten lichaam soepeler te maken. Zijn hand die de mijne pakt. Die hem naar zijn zonnevlecht brengt. De zachte warmte van zijn grijze trui. De huid van zijn hand-palm, een beetje ruw, die op mijn hand drukt.

'De liefde vertrekt vanaf hier, toch? Omdat ik elke keer als ik Benedetta zie hier iets voel bewegen. Een warm gevoel.

'Misschien is je maag een beetje ontstoken.'

Zijn scheve glimlach. 'Probeer je nou stoer te doen of ben je jaloers?'

Een maand, vijf dagen en een paar uur.

De woede, de eenzaamheid, het verdriet.

Geen Thierry, geen Lorenzo, geen Sasha.

Geen Sasha.

De woede.

'Bestaat er echt geen vrouw die niet te veroveren is, Nicole?'

Blonde haren. Ogen met de hoekjes naar beneden, vol licht. Een beetje een scheve glimlach.

Echt waar, Sasha. Echt waar.

De verrassing. De woede. De onmacht.

Je hoeft alleen maar dat nummer in te toetsen.

En wat dan?

Leg je fiches op tafel en ga kijken.

En wat dan?

De leegte. Het verdriet. De amputatie.

Adem in. Adem uit. Ontspan je maag. Hij is weer samen-getrokken.

De stem van de vrouw in de trein. Niet Maria Sole. Gewoon Sole.

'Gelukkig hebben ze de ziel van Gualtiero in een mannen-lichaam gestopt. Maar als die ziel in een meeuw, in een beer of

in een vrouw had gezeten, was ik er nog steeds verliefd op ge-
worden.'

Sluit je ogen. Ontspan je oogleden.

'Bestaat er echt geen vrouw die niet te veroveren is, Nicole?'

Ik zou Lorenzo moeten missen. Niet jou.

'Maar als die ziel in een meeuw, in een beer of in een vrouw
had gezeten, was ik er nog steeds verliefd op geworden.'

Het kan niet zo zijn dat ik niet ziek ben. Mijn maag doet
zeer. Mijn hoofd. Ik heb zin om te slapen. Ik ben misselijk.

De groene lichten van de wachtkamer bij een dierenarts.

'Mooie schoenen.'

Een groene jas. Die geschrokken en spottende blik.

Ik ga een andere dokter raadplegen. Er moet echt iets zijn
wat niet in orde is.

'Ik heb jouw pas moeten volgen, me aan moeten passen aan
jouw ritme, aan jouw tijden. Iedere keer als ik probeerde jouw
regels te verbreken verstijfde je en liet je me begrijpen dat ik je
aan het verraden was.'

O mijn god, dank je, Lorenzo. Jouw stem lucht me op, blijf
bij ons.

'Zijn jij en die jongen al een "wij" geworden?'

Nee, niet zo, niet zo. Adem in, adem uit, adem in, adem
uit, voel je benen zwaar worden.

'Ben je klaar voor de Koningin van de Waarheden, voor de
meest ongemakkelijke van allemaal, Nicole? Wil je dat ik je zeg
hoe hij heet?'

Niet zo, Lorenzo, niet zo, alsjeblieft. Ik dacht je me kwam
helpen. Laat de decorstukken vallen. Ik wil dat dat geluid de
rest bedekt.

'Hij heet Sasha. En jij hebt je hart verloren aan hem.'

Nee.

'Bestaat er echt geen vrouw die niet te veroveren is, Nicole?'

Nee.

'Je bent weer bezig met een van die veldslagen van je die van-
af het begin gedoemd zijn te mislukken, Nicole.'

Nee.

'Maar als die ziel in een meeuw, in een beer of in een vrouw

had gezeten, dan was ik er nog steeds verliefd op geworden.'

Nee.

Nee.

Nee.

Voeten, benen, onderbuik, zonnevlecht, schouder, nek, hoofd, een nutteloze wirwar van pijnlijke zenuwen. Ik kom omhoog en ga zitten, ik neem mijn hoofd tussen mijn handen. Ik kan niet ademen. Alles doet me zeer.

'Leef, Sasha. Leef.'

En laat mij leven.

Ik haat je, Benedetta. En ik haat Nicole en haar eenvoudige recepten. Ik haat die grote hoer van een moeder van mij en die mislukkeling van een vader. Ik haat Riccardo en zijn lafheid, ik haat iedereen die om me heen is doodgegaan, kutverslaafden, die niet in staat waren om het leven het hoofd te bieden. Ik haat de bediendes die mij stiekem sigaretten gaven, ik haat de bezoekers die ons de aalmoes van hun aanwezigheid gaven, ik haat alle artsen die zeiden dat ik niet mocht rennen. Ik haat mijn kapotte longen, ik haat mijn gezicht, ik haat de dromen die ik had, ik haat de gevangenis waarin ik altijd heb geleefd, ook buiten die kutplek, buiten die opvang voor wrakken, buiten Borgo Fiorito dat behalve zijn naam niets moois had.

Dood tussen de doden. Dat is het enige wat ik ben geweest.

Ik versnel mijn pas. Waarom ren je, Sasha? Ik versnel. Ik kan niet meer gewoon lopen. Mijn lichaam rent, vlucht. Het komt in opstand. Kom zoveel in opstand als je wilt, lichaam. Wil je creperen? Mij maak je niet bang. Kom op, gefluit, kom me maar halen. Neem maar mee wat er nog over is, ik verzeker je dat het niet veel is.

Ik... ren. Ik ben aan het rennen.

Ik ren, ik ben zes en ik ren door de kamers van het afkickcentrum. Ik ren, omdat ik het niet vertrouw, ik ren, omdat ik het niet geloof. Mijn moeder komt niet terug. Dat weet ik. Ik ga naar buiten en ren totdat ik op mijn knieën val. Op mijn knieën met mijn handen in elkaar gevouwen. Op mijn knieën met mijn handen in elkaar gevouwen en de rode veter van mijn moeder in mijn handen. Daar, op dat veld, heb ik voor het eerst gebeden en gevraagd of ze terug kon komen om me mee te nemen. Naar buiten. Zij was in de wereld daar buiten.

Ik fluister mijn gebed en op dat moment hoor ik voor het

eerst een andere stem uit mezelf komen, een pijnlijke en piepende stem die geluidloos schreeuwt binnen in mijn longen.
Daar heb ik voor de eerste keer mijn vriendin ontmoet die
ik nooit meer zou verliezen, de astma.

Ik ren. Ik blijf rennen.

Ik ben zes en lig op een ziekenhuisbed. De artsen proberen een of andere kuur op me uit, maar mijn nieuwe stem,
het angstaanjagende monster dat zich binnen in mij verbergt, had mijn leven veranderd. Ik bleef binnen en werd
ziek, ziek zoals de andere zieken.

Ik kijk naar mijn tengere en witte lichaam en ik zie naalden, naalden verspreid over mijn hele lichaam. Naalden die
de artsen gebruikten om jongens met afkickverschijnselen te
kalmeren. Naalden die mijn huid doorboorden en me gevangen hielden in die kamer. Binnen.

Zelfs acupunctuur zou mijn probleem niet oplossen. Voor
mij was het slechts een ander soort gevangenis.

Waarom ren je zo, Sasha? Waar vlucht je voor weg?

Buiten. Buiten. Buiten. Ik wil weg. De naalden jeuken en
ik kan het niet uitstaan dat ik niet kan krabben. Waarom
mocht ik niet met jou mee naar buiten, mama, waarom mag
ik nu niet buiten rennen, waarom?

Omdat dat niet goed voor je is, omdat je dan astma krijgt.
Het is beter als je niet naar buiten gaat, Sasha.

Maar het gaat sowieso niet goed met me. Mijn ogen worden rood en mijn handen beginnen te krabben.

Een naald laat los.

Ik zie hem over mijn borst rollen en dan op de grond vallen. Misschien kan ik mezelf bevrijden. Misschien wel. Nog
een naald rolt op de grond en dan nog een. Ik moet en zal
naar buiten gaan. Ik bevrijd me van het metaal en ga naar
buiten zonder gezien te worden. De lente is dodelijk voor
mij, maar ik ren, ik ren toch.

De arts ziet me en maakt aanstalten me te volgen. Maar
ik ren.

En waar ga je nu heen, Sasha? Waarheen?

De astma is een beest dat je longen wegrukt. Zo voel je je

als je rent, als je hart om zuurstof vraagt en jij leeg bent. Maar op dat moment zou ik ook mijn ziel weg laten rukken. En dus ren ik en blijf ik rennen. Ik probeer de steken op mijn borst niet te voelen, maar ik ben helemaal paars. Ik loop steeds minder snel, maar het lijkt alsof ik steeds dichter bij die wereld kom waar mijn mama zich verstopt. Steeds minder snel, mijn lichaam volgt me niet.

Dan zwart. Alleen zwart en stilte.

Door die zinloze sprint was ik flauwgevallen.

Waarom? Toen ik wakker werd, antwoordde Riccardo me: 'Omdat je niet sterk genoeg bent om buiten te zijn.'

Ik blijf rennen en ik voel het beest in mijn borst zich weer opwinden, maar deze keer zal ik niet flauwvallen.

Ik zal niet opdraaien voor jouw fouten, papa, het kan me geen bal schelen dat je dood bent.

Jouw leven is niet het mijne en ik ga niet opdraaien voor jouw fouten.

Ik kan niet meer stoppen. Ik ben een kolkende rivier die overstroomt van wrok.

Ik ga niet opdraaien voor jullie verleden.

Maar ik heb geen lucht om te schreeuwen en mijn hart ontploft bijna. Ik voel dat ik moet opgeven, mijn longen houden het niet vol.

Mijn oude vriendin komt me weer gezelschap houden. Het is de ademnood waar ik niet zonder kan.

Maar ik ga door.

Het kan me geen bal meer schelen wie ik ben en wie ik was.

Ik wil met mijn verleden breken.

Nu wil ik vooruit. Ik besluit om naar de dichtstbijzijnde brug te rennen. Ik versnel mijn pas, ik kan niet meer stoppen en terwijl ik ren, haal ik dat verdomde spuitbusje uit mijn zak dat ik altijd bij me heb.

Ik wil met mijn verleden breken.

En met alle kracht die ik in me heb, gooi ik de Ventolin zo ver mogelijk weg.

Ik wil met die klote-astma van me breken.
En ik wil met mezelf breken.
Sterf, Sasha. Sterf.

De bel gaat lang en duldt geen tegenspraak. De doos die ik bijna tot de rand toe heb gevuld met boeken, laat ik staan en ik doe de deur open.

'Ik heb je adres op school gevraagd. Ze zeiden me dat je nog langs zou komen om je cheque op te halen, maar ik wilde je iets geven en ik wilde het niet daar achterlaten.' Angela staat voor me, een beetje in verlegenheid gebracht, buiten adem, onherkenbaar zonder haar spijkerbroek en haar leren jasje. Ze heeft een onwaarschijnlijke grijze linnen zwangerschapsjurk aan die tot op haar voeten komt. Onder de rand komen de neuzen van haar cowboylaarzen tevoorschijn, alsof die haar identiteit moeten beschermen. 'Mag ik?' vraagt ze terwijl ze van de grond een groot pakket oppakt en met haar kin gebaart naar achter mijn schouder.

'Sorry, ik verwachtte niet... Kom binnen, natuurlijk. Geef maar, dit draag ik wel,' zeg ik haar terwijl ik probeer het pakket aan te nemen.

Angela drukt het tegen zich aan. 'Het lukt wel, het lukt wel,' zegt ze bruusk.

Ik ga haar voor naar de woonkamer.

Ze zet het pakket tegen de muur en laat zich op een fauteuil vallen. Ze ademt moeizaam. 'Die lift van jou is echt niet normaal. Hij is wel twee keer gestopt. Ik werd helemaal paranoïde en heb de laatste drie verdiepingen gelopen.' Ze zucht en geeft een klopje op haar buik, die inmiddels enorm is. 'Hij-zij weegt nogal. En schopt als een bezetene.'

'Heb je je nog niet laten vertellen wat het wordt?' vraag ik haar als ik op de bank tegenover haar ga zitten. Ik weet niet of ik dit onverwachte bezoek van Angela leuk vind. Een plotselinge invasie in mijn pijnlijke lijkwade van tweehonderd vierkante meter. Ik houd, geloof ik, niet zo van verrassingen.

'Ik wil het niet weten. Ik hou van verrassingen,' grinnikt

ze terwijl ze haar hand in haar tas steekt en er een lolly uit haalt. 'Ik probeer niet te roken,' legt ze uit terwijl ze het papiertje eraf haalt. Ze kijkt goedkeurend om zich heen. 'Dus dit is jouw huis, hè?' Ze laat haar blik rusten op de open dozen, op de rechthoeken die op de muur zijn achtergelaten door de schilderijen die ik eraf heb gehaald en aan de rechtmatige eigenaar heb teruggegeven. Ze kijkt me vragend aan. 'Ga je verhuizen?'

'Nee. Mijn man gaat verhuizen,' zeg ik kort, en ik steek een sigaret op.

'Aha. Ben je daarom zo bleek?'

'Dat denk ik niet. Het had al veel eerder moeten gebeuren.'

'Dus je lijdt er niet onder?'

'Niet echt.'

'Ik wel,' zegt ze, en ze wijst naar de sigaret en haar lolly.

'Sorry,' zeg ik, en ik maak hem snel uit. Ik zou haar iets aan moeten bieden, gastvrij moeten zijn, maar ik heb haast om weer verder te gaan met het inpakken van mijn huwelijk en ik wil niet dat haar bezoek te lang duurt. 'Jij bent daarentegen goed in vorm,' complimenteer ik haar vriendelijk om mijn schuldgevoel tot zwijgen te brengen.

'Ik ben een olifant die niet meer liggend kan slapen,' zegt ze, en ze grijpt zich vast aan haar lolly. 'En door deze geweldige zwangerschapsjurk voel ik me nog stommer. Ik heb het wel gezien, hoor, dat je me bijna niet herkende nu ik zo zompig ben. Maar ik pas geen enkele spijkerbroek meer,' zegt ze grimmig.

'Hoe lang moet je nog?'

'Niet lang meer.' Ze zucht. Ze staat moeizaam op, blijft staan bij de muur met de ontbrekende doeken. 'Dit is natuurlijk wel triest,' zegt ze hoofdschuddend.

'Vroeg of laat regel ik wel iets.'

Angela draait zich om en kijkt me aan, ze glimlacht, pakt het pakket dat ze tegen de muur had geplaatst en zet het voor me neer. 'Dit kan helpen,' zegt ze een beetje verlegen. 'Het is voor jou, voor het geval je dat nog niet had begrepen,' voegt ze er nors aan toe, en ze zakt weer weg in de fauteuil.

'Voor mij?' vraag ik stom terwijl ik opgewonden opspring. Uit het zware bruine papier dat ik met ongeduldige handen verscheur, komt een zandkleurig doek tevoorschijn. Ogen. Vijf paar ogen en mijn lievelingsgedicht. 'Angela...' mompel ik verbaasd en blij. 'Hij is heel erg mooi... Ik... Ik kan het niet...'

'Vind je het mooi?' onderbreekt ze me bruusk.

'Je weet hoe mooi ik het vind,' zeg ik terwijl ik het ruwe oppervlak streel.

'Dan kun je het dus,' mompelt ze.

'Dank je wel,' zeg ik, en ik voel tranen achter mijn ogen prikken. Ik zou haar moeten omhelzen. Ik zou haar willen omhelzen. Maar sinds een maand, zeven dagen en een paar uur omhels ik niemand meer. Ik weet dat ik dan zou instorten. Ik weet dat ik mezelf zou uithalen als een mislukt breiwerk.

Nicole zit weer in haar favoriete gemoedstoestand. Rouw.

'Dank je wel,' herhaal ik, en ik kijk haar aan.

'Dan heb je tenminste iets om die verschrikkelijk gaten te bedekken,' zegt ze terwijl ze naar de drie blinde ramen wijst die omlijst zijn met stof.

Ik zet het voorzichtig tegen de muur. Sasha had het vast mooi gevonden.

Nicole praat graag in de verleden tijd over degenen van wie ze houdt.

'Zal ik thee zetten?' Ineens wil ik niet dat Angela weggaat. Het is niet waar dat ik niet van verrassingen houd.

Ze schudt haar hoofd. 'Ik doe niets anders dan eten en drinken. Ga maar door met wat je aan het doen was. Ik kom even vijf minuten op adem en dan ga ik weer,' zegt ze terwijl ze haar hoofd tegen de rugleuning van de fauteuil laat hangen.

'Blijf zo lang je wilt. Ik vind het leuk. Echt,' zeg ik. Ik ga op mijn knieën voor doos nummer acht zitten en pak mijn werk weer op.

Angela gooit vol afkeer de lolly in de asbak, pakt mijn pakje sigaretten en steekt er een op. 'Ik sta me er drie per dag toe,' verdedigt ze zich.

Ik begin te lachen.

'Het is over, weet je,' zegt ze zacht. 'Na weken en weken piekeren heb ik met die klootzak gepraat en hem gezegd dat hij wat mij betreft naar de hel kan lopen. Laat iemand anders zijn wonden maar verzorgen.' Ze haalt gulzig adem. 'God, wat is dat lekker,' zegt ze terwijl ze haar ogen een beetje dichtdoet en de rook uitblaast.

'Ik heb hem gezegd dat ik niet zeker weet of het kind van hem is.' Ze kijkt naar me. Haar grote zwarte ogen zijn vastberaden. 'Zo heb ik hem wel definitief uit mijn leven gebannen,' gniffelt ze vreugdeloos.

'Ik denk dat je het juiste hebt gedaan.'

'Ik weet het wel zeker. En weet je? Die avond dat je naar mijn schilderijen bent komen kijken… die twee uur die we al pratend hebben doorgebracht… Je kunt je niet voorstellen hoe de dingen die je hebt gezegd me geholpen hebben.'

'Ik heb niet eens zoveel gezegd,' zeg ik verlegen, terwijl ik door de kamer loop, beladen met boekdelen.

'Ik weet het. Dat is precies het punt. Je zat daar, tegenover me, zwijgend, en het was voor mij ineens heel makkelijk om alles wat ik al eeuwen binnenhield naar buiten te gooien. Ik heb je bedolven onder woorden die onder de spinnenwebben zaten. En dat heeft me goedgedaan. Uiteindelijk is het alsof jij mij geholpen heb die spinnenwebben weg te halen. En voordat je wegging, heb je me een idiote vraag gesteld – sorry, niet verkeerd bedoeld –, die echter in mijn hoofd is blijven hangen. Jij vroeg me: "Wat wil jij eigenlijk?"'

Ik leg langzaam de boeken op de grond. Ik ga in kleermakerszit op het tapijt zitten, voor haar.

'Ik moest er steeds aan denken, weet je. En nu zal ik eens zo'n dramatische uitspraak gebruiken waar ik altijd netelroos van krijg, maar wat kan mij het schelen, ik zeg het toch.' Ze neemt een laatste trek van de sigaret en maakt hem tot haar grote spijt uit. 'Het leven heeft mij tot nu toe nog niet veel gegeven.' Ze lacht. 'Te dramatisch?'

Ik schud mijn hoofd.

'Alle dingen die ik wilde – of die ik dacht te willen – heb ik nooit gehad. Ik wilde blond zijn'– ze raakt woedend de wirwar van zwarte haren aan – 'ik wilde lichte ogen. Ik wilde dat de jongen die me heeft ontmaagd me niet meteen aan zijn vrienden doorgaf. Ik wilde dat mijn ouders mij accepteerden zoals ik was. Ik wilde dat klotedorp waar ik woonde in de fik steken. Ik wilde een melodieuze stem. Ik wilde grote tieten. Ik wilde dat mijn vader me niet steeds een hoer noemde als ik hem zei dat ik schilderes wilde worden. En dat hij met zijn handen van me afbleef.' Ze kijkt me aan en wendt meteen haar ogen af. 'Zie je wat voor effect je op me hebt? In ieder geval'– ze gaat nu vastberadener verder –, 'na een nauwkeurig onderzoek, heb ik drie antwoorden gevonden op jouw vraag: ik wil dit kind, ik wil schilderen en ik wil níét meer behandeld worden als een stuk vuil. Dus wat dat betreft was het makkelijk om te besluiten die klootzak eruit te sturen.' Ze eigent zich de lolly weer toe, haalt de as die erop is blijven plakken er een beetje af en begint er weer op te zuigen.

Ik zou je willen omhelzen, Angela. Ik zou je dikke buik willen omhelzen, je humeurige houding, je afweersysteem. En ik zou me willen laten omhelzen door jou. Maar ik wil niet instorten.

Ik kijk haar aan. Ik glimlach naar haar. En ik begin weer boeken te verplaatsen.

'Kom je niet meer terug op school?' vraagt ze me als ze opstaat en met een vermoeide blik haar rug masseert.

'Ik weet het niet. Ik denk het niet. Ik heb nu vakantie.'

'Ik stop toch over vijftien dagen. Jouw vervanger heeft een verschrikkelijke adem en ik kan inmiddels wel Frans. J'étais plutôt pas mal comme étudiante, non?'

'Tu étais plutôt pas mal comme femme… Angela.'

'Als jij het zegt…' Maar ze vindt het een leuk compliment, haar gezicht klaart op. 'Kom, ik zal je helpen. Geef jij ze maar aan, dan stop ik ze erin,' zegt ze terwijl ze enkele boekdelen uit mijn handen trekt.

'Ik denk niet dat dat goed voor je is,' werp ik tegen.

'Het is heel goed voor me, ik beweeg me nooit.' Ze knielt voor een doos en plaatst de boeken erin. 'Nee, want als je niet meer terugkomt naar school... en je een beetje vrije tijd hebt... gezien het effect dat je op me hebt gehad... Die is te groot, die past er niet in.' Ze staat op en tilt een handzamere stapel boeken op. 'Ik heb een vriendin... Ze werkt in dat Chinese restaurant waar we elkaar hebben gezien, die met die vlindertjes op haar haarband, je weet wie ik bedoel?'

'Ik weet wie je bedoelt. Jij moet gewoon naar me gaan zitten kijken en verder niets,' zeg ik haar.

'Niet de moederkloek uithangen, alsjeblieft. Nou, zij heeft een verschrikkelijke relatie met haar man. Hij drinkt, gaat met iedereen naar bed, ik geloof ook dat hij ook losse handjes heeft. Kortom, ze weet niet meer waar ze het moet zoeken. Zou ze hierheen kunnen komen om met jou te praten?'

'Met mij? Maar Angela, ik denk niet dat...'

'Zoals je ook met mij hebt gedaan,' zegt ze zonder me mijn zin te laten afmaken. 'Jij kunt mensen goed laten praten.'

Zijn peper-en-zoutbaard. Zijn serieuze ogen achter met metaal omrande glazen. 'Jij kunt je goed in mensen inleven, Nicole. Je weet hoe je ze moet laten praten. Dat is een waardevol talent voor iemand die ons werk doet, er bestaan geen boeken die je dat kunnen leren. Stop er niet mee. Mensen hebben jou nodig.'

Ik kijk om me heen. Als een echte heer heeft Lorenzo mij het huis gegeven. Een groot huis. Zo groot dat ik er makkelijk een praktijk in zou kunnen beginnen.

'En weet je wat het gave is, Nicole? Dat ik alleen maar op deze bank hoef te gaan zitten en het praten komt vanzelf.'

'Jij zou zelfs met de stenen over Benedetta praten.'

'Maar jij laat me over mezelf praten.'

Het is waar, ik kan anderen goed laten praten.

Het is mijn alibi om zelf niets te hoeven zeggen.

Opnieuw tegenover de mensen gaan zitten. Naar ze luisteren. Spinnenwebben wegvegen. Ook de mijne. Opnieuw.

Opnieuw?

Nou ja, ik zal toch ergens mijn leven weer op moeten pakken.

'Zeg haar maar dat ze me moet bellen,' zeg ik snel tegen Angela, voordat ik er spijt van krijg.

'Dank je wel,' zegt ze gelukkig glimlachend, en ze knielt om een zware stapel boeken op te tillen. 'Hoeveel boeken heeft jouw man wel niet? Ik had niet gedacht dat...' Haar stem breekt. Ze kijkt me met een verbaasde uitdrukking aan, terwijl ze de boeken laat vallen en vooroverbuigt met haar hand op haar onderbuik.

'Angela!' roep ik uit terwijl ik naar haar toe ga. 'Wat is er?'

'Tweehonderd gloeiend hete messen doorboren mijn buik,' zegt ze terwijl ze probeert er een grapje van te maken. Haar gezicht is heel bleek.

Ik leid haar naar de bank, ik help haar te gaan liggen. 'Haal adem,' zeg ik haar terwijl ik haar hand pak.

Zij ademt gehoorzaam in en uit. 'Het gaat beter. Het gaat beter, het gaat beter, het gaat beter, het gaat beter,' dreunt ze op. Op haar gezicht verschijnt langzaam een uitdrukking van opluchting.

'Ik zei toch dat je de boeken moest laten liggen?' zeg ik bezorgd.

'Stel je voor. Vanochtend, toen ik nog maar net wakker was, liep ik voor jou al met een doek van vier bij drie meter te sjouwen.'

Ze trekt zich op om te gaan zitten. 'Ik probeer naar het toilet te gaan. Ik voel me raar.'

Ik help haar met opstaan. 'Ik ga met je mee,' zeg ik vastbesloten.

'Om mijn hand vast te houden als ik plas? Vergeet het maar.' Ze bevrijdt op haar gebruikelijke bruuske manier haar arm uit mijn greep, maar haar ogen staan geschrokken. Ze doet een paar stappen, dan trekt haar gezicht samen in een uitdrukking van pijn, en voordat ik haar kan ondersteunen valt ze op haar knieën en buigt voorover. 'O mijn god,' zegt ze verstikt. 'O mijn god, Nicole, ik ga dood.' Ik zie dat de voorkant van haar zwangerschapsjurk donker kleurt. Ze kijkt weer verrast. 'Erger nog, ik zit op jouw parket te plassen,' kreunt ze wanhopig.

Nee. Heer nee, alsjeblieft. Laat het niet gebeuren. Niet hier. Niet dit.

Ik help haar opstaan en kijk vol afschuw en onmacht naar het heldere en slijmerige meer onder haar voeten. Haar buik steekt minder vooruit.

Niet lang meer, hè? Vandaag zul je bedoelen.

Mijn hart begint te hameren, maar ik probeer mijn stem rustig te houden. 'Je hebt niet geplast. Kom, ga liggen en geef me het nummer van je gynaecoloog.'

'Ga ik dood?' vraagt ze me terwijl ze naar de bank strompelt.

'Nee. Je staat op het punt moeder te worden. Geef me het nummer.'

'Dat kan niet! Ik ben er nog niet klaar voor, het is te vroeg!' Haar ogen zijn een en al paniek.

'Nou ja, je hebt nog een paar uur om je voor te bereiden. Het nummer,' herhaal ik terwijl ik de telefoon pak en probeer kalm te blijven.

Hoeveel tijd zit er tussen het breken van de vliezen en de bevalling? Ik moet het ooit hebben geleerd.

U laat het toch niet hier gebeuren, Heer? Ik zal een week stoppen met roken, maar laat haar nu niet bevallen, alstublieft, alstublieft, alstublieft.

'Ik heb het nummer van de gynaecoloog niet,' zegt ze.

Ik kijk haar aan met een mengeling van afschuw en ongeloof.

Ik stop met roken en luister een maand geen Chet Baker. Alstublieft.

Haar gezicht trekt zich weer samen van de pijn. 'Nicole!' roept ze bang.

Ik pak haar hand. 'Rustig maar. Haal adem zoals ze je hebben geleerd,' zeg ik heel kalm.

En ik zal twee maanden geen Beethoven meer luisteren. Ik smeek u.

'Ik heb geen zwangerschapsgymnastiek gedaan.'

Ik kijk haar verbaasd aan. Ik zou haar willen vermoorden. 'Maar je weet wel hoe kinderen geboren worden, toch?'

Zij begint te lachen. 'Vagelijk.' Het gelach houdt meteen weer op. Ze brengt haar handen naar haar buik en spreekt juist die zin uit die ik absoluut niet had willen horen. 'Ik voel iets drukken.'

Helemaal niet lang meer. Het duurt helemaal niet lang meer.

Ik zal voor altijd stoppen met roken. En ik zal nooit meer muziek luisteren.

'Dat is jouw kind. Niet persen, wat er ook gebeurt. We gaan,' zeg ik haar vastberaden terwijl ik probeer haar te laten opstaan.

'Ik wil niet lopen. Het gaat veel te slecht met me. En ik wil persen. Waar gaan we heen?'

'Naar het ziekenhuis. Kom op, sta op. Als je perst, verbrand ik al je schilderijen.' Ik til haar op, zij steunt tegen mij aan. We zetten een paar stappen, ze stopt kreunend.

'Het lukt me niet.'

'Jawel, het lukt je wel.' Nog vier stappen. De deur van het huis heeft nog nooit zo ver weg geleken. Ik zweet bijna nog meer dan zij. En ik ben in ieder geval banger.

Ze blijft weer staan. 'Ik wil niet bevallen,' zegt ze. Haar ogen zwellen van de tranen. 'Ik ben bang,' fluistert ze.

Ik ook.

'Het komt allemaal helemaal goed. Niet persen, het komt allemaal helemaal goed.' Nog drie stappen en dan staan we buiten. Terwijl ik haar blijf ondersteunen, pak ik mijn tas en de autosleutels. Ik doe de deur open.

'Ik wil niet bevallen,' herhaalt ze.

'Dan heb je toch een probleem. Maar we kunnen er in de auto over praten.' Ik loods haar voorzichtig naar buiten.

Zij buigt weer voorover. Schreeuwend, deze keer.

En ik zal geen kasjmier truien meer kopen.

Ik zal me niet meer opmaken.

Ik zal al mijn boeken verbranden.

Ik zal non worden.

Ik zal gaan mediteren in de Himalaya.

Alstublieft.

Alstublieft, Heer. Ik ben aan het einde van mijn offers.

'We nemen toch niet de lift?' Angela kijkt bang naar mijn vinger die op de knop drukt.

'We kunnen niet lopend naar beneden,' zeg ik haar rustig glimlachend.

Je staat op het punt het er hier uit te gooien, idioot. Stop met discussiëren.

'Ik ga niet met de lift. Dat ding houdt er nog een keer mee op. En wat als het kind geboren wordt terwijl wij vastzitten in de lift?' Ze kijkt me aan, haar gezicht bleek en bezweet, vertrokken van paniek.

'Hij houdt er niet mee op.' Ik doe de zware smeedijzeren deur open.

'Nicole, ik ben bang. Ik wil langs de trap naar beneden, alsjeblieft…'

'Angela, de lift houdt er niet mee op en jij gaat nu niet bevallen. Het duurt nog heel lang,' lieg ik, 'vertrouw me.'

Goed, Heer. Uw wil geschiede.

Ze gaat tussen de deuren van de lift staan. 'Ik ga persen, ik kan niet meer. En ik ga die lift niet in.'

Ik kijk haar geërgerd aan. 'Als je perst, vermoord ik je, ik zweer het. En dan laat ik het kind adopteren.'

Het lukt me haar naar binnen te trekken en de deuren dicht te doen. Ik druk op de knop.

Vijf verdiepingen.

'O mijn god, hij houdt er weer mee op. En het lukt me niet om niet te persen…' Angela begint te huilen. Ik zou haar willen omhelzen. Ik zou haar moeten omhelzen. Maar dit is niet het juiste moment om in te storten.

De laatste hoop. Mijn laatste hoop.

'Als we hier worden opgesloten, help ik het ter wereld. Ik ben een dokter,' zeg ik haar terwijl ik haar haren streel.

'Is dat gelul?' De verbazing leidt haar even af.

'Nee. Ik zweer het.'

'Wat voor soort dokter?'

Nog vier verdiepingen.

'Een psychiater.'

'Aha. Dus eventueel kun je het overtuigen om weer terug te gaan?' Ondanks de angst en de pijn verschijnt de gebruikelijke grijns rond haar lippen.

'Ik zal het proberen.'

Drie verdiepingen.

'Ik red het niet.'

'Ik zweer je dat het in het ziekenhuis geboren zal worden, Angela. En dat alles helemaal goed komt.'

'Jij blijft bij me, toch?'

'Ik laat je geen seconde alleen.'

Twee verdiepingen.

'Hoe zeg je "bevallen" in het Frans?'

'We zijn in Rome, dat hebben we niet nodig.'

'Dat is waar. Maar hoe zeg je het?'

Eén verdieping.

'Ik weet het niet meer.'

'Ik denk dat jouw carrière als lerares afgelopen is.'

'Dat denk ik ook.'

Het is bijna zover.

Er zijn veertien dagen, zestien uur en drieënveertig minuten voorbijgegaan sinds ik mijn autosleutels op Tancredi's tafel heb gegooid.

'Dit is niet mijn auto,' zei ik. Toen haalde ik ongeveer vijfhonderd euro uit mijn portemonnee. 'Dit is niet mijn geld, en nu heb ik eindelijk begrepen dat dit niet mijn leven is. Ik speel niet meer.'

Tancredi bleef me bestuderen alsof ik van hem was. Zijn stem klonk arrogant. 'Je kunt niet zomaar stoppen. Ik heb je geld gegeven voor je hond en nu moet jij me terugbetalen met een laatste potje.'

Het is bijna zover.

'Daarna kun je doen waar je zin in hebt, maar je moet nog één keer spelen. Als je wint, betaal je je schuld af en rot je op.'

Er zijn sindsdien veertien dagen voorbijgegaan en het moment van dat potje is aangebroken.

Veertien dagen zijn er voorbijgegaan sinds ik Benedetta heb achtergelaten op dat bed en er stilletjes vandoor ben gegaan. Veertien dagen zijn er voorbijgegaan sinds de laatste keer dat ik Nicoles stem heb gehoord.

De tijd die daarop volgde, heb ik doorgebracht in nieuwe pensions, in nieuwe kamers en op nieuwe bedden, in afwachting van dit potje.

Ik heb deze tijd zwijgend doorgebracht, terwijl ik nadacht over mijn 'ziekte', alleen naar mijn eigen behoeften luisterde en mezelf veroordeelde tot een afhankelijkheid die niet slecht is, maar je wel laat lijden.

Ik leef al dagen op niets anders meer dan op de drug die Nicole zou kunnen heten en op de honger die liefde zou kunnen zijn. Ik heb geprobeerd hem te overwinnen, maar mijn lichaam is er niet tegen bestand en kijkt machteloos toe, zoals wanneer ik gekweld word door pollen. De nederlaag.

Hij heeft zich simpelweg overgegeven.

De 'chamade', zou Nicole zeggen.

Ik kijk op mijn horloge. Het is bijna zover.

'We gaan, Oliva. Het is zover.'

Als het potje voorbij is, zal hij naar huis gaan, Oliva pakken en samen zullen ze in hun oude Saab stappen en een verre reis maken.

Als het potje voorbij is, heeft Sasha bij niemand meer schulden en is hij vrij om te vertrekken en alles achter zich te laten.

Het geld dat hij zal winnen, zal hem de mogelijkheid geven zijn schuld in te lossen en een tijdje ongestoord te leven.

Hij gaat naar een andere stad, Parijs misschien, hij gaat zo ver mogelijk weg van Borgo Fiorito. Hij gaat naar een plek waar hij voor altijd zijn herinneringen kan begraven. Hij verscheurt de foto's, wist alle telefoonnummers en geuren, verandert zijn identiteit en zal weer gelukkig zijn.

Sasha wist zijn verleden om plaats te maken voor de nieuwe mensen die hij zal ontmoeten.

En hij zal vergeten.

Sasha zit aan de groene tafel. Hij schudt de kaarten en wacht op zijn tegenstander. Hij kijkt naar de lege stoel tegenover hem en kan niet wachten tot dit allemaal voorbij is. Hij gaat winnen, dat weet hij zeker. Hij zal het mooi afsluiten.

En hij zal alles doen om te vergeten.

Tancredi kijkt op zijn horloge. Hij loopt stil door zijn woonkamer en blijft op zijn horloge kijken, dan loopt hij naar Sasha toe. 'Hij zal er binnen enkele minuten wel zijn,' zegt hij opgewonden.

Tancredi wacht al heel lang op dit potje, alsof het een persoonlijke revanche van hem is. Die speler was verantwoordelijk voor grote verliezen en volgens Tancredi moest hij ervoor boeten. De beste manier om ervoor te zorgen dat twee spelers elkaar flink afmaken is door één tegen één te spelen.

Voor Tancredi is het wraak, voor Sasha, daarentegen, is het slechts een langzame en zenuwslopende wachttijd tot het einde. De deurbel gaat twee keer en brengt de adrenaline terug in Sasha's ogen.

'Het is zover, verdomme!' roept Tancredi uit terwijl hij naar de deur sprint.

Sasha legt zijn stok kaarten aandachtig terug op tafel en vouwt zijn handen in elkaar.

Zijn ogen blijven geconcentreerd naar de tafel kijken, en wachten af.

Deze plek is verschrikkelijk. Ik voel me vies, bezweet en moe. Ik heb het gevoel dat al mijn botten stokslagen hebben gekregen. Mijn hoofd is zwaar, doet pijn. Mijn ogen branden.

Deze stoel zit niet lekker. De goedkope houten tafel is bekrast en stinkt, en ligt vol met papier en omgevallen kartonnen bekertjes die vies zijn van de koffie. De groenige muren met vetvlekken omcirkelen me en geven me een gevoel van verstikking. Bovenin een klein kwaadaardig raam dat geen streepje lucht doorlaat.

Hij komt de kamer weer binnen, terwijl hij zijn gezicht afdroogt met een zakdoek. Zijn dienstuniform is versleten bij de manchetten. Buiten, op de gang, schreeuwt een jongen iets onbegrijpelijks.

'Of jullie sluiten hem op of ik laat hem eruit gooien!' schreeuwt hij als hij voor me gaat zitten. Zijn mollige en glimmende gezicht heeft een geïrriteerde uitdrukking. Hij geeft me een handbeschreven vel papier aan. Hij heeft dikke vingers met afgekloven nagels. Zijn trouwring wurgt zijn vette ringvinger. 'Dit is het verbaal. Lees het even en teken dan hier.' Zijn adem ruikt naar bedorven voedsel, ik trek me terug als ik de prikkende geur van zweet ruik. Hij verzamelt alle papieren en schuift me de telefoon toe. 'Als ik u was, zou ik maar iemand bellen die u kan komen ophalen. Het is beter dat u niet rijdt, in uw toestand,' zegt hij, en hij keert me de rug toe. De scherpe geur verdwijnt en ik begrijp dat hij weg is gegaan. Vreemd dat hij zo'n gevaarlijke crimineel als ik alleen durft te laten. Iemand in mijn toestand.

Mijn ogen rusten op het vel papier. De woorden beschrijven mijn verbaal en fysiek gewelddadige gedrag tegenover professor Giuseppe Liberi, hoofd van de afdeling Oncologie etcetera, etcetera, etcetera. Ik stop met lezen, want mijn ogen branden. Mijn hoofd wordt doorboord door duizenden naalden en het lijkt alsof mijn botten zijn gebroken en daarna weer in willekeurige volgorde in elkaar zijn geflanst.

Ik ben ingestort. Ik ben in stukken gevallen. Verkruimeld. En toen heeft een of andere onhandige Samaritaan me in onduidelijke volgorde weer in elkaar gezet.

Als ik u was, zou ik iemand bellen die u kan komen ophalen.

Maar ik ga nergens heen, agent. Ik kan niemand bellen. Ik blijf hier voor de rest van mijn leven, ik zal orde scheppen op je bureau, ik zal je overhemd wassen dat naar zweet stinkt, ik zal je versleten manchetten repareren en je dieet controleren.

Maar laat me nu even uitrusten. Ik ben moe. En ik weet niet waar ik heen moet.

Ik was in dat ziekenhuis aangekomen met Angela aan mij vastgeklampt als een geschrokken koala die pijn lijdt. Ik liet haar achter in de armen van de artsen met een gemengd gevoel van opluchting en bezorgdheid.

'Maar jij blijft hier, toch Nicole? Jij blijft hier tot het einde, toch?' vroeg ze me. Ze pakte mijn hand beet toen ze op een brancard naar de verloskamer werd gebracht.

Ik stelde haar gerust, volgde haar met mijn ogen totdat ze verdwenen was achter de twee grote klapdeuren, en toen ben ik in de miezerige wachtkamer gaan zitten, waar het een continu komen en gaan van mensen was.

Dan heb je dus toch geperst, kreng, dacht ik glimlachend toen de verpleegster, aan wie ik van tevoren een fooi had gegeven om nieuws te krijgen, me vertelde dat het lang zou gaan duren, omdat de bevalling was gestopt.

Ik ging er dus van uit dat ik geduldig zou moeten wachten. Ook al zat er binnen in mij niets wat op kalmte leek. In het verleden was ik dicht bij de dood geweest, maar ik was nog nooit zo dicht bij het leven geweest. Toen Angela mijn parket bevuilde met haar vruchtwater, leek het even – heel even maar – alsof ik in haar buik, die ineens zijn zwelling had verloren, de vorm van haar kind zag. En dat beeld is op mijn netvlies blijven hangen, als een getuigenis. In de auto, terwijl we snel naar het ziekenhuis reden en *Acqua azzurra, acqua chiara* zongen, omdat Angela bang was en ik niets meer te bieden had om dat wat steeds dichterbij kwam te voorkomen, had ik een hand op haar buik gelegd om me ervan te verzekeren dat er leven was. En ik heb het gevoeld. Sterk, krachtig, ongeduldig. Een klein levend wezen dat ruimte en lucht zocht. Ik trok mijn hand geschrokken en geëmotioneerd terug. Ik wilde niet huilen, ik wilde niet omhelzen, ik wilde niet voelen, ik wilde niet instorten. Maar die bewegingen uit die eeuwige wereld waren in mijn hand opgeslagen, die bleef kloppen en trillen, alsof hij ermee besmet was.

En terwijl de tijd voorbijging in die wachtkamer, waar gladde gezichten van opluchting of vertrokken gezichten van wanhoop voorbijliepen, bleef ik de warmte voelen die mijn hand had aangeraakt. Die warmte stroomde sneller door mijn lichaam, verzachtte scherpe randen en brak mijn afweersysteem af. Die warmte doorliep de hele route van mijn aderen en mijn gedachten, totdat hij diep in me was binnengedrongen. En daardoor was ik kwetsbaarder dan het kind dat ik had aangeraakt, nog voordat de barrière van het mysterie doorbrak. Daardoor was ik zo gelijk aan dat kind dat ik een verbijstering voelde die ik niet kende. Je komt schreeuwend ter wereld. En ik ging zwijgend uit die wereld weg.

Door een plotseling geluid hief ik mijn hoofd op en verliet mijn trance, waar mijn kloppende hand het onderwerp van was. Een stukje verderop was een heel mager oud vrouwtje, met een versleten zwarte jurk, buiten adem de inhoud van een plastic zak die over de grond was verspreid, bijeen aan het rapen. Ze keek me beschaamd aan en fluisterde: 'Sorry', alsof het geluid van haar gescheurde zak de stem van de twee brancardiers die stonden te ruziën of de mensenmassa die ons omringde kon domineren en me kon storen. Ze nam heel weinig plaats in. Alsof het haar levenstaak was zich onzichtbaar te maken en niemand tot last te zijn. Ik ging naar haar toe en hielp haar met het oprapen van haar spulletjes. Een blauwe pyjama, armoedig maar perfect gestreken. Een paar rode pantoffels, die nog in het plastic zaten. Drie strip-albums. Een elektrisch scheerapparaat waarvan het snoer was gerepareerd met isoleertape. Een zakje muntsnoepjes. Twee zeepjes die samengebonden waren door een lintje met de tekst TWEE HALEN, ÉÉN BETALEN. Ik maakte afstandelijk de inventaris op en de vrouw bedankte me met haar zwakke stemmetje, dat een sterk buitenlands accent had, en een glimlach die bevlekt was met tranen. Ze zei dat ik geen moeite hoefde te doen. Die steriele lijst had ik nodig om afstand van haar te houden. Om niet te vragen van wie die spullen waren. Om haar niet te zeggen dat ze zich geen zorgen hoefde te maken. Om me niet haar levensverhaal te laten vertellen en dat van degene van wie die miezerige spullen waren. Om haar niet te omhelzen. Om niet in te storten.

De vrouw ging weer ineengedoken op haar plaats zitten en schonk me een laatste blik van dankbaarheid, toen de verpleegster naar me toe kwam om te vertellen dat Angela het leven had geschonken aan een meisje van bijna zeven pond, dat het met allebei goed ging, dat de moeder nog in de verloskamer lag, maar dat ik de baby kon bekijken op de kraamafdeling, als ik dat wilde.

Daar boven, op de laatste verdieping, door een raam van mij gescheiden, lagen vijf dezelfde baby's. Maar aan één wieg hing het bordje met de naam van Angela en ik bleef staan om te kijken naar dat meisje met de zwarte haren van haar moeder dat ik al had herkend via mijn hand. Ik vond het humeurige, minuscule wezentje vol geheimen heel mooi en tegelijk heel lelijk.

'Gia,' zei ik zachtjes, in de wetenschap dat Angela de belofte zou nakomen die ze die avond in het Chinese restaurant had gedaan. Ik wilde door het glas heen kruipen en haar bevrijden van de dekentjes waarin ze was gewikkeld, om haar in mijn armen te kunnen nemen en haar dunne haartjes te ruiken, waar nog wat overblijfselen van de melkkorst te zien waren. Ik wilde haar vragen wat ze in die negen lange maanden van donker en intens licht had gezien en wat ze voelde toen ze van dimensie veranderde. Ik wilde haar smeken een paar herinneringen bij zich te houden aan die warme en veilige plek die haar had gevoed en haar zeggen dat haar moeder haar zeker zou leren hoe je moedig moet zijn. En hoe je Frans praat. Met een verschrikkelijk accent.

Maar dat kon niet. Er zat glas tussen. En ik wilde niets in mijn armen hebben. Ik wilde niet instorten.

Toen ik terugkwam op de eerste verdieping, was het al heel laat en de wachtkamer was bijna leeg. Ik was niet van plan om weg te gaan voordat ik Angela had gezien, en een tweede fooi maakte de verpleegster heel behulpzaam. Het oude vrouwtje in de zwarte jurk zat nog steeds op haar plaats. Ze hield de gescheurde zak dicht tegen haar borst, om niet het risico te lopen iemand te storen, en ze mompelde zachtjes, zoals wanneer je een rozenkrans bidt. Ik glimlachte naar haar, zij keek me aan met haar rode ogen en beantwoordde mijn glimlach met een vermoeide, bevende poging. Ik bleef naar haar kijken toen ze haar oogleden sloot en weer met haar stille litanie begon.

Op dat moment maakte mijn slachtoffer zijn opkomst in de scène. Lang, dik, een leeuwenkop met witte haren en een koningstred. Hij liep met een langzame en zelfverzekerde pas, had een verwaand en gebruind gezicht en zijn witte doktersjas, die aan de voorkant openhing, wapperde statig bij iedere stap. Hij praatte, zonder zijn hoofd om te draaien, tegen twee jonge dokters die hem eerbiedig en bang volgden, als twee oosterse vrouwen die genereus door hun chador werden bedekt. De sultan en zijn bescheiden harem bleven niet ver bij mij vandaan staan. Een andere jonge dokter – hij was belangrijker dan de twee uit het gevolg, te zien aan de bewonderende blik waarmee ze naar hem keken – bleef staan om met de sultan te praten. Ik bespiedde het oude vrouwtje, dat haar hoofd ophief en moeizaam opstond. Ze bleef even onzeker staan en wist niet wat ze moest doen. Ze wrong zich in haar handen en liep toen met aarzelende passen naar het groepje toe.

'Dokter…' zei ze met haar zwakke en buitenlandse stemmetje toen ze zich tot die leeuwenkop wendde.

'Nu niet, mevrouw,' zei hij geïrriteerd, nadat hij een snelle blik op haar had geworpen.

De vrouw deed een stap terug. Ze werd weer net zo klein en verlegen als toen haar zak kapotging en de hele inhoud eruit viel. De twee dokteren begonnen weer te praten, terwijl die van het gevolg de belachelijke houding van bodyguards hadden aangenomen en laatdunkend naar de vrouw keken. Uit de paar woorden die ik kon verstaan maakte ik op dat ze stonden te praten over een zaalvoetbaltoernooi waarvan ze nog niet wisten waar het zou worden gehouden. De vrouw wachtte een paar minuten, liep toen weer naar de sultan en mompelde: 'Dokter, alstublieft…' Hij draaide zich deze keer niet eens om en een van de jonge hofdames in witte doktersjas zei lomp en ongeduldig tegen haar: 'Ziet u niet dat de dokter bezig is?' De vrouw trok zich opnieuw terug, maar bleef pijnlijk geduldig naast hen staan.

Ik bekeek het tafereel met een mengeling van ongeloof en afschuw. Ik zag de sultan de twee van het gevolg wegsturen, die bijna knielend afscheid namen, en hij begon weer te praten met zijn vriend.

De vrouw deed een wanhopige stap in zijn richting en klampte zich vast aan zijn arm. 'Ik smeek u, dokter… Ik wilde weten hoe het met mijn zoon…' smeekte ze met haar vreemde accent.

De sultan bevrijdde zich met een bruusk en gebiedend gebaar van haar rimpelige hand en riep met bulderende stem: 'Mevrouw, hou op! Ik heb u al gezegd dat uw zoon kanker heeft! Met al die uitzaaiingen kan zelfs God er niets aan doen!', en hij keerde haar de rug toe.

De vrouw kwam niet in opstand tegen deze verbale aanranding. Ze frommelde zich simpelweg in elkaar en nam dezelfde vorm aan als haar kapotte plastic tas, die ze op de stoel had achtergelaten. Toen liep ze weg, keerde de twee doktoren de rug toe en om geen overlast te veroorzaken begon ze stilletjes te huilen.

Ik stond op en zonder een woord te zeggen omhelsde ik haar. En bij het eerste contact met dat tengere en bevende lichaam stortte ik stukje bij beetje in. In gejaagd tempo verzamelde mijn geest al mijn gekwelde emoties en bracht ze tot ontploffing.

Je komt schreeuwend ter wereld. En ik begon te schreeuwen.

En terwijl ik tekeerging tegen die verdorven sultan, hem zei dat mensen zoals hij niet het recht hadden om te leven, dat ik van hem walgde, dat ik hem zou laten ontslaan, dat ik hem toewenste net zo te lijden als die vrouw nu leed, terwijl ik hem vervloekte en beledigde en het vrouwtje bang en van streek 'Nee, nee' zei, begon ik te snikken. Omdat al het verdriet van de wereld bij me naar binnen was gekomen en me zonder medelijden aan stukken scheurde en alle stukjes Nicole verbrokkelde die ik tot op dat moment met wilskracht bij elkaar had proberen te houden.

'Ik hoop dat jij thuis iemand hebt van wie je houdt,' schreeuwde ik huilend, 'en dat jij op een dag ook een klootzak in een witte doktersjas tegenover je krijgt die jouw leven met twee woorden vernietigt.'

'Die vrouw is gek, roep iemand,' zei hij, terwijl hij zijn schaamte en zijn woede maskeerde met een houding van superieure minachting, en hij draaide zich om om weg te gaan.

Ik greep hem bij zijn mouw en even zag ik een flits van angst in zijn ogen. 'Jij gaat nergens heen, klootzak. Jij praat nu met deze vrouw alsof het een menselijk wezen is,' brulde ik terwijl ik probeerde hem naar haar toe te slepen. Zijn collega kwam tussenbeide en probeerde me te stoppen; ik sloeg wild om me heen en met mijn elleboog raakte ik per ongeluk zijn lip en sloeg hem kapot.

Vanaf dat moment ging alles heel snel. Er kwamen twee verplegers die me tegenhielden, er kwam een bewaker, en de sultan ging weg met zijn collega met de bloedende lip en foeterde dat ik gevaarlijk was, dat hij me zou aanklagen en laten opsluiten.

Zo ben ik hier terechtgekomen. Voor een politieagent die te veel koffie drinkt en de bekertjes niet weggooit. Hier, voor de handtekening van Giuseppe Limberi, hoofd van de afdeling Oncologie. Die me heeft aangeklaagd wegens agressie.

Ik had toch gezegd dat je niemand moest omhelzen? Je bent te breekbaar.

Nee. Ik ben alleen uitgeput. Moe van het voeren van een zinloze strijd.

Haar zoon heeft kanker. Zelfs God kan hem niet helpen.

Ook die vrouw moet op een dag naar haar kind hebben gekeken toen het net uit het mysterie kwam. Met de melkkorst tussen zijn haren en gesloten vuisten om de herinneringen aan die wereld te verdedigen.

Het zou slimmer zijn geweest haar op een andere manier te helpen. Denk je dat ze hier iets aan heeft gehad?

Ik weet het niet. Ik ben niet slim. Ik ben moe.

Moe van het voeren van een nutteloze strijd.

Ik begin weer te huilen. Zonder snikken. Stilletjes, net als die vrouw.

Mijn lichaam is gekneusd, mijn gezicht gezwollen, mijn stem schor en mijn oogleden zo zwaar dat ik mijn ogen bijna niet open kan houden.

Het maakt me niet uit dat hij mij zo ziet.

Ik heb alleen hem. En ik kan niet meer.

U zou er goed aan doen iemand te bellen die u komt halen.

Ik heb alleen hem.

Ik pak de hoorn van de telefoon met trillende handen en toets het mobiele nummer dat ik altijd uit mijn hoofd heb gekend.

'Sasha,' zeg ik hees zodra er een verbinding tot stand is gebracht.

Hij gaat over. Twee, drie, vier keer.

'Sasha,' snik ik zacht, terwijl mijn neus druipt en de tranen mijn ogen onder water zetten en dan naar beneden glijden en mijn wangen verwarmen.

De telefoon gaat oneindig lang over.

'Sasha,' herhaal ik, maar er neemt niemand op.

En alleen het uitspreken van die naam is voor mij al een gebed.

Over twee uur sta ik weer buiten. Dat voel ik.

De deur bij de ingang gaat open, de stem van Tancredi vermengt zich met die van een andere man. Ik hoor hun stappen op de gang die leidt naar de kamer waar ik me bevind. Ik blijf zitten, neem langzaam de laatste trekjes van mijn sigaret en hoor die stemmen steeds dichterbij komen.

Ik zal hem in het tweede uur afmaken, zeg ik tegen mezelf. Eerst laat ik hem winnen en dan geef ik hem een pak slaag.

Het gaat niet om wat je hebt, maar om wat je zou kunnen hebben.

En ik kan als de beste anderen laten geloven in wat ik niet ben. Weet je nog, Sasha? Als je houdt van wat je niet bent, ben je een winnaar.

En ik ben een winnaar.

Ik ben een koning.

Tancredi komt als eerste de kamer binnen. Hij houdt de deur open en laat mijn tegenstander binnen.

Zijn moedige zwarte ogen. Zijn mond omringd door twee dunne lippen. Zijn grijze haren en zijn korte zachte baard. Hij loopt naar me toe. Zijn tred is moeizaam. Hij loopt een beetje mank met zijn linkerbeen.

Van zijn paard gevallen. Ik weet het.

Die man komt glimlachend naar me toe, zonder een woord te zeggen.

Hij gebruikt geen stok meer, denk ik, maar ik blijf als versteend zitten als ik dat silhouet naar me toe zie komen.

Ik kan geen woord uitbrengen en blijf roerloos zitten, verlamd, terwijl ik weer door herinneringen word overmand.

Mijn hart staat stil. Hij staat stil. Hij steekt zijn hand uit en kijkt door me heen, hij kijkt als een vader met zijn moedige ogen. Die klootzak kijkt me aan en ik voel me naakt.

'Hallo, Sasha,' zegt hij vriendelijk.

'Hallo, Riccardo.'

Mijn stem trilt en onthult mijn angst om hem weer zo dicht bij me te hebben, het verlangen om te verdwijnen en om hem te vermoorden.

Hij daarentegen niet, hij is niet bang. Zijn hand komt naar me toe, op zoek naar de mijne, maar ik ben er niet klaar voor om hem aan te raken, dus houd ik mijn vuisten in mijn zak en versterk mijn stem.

'Je leeft nog...'

Zijn gebaar sterft weg en zijn glimlach verdwijnt, maar hij verliest niet de controle.

'En jij?' vraagt hij op de toon van iemand die het antwoord al weet.

Waag het niet om me levenslessen te geven, stuk stront, waag het niet.

Maar ik doe het niet. Ik kan het niet.

Riccardo doet zijn jas uit en legt hem met een zelfverzekerd en elegant gebaar op de stoel naast hem. Nu is zijn gezicht ernstig en gespannen.

Ik glimlach uitdagend naar hem en ga tegenover hem zitten. 'Grappig dat iemand die pas aan het eind van zijn leven van deze tafel opstaat zoiets vraagt, toch?'

Riccardo is onaangedaan zoals altijd en voert het gebruikelijke ritueel van het begin van een wedstrijd uit: hij pakt een sigaret en steekt hem aan. Hij neemt drie trekjes en legt hem op de asbak, om hem vervolgens te vergeten en hem langzaam op te laten branden.

'Laten we eens kijken of je hebt leren spelen,' zegt hij, en hij legt zijn geld op tafel.

Zijn meegaande toon werkt me op de zenuwen zoals maar weinig andere dingen op de wereld dat doen, maar hij kent me dan ook en weet hoe hij me boos kan maken.

Ik probeer hem alleen een veelbetekenende blik terug te geven.

Praat niet tegen me alsof ik je zoon ben.

Maar zijn ogen bevriezen me zoals die van een vader en

zijn aanwezigheid doet me terugglijden in de rol die ik lang geleden al had verlaten.

Nee, Sasha, laat hem dit niet doen.

Maar elke keer als ik mijn ogen op hem laat rusten, zie ik mezelf, als in een vervloekte spiegel. En wat ik zie, is precies wat Riccardo van me denkt. Ik zie een bang en onervaren jongetje dat denkt alles te weten van het leven, maar dat nog niet eens zelf zijn kont kan afvegen.

'De inzet is duizend euro,' zegt de croupier terwijl hij het geld verzamelt en de kaarten op tafel legt. 'Jullie spelen zonder side-pot en zonder community card. Er wordt alleen opengelegd met plaatjes en de minimale verhoging is honderd euro. Veel succes.'

Maar ik ben niet meer dat bange jongetje.

Op de hoek van de tafel brandt zijn sigaret op als wierook en Riccardo kijkt me aan als een priester die naar mijn zonden komt luisteren.

Een opleving van herinneringen.

Sasha kan niet vergeten.

De ader op de rug van mijn hand klopt nauwelijks en ik weet dat ik nu niet meer kan vluchten.

Wij kunnen een einde maken aan ons verleden, maar ons verleden kan geen einde maken aan ons.

Een dichte en een open kaart.

En ik sta op negenduizend euro winst na anderhalf uur.

Uit angst om te praten blijf ik zwijgen en probeer ik te vergeten dat ik tegenover hem zit. Hand na hand verschuil ik me achter de kaarten en probeer ik me niet te laten raken door de bekende smaak van zijn woorden en zijn ademhaling. De manier waarop hij naar zijn kaarten kijkt en mij probeert uit te lokken is niet veranderd. Riccardo glimlacht als ik een hand win. Elke keer als ik de pot van hem jat, glimlacht hij trots, precies zoals toen ik klein was.

Hij weet dat ik niet tegen mijn verlies kan.

Dat heb ik nooit gekund.

Ik was negen toen hij me voor de eerste keer de kaarten

liet strelen. 'Laten we zo spelen dat ik een keer win en jij een keer verliest,' zei ik tegen hem.

En nu lacht Riccardo zoals vroeger, ook wanneer hij verliest.

'Tweehonderd,' zegt hij.

Maar ik ga niet mee.

Een dichte en twee open kaarten op tafel, en hij heeft het hoogst mogelijke, een pair negens.

Ik pas en laat de pot aan hem.

Riccardo steekt een sigaret op en met een koude en afstandelijke houding begint hij zich een beetje met mij te vermaken. 'Veronica is dood,' zegt hij terwijl hij een fiche in het midden van de tafel laat vallen.

Nu sta ik op, smijt de tafel over hem heen, steek een stok in zijn keel en duw die bij hem naar binnen totdat er een gat in zijn schedel zit.

'Hoe?' vraag ik.

Hij kijkt naar beneden, naar de fiches in het midden van de tafel.

Een kaart voor hem en een voor mij.

'Er staat overdosis in het rapport,' en hij gooit er vijfhonderd bij.

Jouw geweten is zuiver, nietwaar?

'Gelul. Volgens mij hebben ze haar vermoord,' zeg ik terwijl ik mijn vijfhonderd in de pot leg.

Zijn blik verandert plotseling en zijn ogen kijken mij niet meer aanmatigend aan. Ze snoeren me streng de mond, alsof ze me willen waarschuwen dat ik de grens heb bereikt. 'Te makkelijk, Sasha.' Dan richt hij zich tot de croupier, hij doet alsof er niets aan de hand is en zegt: 'Kaart.'

Nu krab ik je ogen uit de kassen van je kutschedel en pis erin, hoerenjong.

Riccardo heeft me uitgewist.

Als ik ongehoorzaam was, als ik fout antwoordde, als ik te ver ging, dan strafte hij me op deze manier. Ik hield simpelweg op te bestaan.

En de manier waarop hij me zojuist heeft geschrapt uit

zijn gezichtsveld betekent het einde, het onderwerp is afgesloten.

Je hebt straf, Sasha.

Je bent te ver gegaan.

Steek maar in je reet, Riccardo.

Een zeven en een pair negens voor hem, een tien en een pair boeren voor mij.

'Te gemakkelijk voor wie? Voor jou of voor haar?' zeg ik, en ik gooi er weer vijfhonderd bovenop.

Hij aarzelt niet om me te volgen. Hij kijkt me aan en laat zien hoeveel minachting hij in zich heeft. 'Ze was er klaar voor, Sasha. Maar ze scheet in haar broek en koos ervoor zichzelf van het leven te beroven.'

Deze keer kun je niet weigeren naar me te luisteren. Je kunt me niet in de hoek zetten.

'Ze was er niet klaar voor. Maar dat kon jou toch niets schelen, want jouw leven kon niet wachten. Toch?'

Kom op, sla me maar, klootzak. Doe het!

Maar Riccardo beheerst zich, hij blijft zwijgen en wacht op onze kaarten.

Een zeven voor mij en een vrouw voor hem, maar die kan hij niet gebruiken. De pot is voor mij.

'Het is niet mijn schuld dat ze het niet heeft gered,' zegt hij vermoeid. 'Vroeg of laat zou ze toch naar buiten moeten,' sluit hij nerveus af terwijl hij al het geld aan zijn neus voorbij ziet gaan.

Wat doet verliezen met je?

Ik voel dat mijn woede nog niet heeft gewonnen. 'Vuile egoïst.' Mijn stem trilt. 'Je had haar niet naar buiten moeten laten gaan,' zeg ik terwijl ik de tafel leeghaal.

Maar hij geeft zich niet gewonnen. 'Als ze daar binnen bleef, was ze toch wel doodgegaan, begrijp je dat niet? Dat is geen leven.'

Maak ik je boos?

Eindelijk is zijn stem niet zo kalm meer, hij is harder geworden en heftiger, maar ik wil meer.

Ik wil je op de knieën dwingen.

'Lul niet! Als iemand ziek is, is hij ziek en dan kan hij er niet uit gegooid worden! Want dan redt hij het niet!' Mijn woorden weerklinken in de kamer.

Maar niet binnen in hem. Riccardo is weer kalm en bestudeert me aandachtig. Dan, terwijl hij licht zijn hoofd schudt ten teken van afkeur, kijkt hij me aan en zegt: 'Wij zijn dat wat we kiezen te zijn, Sasha. En dat maakt jou erg bang, hè?'

De croupier wacht aan de rand van de tafel op een teken dat hem toestemming geeft om de kaarten te delen.

Ik zwijg.

Riccardo gooit nog een fiche naar mij, met een langzaam en vastbesloten gebaar. 'Iedereen maakt keuzes. Jij kunt alleen niet tegen risico's, jij kunt niet tegen je verlies. En uit angst om te vallen, denk je liever dat je er niet toe in staat bent,' oordeelt hij.

Dan kijkt hij snel naar de croupier, die meteen een dichte kaart aan mij geeft en daarna een aan hem.

Nu pak ik ook je ziel af, klootzak.

Ik gooi mijn fiches erbij en verhoog met duizend.

'Ik heb al risico's genomen en ik ben al gevallen,' antwoord ik.

Kaart.

'En waarom sta je dan niet op?'

Mijn ogen vertellen hem dat ik hem alleen maar in stukken wil scheuren.

Nog eens duizend euro en nog meer kaarten.

Zijn blik verandert voor mijn ogen en vult zich met liefde. Zijn ogen branden in me en laten mijn vingers trillen als ik meer geld pak.

'Jij bent niet zoals zij, Sasha.' Zijn stem klinkt liefdevol. 'Je bent niet zoals zij. Wanneer houd je op jezelf te straffen?'

Rot op, Riccardo, hou je mond.

Jij hebt een open pair vrouwen en ik een dicht pair boeren, maar ik kan je nog verslaan.

'Ik luister niet eens naar je. Vijfduizend.'

Maar de klootzak houdt vol. 'Het was niet jouw schuld.'

Dan, terwijl hij een handvol fiches pakt: 'Ik verhoog met nog eens vijf.'

Denk je me bang te maken? Jij, lelijk hoerenjong, jij moet boeten voor al het kwaad dat je me hebt aangedaan.

'Oké. Kaart.

Jullie moeten allemaal boeten.

In mijn hand heb ik nu drie boeren en hij heeft drie vrouwen op tafel, maar de kaarten praten met me. Ik verslind hem. Dat weet ik.

Riccardo blijft maar praten en ik zou alleen maar zijn stembanden eruit willen trekken. 'Het was niet jouw schuld dat ze zich liever van het leven beroofden dan bij jou te blijven, Sasha. Het was niet jouw schuld.'

Rot toch op, klootzak. Hou er eens mee op me in de maling te nemen! Ik heb er genoeg van om door iedereen in de maling te worden genomen.

'All in,' zeg ik.

Het is de laatste kaart, de vijfde.

'Het was niet jouw schuld,' sluit hij af.

Plotseling een gat, een leegte, die nooit opengereten wond vervormt zich en rekt zich uit tot aan mijn hart. Alle woede die tot dan toe door mijn aderen stroomde, komt eruit. Plotseling voel ik me leeg en zwak en de stem van Riccardo overheerst die van de vele artsen die hem zijn voorgegaan.

De jongen lijdt aan paniekaanvallen, verlatingsangst en... alles wordt bij elkaar opgeteld... *hij vertelt zichzelf dat hij niets waard is, omdat hij ze zo kan vergeven dat ze hem in de steek hebben gelaten...* alles bij elkaar als in een warrig concert... *om zichzelf te laten zien dat hij niet iemand is van wie je kunt houden, dat iemand als hij het verdient om in de steek gelaten te worden... hij kon ze niet bij zich houden, maar het was niet zijn schuld. Hij is alleen bang.*

Maar het is niet zijn schuld.

'Dat weet ik,' antwoord ik terwijl ik met moeite die laatste drie woorden uitspuug en hoop dat al die stemmen ermee ophouden mij lastig te vallen. Dat weet ik, zeg ik tegen mezelf, en zonder het me te realiseren komen die drie simpele woordjes in mij op als een kleine zonsopgang. Langzaam verlichten die drie kleine woordjes die ik nooit tegen mezelf had gezegd de kamer die te lang dicht en donker is geweest.

Dat weet ik.

Was dat genoeg voor de overgave?

En toch voel ik dat mijn hart niet meer zwaarder wordt, als een wond die geneest, en zo licht heb ik me heel lang niet gevoeld. Riccardo schuift al zijn fiches naar het midden van de tafel. 'Oké, ik ga mee,' zegt hij tegen zichzelf.

Ik blijf daarentegen simpelweg zwijgen, ik heb geen stemmen meer binnen in me. Alleen de absurde overtuiging die mijn pijn verzacht: *het was niet mijn schuld.*

De laatste kaart glijdt in mijn hand.

'Ik heb het mezelf vergeven, Sasha. Waarom probeer jij dat ook niet te doen? Je kon ze niet redden. Je kunt alleen jezelf redden.'

Dat weet ik, Riccardo.

Ik kijk naar de kaart onder mij. De vierde boer. Ik wist het. Ik voelde het. Ik kijk naar mijn moment. Ik kijk naar mijn poker van boeren.

Het zou geweldig zijn hem al dat geld af te pakken, het zou geweldig zijn tegen hem te zeggen: 'Ik vergeef het je nooit', en me te wreken. Ik zou hier naar buiten lopen als een koning.

Ik zou echt een koning zijn.

Maar het kan me niets meer schelen om een koning te zijn, het kan me niets meer schelen hier te zijn en iets aan iemand te bewijzen. En ik heb er vooral genoeg van om dood te zijn terwijl ik net doe alsof ik leef.

Ik ben alleen maar tijd aan het verliezen.

Dus laat me alleen, spoken.

Laat me vrij, nachtmerries.

Laat me met rust. Allemaal.

Mama, papa, Fabrizio, Sara, Elisabetta, Graziana, Gregorio, Veronica, Adele, Caterina, Michele, Giovanni.

Laat me vrij om mijn leven te leven.

Laat me allemaal met rust.

Laat me met rust.

Allemaal behalve één.

Allemaal behalve jij. Jij moet bij me blijven.

Riccardo legt zijn three of a kind open.

En ik kijk hem liefdevol aan, oprecht liefdevol.

En zonder hem mijn moment te laten zien stop ik mijn kaarten terug in de stok. Ik sta op van mijn stoel en zeg alleen: 'Van jou.'

Ik heb het afgesloten.

Mijn glimlach zegt op dat moment meer dan duizend woorden.

Hij betekent dank je wel.

Hij betekent sorry.

Hij betekent alsjeblieft.

En hij betekent vaarwel.

Het huis is koud. Ik doe het licht niet aan, ik denk niet dat mijn ogen dat geweld zouden kunnen verdragen. Ik zou naar bed moeten gaan. Ik zou een douche moeten nemen, de geur van dat ziekenhuis eraf moeten wassen, die van dat kamertje met de groene muren, van die wanhopige of opgeluchte gezichten, van de grandeur van Angela, van die vrouw die zal blijven huilen, van de agent die me in een opwelling van vriendelijkheid naar mijn taxi heeft gebracht, ondanks zijn met zweet bevlekte oksels, zijn vermoeide uitstraling, zijn vormeloze uniform dat al lange tijd van niemand meer aandacht krijgt.

Op de tast loop ik de gang op, doe een kast open en zoek op de bodem. Ik hoef hem alleen maar aan te raken om het te herkennen. Ik ruik er dankbaar aan, terwijl ik hem tegen mijn neusgaten druk en krachtig inadem. In het donker herken ik de kleur – donkergroen – terwijl mijn handen het een beetje ruwe en versleten weefsel strelen. Sasha is hem hier vergeten en ik heb hem nooit teruggegeven. Ik heb hem in deze kast verstopt en heb hem gezegd dat hij hem wie weet waar moest hebben verloren. Ik weet niet waarom ik dat heb gedaan. Maar nu valt alles ineens op zijn plaats.

Ik beweeg me voorzichtig in het donker. Ik bereik de bank en pak de telefoon. Ik toets opnieuw zijn nummer in. Op weg naar huis, in de taxi, terwijl de taxichauffeur zat te gapen, heb ik dat nummer misschien wel duizend keer gebeld. En duizend keer heeft hij niet opgenomen. Ook nu gaat de telefoon in de leegte over, tot in de oneindigheid.

Ik ga ineengedoken op de kussens liggen, in foetushouding. Ik wikkel de trui van Sasha om me heen alsof het de deken is die een schipbreukeling omarmt. Eindelijk sta ik mezelf toe de pijn en verbazing te voelen en te erkennen dat ik hem heb verloren.

En dat het waar is. Er bestaat echt geen vrouw die niet te veroveren is.

Door de eerste vuistslag barst mijn lip open. Het voelt alsof de knokkels mijn lip tegen mijn tanden duwen, mijn tanden zich in het vlees boren, het bloed in mijn keel schiet en mijn zicht vervaagt.

Ik lig op de grond.

Ik weet nog niet wie, wat en waarom.

Maar ik sta weer op.

En een nieuwe lading stompen overvalt me en treft mijn ontblote oor, mijn rug en mijn ribben.

Een trap in mijn buik en ik lig weer op de grond.

Vanaf beneden op de stoep lijken al die schaduwen op elkaar, maar de koplampen van een auto laten de ogen van Tancredi en zijn vrienden vlak bij mij oplichten.

Ze trappen tegen mijn armen, die mijn gezicht beschermen. Ik voel de pijn hard in mijn hoofd fluiten en het asfalt tegen mijn gezicht drukken.

Maar ik sta weer op.

Wat is dit godverdomme?

Het is de wraak voor het onrecht dat hem is aangedaan.

Het is de straf voor het oplichten van Tancredi.

Het is de prijs voor de keuzes die ik heb gemaakt.

Maar ik sta weer op.

Drie grijze auto's omringen me en verhinderen me te vluchten. Door de woede van die jongens blijf ik op die straathoek bloed spugen.

En opstaan is nu moeilijker. Ik blijf op mijn knieën zitten. Voorovergebogen. Gebroken en kapot. De zoetige geur van mijn bloed maakt mijn neus en mond vies, en dat rode plakkerige goedje verhindert me mijn ogen helemaal open te doen, maar ik kan nog zien.

Tancredi staat tegen de kofferbak van de auto geleund te roken.

Om me heen komen zijn vrienden op adem.

En achter dat raam zit zij.

Tussen al die klappen door is het me gelukt haar te voelen en te vinden.

Zij is daar, verscholen achter het raampje van die Mercedes.

Zij is daar, verscholen achter haar kostbare tranen.

Ze is daar en beweegt zich niet, ze komt niet tussenbeide en zegt niets.

Ze huilt, zoals je doet tegenover een lijk, en kijkt me aan met dezelfde onmacht. En met dezelfde haat.

Ze is gekomen om me vaarwel te zeggen.

Benedetta en ik kijken elkaar maar even aan, slechts in de korte tijd tussen een trap in mijn buik en een tegen mijn nek. Dan maakt die rotpijn me weerloos en blind.

Ik blijf roerloos liggen, alsof al mijn ledematen zijn gebroken. Zonder iets te voelen. Gevangen in gedempte pijn. En ik kan niet meer opstaan.

Ik sluit mijn ogen en wacht zwijgend op de volgende klap, maar gelukkig komt die niet. Ik hoor alleen het geluid van voetstappen, van gestarte auto's en van piepende banden op het asfalt.

Is het voorbij?

Ik begin hardop te lachen, languit op het asfalt, met open armen. Jij moest het me zeggen, Nicole. Jij bent degene die alles weet.

Ik lach harder, ik weet niet of ik al op kan staan.

Jij moest het me die nacht al zeggen, toen onze auto's waren samengesmolten. Maar je was te druk bezig in mij los te barsten.

En nu is er geen tijd meer om de schade te berekenen. Om je af te vragen hoe en waarom. Er is geen tijd om plannen te maken, om te weten of ik hier weg kan komen en of ik de rest van mijn leven lachend midden op dit kruispunt zal doorbrengen. Maar het is nog niet voorbij.

Het is pas net begonnen, zeg ik tegen mezelf.

Ik doe mijn ogen open en sta op.

Het gezoem van de intercom bereikt me in mijn halfslaap. Het is lang, aanhoudend. Ik doe mijn ogen open en het zachte licht van de zonsopgang is begripvol genoeg om ze geen pijn te doen. Ik sta langzaam op en voel iedere pijnscheut die mijn lichaam mij doorgeeft. Weer het gezoem. Dringend. Beslist. Mijn hersenen hebben nog niet de kracht om hypothesen op te stellen, ik druk op de knop en vraag wie daar is. Aan de andere kant alleen het geritsel van de lucht en het geluid van een scooter die voorbijkomt.

'Wie is daar?' herhaal ik.

'Sasha.'

Mijn adem stokt. Ik druk krachtig op de knop.

En ik ben al niet meer hier. Ik ben op de overloop, buiten adem en met een dolgedraaid hart. Het lampje van de lift is rood, mijn god, misschien zit hij vast tussen twee verdiepingen, zoals altijd, maar ik kan niet wachten. Ik druk gejaagd op de knop, ik sla op de ijzeren deur, maar ik kan niet wachten, ik heb te lang gewacht. En dus begin ik overhaast de trap af te lopen, om de afstand te verkorten, want ik kan niet meer wachten, Heer, ik heb al zo lang gewacht. Een maand, zeven dagen en twintig uur – nee, sterker nog: zes maanden – nee, sterker nog: tien jaar – nee, sterker nog: een leven, een heel leven, ik heb altijd gewacht, herhaal ik bij mezelf, terwijl er geen pijn meer is in mijn lichaam, geen zwaarte, geen herinnering aan leven of dood. Er is niets meer, niets, alleen lucht en licht en ogen om naar te kijken. De lift is nu in beweging en komt omhoog, we ontmoeten elkaar als ik over een traptrede struikel en mijn vingers stevig de leuning vastpakken en ervoor zorgen dat ik niet val. Door het glas van de cabine zie ik hem. Hij steunt met een hand tegen de transparante dikte die ons scheidt en hij roept me. Ik keer om en begin omhoog te lopen.

'Wat heb je gedaan?' roep ik naar hem, omdat ik in die fractie van een seconde zijn gescheurde en verkreukelde kleren zag, zijn warrige haren, zijn bloedende wenkbrauw. De lift is sneller dan ik, hij loopt een verdieping op mij voor en ik versnel mijn pas en ga met twee treden tegelijk de trap op, terwijl ik zijn stem hoor die over de trappen dondert en woedend schreeuwt: 'Je had het me moeten zeggen, Nicole!' Dan hoor ik de lift tot stilstand komen, en ik ben nog maar twee treden van hem verwijderd, en dan bevind ik me voor de zware ijzeren deur nog voordat de lift stopt met piepen.

En eindelijk sta ik ook stil. Want hij staat voor me.

Zijn gezicht is vertrokken en ik weet dat het niet alleen die bloedende snee is waardoor hij zo wanhopig overkomt.

En dan doet ieder van ons zijn deur open. Nu zijn er geen ijzeren hekken of houten deurtjes en ramen die ons scheiden. We zijn naakt, de een tegenover de ander. Ik op het vasteland en hij hangend in de leegte.

'Je had het me moeten zeggen, Nicole,' herhaalt hij zonder woede, met zachte en trillende stem. 'Jij had het moeten weten.'

Zijn ogen staren in de mijne. Twee schipbreukelingen die elkaar aankijken met dezelfde pijn en dezelfde opluchting. Met dezelfde wonden en hetzelfde geneesmiddel. Met hetzelfde begin en hetzelfde einde.

Vanaf het vasteland steek ik een hand uit en raak zachtjes zijn wenkbrauw aan.

'Ik hou van jou,' zeg ik trots en gepijnigd.

Dan doe ik een stap, ik ga de grens over en hang samen met hem in de leegte.

En dan, eindelijk, onze lippen.

Warmte warmte ogen lippen baard ruwe baard opwindend tong warmte baard tegen wang baard op mijn borsten baard tegen mijn buik langzaam lager baard die licht aanraakt baard die kietelt baard die prikt baard tussen mijn benen en dan alleen warmte warmte warmte langzaam bekwaam met passie handen die licht aanraken handen die strelen handen die eisen handen die penetreren warmte meer warmte vingers tegen mijn vingers vingers op mijn mond vingers in mij warmte warmte heupen die dansen hongerige heupen heupen tegen heupen mond tegen mond warmte tegen warmte stilte adem stilte adem opengesperde ogen gesloten ogen verbaasde ogen hongerige ogen dorstige ogen lippen tegen lippen rood handen die zich vastgrijpen aan handen rood handen die zoeken die onderzoeken die doorzoeken die begeren rood het rood van de mond het rood van de adem het rood van de gedachten en dan weer tussen de benen warmte jouw warmte mijn warmte benen aaneengesloten benen uitgestrekt benen zonder einde en de adem en de woorden hijgende woorden verstikkende woorden onafgemaakte zinnen adem adem dorst en honger en handen en lippen en tong en ogen en nu en nu nu nu de zee en de wind en het water en het vuur de aarde en het fruit het begin en het einde zuchten adem handen die vasthouden handen die vastbinden ogen die sluiten mond die schreeuwt nog een keer en nog een keer en nog een keer en nog een keer heupen en nog een keer handen en nog een keer tong en nog een keer woorden en nog een keer stilte en nog een keer wij en nog een keer wij en jij en ik en lichamen en alleen een hart alleen een hart snel sneller sneller wacht op mij tanden die de lippen bijten wacht op mij vingers die haren pakken wacht op mij handen die krabben wacht op mij laat naar je kijken laat naar je kijken sneller sneller lippen tegen schouder tanden tegen vlees adem zucht schreeuw.

Ik hou van je
Het hart de hartslag het donker
Ik hou van je
De stilte de muziek de tijd
Ik hou van je
Langzamer
Ik hou van je
Langzamer
Ik hou van je
Langzamer

Ze zal wakker worden en zal naast zich de warmte van zijn lichaam voelen. Ze zal haar ogen niet meteen opendoen. Ze zal glimlachen. En ze zal niet meer willen stoppen met glimlachen. Ze zal zich loom uitrekken, haar ogen half opendoen en het zachte licht van de vroege middag een beetje filteren. Ze zal geen zin hebben meteen naar hem te kijken. Eerst zal ze haar geheugen terugbrengen naar het ritme van zijn stem, naar zijn hijgende 'Ik hou van je', naar de kleur van zijn huid, naar al die mysterieuze gebieden die ze voor het eerst heeft onderzocht. Ze zal terugdenken aan wanneer ze elkaar hebben leren kennen. Ze zal net doen alsof hun verhaal daar is gestopt. Ze zal plaatsen en gebeurtenissen veranderen en net doen alsof ze hem al verloren heeft voordat ze hem heeft gevonden. Ze zal het spelletje van alle geliefden spelen, ze zal hem verliezen om nog sterker het intense geluk te voelen hem naast zich te hebben. Ze zal haar hartslag voelen versnellen. Ze zal zich compleet voelen. En dan, eindelijk, wanneer haar geest verzadigd is van beelden en smaken, van spelletjes en waarheden, zal ze zich op haar zij draaien. Met de wijsheid van een geliefde zal ze, ook zonder haar ogen te openen, weten dat hij nog slaapt. En dus zal ze zich zachtjes bewegen om hem niet wakker te maken. Omdat ze de eerste wil zijn. De eerste die ziet, de eerste die glimlacht, de eerste met vlinders in haar buik. De eerste die hem wil. En wanneer ze zijn warme en vochtige adem zal voelen die haar kin zachtjes aanraakt, dan pas zal ze haar ogen opendoen. En zal ze de drie kleine horizontale lijnen tellen die op zijn voorhoofd verschijnen. Ze zal de tekening van zijn wenkbrauwen uit haar hoofd leren. Ze zal de snee observeren die nu niet meer bloedt, de blauwe plek op zijn wang. Ze zal tegen zichzelf zeggen dat er later wel tijd is voor woorden en uitleg. Later. Er is tijd. Nu hebben ze alle tijd van de wereld. Ze zal met haar blik zijn lichaam doorlopen. Ze zal iedere vouw, iedere verzakking, iedere bocht, iedere rand opslaan. Ze zal dankbaarheid voelen voor het leven. Voor hem. Voor zichzelf. Ze zal zich weer omdraaien en op haar rug gaan liggen. Ze zal naar dat deel van hun lichamen kijken dat ze kan zien.

Ze zal een arm uitsteken zodat haar hand perfect naast die van hem ligt. Ze bereidt zich voor om voor altijd zo te blijven liggen.

Vanaf de straat zal een sirene de volmaakte stilte verbreken. Het gehuil van een kind, het geluid van een motor die voorbijkomt en een vals gezongen liedje zullen de werkelijkheid terugbrengen in die kamer. Plotseling. Te snel. Zonder waarschuwing.

Zij zal naar hun handen kijken die een paar vormen. De hare, met twee dunne blauwige aderen die door het oppervlak snijden en bruine vlekjes die nieuw voor haar zijn. En die van hem, glad, perfect, nog niet door de tijd aangetast. Ze zal snel haar ogen afwenden om die gedachte te verzachten, maar haar blik zal struikelen over zijn gezicht. Over zijn gespannen huid, zijn dunne baard, die volslagen afwezigheid van tekenen. Op die drie horizontale lijnen in het midden van zijn voorhoofd na. Ze zal het gevoel hebben alleen die lijnen te herkennen, omdat die helemaal niet bij zijn perfecte gezicht passen. Ze zal een hand naar haar eigen voorhoofd brengen en krachtig drukken, dankbaar voor dit gemeenschappelijke kenmerk, waardoor zij zich beter voelt. Maar dan zullen haar vingers naar beneden gaan, licht en een beetje kwaadaardig, aangetrokken door de onweerstaanbare zwaartekracht van een nutteloze verificatie. En ze zullen de kleine tekenen rondom de ogen voelen, de onwaarneembare zwaarte van de wangen, de twee haakjes die verticaal rondom de mond gekerfd zijn. En ze zal zich anders en verkeerd voelen door die gespannen onbeweeglijkheid van zijn gezicht dat is ondergedompeld in slaap. Dus zal ze opluchting zoeken door hem daar achter te laten. Ze zal naar de muren staren, het plafond, de meubels. Ze zal zijn sokken op de grond zien liggen, die met Mickey Mouse die zijn tong uitsteekt. En daarnaast zijn verschoten en vormeloze spijkerbroek. Met groeiende angst zal ze de kasjmieren trui haten die zo zacht en netjes is dat hij ongepast afsteekt bij die spijkerbroek. Ze zal al haar nette kleren in de kast haten, ze zal haar netjes gestreken broeken haten, ze zal alle boeken haten die ze heeft gelezen, de muziek die ze heeft geluisterd en het leven dat ze heeft gekend en dat de tekenen van de tijd op haar gezicht heeft gekerfd. En op haar borsten, haar buik, haar dijen, haar kut.

Er zal gewelddadig, woedend, vijandig worden getoeterd, als de perfecte soundtrack, en ze zal opschrikken. En ze zal honger hebben. En dorst. En het dagelijks leven zal met geweld binnenkomen in die kamer, als een giftige slang. Hij zal over het onopgemaakte bed kruipen en met zijn vochtige lichaam de twee helften van dat bed scheiden. Dan zal zij het niet meer kunnen verdragen om alleen op haar geamputeerde ijsberg te zitten en zal ze moeten opstaan. Ze zal zich zwijgend aankleden, gehaast, woedend, met pijn in haar hart. Haar sleutels zullen vallen en dat geluid zal hem wakker maken terwijl zij in de deuropening staat. Ze zal stil blijven staan als een dief die op heterdaad is betrapt. Als een moordenaar die net heeft gedood. Ze zal naar hem kijken. Ze zal zijn slaperige ogen zien, zijn warrige haren, de langzame en verzadigde glimlach van iemand die wakker wordt na een nacht vol liefde. Ze zal zin hebben in hem totdat ze zich uitgeput voelt. En ze zal zichzelf haten.

'Nicole...'
 'Blijf maar slapen.'
 'Waar ga je heen?'
 'Iets kopen. De koelkast is leeg.'
 'Zal ik meegaan?'
 'Nee.'
 'Ik ga met je mee.'
 'Nee.'
 'Nicole.'
 'Wat?'
 'Niks. Alleen Nicole.'
 'Ga maar slapen.'
 'Maar je komt wel terug, toch?'
 'Ja.'

Ik hoor de deur zachtjes dichtgaan. Zachtjes, zo zacht als Nicole. Ik doe mijn ogen open, die ik tot op dat moment dicht heb gehouden om haar mijn hele lichaam te laten bestuderen, mijn ziel, onze zintuigen die tot rust zijn gebracht door een eindelijk gestilde honger.

Ik ben niet bang.

Want nu weet ik wat er achter deur nummer 4 zit.

Er zit leven, liefde, voor altijd, slechts een moment, de prachtige zekerheid dat we het niet weten.

Achter mijn deur nummer 4 zit Nicole.

Mijn hart klopt sneller. Mijn lichaam is warm, zo warm als zij het met haar handen heeft gemaakt, met haar tong, met haar fonkelende donkere ogen.

Mijn hart klopt sneller, want ik weet wat ze nu denkt, terwijl ze snel of langzaam op de stoep loopt.

Wacht op mij. Alsjeblieft, wacht op mij. Dan keren we samen terug naar huis.

Ik spring uit bed, kleed me snel aan, spijkerbroek, T-shirt, sokken... Waar zijn mijn sokken? Wat kan mij dat nu schelen, schoenen, ijskoud water in mijn gezicht. Ik duw mijn gezicht in de badjas van Nicole, ik adem de geur van mijn vrouw in.

Jij kon het me niet zeggen. Maar ik hou van je vanwege jouw angst.

Ik ben niet meer bang. Ik ben niet meer bang, en misschien moet ik je wel leiden over deze moeilijke weg naar de toekomst.

Ik pak mijn telefoon, doe de deur open en laat hem achter mijn rug dichtvallen, want ik ren al naar beneden over de trap en bel haar.

Veel geluk, Nicole. Veel geluk, Sasha.

Ik weet niet hoe laat het is. Ik ben mijn horloge vergeten op het nachtkastje, ik ben vergeten naar de tijd te kijken, ik ben vergeten me te wassen. Ik ben zelfs vergeten hoe je moet lopen, te oordelen naar de traagheid en de onzekerheid waarmee ik mijn voeten over deze met mensen overstroomde stoep voortsleep. Ook al is het allemaal hetzelfde als eerst – de etalages, de winkels, de bomen die in volle bloei staan, zelfs de wrok in de ogen van de kioskhouder die me zoals gewoonlijk niet groet, omdat ik altijd mijn auto voor zijn gekleurde zaak parkeer.

Ik loop tergend langzaam. Ik vlucht als een schildpad die zijn schild heeft achtergelaten en er niet zeker van is dat hij zonder kan leven. Ik dobber in een zenuwslopende onwerkelijkheid waar alles hetzelfde is als eerst en tegelijkertijd onbekend is, vooral ikzelf.

En dan, Nicole? Wat gebeurt er dan? Ga je met hem naar de discotheek, ga je PlayStation-spelletjes spelen met zijn vrienden, ga je met hem winkelen totdat een winkeljuffrouw je zal zeggen: 'Uw zoon is in die paskamer'?

Sasha en ik zijn gewoon een man en een vrouw. Daarom kan ik mijn pas niet versnellen. En daarom weet ik niet waar ik heen moet.

En dan, Nicole? Wat dan? Brengen jullie de avonden door met jouw vrienden? Luisteren jullie naar de tranen van Gia en het ordinaire gelach van alle anderen? Houd je zijn hand vast als je hem je tieten laat bewonderen, die onverbiddelijk richting het zuiden zakken? Hoelang nog totdat jij je gaat vervelen, hoelang nog totdat hij zich omdraait om iets anders te zoeken? Hoelang nog totdat jullie beginnen te lijden?

We hebben geen vrienden. We zijn twee beginners in een mysterieus spel. Twee vreemden in een onontdekt land. We zijn een man en een vrouw. We zijn twee mensen die van elkaar houden.

Je loopt veel te langzaam, als je wilt vluchten.
Ik weet het.
Je gaat te ver weg, als je wilt blijven.
Ik weet het.
Ik weet niet hoe ik de stukken moet verzamelen als er een einde aan komt.
Als er een einde aan komt.
Stem, ik weet niet meer aan welke kant je staat. Het enige wat ik weet, is dat ik, als ik een rationeel persoon zou zijn, deze nacht in een kristallen vitrine zou stoppen die gemaakt is van volmaakt geluk, en me er de komende jaren mee zou voeden. Zonder risico's te nemen.
Je hebt het gezegd.
Zonder risico's te nemen.
Ik hoop dat er een plekje vrij is, in de sarcofaag van je verleden.
Aan welke kant sta je?
Nicole, je stelt alleen maar absurde vragen.
Ik voel mijn telefoon trillen in mijn zak. Die ben ik niet vergeten. Ik zie zijn naam op het display en mijn ogen vullen zich met tranen.
'Sasha.'
'Waar ga je naartoe?' Er zit geen angst in zijn stem.
'Ik weet het niet.'
'Stop, Nicole.'
'Het gaat niet werken.'
'Wie zegt dat?'
'Mijn innerlijke stem.'
'Stuur die maar naar de hel.'
Het lukt me te glimlachen. En dan weer tranen.
Nicole de zeurpiet.
Loop naar de hel, stem.
'Waar ben je?' vraag ik hem.
'Ik ben hier.'
Mijn voeten stoppen abrupt op de stoep. Ik kijk naar ze. Het gezicht van Mickey Mouse die met zijn mond het geluid van een scheet maakt, glimlacht naar me. Ik heb Sasha's

sokken aangetrokken. Zonder het te merken. Of misschien wel.

Ik kijk om me heen. Alleen maar mensen. Alleen maar gezichten. Alleen maar niets.

'Ik zie je niet.'

'Omdat je de verkeerde kant op staat te kijken.'

Ik draai me om. Ik verplaats mijn blik. Ik ga op mijn tenen staan. Blonde ongekamde haren. Ogen met de hoekjes naar beneden. Ik draai me om en begin te lopen. Ik voel mijn knikkende knieën. Maar ik loop.

'Je bent heel mooi.'

'Je bent ver weg.'

'Kijk alleen maar naar mijn ogen.'

'Je glimlacht.' En ik glimlach ook. Nog maar een paar meter. De mensen verdwijnen op magische wijze.

'Vertel me over de liefde, Nicole.'

'Jij en ik,' zeg ik zacht. En ik zet mijn telefoon uit, want nu sta ik voor hem en hij opent zijn armen en ik laat mezelf helemaal gaan in de warme cirkel die zich nu om mij sluit.

En ik ben gelukkig.

Ik kijk hem aan. Hij kijkt mij aan. Dan legt hij zijn wang tegen mijn slaap. Ik voel zijn hart snel tegen het mijne kloppen. Ik voel zijn handen. Ik voel zijn lippen zacht bewegen tegen mijn haar.

'Nicole', en mijn naam heeft plotseling een nieuwe smaak, 'is het waar dat er geen vrouw bestaat die niet te veroveren is?'

Ik voel dat hij glimlacht. Ik glimlach ook. En ik leg mijn hoofd tegen zijn schouder terwijl alle knopen worden losgemaakt.

En dan de onvoorwaardelijke overgave.